맨스필드 파크 2

MANSFIELD PARK

그대가 있는
모든 풍경은
언제나 훤히 동터오는
아침입니다…

또 하나의 세상을 꿈꾸게 하는...

제인 오스틴 지음 김지숙 옮김

맨스필드 파크 ₂

MANSFIELD PARK *by Jane Austen*

25

양가 사이의 교제는 이 시기에는 거의 가을 무렵의 상태로 되돌아갔다. 그것은 이전에 친하게 지내던 사람들의 어느 누구도 두 번 다시 그렇게 될 것 같지 않다고 생각하고 있던 일이었다. 헨리 크로포드가 돌아온 일이나 윌리엄 프라이스가 도착한 일에 힘입은 바 컸을 것이다.

하지만 가장 중요한 이유라면 토머스 경이 목사관 측으로부터의 친교를 위한 시도를 존중했고 적극적으로 환영한 데에 역시 힘입은 바가 많았다. 그때는 그도 당초에 덮쳐누르던 마음고생에서 해방되어 그랜트 부부와 그 젊은 동거자들이 진정으로 교제해볼 만한 값어치가 있다고 분별할 만한 마음의 여유도 생겼다. 누군가를 목표로 하여 계획을 세우고 술책을 써서 자기가 매우 귀여워하는 사람을 위해 가장 유리한 혼처를 구해온다는 것은 그다지 떳떳한 일이 아니고, 그런 점에 대해 약삭빠르게 앞을 내다보는 재치가 있다는 것은, 사람의 도량이 작은 증거라고 내심으로 경멸하고 있었지만 그 역시 헨리가 조카딸을 특별하게 생각하고 있음을 알아차렸다. 그렇기 때문에 목사관에서 초대를 할 때마다 선선히 승낙하는 도리밖에 달리 취할 방법이 없었다.

그는 목사관에서 식사하는 일에 기꺼이 응했다. 이것은, 버트램 가의 모든 사람들에게 와달라는 모험적인 초대가 마침내 이루어졌을 때의 일이며 그 초대를 하기 전에는 분분한 의논이 있었는데, '토머스 경은 별로 마음이 내키지 않는 것 같아! 버트램 영부인은 만사를 귀찮아하는 사람이야! 만약 서로가 불쾌감만 안긴 채로 이 모임이 끝난다면……' 하는 우려와 과연 그렇게 하는 것이 뜻있는 일인지 의심스럽게 여기는 마음도 표명되어 있었기 때문이었다.

그렇지만 이 초대도 오직 토머스 경에게 예의를 차리고자 하는 선의에서 시작된 것이었다. 그래서 누군가가 의구심을 나타내기도 했지만 결국은 버트램 가의 모든 사람들을 다 초대하기로 결정을 보았다. 헨리의 얼굴에서 유쾌한 미소가 사라질 줄 몰랐다. 그는 마치 패니 프라이스의 숭배자라도 되는 듯이 행동하고 있었다.

식사하는 동안 내내 모두가 즐거운 시간을 보냈다. 이야기하는 사람과 듣는 사람과의 비율도 균형 있게 잘 이뤄지고 있었다. 또한 만찬 그 자체도 그랜트 가의 일상 방식에 비교해 보았을 때 조금도 품격이 떨어지지 않는 훌륭한 진수성찬이었다. 그 자리에 모인 모든 사람의 평소 습관에 따른다면, 지나치게 풍성했으므로 무슨 감정이 일어난다 해도 그것은 오직 노리스 부인에 한한 것이었다. 그녀는 커다란 식탁과 그 위에 차려진 갖가지 요리를 보자 그만 참을 수가 없어 자기 의자 뒤로 하인이 지나가기만 했을 뿐인데 무슨 실수라도 저지른 듯이 느껴졌으며 요리의 가짓수가 이렇게 많고 보면 그 중의 몇 가지는 분명히 식어버렸을 것이라는 새로운 확신을 품고 있었다.

밤이 되니 그랜트 부인과 메리 크로포드가 손님들이 카드놀이를 할 수 있도록 미리 두 개의 탁자를 준비해 놓고 있었다. 사각형 모양의 탁자는 휘스트 놀이를 할 사람들을 위한 것이었고, 다른 하나는 둥글게 둘러앉아 게임을 할 수 있도록 되어 있는 원형 탁자였다. 그리고 모두들 대찬성으로, 이런 경우의 상례대로 스페컬레이션(트럼프 놀이의 일종)을 하자는 쪽으로 결정되었다. 버트램 영부인은 곧 이 두 게임 중에 양자택일해야만 하는 곤란한 질문을 받았다. 스스로는 아무런 결정도 내리지 못한 채 그녀는 주저했다. 다행히도 토머스 경이 옆에 있었다.

"어떡하지요, 여보? 휘스트와 스페컬레이션 중에 어느 쪽이 더 재미있을까요?"

"당신은 스페컬레이션을 하는 것이 더 좋지 않겠소?"

토머스 경은 잠시 생각하더니 스페컬레이션을 권했다. 그 자신이 휘스트를 좋아했으므로 자신의 아내와 짝이 되어 게임을 하면 재미없으리라 생각했는지도 모를 일이었다.

"좋아요, 그럼 나는 스페컬레이션을 하겠어요. 그랜트 부인, 난 아무것도 모른답니다. 하지만 이제부터는 패니에게 배우겠어요."

버트램 영부인이 만족한 듯이 말했다. 그러나 여기서 패니는 자신도 마찬가지로 모른다고 근심스러운 듯 항의했다. 태어난 후로 그 게임을 해본 적도 없을 뿐더러 구경해본 적도 없었던 것이다. 그러자 버트램 영부인은 다시 주저하는 모습을 보였다. 그러나 모두가 이만큼 쉬운 것은 없으며 트럼프 놀이 중에서도 가장 쉬운 것이라고 보증하기도 했으며 헨리가 직접 나서서, 자기를 영부인과 프라이스 양 사이에 앉게 해준다면 두 분에게 가르쳐드리겠다고 열심히 제안했으므로 일은 그대로 결정되었다. 토머스 경과 노리스 부인과 그랜트 박사 부부가 최고로 지적인 품위와 위풍당당한 태도로 테이블에 앉고 나머지 여섯 사람은 메리의 지휘 아래 다른 테이블 가에 둘러앉았다.

이와 같은 결과는 헨리에게는 썩 잘된 것이었다. 패니의 바로 옆에 앉게 되었으며 해야 할 일도 잔뜩 있었던 것이다. 왜냐하면 자기 손의 카드뿐만 아니라 두 사람 몫의 카드를 돌봐야 했기 때문이다. 물론 3?4분이 지난 후부터는 패니가 어느 정도 게임의 룰을 이해하긴 했지만 그래도 그로서는 그녀의 승부에 관심을 가지고 정신을 집중하도록 일깨워주고 욕심을 불어넣어 주며 마음을 굳게 다지도록 해야 할 일이 있었던 것이다. 그러나 이것은 특히 경쟁 상대가 윌리엄인 경우에는 약간 힘이 든 일이었다.

버트램 영부인에 대해서는 그날 밤 내내 그녀의 명예와 재산을 관리해나가야만 했고 카드를 돌리기 시작했을 때 자기 몫의 카드를 보려는 그녀를 제지하는 일은 잘됐다 해도 그 카드를 어떻게 다루어야 하는가를 마지막까지 지시하지 않으면 안 되었다. 그는 자신에 넘쳐 만사를 아주 원활하게 이끌어나갔으며 뛰어난 책략, 임기응변의 지혜, 장난기 있는 능청스러움이 남다른 솜씨를 나타내어 게임을 재미있게 했으므로 둥근 테이블은 또 다른 테이블의 침착함과 질서 있는 침묵에 비해 대단히 유쾌한 대조를 이루고 있었다.

두어 번 토머스 경은 부인에게 즐거운지, 잘돼가고 있는지를 물었으나 허사였다. 그의 느릿한 말투에 필요한 시간만큼 웃음이 끊어질 일이 없었다. 그녀의 상태에 대해서는 거의 아무것도 모른 채 처음 세 판씩 승부가 끝났을 때에야 겨우 그랜트 부인이 영부인한테 문안을 드리러 갔다.

"게임은 재미있으신지요?"

"어머, 저런! 예……. 매우 재미있어요. 참 괴상한 게임이에요. 도대체 어떻게 된 영문인지 알 수가 없어요. 딜러가 카드를 돌려도 자기 패를 봐서는 안 되고 뒷일은 크로포드 씨가 죄다 해준답니다."

버트램 영부인이 호들갑을 떨면서 대답했다.

"에드먼드 씨, 어제 돌아오는 길에 있었던 일을 제가 아직 말 안 했지요? 아주 흥미로운 일이 있었는데……."

한참 지난 뒤에 헨리가 게임이 다소 지루해졌을 때를 이용하여 말했다. 그들은 함께 사냥하느라 한참 말을 몰고 있는 도중 맨스필드에서 좀 떨어진 곳에서 말발굽이 빠진 것을 알게 되어 헨리는 사냥을 단념하고 그대로 돌아와야만 했던 것이다.

"주목이 있는 낡은 농가를 지나온 근처에서 길을 잃었다는 이야기는 했지요. 길을 묻거나 하는 것은 저는 아주 질색이거든요. 그러나 이건 아직 말하지 않은 일이지만 여느 때나 다름없이 운이 좋아서……. 그래요, 전 언제나 운이 좋아요. 무언가 실패해도 반드시 그것으로 이득을 보니까 말입니다. 어느새 전부터 한번 보고 싶어하던 곳에 가 있었지요. 약간 급경사가 진 밭모퉁이를 막 돌자 그곳은 완만한 언덕에 둘러싸인 조용하고 작은 마을 안이었어요. 앞을 흐르는 시내를 건너자 오른쪽 언덕 위에는 교회가 서 있었는데 말입니다. 그 교회는 그런 장소에 비해서는 눈에 띄게 크고 훌륭하더군요. 그 주위에는 제 구실을 다하는, 아니 별로 신통치 않은 집도 한 채 있었어요. 그것이 아마 목사관일 테지요, 지금 말한 언덕과 교회 바로 근처였으니까요. 요컨대 제가 손턴 레이시에 가 있었던 거예요."

"아무래도 그런 것 같군요. 그런데 슈엘 농장을 지나 어느 쪽으로 돌아간 건가요?"

에드먼드가 어깨를 들었다 놓으면서 반문했다.

"아무 관계도 없는 그런 질문에는 대답하지 않겠어요. 당신이 한 시간 동안에 할 수 있는 질문 전부에 대답한다 해도 그곳이 손턴 레이시가 아니었다고는 증명할 수 없어요. 분명히 손턴 레이시였으니까요."

"그럼 그곳의 주민에게 물어 보았나요?"

"아니요, 전 절대로 뭘 묻는 성질이 아니지요. 하지만 생 울타리를 손보고 있던 사나이에게 이곳이 손턴 레이시냐고 했더니 그 사내도 그렇다고 하더군요."

헨리가 자신의 패를 만지작거리며 말했다.

"당신은 기억력이 아주 뛰어난 모양이지요. 그 마을에 대해서 그렇게 자세히 알고 있다니 말입니다. 전 완전히 잊어버리고 있었거든요."

에드먼드는 메리를 향해 고개를 돌리고 한번 힐긋 쳐다보았다. 손턴 레이시는 그가 곧 물려받게 되어 있는 임지의 이름이었다. 메리는 이 사실을 잘 알고 있었으며 윌리엄 프라이스가 가진 잭 카드를 입수하기 위한 교섭에 열을 올리기 시작했다.

"그래서 그 마을을 구경한 소감이 어떻던가요, 마음에 들던가요?"

"썩 마음에 들었지요. 정말로 당신도 운이 좋은 사람이오. 그 집을 제대로 손보자면 적어도 5년간의 여름은 그곳에서 더 보낼 성싶더군요. 손봐야 할 곳이 아주 많던걸요."

"아니, 아니, 그렇게 형편없지는 않아요. 확실히 앞마당의 채소밭은 다른 곳으로 옮겨야 하겠지요. 그 외에는 모두 괜찮을 거예요. 집 자체는 결코 나쁜 조건이 아니니까 앞마당의 채소밭을 옮기고 나면 아쉬운 대로 쓸 만한 정원이 마련 될 거고요."

"채소밭은 없애고 나무를 더 심어서 대장간을 완전히 감추어야 하지요. 지금은 현관이 북쪽으로 나 있더군요. 집 정면을 북향에서 동향이 되도록 그것도 고쳐야 할 거예요. 즉 현관과 자주 사용하는 중요한 방들을 동쪽에 두는 것이지요. 그곳의 전망이 너무나 좋으니까요. 틀림없이 그렇게 할 수 있을 거요. 당신이 말하는 정원 역시 그쪽 편에 두어야 해요. 현재의 정원을 통과하는 셈이지요, 현재 집 뒤쪽에 새로 정원을 만들어요. 그렇게 하면 외관은 더없이 근사해질 거요. 남동쪽을 향해 내리막길이 되어 있으니까요. 지형이 또한 안성맞춤으로 되어 있는 것 같더군요. 교회와 집 사이의 길을 50야드가량 올라가 주위를 살펴본 거지. 앞으로 어떻게 하면 좋을지 그 전모를 알 수 있었어요. 누워서 떡 먹기지요. 정원에서 좀 떨어진 곳에 목초지가 몇 군데 있어 제가 있던 샛길에서 북동쪽, 즉 마을을 통과하는 한길 쪽을 향해 펼쳐져 있는데 물론 그것들은 모두 한데 묶어야 하지요. 아주 아름다운 목초지지요. 군데군데 나무가 서 있는 것도 썩 좋고 말이오. 그것도 성직 영역 안에 들어 있는 거지요? 만약 그렇지 않다면 그건 사들여야 합니다. 게다가 그건 시내란 말입니다. 그 시내는 뭐 어떻게 손을 보지 않으면 안 되지요. 그렇지만 어떡하면 좋을지 아직 결단을 내릴 수가 없어요. 두세 가지 생각한 바는 있지만."

"제게도 두세 가지 생각하는 바가 있어요. 그 하나는 손턴 레이시에 대한 당신의 계획 중에서 실행에 옮기는 건 극소 부분일 뿐이라는 거지요. 호화로운 장식이라든가 아름다운 목초지에 대해서는 약간 꿈을 꾸는 정도로 만족해야지요. 집과 그 주변을 살기 좋게 꾸미고 신사의 집답게 바꾸어놓는 데에는 그다지 많은 돈을 들이지 않고도 할 수 있을 거라고 생각하고 저는 그것으로 충분해요. 저한테 관심을 가져 주는 분들도 모두 그것으로 만족하시리라고 확신합니다."

에드먼드가 차분한 어조로 말했다. 메리는 그가 마지막에 희망을 말할 때의 음성이라든가 눈짓 비슷한 표정을 수상쩍고 불만스럽게 느끼고 있었다. 그녀는 윌리엄과의 거래를 일찌감치 끝내고 말겠다는 듯이 그의 잭 카드를 깜짝 놀랄 만한 값으로 사들이더니 소리쳤다.

"자, 저는 용기 있는 여자답게 가진 돈 전부를 걸겠어요. 소심하고 조심성 있는 행동 따위는 싫답니다. 저는 천성이 가만히 앉아 속수무책으로 당하는 성격이 아니에요. 비록 승부에서 패하는 한이 있더라도 열성이 부족했기 때문이라는 말은 듣고 싶지 않으니까요."

물론 결과는 그녀의 승리로 돌아갔지만 이기기 위해 투자했던 밑천을 건질 수는 없었다. 손해는 어쩔 수 없이 그녀가 감수해야 하는 몫이었다. 다음 승부가 시작되고 헨리는 또다시 손턴 레이시에 대한 말을 꺼냈다.

"제 계획이 최고라고는 할 수 없을지 모르지요. 계획을 세운다 해도 시간이 별로 없었으니까 말이오. 하지만 상당히 손을 보아야 합니다. 그곳은 그만한 값어치가 있는 곳이기도 하니까요. 그 값어치를 전부 나타낼 수 없는 그런 상태에서 그대로 머물게 된다면 당신 역시 불만일 거요. 실례, 버트램 영부인, 카드를 보시면 안 됩니다. 예, 그렇게 그냥 앞에 엎어두시기만 하세요.

그곳은 그만한 가치가 있는 곳이오. 에드먼드 씨, 당신은 신사의 저택답게 하고 싶다고 했지요. 그렇게 할 수 있어요. 농사용 앞마당을 옮기기만 하면 말이오. 그 거추장스럽고 귀찮은 것을 별도로 한다면 이런 곳의 가옥치고 이만큼 신사의 집다운 것, 여느 목사관이 아닌, 쓰는 돈도 1년에 수백 파운드로는 어림없다는 인상을 갖게 하는 집은 본 적이 없습니다. 천장이 나직한 작은 방을 끌어 모으고 창 수효만큼이나 지붕이 많이 있는 것도 아니고 네모반듯한 농가처럼 품위 없고 꽉 들어차 빽빽하지도 않으며, 듬직하게 무게가 있고 방 수효도 많아 장원주(莊園主)의 대저택과 같은 집이지요. 주 안에서도 손꼽힐 만한 유서 깊은 집안이 2백 년에 걸쳐 대대로 내려오며 살고 있고 지금은 1년에 2~3천 파운드는 쓰고 있을 거라고 생각할 겁니다."

이 말에 메리는 열심히 귀를 기울이고 있었다.

"물론 그럴 수도 있겠지요."

에드먼드가 동의했다.

"그러니까 신사의 집처럼 꾸며야 합니다. 그건 손을 보기만 하면 반드시 그렇게 되는 거지요. 그런데 그 집은 그 정도가 아니라 더욱 좋아질 겁니다. 잠깐 메리, 버트램 영부인께서는 그 퀸을 12점으로 사시겠다고 하신다. 아니야, 아니야, 12점은 너무 과해. 버트램 영부인은 12점이라고는 말씀하지 않으셨어. 아무것도 사지 않으실 거야. 자, 계속해요, 계속해. 지금 말한 대로 손을 본다면 말이지요. 굳이 제 계획대로 하라는 건 아닙니다. 그러나 말이 났으니 말이지, 이 이상 가는 계획을 생각해낼 수 있는 사람은 없을 겁니다. 더 고급스러운 느낌도 충분히 낼 수 있다고요. 영주의 장원처럼 아름다운 저택으로 개조시킬 수 있어요. 적당히 손만 본다면 말입니다. 단순한 신사의 집을 개조함으로써 훌륭한 교육과 고상한 취미와 그리고 근대적인 예의범절을 고루 갖춘 유서 깊은 가문의 상속자가 사는 집이 되는 것이지요. 당신은 충분히 그런 느낌을 모두 낼 수가 있어요. 그렇게 하면 그 집은 그 근처를 여행하는 사람들 모두가 이 집 주인은 마을의 대지주라고 생각할 만한 품격을 가지게 되지요. 경쟁 상대가 될 만한 진짜 지주의 집이 없으니까 더욱 그렇지요. 우리끼리 하는 얘기지만 주위가 그러하다면 입지 조건의 가치가 특권이나 독립성의 면에서 생각도 못할 만큼 높아지는 법이지요."

헨리는 잠시 패니를 돌아보면서 부드러운 음성으로 물었다.

"당신도 저와 같은 생각을 하시겠죠. 프라이스 양? 혹시 그 땅을 본적이 있으세요?"

"아뇨."

패니는 얼른 부정하는 대답을 하고는 이 화제에 대한 자신의 관심을 감추기 위해 카드 쪽으로 주의를 집중하려고 노력했다. 윌리엄은 그녀에게 더할 나위 없는 노골적인 거래를 벌여 염치 불구하고 그녀에게 속임수를 쓰려 하고 있었다. 그러나 헨리가 추격해왔다.

"아니, 아니, 퀸을 놓쳐서는 안 됩니다. 비싼 값으로 산 거잖아요. 오빠가 말하는 값은 그 반도 안 돼요. 안 돼, 안 돼, 물러나세요. 물러나주세요. 프라이스 양은 퀸을 내놓지 않을 겁니다. 분명히 결심하고 있으니까요."

헨리가 앞으로 나서면서 완강하게 반대했다. 패니는 윌리엄을 쳐다보면서 어쩔 수 없다는 듯이 싱긋 웃었다.

그가 다시 패니를 돌아보면서 말했다.

"이번 판은 당신이 이긴 겁니다. 분명히 당신이 이긴 겁니다."

"하지만 패니는 윌리엄이 이겨주기를 바라고 있는걸요. 가엾은 패니! 뜻대로 속아줄 수도 없다니!"

에드먼드가 그녀를 향해 미소 지으면서 말했다. 잠시 후 메리가 말했다.

"에드먼드 씨, 알고 계시죠. 헨리 오빠는 대단한 기술자랍니다. 손턴 레이시에서 무엇인가 그런 일을 벌이게 되신다면 오빠의 도움을 받지 않을 수는 없을 거예요. 소서턴에서도 오빠의 재능이 얼마나 큰 도움이 되었다고요. 당신도 알다시피 참으로 훌륭한 결과로 나타나지 않았던가요. 그것도 8월의 가장 더운 날씨에, 저택 정원 일대를 둘러보았을 때 말예요. 오빠가 천재성을 유감없이 발휘하는 것을 우리 모두가 직접 확인하고 돌아왔잖아요. 그 사이에 얼마만한 일이 이루어졌는지에 대해서는 짧은 한마디로 단정 지을 수가 없지요. 정말 감동적이었어요!"

패니는 일순간 심각하다기보다는 비난을 띤 시선을 헨리에게 보냈는데 그의 눈길과 마주친 순간, 얼른 눈길을 돌렸다. 그는 약간 어색한 표정으로 누이동생에게 고갯짓을 하더니 웃으면서 대답했다.

"소서턴에서는 대단한 일은 할 수 없었어. 하지만 그날은 무척이나 더웠지. 우리는 모두 서로의 뒤를 쫓으며 땀을 닦느라 어쩔 줄 몰라 했었잖아."

"정말 그랬어."

메리가 고개를 끄덕였다. 좌중의 웅성거리는 소리에 파묻힐 수 있게 되자 그는 곧 패니 한 사람을 향해 나직한 음성으로 덧붙여 말했다.

"그 소서턴의 하루만으로 제 능력을 판단해서는 곤란합니다. 지금은 사물에 대한 사고방식이나 생각 자체가 완전히 바뀌었으니까요. 한층 성숙한 모습을 보여드릴 수 있을 테니까 저를 그때의 모습으로는 판단하지 말아주세요."

소서턴이라면 노리스 부인의 귓전을 울리는 말이었다. 마침 그때는 그랜트 박사 부부의 노련한 솜씨를 상대로 토머스 경의 멋진 게임 운영술과 그녀 자신의 솜씨로 하여 결승 점수를 딴 뒤에 이어지는 흐뭇하고 여유 있는 시간이었다.

"소서턴이라뇨! 그래요, 그곳이야말로 훌륭한 저택이지요, 정말. 즐거운 하루였지요. 윌리엄, 넌 참으로 재수가 없구나. 하지만 요다음에 올 때는 러시워스 부부도 집에 있을 거야. 친절히 맞아줄 것이라고 내가 보증해도 좋아. 네 사촌들은 친척을 잊거나 하는 성품이 아니니까 말이야. 게다가 제임스도 성품이 아주 좋은 사람이지. 지금은 브라이튼에 있어. 그곳의 일류 호텔에 유숙하면서 말이야. 그의 굉장한 재산으로 본다면 그야 당연한 일이지. 나중에 포츠머스에 돌아가면 한번 찾아가서 인사나 드리려무나. 거리를 정확히 알 수는 없지만 별로 멀지는 않은 것 같거든. 마침 제임스에게 보내고 싶은 작은 선물 꾸러미가 있으니 그걸 좀 전해주럼."

"물론 기꺼이 심부름하겠어요, 이모. 하지만 브라이튼은 비치 헤드 근처에 있답니다. 그곳까지는 아주 먼 거리예요. 그리고 그렇게 먼 곳까지 갈 수 있다 해도 그런 깨끗한 곳에서는 환영받게 될 리가 없답니다. 저같이 꾀죄죄한 가난뱅이 소위 후보생 주제로는 말입니다."

윌리엄이 어깨를 으쓱하면서 말했다.

"절대 그런 일은 없을 거야. 제임스는 아주 좋은 사람이란다."

노리스 부인은 틀림없이 친절하게 대해줄 거라고 열심히 보증하려 했지만 토머스 경은 이 말을 가로막고 권위 있는 태도로 이렇게 말했다.

"브라이튼에 가는 것을 권하고 싶지는 않아, 윌리엄. 머지않아 더 자연스럽게 만날 기회가 오리라 생각한다. 물론 네 사촌들도 어느 곳에서든지 너를 만나게 되면 반가워하겠지만. 그리고 제임스 역시 우리 일가친척은 모두 자기네 친척이라고 생각하고 진심으로 반겨주겠지."

"해군 장성의 개인 비서관이 되어주는 편이 더욱 고맙겠는데요."

윌리엄은 멀리까지 들리지 않게 할 생각에서 자그마한 목소리로 대답하는 것으로 이 화제는 드디어 끝이 났다.

지금까지 토머스 경은 헨리의 행동에 유별난 점을 보지 못했다. 그런데 한 가지 흥미로운 점을 발견하게 되었다. 두 번째의 세 판 승부가 끝나고 휘스트 테이블이 해산되었을 때 그랜트 박사와 노리스 부인이 방금 전의 승부에 대해 이런저런 이야기를 나누고 있었다. 토머스 경은 다소 느긋한 마음으로 다른 한쪽 테이블에서 진행되고 있는 스페컬레이션 게임을 관전하고 있었다. 그때 그는 자신의 조카딸이 헨리로부터 노골적인 구애의 대상이 되어 있다는 사실을 알게 되었다. 그는 패니에게 열렬히 사랑의 고백을 하고 있었던 것이다.

　헨리는 손턴 레이시에 대한 또 다른 하나의 계획을 득의양양하게 설명하고 있었다. 하지만 에드먼드의 주의를 끌 수가 없었으므로 패니를 향해 제법 진지한 표정으로 자세히 말하고 있었다.

　그의 계획의 요지란, 요다음 겨울에는 자신이 그 집에 세 들어 이 근처에 자기 자신의 거처를 가진다는 것이었다. 다만 단순히 사냥 시즌을 위해서만은 아니었다. 그는 패니에게 이 사실을 주지시키기 위하여 대단히 열정적으로 설명하고 있었다. 물론 이 계획이 그가 충동적으로 생각해 낸 것은 아닌 듯싶었다. 그 점에 대해서 어느 정도 깊이 생각을 했던 것이 분명해 보였다. 그것은 그랜트 박사의 대단한 친절도 친절이려니와 그와 그의 말이 현재의 장소에 머물고 있다는 사실에는 굉장한 불편이 따랐기 때문이다. 그러나 그가 이 근처에 애착을 갖게 된 것은 하나의 놀이, 일 년 중의 한 시즌을 위해서가 아니었다. 언제나 갈 수 있는 곳, 즉 일 년 중 휴일을 모두 보낼 수 있는 그런 거처가 필요해서라면 목사관에서 지내는 것으로도 충분했을 것이다. 그는 자신이 자유롭게 쓸 수 있는 작은 본거지와 같은 것을 원하고 있었다. 그렇게 하면 맨스필드 파크의 여러분과의 우정과 친교를 계속 유지하면서 개선하고 완성시켜 나갈 수 있었던 것이다. 헨리는 시간이 지날수록 패니의 존재가 더욱 절실하게 느껴졌고 그녀의 가치를 더욱 높이 평가하게 되었던 것이다.

　토머스 경은 이 말을 듣고 불쾌한 기분은 들지 않았다. 이 젊은이의 말투는 예의에 벗어난 것이 없었고 그것을 듣는 패니의 태도도 예의 바르고 조심성 있고 조용했으며 유혹하는 눈치도 없어 나무랄 데라곤 전혀 없었다.

　그녀는 별로 입을 열지 않고 다만 가끔씩 동의를 나타낼 뿐, 찬사의 일부를 자신에게 보내진 것으로 받아들이거나 혹은 그의 호의를 끄집어내기 위해 호들갑스럽게 굴지도 않았다. 헨리는 토머스 경이 자신을 주시하고 있다는 사실을 은연중에 알아차렸다. 그는 편안한 목소리로 토머스 경을 향해 말을 걸었다.

"전 이웃에 살고 싶은 것입니다, 토머스 경. 프라이스 양에게 전한 저의 얘기를 들으셨으리라 생각합니다. 제 의견에 찬성해주시겠습니까? 그리고 아드님에게, 저런 사람에게는 절대 집을 빌려주지 말라고 말리지는 말아주십시오."

토머스 경은 정중하게 고개를 숙이고 나서 대답했다.

"당신이 이 근처에 계속 살기를 바란다 해도 그 방법만은 찬성할 수 없어요. 나는 에드먼드가 손턴 레이시의 자기 집에서 살기를 바라고 있으며 또 살 것으로 생각하고 있답니다. 에드먼드, 그렇지 않니?"

난데없는 질문을 받고 에드먼드는 먼저 무슨 이야기인지 물어야 했으나 질문의 내용을 대충 알게 되자 조금도 주저하지 않고 대답했다.

"물론이지요. 전 임지에 사는 일 외엔 생각하고 있지 않습니다. 그렇지만 크로포드 씨, 집을 세놓는 일은 거절하지만 친구로서 방문하는 것은 대환영입니다. 해마다 겨울이 되면, 그 집의 반은 당신의 것으로 생각해주십시오. 당신의 개조 계획에 따라 마구간도 늘릴 것이며, 이번 봄 사이에 그 계획보다 더 좋은 걸 생각해낸다면 그것도 모두 실천하기로 할 테니까요."

"우리의 입장에서는 참으로 괴로운 일이지요. 이 애가 나가 살면 거리는 기껏 8마일이라고 하지만 가족 수효가 줄어드니까 반갑지 않은 일이지요. 그렇지만 내 아들이라는 이유 때문에 에드먼드가 교구에서 생활하지 않는다면 그건 대단히 유감스러운 일일 거요. 당신의 경우 이 문제에 대해 별로 생각한 적이 없다는 것도 아주 자연스러운 일입니다, 크로포드 씨. 그러나 교구에는 상주하는 목사가 반드시 필요한 법이라오. 그가 아니고는 해결할 수 없는 일들이 분명 있기 때문이오. 이것은 대리인으로는 도저히 대신할 수 없는 성질의 일이죠. 에드먼드도 손턴 레이시에서 기도하고 설교하는 것뿐이라면 굳이 맨스필드 파크를 떠나지 않아도 해낼 수 있겠지요. 일요일마다 명목상 살고 있는 것으로 되어 있는 집까지 말을 타고 가서 예배를 끝내면 되는 것이니까. 일주일마다 하루 3~4시간 동안을 손턴 레이시의 목사가 되는 것으로 만족할 수 있다면 말이오. 그러나 만족하지는 않을 겁니다. 에드먼드는 분명히 알고 있지요. 일주일에 한 번 하는 설교만으로는 교구민들에게 아무런 교훈도 줄 수 없을 것이며 만약 교구민 사이에 섞여서 생활하고 끊임없는 배려로 모범을 보이지 않는다면 그들도 목사를 따르지 않을 테지요. 그것은 그들을 위해서나 자신을 위해서나 별로 도움이 되지 않는 일이지요."

토머스 경이 준엄한 목소리로 말했다. 헨리는 지당한 말씀이라는 듯 조용히 머리를 숙였다.

"되풀이하는 말이 되겠지만 이 근처에서 크로포드 씨가 사는 것을 기쁘게 환영할 수 없는 집은 다만 손턴 레이시뿐입니다."

토머스 경이 헨리를 바라보면서 타이르듯이 덧붙여 말했다.

"경께서는 확실히 교구 사제의 의무를 정확하게 알고 계시는군요. 에드먼드 씨 역시도 자신의 임무를 올바르게 수행할 것이라고 믿습니다."

헨리는 감사하다는 뜻을 표하며 고개를 끄덕였다. 토머스 경의 짧은 연설이 헨리에게 현실적으로 어떤 효과를 나타냈는지는 고사하고 다른 사람들 가운데서 두 사람, 즉 그의 이야기에 가장 주의 깊게 귀를 기울였던 패니와 메리의 마음만 언짢게 했다. 그 중 한 사람은 손턴이 그렇게도 빠른 시일 내에 또 그토록 완전하게 그의 거처가 되리라고는 여태까지 한 번도 생각해보지 않았던 터라 눈을 내리깔고 매일 에드먼드와 만날 수 없게 된다면 어떻게 될 것인가를 생각하고 있었다.

또 한 사람은 오빠의 묘사를 따라 지금까지 즐거운 공상의 꿈속에서 헤매고 있다가 문득 깨어나 자신이 그려온 미래의 손턴의 정경 속에서 사랑하는 사람이 다른 곳으로 떠나간다는 냉엄한 현실을 직면하게 되었다. 마치 토머스 경이 이 모든 것의 파괴자처럼 생각되었다. 두 사람 모두에게서 토머스 경을 원망하는 마음은 똑같았다. 그리고 그 고통이 더욱 컸던 것은 토머스 경의 인품과 태도에 저도 모르게 눌려서 화풀이로써 그의 주장을 한마디 조롱할 만한 용기도 우러나오지 않았기 때문이다.

메리는 이제 스페컬레이션 게임을 끝내야 할 시점이었다. 토머스 경의 설교가 카드 게임에 대한 흥미를 완전히 앗아가 버렸기 때문이었다. 좌중의 주요 인물들은 이제 벽난로 근처에 드문드문 모여 이 모임이 어서 끝나기를 기다리고 있었다. 윌리엄과 패니는 외로이 떨어져 있었다. 그들은 인기척이 사라진 트럼프용 테이블에 앉아 마음 편히 이야기를 나누고 있었는데, 다른 사람들 일에는 완전히 무관심으로 일관했다. 오직 서로의 이야기에만 신경을 집중해서 듣고 있었던 것이다.

그런데 이제는 다른 사람들 중의 몇몇이 그들 두 사람에게 주의를 기울이기 시작했다. 먼저 헨리의 의자가 이 두 사람을 향해 방향을 바꾸었다. 그는 몇 분 동안 그들을 말없이 지켜보며 앉아 있었다. 그러는 동안 그 자신은 그랜트 박사와 서서 이야기를 나누고 있던 토머스 경의 관찰의 대상이 되고 있었다.

"오늘밤은 무도회가 열리는 날이지? 포츠머스에 있었더라면 아마 참석했을 거야."

패니를 바라보면서 윌리엄이 말했다.

"하지만 포츠머스에 있었더라면 지금보다 더 좋았을 거라고 생각하는 건 아니겠지, 오빠?"

"물론이야, 패니. 그런 생각은 전혀 안 해. 나는 포츠머스라든가 무도회보다 네가 훨씬 더 소중한걸. 게다가 무도회에 가봤자 별 재미도 없을 거야. 파트너도 구하지 못했을 게 뻔하니까. 포츠머스의 여자애들은 임관하지 않은 군인은 거들떠보려고도 안 해. 소위 후보생 따위는 사람 축에도 못 들 정도야. 정말이야. 그레고리 자매를 기억하고 있지? 놀랄 정도로 근사한 아가씨가 되어 있지만 나한테는 말도 제대로 걸어주지 않아. 루시에게는 소위인 애인이 있지만 말이야."

"어머! 너무해, 정말 너무한데! 하지만 너무 속상해 하지 마, 오빠. 그건 오빠가 신경 쓸 만한 일은 아니잖아. 오빠 잘못이 아닌걸. 가장 위대한 제독도 젊은 시절에 모두가 얼마쯤은 경험한 일일 거야. 그렇게 생각하도록 해. 선원 시절에 닥치는 어려움의 하나라고 생각하고 맞서가도록 해야 해. 폭풍우라든가 온갖 악천후를 극복해나가는 일처럼…… 하지만 좋은 점이 하나 있기는 해. 언젠가는 그 고생도 끝날 거니까. 그런 일을 참지 않아도 될 때가 분명 올 테니까. 오빠가 소위가 되면! 한번 생각해봐, 윌리엄 오빠. 오빠가 소위가 되고 나면 그런 시시한 일 따위는 조금도 신경 쓰지 않게 될 거야."

오빠가 무시당했다는 생각에 그녀의 뺨은 노여움으로 달아오르기 시작했다.

"난 언제까지고 소위가 될 수 없으리라는 생각이 들기 시작했어, 패니. 나 말고 다른 사람들은 모두 임관을 해 나간단 말이야."

"아니, 오빠! 그런 말은 하지 마. 그런 식으로 실망하지는 마. 이모부께선 아무 말씀이 없으시지만 틀림없이 오빠의 임관을 위해서 할 수 있는 일을 해주실 거야. 이모부는 오빠 못지않게 그 일이 얼마나 중요한 일인지 잘 알고 계실걸."

말을 하던 패니는 이모부가 뜻밖에 가까이 있는 것을 알고는 입을 다물었다. 그리고 두 사람은 뭔가 다른 화제를 꺼내야만 되었다.

"넌 무도회를 좋아하니, 패니?"

윌리엄이 먼저 질문을 던졌다.

"그럼. 대단히…… 하지만 춤을 추다 보면 금방 피곤해져."

"함께 무도회에 가서 네가 춤추는 것을 보고 싶구나. 노스햄턴에서는 무도회가 열리지 않니? 네가 춤추는 모습을 꼭 보고 싶은데. 너만 좋다면 나도 함께 추겠어. 여기서 나를 아는 사람은 아무도 없을 테니까. 그리고 다시 한 번 네 파트너가 되고 싶어. 우린 언제나 함께 뛰어놀았었지, 그렇지? 유랑 악단이 집 근처에 와서 거리에서 아코디언을 연주했을 때처럼 말이야. 그렇지? 난 이래봬도 춤은 상당히 잘 춘단다. 그렇지만 틀림없이 네가 더 잘 출 테지."

그리고 바로 곁에 와 있던 이모부에게 물었다.

"패니는 아주 멋지게 춤을 잘 추지요?"

패니는 생전 처음 들어보는 이런 질문에 어찌할 바를 몰라 허둥거리며 얼굴을 어느 쪽으로 돌려야 할지, 어떤 태도로 그 대답에 대처해야 좋을지 알 수 없었다. 무엇인가 엄하게 질책하는 말이거나 아니면 적어도 지독하게 냉담한 무관심의 표현 때문에 오빠는 난처해지고 자신은 영락없이 휘청거리게 될 것이었다. 그러나 뜻밖에도 그 대답은 이랬다.

"유감이지만 난 그 질문에 대답할 수가 없구나. 어린아이였을 때 말고는 패니의 춤을 본 적이 없으니까 말이다. 그렇지만 기회가 있으면 패니가 틀림없이 숙녀 체면에 부끄럽지 않게 춤을 추는 걸 볼 수 있으리라 생각하는 점에서는 아마 우리 의견이 일치할 거야. 어쩌면 머지 않아 그런 기회가 올지도 모르지."

"전 당신 누이동생의 댄스를 보았어요, 프라이스 씨."

헨리가 한 걸음 나서면서 말했다.

"크로포드 씨, 그게 정말인가요?"

윌리엄이 반색을 하며 물었다.

"그 점에 대해서는 모든 질문에 완전히 만족하실 만한 대답을 해드 릴 수 있지요. 그러나 아마―패니가 난처한 표정을 짓고 있는 것을 보 더니―그 문제는 다음 기회로 미루기로 합시다. 이곳에는 프라이스 양이 소문에 오르내리는 것을 꺼리는 분이 한 분 계시니까요."

그는 분명 패니가 댄스를 추는 것을 한 번 본 적이 있었고 또 그녀가 조용하고 우아하게 잘 맞추어 미끄러지듯 춤을 추었노라고 당장에라 도 보증하고 싶었지만 사실은 그녀의 춤추는 모습이 어땠는지 생각해 낼 수가 없었다. 다만 그녀가 그 무도회장에 있었을 것이라는 짐작만 으로 그녀의 춤을 보았다고 말했을 뿐이며 실상은 그녀에 관해서 아 무것도 기억하고 있지 않았다.

윌리엄은 여러 지방을 다니면서 자신이 직접 목격한 춤에 대해 이야 기하기 시작했다. 토머스 경도 나쁘지 않은 듯이 댄스 일반에 대한 대 화를 계속하여 안티과 섬의 무도회의 장면을 설명하고 조카가 직접 보고 온 여러 가지 형태의 춤에 대한 이야기에 귀를 기울이고 있었다. 때문에 마차가 왔다는 말을 잘 듣지 못하다가 그 일을 겨우 알아차리 게 된 것은 노리스 부인이 수선을 떨기 시작한 때였다.

"자, 패니, 패니. 뭘 꾸물거리고 있니? 어서 돌아가자. 지금 이모께 서 마차에 오르고 계신 것을 모르니? 빨리빨리 서둘러. 윌콕스 영감을 기다리게 하는 건 참을 수 없어. 항상 마부와 말에 대한 배려를 잊어서는 안 된다. 그리고 형부, 형부와 에드먼드 그리고 윌리엄을 위한 마차를 오도록 지시해 놓았어요."

토머스 경은 이의를 제기할 수도 없는 상황이었다. 이것은 그 자신이 미리 결정해놓은 일이었고 아내와 노리스 부인에게 말해 놓았던 것이었다. 그러나 노리스 부인은 그 사실을 까마득하게 잊은 모양으로 그것은 모두 자기가 직접 결정한 일이라 생각하지 않고는 만족하지 않았다.

이 방문이 끝날 무렵, 패니는 속으로 약간 실망하지 않을 수 없었다, 그것은 에드먼드가 하인에게서 조용히 숄을 받아 그녀의 어깨에 막 걸쳐주려는데 헨리의 손이 더 빨라, 결국 그녀는 너무 지나치다 싶을 정도로 호들갑스런 그의 신세를 지지 않을 수 없었기 때문이다.

26

패니가 춤추는 모습을 보고 싶다는 윌리엄의 소원이 이모부의 마음 속에 남긴 인상은 쉽사리 사라지는 것이 아니었다. 그때 토머스 경이 기회가 있을지 모른다고 한 말은 그냥 아무렇게나 한 말은 아니었다. 그는 동생의 춤을 보고 싶어하는 윌리엄의 조그만 소원을 들어주어 만족시켜주고 싶었다. 또한 패니의 댄스를 보고 싶어하는 다른 사람들까지도 기쁘게 하고 젊은이들 모두에게 즐거움을 주고 싶다는 생각에 조용히 혼자서 고민을 거듭한 끝에 내린 결과가 다음날 아침 식사 때 밝혀졌다. 그는 윌리엄이 했던 말들을 다시 거론하면서 칭찬에 이어 덧붙였다.

"윌리엄, 네가 그 소원을 이루지 못한 채 노스햄턴을 떠나가게 하고 싶지는 않구나. 너희 두 사람이 추는 춤을 보는 것은 나에게도 즐거운 일이거든. 넌 노스햄턴의 무도회 이야기를 했지. 거기에는 네 사촌들도 이따금 나간 적이 있단다. 하지만 이모도 많이 피로해 하시고. 지금 우리들 사정이 그곳까지 가기에는 좀 무리일 것 같구나. 노스햄턴의 무도회를 생각할 수는 없지만 여기서 무도회를 여는 건 어떨까? 내 생각에는 우리가 집에서 무도회를 여는 편이 더 좋을 것 같구나. 게다가 만약……."

"아! 형부. 그 다음은 알겠어요. 무슨 말씀을 하고 싶으신 건지 저는 알고 있어요. 만약에 줄리아가 집에 있다면, 또는 러시워스 부인이 소서턴에 있다면 이유도 타당하고 기회도 좋아 젊은이들을 위해 맨스필드에서 무도회를 열 마음도 생길 것이라고 말씀하시려는 것이죠. 그래요, 틀림없이 그렇게 될 겁니다. 만약 줄리아와 마리아가 이 집에서 무도회의 꽃이 되어준다면야 이번 크리스마스에라도 무도회를 여실 테죠. 이모부께 고맙다는 말씀을 드려라. 윌리엄, 이모부께 고맙다는 인사를……."

노리스 부인이 말참견을 해왔다.

"내 딸들은 브라이튼에서 즐겁게 지내고 있으며 아주 행복하리라 생각해요. 그러나 내가 맨스필드에서 무도회를 열고자 하는 것은 그 애들의 사촌을 위해서예요. 만약 모두 모일 수가 있다면야 물론 그것대로 반가운 일이지만, 누군가가 없다고 해서 다른 사람들의 즐거움이 방해받는 따위의 일이 있어서는 안 됩니다."

토머스 경은 묵직한 어조로 그 말을 가로막고 대답했다. 노리스 부인은 더 이상 할말이 없었다. 그의 얼굴에서 결단의 빛을 읽을 수 있었다. 놀라움과 노여움이 가라앉고 그녀가 평정을 되찾는 데에는 몇 분간의 침묵이 필요했다. 이런 시기에 무도회라니! 딸들은 부재중이며 그녀 자신에게 한마디 의논도 없이! 그러나 그녀는 자신이 모든 일을 처리하고 지휘해야 한다는 생각이 들자 다소 위안을 얻었다. 버트램 영부인에게는 물론 어떤 근심도 수고도 끼칠 수 없었다. 만사는 그녀가 두 어깨에 짊어지게 된 것이었다. 무도회가 열리는 날 밤에 자신이 주인 역할을 도맡아 해야 했던 것이다. 이렇게 생각하자 그녀의 기분도 풀려, 다른 사람들과 어울리면서 기쁨과 감사의 말을 나눌 수가 있었다.

　에드먼드와 윌리엄과 패니는 각각 그 방법이야 달랐지만 무도회의 약속을 진심으로 기뻐하고 있음을 표정과 말로 나타냈으므로, 이를 지켜보고 있던 토머스 경도 마음이 흐뭇해졌다. 에드먼드는 두 사촌을 생각하고 있었다. 그의 생각으로는 지금까지 아버지가 이토록 만족할 만한 호의와 친절을 베풀거나 보여준 적이 없었던 것으로 여겨졌다.

　버트램 영부인은 침착한 태도로 완전히 만족하여 아무 반대도 하지 않았다. 토머스 경은 되도록 귀찮게 하지 않겠다고 약속했다.

　"귀찮은 건 조금도 겁나지 않아요. 실제로 귀찮은 일이 있으리라고는 생각되지 않으니까요."

　버트램 영부인도 부드러운 목소리로 남편에게 약속했다. 노리스 부인은 어느 방을 쓰는 것이 가장 적당할 것인지 그 자리에서 당장 자기의 의견을 꺼냈지만 그런 것은 벌써 결정되어 있었다. 날짜에 대해 조언을 하려 하자 그것도 이미 다 정해져 있는 모양이었다. 토머스 경은 스스로 즐기면서 이 일 전반에 관한 완전한 윤곽을 그려놓은 터이므로, 그녀가 조용히 이야기를 경청하게 되자 곧 초대할 집의 명단까지도 읽어줄 수 있었다. 그의 계산으로는 예고 기간이 짧다는 사정을 감안하더라도 12~14쌍을 만들기에 충분한 젊은이들이 모일 것이라는 생각을 하고 있었다. 그리고 22일이 가장 적당한 날로 정해진 경위를 자세히 설명할 수도 있었다. 윌리엄은 24일엔 포츠머스에 가 있어야 하며 따라서 22일이 그의 방문의 마지막 날이었다. 그러나 준비하는 날짜가 이렇게 짧은 경우에는 그보다 더 빠른 날짜를 잡는다는 것은 현명한 일이 아니었다. 노리스 부인은 자기도 이와 꼭 같은 생각을 하고 22일이 가장 좋은 날짜라는 제안을 하려던 참이었다고 말을 하는 것으로 만족해야 했다.

무도회 일은 이렇게 결정되었고 곧바로 관계자 모두에게 공표되었다. 곧 초대장이 발송되어 패니 외에도 수많은 젊은 아가씨들이 그날 밤 행복한 생각으로 가득 찬 채 잠자리에 들게끔 되었다.

마음속을 채우고 있던 걱정이 때로는 행복감을 밀쳐내는 수가 있었다. 패니는 아직 나이가 어렸기 때문에 경험도 없고 선택의 기회가 적을 수밖에 없었다. 그러다 보니 자신이 초라하게 느껴졌고 자기 취향에 자신감을 가질 수 없어 '어떤 옷차림을 하면 좋을까?' 하는 생각조차가 괴로운 일이었기 때문이다. 액세서리가 무엇보다도 큰 고민거리였다. 그녀가 가진 거의 유일한 액세서리는 윌리엄이 시실리 섬에 다녀온 선물로 준 참으로 아름다운 호박 십자가뿐이었다.

패니는 그것을 목에 걸려 해도 리본이 하나밖에 없었기 때문에 목에 걸 수가 없었다. 지난번에는 한번 그렇게 해서 목걸이를 한 적이 있었지만 이번 경우에 그런 일이 허용될까? 다른 아가씨들은 모두 틀림없이 호화로운 액세서리를 하고 나타날 것이다. 그러나 그것을 걸지 않으면! 윌리엄은 금줄도 사주고 싶었지만 거기까지는 힘이 자라지 않았던 것이다. 그러니까 이 십자가를 걸지 않는다면 그는 서운해 할지 모른다. 이 같은 여러 가지 생각 때문에 주로 그녀를 기쁘게 해주려는 목적의 무도회였지만 그녀는 의기소침해지지 않을 수 없었다.

그동안 준비는 차질 없이 착착 진행되고 있었고 버트램 영부인은 아무 불편 겪는 일 없이 소파에 그저 앉아 있기만 했다. 가정부가 몇 차례씩 특별한 용건으로 그녀에게 불려오거나, 하인이 그녀의 새 옷 완성을 좀더 서두르도록 재촉 받는 일은 종종 있었다. 토머스 경은 계속해서 지시를 내렸고 노리스 부인은 눈 코 뜰 새 없이 뛰어다녔다. 그러나 이런 모든 일들은 조금도 버트램 영부인을 귀찮게 하지 않았고 그녀의 예상대로 실제로 이 일로는 아무런 성가심도 없었던 것이다.

특히 에드먼드는 요즈음 근심 걱정으로 가득했다. 그의 마음은 그때 바로 눈앞에 다가선 두 가지 중대한 일에 대한 깊은 생각으로 꽉 차 있었다. 그것은 인생에서 그의 운명을 결정지을 일로 목사 안수와 결혼이었다. 이런 중대한 일들을 앞두고 있는 그에게 무도회 따위가 별 의미를 줄 수 없었다. 무도회가 끝나면 뒤에 둘 중의 한 가지가 곧 일어나게 될 것이므로 그의 눈에는 집안사람의 어느 누구의 경우보다 무도회 자체가 보잘것없는 일로 여겨졌다.

그는 23일에 피터버러(노스햄턴 북단에 위치한 도시: 역주) 근처에 있는 친구 집에 가기로 되어 있었으며 두 사람은 크리스마스 주간에 안수를 받기로 예정되어 있었다. 그때에는 그의 운명의 절반이 결정되는 것이었다. 그러나 나머지 절반은 그렇게 순순히 이뤄지지 않을지도 몰랐다. 임무는 확실히 결정되지만 그 임무를 함께 하고 활기를 북돋아주고 보답해줄 아내는 아직 얻지 못할지도 몰랐다.

에드먼드는 자신의 감정에 대해서는 확고부동한 자신이 있었지만 메리의 마음을 완전히 붙잡았다는 확신은 서지 않았다. 두 사람의 생각이 일치하지 않는 점도 많이 있었으며 그녀의 태도가 그다지 희망적이지 않았던 적도 몇 번 있었다. 그녀의 애정을 믿고 단시일 내에 당면한 여러 가지 일을 정리한 후 그녀에게 청혼할 생각을 하고 있었다. 하지만 결과가 걱정스러워 이런저런 생각만으로 주저하면서 지내는 일이 많았던 것이다. 자신이 청혼을 했을 때 만약 그녀가 그 청혼을 거절한다면 그때는…….

그녀가 그를 사랑하고 있다는 느낌이 아주 강한 확신으로 다가오던 순간들도 있었다. 그런 때에는 오랜 동안 그녀가 보여준 호의적인 태도를 되새겨볼 수도 있었으며 이해를 따지지 않는 애착이라는 점에서는 그녀는 다른 모든 것과 마찬가지로 완벽한 존재였다. 그러나 어떤 때에는 의심과 불안이 희망을 제치고 마음을 흩뜨려놓기도 했다. 그녀가 조용히 틀어박혀 지내는 생활은 싫다고 공공연히 공언했고 분명히 화려한 런던 생활을 좋아하고 있다는 사실을 생각해보면 말 붙여볼 여지도 없는 거절 이외에 무엇을 기대할 수 있을까? 설사 승낙해준다 해도 그것은 오히려 그의 편에서 사양하고 싶을 것이다. 에드먼드는 메리가 원하는 것이 무엇인지 너무나도 잘 알고 있었다. 그녀는 그로 하여금 임무나 사명을 포기하도록 요구해올 것이고 그런 것은 그의 양심에 비춰볼 때 절대로 할 수 없는 일이었다.

모든 귀결은 오직 한 가지 조건에 달려 있었다. 그를 사랑함으로 말미암아 그때까지 그녀가 포기할 수 없다고 생각해오던 것들을 미련 없이 포기할 의사가 있는지, 애정으로 말미암아 그것이 가능하도록 할 수 있는지에 결혼이라는 명제가 달려 있었다. 그리고 마음속으로 끊임없이 이 문제를 되풀이하여 질문을 던져보았다. 대개의 경우, '예스' 라는 대답을 얻었는데 때로는 '노' 라는 대답으로 되돌아오기도 했던 것이다.

얼마 후면 메리는 맨스필드를 떠나기로 되어 있었다. 이런 사정을 감안하면서 다시 한 번 마음속으로 질문을 던졌을 때도 역시 '노' 와 '예스' 의 반복일 뿐이었다. 에드먼드는 그녀가 눈을 반짝이면서 장기간의 런던에 초대해준 친구의 편지에 대해서 그리고 헨리가 이대로 1월까지 남아서 런던까지 바래다주기로 한 친절에 대해서 이야기하는 것을 들으며 지켜보고 있었다. 여행의 즐거움에 대해 이야기를 늘어놓는 그 말투 하나하나가 그에게는 '노' 라는 대답처럼 들리는 것이었다.

하지만 이것은 메리의 여행이 결정된 그 첫날에, 그 즐거움이 최고

조에 이르렀던 최초의 한 시간 동안에 일어난 일이었다. 그 당시에는 런던을 방문해서 만나게 될 친구에 관한 일 외의 다른 일은 안중에 없었다. 시간이 조금 지났을 때 그녀가 또 다른 투의 다정한 마음으로 심중을 표현하는 말을 들었다. 가장 먼저 그랜트 부인과 작별하는 것이 너무나 아쉬운 일이라고 했다. 방문할 그곳 친구나 즐거움도, 뒤에 남겨두고 가는 것들의 소중함에 비한다면 아무것도 아니라는 생각이 들기 시작했다. 물론 런던으로 떠나는 일은 흥분할 일임에는 틀림없었다. 일단 떠나면 즐거운 나날을 보내게 될 것은 알고 있지만, 그러나 벌써부터 다시 맨스필드로 돌아올 날을 손꼽아 바라고 있다는 말을 들을 때는 그 속에 '예스'가 숨겨져 있는 것처럼 느껴졌다.

이런 일들을 이리저리 생각하고 마음속에 이런저런 상념을 쌓아올렸다가는 무너뜨리고 또다시 쌓아올리는 일을 반복하고 있었으므로 에드먼드는 온 집안사람들이 모두 하나같이 큰 관심을 가지고 기다리고 있는 밤의 무도회에 대해서는 별로 생각이 미치지 않았다.

윌리엄과 패니가 즐거워할 것이라는 사실에서 전해지는 흐뭇함을 제외한다면, 그에게 있어 그날 밤은 두 가족 사이의 여느 때 모임 약속 이상으로 높은 가치를 갖는 것은 아니었다. 어떤 경우라도 서로 만나면 메리의 애정에 대한 확증을 더욱 크게 얻어낼 수 있을 것 같은 희망을 품고 있었지만 꽃이 춤추는 듯한 화려한 무도회장은 진지한 사랑의 감정을 불러일으켜 표현하기엔 별로 적합한 장소는 못 되었던 것이다.

처음 두 번의 춤을 함께 추도록 미리 그녀의 약속을 받아둔 것, 이것이 무도회를 앞두고 에드먼드가 선택할 수 있는 개인적인 행복의 전부였다. 주변에선 이른 아침부터 저녁 늦게까지 온갖 일이 분주하게 진행되고 있었지만 자신이 준비해야 할 일은 오직 메리와 춤을 추겠다는 약속뿐이었던 것이다.

무도회가 예정된 날은 목요일이었다. 수요일 아침까지도 패니는 무슨 옷을 입어야 할지 아직 결정을 못 내리고 있었다. 패니는 이에 대해 무도회의 경험이 많은 사람의 조언을 구해야겠다는 생각을 했다. 그랜트 부인과 그 여동생에게 의논을 한다면, 그래서 다른 모든 사람들이 주로 따르는 취향을 자신도 따른다면 별 흠잡히지 않을 옷차림을 할 수 있을 테고 무사히 무도회를 마칠 수 있을 거라는 생각이 들었던 것이다.

마침 에드먼드와 윌리엄은 노스햄턴에 가고 없었고 헨리도 외출 중인 듯했으므로, 다른 사람들 몰래 은밀하게 의논할 기회를 얻지 못할까 봐 은근히 걱정하고 있던 패니에게는 이처럼 좋은 기회도 또 없을 것이었다. 패니는 남의 이목에 신경 쓰지 않고 소기의 목적을 달성하기 위해 편한 마음으로 목사관으로 걸어갔다. 그녀는 자신의 고민을 아주 창피한 일로 여기고 있었던 것이다.

목사관 못 미쳐 몇 야드 떨어진 근처에서 메리와 마주쳤다. 마침 패니를 찾아오려고 집을 나선 참이었다. 보아하니 이 친구는 예의상 목사관으로 되돌아가자고 말하기는 했으나 모처럼의 산책을 중지하고 싶지 않은 눈치였으므로, 패니는 곧 자기 용건을 설명하고, 만약 의견을 들려줄 수 있다면 집 밖에서라도 이야기할 수 있을 것이라고 덧붙였다.

메리는 이렇게 부탁받고 흐뭇한 눈치였으며 잠깐 생각하더니 아까보다 훨씬 성의 있는 말투로 패니와 함께 집으로 돌아가자고 권하고는, 자기 방으로 올라가면, 응접실에 있는 그랜트 부부에게 방해가 되지 않게 마음 편히 이야기할 수 있다고 말했다.

이것은 패니에게는 더 없이 좋은 제안이었다. 패니 편에서 이토록 친절하게 배려를 해주어서 고맙다는 인사말을 하면서 두 사람은 집으로 들어가자마자 2층으로 올라가 흥미진진한 화제에 몰두했다. 메리는 자신의 의견을 물어온 데 대하여 여러 가지로 궁리해서 최상의 판단과 취향에 맞추어 이야기를 간단히 해주었고, 격려하는 말로 모든 일을 즐겁게 받아들일 수 있도록 해주었다. 의상에 관한 중요한 부분에 관해서는 전부 해결되었다.

"하지만 목걸이는 어떻게 할 거예요?"

메리가 물었다.

"글쎄…… 잘 모르겠어요."

패니가 대답하면서 고개를 숙였다.

"오빠가 준 십자가는 안 하실 건가요?"

다시 한 번 조심스럽게 질문을 던지면서 그녀는 자그마한 종이 꾸러미를 펴기 시작했다. 그것은 두 사람이 만났을 때부터 그녀가 들고 있었던 것이었다. 패니는 액세서리에 대한 자신의 고민을 털어놓았다. 십자가를 목에 걸어야 할지, 혹은 걸지 않는 편이 좋은지 판단을 내릴 수가 없었던 것이다.

대답 대신 그녀 앞에는 자그마한 보석 상자가 놓이고 여러 개 있는 금사슬과 목걸이 중에서 하나를 선택하라는 권유를 받았다. 메리가 손에 들고 있던 종이 꾸러미는 바로 이것이었으며 그녀가 패니를 찾아 나선 목적도 바로 이 일 때문이었다. 그리고 매우 친절한 태도로 패니에게 십자가를 하나 골라 보이면서 자신의 의견을 얘기했다. 패니는 이 제안을 받고 깜짝 놀라면서 처음에는 사양을 했다. 메리는 주저하면서 선뜻 받아들이려 하지 않는 패니의 마음을 설득하기 위해 애썼다.

"보는 바와 같이 보석 상자 안에는 여러 종류의 목걸이가 많이 있어요. 너무 많아서 한 번도 사용하지도 않은 것도 있고 어떤 것은 그런 목걸이가 있었다는 것조차 기억나지 않는걸요. 새삼스레 새것을 드리려는 것도 아니고 쓰던 목걸이를 하나 가지시라는 것뿐인데요. 실례가 되지 않는다면 제 선물을 거절하지 말아주세요."

메리가 다정다감하게 말했다. 패니는 그래도 사양했다. 아무리 사용하던 것들이라지만 패니에게 그것은 너무나 값비싼 선물이었다. 그러나 메리도 물러서지 않고 애정을 담은 아주 진지한 태도로 윌리엄과 십자가와 무도회와 자기 자신을 포함한 네 가지에 대하여 설득한 결과 마침내 성공했다. 결국 패니로서는 양보하지 않을 수 없었다. 자존심이 지나치다든가 또는 냉담하다든가, 그 밖에 도량이 좁다는 등의 비난을 받을 우려도 있었던 것이다.

마지못해 동의하고 패니는 목걸이를 고르기 시작했다. 어느 것이 가장 값이 싼지 알고 싶은 마음에서 이리저리 보다가 이윽고 하나를 골랐다. 어떤 목걸이 하나가 다른 어느 것보다도 자기 앞에 놓여지는 일이 많은 것 같았다. 금으로 된 것인데 예쁘게 세공이 되어 있었다. 패니는 더 길고 심플한 사슬이 자기에게는 어울린단 생각이 들었지만 이걸로 결정하는 게 메리가 자주 사용하지 않는 것으로 택하는 셈이 되리라고 생각했다.

메리는 만족한 미소를 띠더니 금방 선물로써 결정하려는 듯이 그 목걸이를 그녀의 목에 걸어주며 어울리는지 보라고 했다. 패니는 그 목걸이가 어울리는지에 대해서는 한마디의 반론도 없었다. 그녀의 말처럼 패니에게 무척이나 잘 어울렸던 것이다.

패니는 지금이라도 사양하고 싶은 마음은 여전했지만, 그래도 이렇게 꼭 어울리는 목걸이를 가질 수 있게 된 것이 한편으로는 매우 기뻤다. 신세를 질 바에는 차라리 다른 사람의 도움을 얻는 것이 더 좋으리라는 생각을 했지만, 그 생각은 옹졸한 것이었다. 메리는 친절하게 그녀의 고민을 짐작하고 있었고, 그 걱정을 해결해주기 위한 노력을 보여줌으로써 참된 친구임이 증명된 셈이었다.

"이 목걸이를 목에 걸 때는 언제나 당신을 생각하겠어요. 그리고 당신의 친절한 마음씨를 느끼겠어요."

패니가 말했다.

"그 목걸이를 목에 걸때에는 저뿐만 아니라 헨리 오빠도 좀 생각해주세요. 왜냐하면요, 맨 처음에 오빠가 골랐던 것이니까요. 그 목걸이는 오빠한테서 선물받은 것이랍니다. 그러므로 목걸이와 함께 그 원래 선물해준 사람을 생각할 의무도 몽땅 물려드리겠어요. 한 가족의 추억이 되겠지요. 누이동생이 마음에 떠오르면 오빠도 따라 떠오르는 법이에요."

메리가 대답했다. 그녀는 활짝 웃고 있었다. 패니는 너무나도 놀라서 갈피를 잡지 못하고 선물을 즉각 돌려주려고 했다. 다른 사람에게서 받은 선물을 다시 받다니. 더구나 그녀 오빠로부터 받은 선물을! '불가능해!', '있을 수 없어!' 하고 생각했고 메리가 보기에 재미있어 할 정도로 당황하고 있었다. 그녀는 어찌할 바를 몰라 갈팡질팡하며 그 목걸이를 다시 보석상자에 내려놓고 다른 것을 골라 가질까, 그렇지 않으면 아무것도 받지 말까, 어느 편이 좋을지 망설이는 눈치였다. 메리는 이토록 귀엽게 수줍어하는 모습은 이제까지 한 번도 본 적이 없다고 생각했다.

"이것 보세요, 프라이스 양! 무얼 염려하세요? 그 목걸이는 제 것인데 당신이 그걸 가졌다고 해서 헨리 오빠가 이상하게 생각할 것 같아요? 아니면 당신의 그 고운 목에 그것이 걸려 있는 걸 보고 오빠가 기분 좋아하리라 생각하시는 건가요? 오빠가 자기 돈으로 샀다 해도 그것은 3년 전의 일이에요. 그 무렵에는 이렇게 예쁘고 고운 목이 이 세상에 있으리라고는 미처 몰랐겠지요. 그렇잖으면 혹시……."

메리는 장난기 어린 표정으로 말했다.

"우리 남매가 서로 짜고서 하는 일로 생각하나요? 아니, 오빠의 부탁을 받고 하는 일이라 의심하시는 건가요?"

"아니에요, 하지만……."

패니는 얼굴이 빨개져서 그런 생각은 하지 않는다고 항변했다.

"자, 그렇다면 어떤 의도가 있다고 지레짐작하지 마시고 보통 때의 당신답게 공치사 같은 건 아랑곳하지 않는다는 증거로 그 목걸이를 받아주세요. 그리고 더 이상 아무 말도 하지 말아주세요, 네. 오빠의 선물이었다 해도 받으시는 데는 조금도 사정이 달라질 턱이 없는걸요. 왜냐하면 기꺼이 드리려는 제 마음은 아주 확고하니까요. 정말이에요. 오빠는 언제나 이런저런 것을 준답니다. 그렇게 받은 선물이 하도 많아 일일이 소중하게 간직할 수도 없거니와, 오빠도 준 걸 반도 기억하지 못할 거예요. 이 목걸이도 지금까지 대여섯 번이나 걸어봤을까요. 참 예쁘긴 해요. 하지만 보통 때는 그냥 팽개쳐둔답니다. 보석 상자 속의 것은 어느 것이든 기꺼이 드리겠지만 마침 당신이 고르신 것은 만약 제가 스스로 고른다면 다른 어느 것보나도 당신에게 드렸으면 싶었던 바로 그것이에요. 그러니까 제발 더 이상 사양 말고 받아주세요. 정말 보잘것없는 것이어서 이렇게 긴 말을 구구절절이 늘어놓을 값어치도 없답니다."

메리는 매우 진지한 표정을 지었으나 패니의 말에는 진정으로 귀 기울이는 빛이 없이 대답했다.

"그럼 정말 고마워요."

패니는 굳이 더 반대하지는 않았다. 감사하단 말을 되풀이하고 다시

한 번 그 목걸이를 받아들었지만, 조금 전처럼 기뻐하는 기색은 아니었다. 그것은 메리의 눈빛에서 아무래도 납득할 수 없는 야릇한 표정과 눈빛을 보았기 때문이었다.

패니는 헨리의 변한 태도를 눈치 채지 않을 수 없었다. 벌써 오래 전부터 그것을 알아차리고 있었다. 그는 분명히 그녀의 마음에 들기를 바라면서 시선을 끌기 위해 애쓰고 있었다. 정중하고 세심하게 마음을 쓰는 모습이 이전에 사촌 언니들에게 대하던 태도와 조금 비슷했다. 사촌들에게 행한 것과 같이 그녀 마음의 평정을 깨뜨리고 마음을 빼앗으려 하는 것으로 짐작되었던 것이다. 이 목걸이에도 얼마쯤 그가 관계되지 않았을까. 그렇지 않다고 단언할 수가 없었다. 왜냐하면 메리는 누이동생으로서는 오빠에게 고분고분하며 말을 잘 따르는 편이었지만 동시에 여성으로서는, 또 벗으로선 무책임한 사람이었기 때문이다.

'왜 그 목걸이를 받았을까?

패니는 나지막한 한숨을 내쉬면서 반성도 해보았다. 아무래도 헨리가 관련되어 있다는 의심을 떨쳐내지 못했기 때문에 그처럼 원하던 것이 자기 손에 들어왔는데도 별 만족감은 들지 않았다.

그녀는 다시 걸어서 맨스필드 파크로 돌아가고 있었다. 하지만 잠시 전에 이 길을 지나갈 때와 다름없이 근심 걱정은 그 내용이 바뀌었을 뿐, 조금도 줄어들지 않았다.

27

집에 도착한 패니는 바로 위층으로 올라가 이 생각지도 않게 얻은 물건, 어쩐지 꺼림칙한 이 목걸이를 동쪽 방의 자질구레한 보물을 간수해둔 상자 속에 넣어두려 했다. 이 보물 상자는 평소에 그녀가 아끼는 것이었다. 그런데 방문을 열자 참으로 놀랍게도 에드먼드가 책상 앞에 앉아 종이에다 무언가 글을 쓰고 있는 것이 아닌가! 지금껏 한 번도 이런 일이 없었기 때문에 그녀는 반가움과 동시에 놀라움을 금할 수 없었다.

"패니!"

그는 곧 자리에서 일어나 펜을 놓고 그녀를 맞이했는데 그의 손에는 작은 선물이 들려져 있었다.

"미안해, 패니. 허락도 없이 들어와서. 너를 보러 왔다가 없기에 곧 오겠지 하면서 기다리고 있었어. 그러다가 그냥 간단히 용건을 적어 두고 가는 게 좋을 것 같아 펜과 잉크를 빌려 쓰고 있던 참이란다. 쓰다 만 쪽지가 네 책상 위에 놓여 있지만 이제 용건은 말로 하면 되니까 필요 없게 되었구나. 저 말이다, 보잘것없는 것이지만 이걸 받아줬으면 싶어서……. 윌리엄의 십자가를 매달 사슬이야. 한 일주일 전쯤에 줄 생각이었는데 오빠가 예상보다 며칠 늦게 런던에 도착해서 그만 이렇게 늦어버렸다. 좀 아까 노스햄턴에서 받아온 거란다. 그건 어쨌든 이 사슬이 네 마음에 들었으면 해, 패니. 너의 심플한 취향을 고려하기는 했지만 아무튼 내 정성을 보아 이것을 너의 가장 오래된 친구 중의 한 사람이 베푸는 우정의 표시라 생각하고 받아줘, 사실 그대로니까."

이렇게 말한 에드먼드는 패니의 손에 선물을 넘겨준 후 급히 밖으로 나가려 했다. 패니는 고통과 기쁨과 천만 갈래로 흩어지는 상념에 압도되어 말문이 막힌 듯 우뚝 선 채였지만 한 가지, 아주 크게 바라는 마음을 못 이겨 소리쳤다.

"아! 오빠, 잠깐 기다려줘, 부탁이야. 가지 마."

그는 고개를 돌려서 뒤돌아보았다.

"오빠, 무어라 고마운 말을 해야 좋을지 모르겠어."

그녀는 매우 안절부절못하는 태도로 말을 이었다.

"인사말 따위는 문제가 아니야. 지금 내 심정을 도저히 말로는 나타낼 수 없는걸. 이처럼 친절하게 내 일을 생각해주다니 정말……."

"하고 싶은 말이 그것뿐이라면…… 패니, 잘 있어."

에드먼드는 미소를 짓더니 다시 돌아섰다.

"아니, 아니. 그렇지 않아, 오빠. 의논하고 싶은 게 있어."

거의 무의식중에 그녀는 방금 그에게서 받아든 꾸러미를 열고 있었다. 그러자 보석상에서 솜씨 좋게 포장해놓은 그대로의 모습으로 아주 심플하고 세련된, 그러면서 단순한 느낌을 주는 금사슬이 나타났다. 이 금사슬을 본 그녀는 또다시 소리치지 않을 수 없었다.

"어머! 정말 예쁘네. 바로 이거야. 꼭 이런 것이 갖고 싶었어! 갖고 싶었던 액세서리는 이것뿐이야. 내 십자가에 꼭 맞아. 두 개를 같이 걸겠어. 꼭 그렇게 하겠어. 더구나 지금 주어서 정말 고마워. 정말이야, 오빠. 얼마나 고마운지 오빠는 모를 거야."

패니는 말하면서 눈물을 글썽거렸다.

"이런, 이런. 패니, 넌 이런 일을 너무 야단스럽게 느끼는구나. 사슬이 네 마음에 들고 또 내일 쓸 수 있게 되어 매우 기쁘기는 하겠지만, 너의 인사 차리는 태도는 참 대단하구나. 내게는 이 세상에서 제일 기쁜 일이 너를 즐겁게 해주는 일인데 정말 네가 그래주니 얼마나 기쁜지 모르겠다. 그렇지, 이렇게 말해도 좋을 거야. 그토록 완전하고 그토록 순수한 기쁨은 내게는 또 없다고 말이다. 해준 일도 없는데……."

이런 애정 어린 말을 듣고 난 다음이라, 패니는 한마디의 말도 하지 않고도 한 시간은 견뎌낼 수 있을 것 같았다. 그러나 에드먼드는 잠시 기다렸다가 하늘 위에 둥실 떠 있던 그녀의 마음을 땅 위로 도로 끌어내리고는 말했다.

"그런데 의논할 일이란 무슨 일이지?"

그것은 메리로부터 선물받은 목걸이에 대한 일이었다. 그때 그녀는 진심으로 목걸이를 돌려주고 싶었으며, 그렇게 하는데에 그의 찬성을 얻고 싶었던 것이다.

패니는 좀 전의 목사관을 방문한 일에 대한 이야기를 했는데 그녀의 하늘에 오를 듯한 기쁨이 끝장난 것도 당연했다. 그것은 에드먼드가 사정 이야기를 듣고 무척 감동하여 메리의 행동을 크게 칭찬하고 자기네 두 사람의 행동이 이처럼 일치한 데에 대만족이었으므로 패니는 자신으로 인한 기쁨보다 메리로부터 얻는 기쁨이 몇 배 강한 힘을 가지고 있다는 사실을 인정하지 않을 수가 없었다.

그는 얼마 동안은 그녀의 제안을 건성으로 들었으며 의견을 물어봐도 대답을 하지 않았다. 그의 마음은 꿈속을 헤매듯 달콤한 상념에 빠져들고 이따금 찬탄하는 낱말들을 토막토막 중얼거릴 따름이었다. 그러나 제정신으로 돌아와 사정을 알게 되자 아주 분명하게 그녀의 생각에 반대를 했다.

"목걸이를 되돌려주다니 그건 안 돼. 패니, 절대로 안 돼. 그런 짓을 한다면 그 사람한테 심한 모욕이 될 거야. 친구를 돕고자 하는 극히 자연스러운 동기에서, 누가 봐도 이치에 맞는 마음에서 보낸 선물인데 이를 거절당한다면 그처럼 불쾌한 일도 없을 거다. 그토록 훌륭한 일을 한 사람한테서 무엇 때문에 모처럼의 기쁨을 빼앗으려는 거지?"

"처음부터 나한테 준 것이라면, 되돌려 주겠다는 생각은 하지도 않았을 거야. 하지만 그 목걸이는 메리 양 오빠로부터 받은 선물이었어. 만약 내가 갖고 싶다고 그것을 고르지 않았다면 그분도 내놓고 싶지는 않았으리라고 생각하는 것이 옳지 않을까?"

패니가 반문했다.

"그렇지 않아, 패니. 네가 메리 양을 만났을 때도 그 선물을 갖고 싶지 않았다든가, 어쨌든 받을 수 없다고 생각한다든가 하는 눈치를 보여서는 안 된다. 그리고 원래는 오빠의 선물이었다는 것도 상관없는 일이야. 왜냐하면 설사 그렇다 해도 메리 양은 네게 주겠다고 했으며 너 역시 선물로 받았으니까 말이다. 이제 와서 받아야 할지 어쩔지 망설일 필요는 없어. 물론 내가 준 것보다 더 좋고 무도회장에도 썩 잘 어울릴 거야."

"아니야, 그렇지 않아. 이 경우는 절대 좋은 게 아니야. 내 목적에도 별로 합당하지 않거든. 윌리엄 오빠의 십자가에는 사슬이 목걸이보다 비교도 안 될 만큼 훨씬 잘 어울려."

"하룻밤 동안의 일이야, 패니. 설사 희생이라 해도 단지 하룻밤 동안이야. 잘 생각해봐. 네 마음을 가볍게 해주려고 이처럼 마음을 써준 거야. 그런 사람을 상심케 하느니보다는 희생을 치르는 편이 낫다고 너는 틀림없이 그렇게 생각할 거야. 지금까지의 너에 대한 메리 양의 배려는 네게 과분하다는 것이 아니다. 단지 메리 양의 진심이라는 것을 네가 알았으면 하는 거야. 그러니까 그것을 되돌려준다면 아무래도 약간은 은혜를 모르는 사람으로 여겨질 수도 있어. 네가 그런 식으로 행동하지 않을 거라는 걸 나는 알고 있어. 네가 그런 성질을 가진 아이가 아니라는 건 분명한 일이니까. 내일 밤에는 약속한 대로 목걸이를 걸으렴. 사슬은 굳이 무도회와 관련지어서 주문한 것은 아니니까 평상시에 쓰도록 하려무나. 난 그렇게 하는 것이 좋을 것 같다. 너와 메리 양 사이에 냉담한 관계는 그 그림자조차 비치게 하고 싶지가 않아. 사이좋게 지내는 것을 보고 얼마나 기쁜 마음이었는지 모른단다. 성격 면에서도 두 사람이 모두 많이 닮았으니까 말이다. 거짓 없이 순수한 마음과 천성적으로 타고난 섬세한 감각 등이 그렇거든. 두세 가지 면에서 약간은 다른 점도 있겠지만 그것은 주로 환경의 차이에서 오는 것이니까 이치상으로 그것이 만족스러운 교우 관계에 방해가 될 까닭은 없지. 너와 메리 양 사이가 냉각되는 일 같은 건 없었으면 해."

그는 이렇게 되풀이했지만 그 목소리는 조금 가라앉아 있었다.

"이 세상에서 내가 가장 아끼는 두 사람이니까."

잠시 후에 그는 방을 나갔다. 뒤에 남은 패니는 마음을 진정시키려고 애썼다. 에드먼드가 가장 아끼는 두 사람 중의 하나라는 것에 위안을 삼고, 이것을 마음의 버팀목으로 삼아야 하는 것이다. 하지만 또 한 사람! 첫째 사람은! 그가 이토록 드러내놓고 하는 말을 아직 들어본 적이 없었다. 실제로는 훨씬 전부터 알아차리고 있던 일이긴 하지만 마음이 아팠다. 그 이유는 그의 말은 그 자신의 생각과 결심을 이야기하고 있는 것이어서 이미 확실히 정해져 있었던 것이다. 그는 메리와 결혼하고 싶은 것이었다. 전부터 예상했던 일이기는 하지만 마음은 아팠다.

자기는 그가 가장 아끼는 두 사람 중의 하나라고 여러 번 되풀이하여 말하지 않으면 그 말은 아무런 감동도 주지 못했다. 메리가 그에게 어울리는 사람이라는 확신을 가질 수 있다면. 그렇다면 아! 그렇다면 사정은 또 다르리라. 이 아픔쯤은 기꺼이 참아낼 수가 있을 것 같았다. 하지만 에드먼드는 메리를 너무 과대평가하고 있었던 것이다. 갖추고 있지도 않은 장점을 일방적으로 갖추고 있다고 믿고 그것을 인정했다. 결점도 옛날 그대로인데, 그것이 이제 그에게는 보이지 않았던 것이다.

패니는 에드먼드가 메리를 과대평가하고 있다는 생각이 들자 흠뻑 눈물을 흘렸다. 한참 동안 울고 나서 겨우 마음의 동요를 가라앉힐 수 있었다. 그리고 그 뒤에 따른 의기소침한 마음도 그의 행복을 기원하는 뜨거운 기도의 효과로 비로소 스러져갔던 것이었다.

그녀는 누구보다도 에드먼드를 사랑하고는 있었지만 그것이 분수에 넘치는 일이라는 사실을 간과하지 않았다. 그리고 자신의 애정과 욕망을 모두 억제해 나가는 것이 하나의 의무처럼 느껴졌다. 실연이라든가 실망이라든가 하는 말을 쓰거나 그렇게 상상하는 것조차 지나친 허영처럼 생각되었다. 그녀는 자신의 겸허한 심정을 표현할 만한 힘을 가진 말을 찾아낼 수가 없었다.

메리라면 그를 상대로 어떤 생각을 가지든 당연한 일일지 모르나 패니의 경우에는 맨 정신으로는 생각할 수가 없었다. 패니가 가슴속에 어떤 감정을 품고 있든지 간에 그것은 에드먼드와의 관계에 아무런 영향도 미치지 못하는 것이었다. 그는 패니에게 있어 사랑하는 오빠 혹은 사랑하는 친구 이상의 그 어떤 사람도 될 수 없는 사람이었다.

어째서 이런 생각이 꾸중을 들어야 할 만큼 더욱 간절해지는 것일까? 어째서 엄중하게 경고해야 할 필요가 있을 정도로 그를 향한 뜨거운 감정이 솟구쳐 오르는 것일까? 상상 속에서라도 떠올라서는 안 될 일인데……. 패니는 애써 이성을 찾고자 노력했다. 또한 메리의 성격을 판단함에 있어 장단점을 분명히 구분할 수 있는 권리와 에드먼드에 대해 진심으로 걱정하는 특권에 부끄럽지 않도록 행동할 것을 다짐했다. 패니는 건전한 지성과 정직한 마음을 유지하려 노력했던 것이다.

패니는 자신의 절개를 지키면서 얼마든지 이성적으로 행동할 수 있었다. 하지만 의무를 다할 결의는 되어 있었지만 한창 나이 때인 그녀였기 때문에 거기에 따르는 뜨거운 감정도 품고 있었다. 패니는 그런 감정의 소용돌이에서 빠져나와, 자신을 지키기 위한 이런 갸륵한 결심을 완전히 굳힌 다음 에드먼드가 그녀에게 주기 위해 쓰다가 만 종이 쪽지를 더없이 귀한 보물인 양 집어 들었다.

내 가슴속 사랑하는 패니,
이 작은 선물을 받아주기 바란다.

패니는 에드먼드가 남긴 메모를 읽었다. 이것은 그녀가 이제까지 받은 선물 중에서 가장 소중한 것이었다. 패니가 이 쪽지를 사슬과 같이 챙겨 넣은 것도 별로 이상한 행동은 아니었다. 편지라 할 수 있는 것으로 그가 준 것은 이것뿐이었다. 이제 두 번 다시 받지 못할지도 몰랐다. 그 내용과 문체로 보아 이처럼 완전히 만족할 만한 것을 다시 더 받기란 불가능한 일 같았다. 가장 저명한 작가의 붓에서도 이토록 귀중한 두 줄이 발견된 일이 없었다. 가장 애정 깊은 전기 작가를 탐색해도 이토록 완전하게 보답받을 수는 없었다. 여성의 사랑에 대한 열의는 전기 작가의 그것을 초월하고 있다. .

그녀에게는 에드먼드의 필적 그 자체가 그것이 전하는 내용과는 관계없이 축복인 것이었다. 이런 문자는 다른 어떤 인간의 손으로도 결코 새겨질 수 없었던 것이다. 비록 에드먼드가 손으로 쓴 별것 아닌 글자에 지나지 않는다 해도 그의 것이기 때문에 패니에게는 그만큼 소중했던 것이다. 이 견본은 급하게 휘갈겨 쓴 것이기는 하지만 결점이라곤 하나도 없었다. 맨 처음 달필의 '내 가슴속 사랑하는 패니.' 라고 쓴 네 단어의 배치는 너무 훌륭하여 아무리 보아도 싫증이 나지 않을 정도였다. 패니는 약해지려는 마음을 다잡으며 스스로 생각을 정리하는 것으로 마음을 달랬다.

패니는 시간이 조금 지난 후에 아래층으로 내려가 버트램 영부인 곁에서 여느 때와 마찬가지로 일을 시작했다. 겉보기에 조금도 기분이 상한 눈치를 보이지 않고 평상시나 다름없이 집안일을 돕고 있었다.

희망과 즐거움의 날로 예정되었던 목요일이 돌아왔다. 이렇게 제멋대로이며 다루기가 힘든 날치고는 드물게 패니에게는 친절하게 다가왔던 것이다. 그 이유는 아침 식사가 끝나자 곧 윌리엄에게 매우 호의에 넘친 헨리의 편지가 날아들었기 때문이다. 편지에는 이렇게 쓰여 있었다.

내일 아침 며칠간의 예정으로 런던에 가야 할 일이 생겨서 동행자가 있었으면 하는 마음으로 몇 자 적습니다. 그러니까 예정보다 반나절쯤 일찍 맨스필드를 출발할 의향이 있으시다면 저의 마차를 함께 타고 가는 것은 어떨까요. 런던에 도착할 때면 평소 숙부님의 늦은 만찬 시각이 될 것이므로 윌리엄 씨도 함께 제독 댁에서 식사해 주었으면 합니다.

이런 내용이었다. 이 제안은 윌리엄에게는 크나큰 즐거움을 선사하는 것이었다. 사두마차로 게다가 그토록 마음씨 좋고 유쾌한 친구와 함께 특급 여행을 하다니 생각하기만 해도 즐거운 일이었다. 그는 전투에서 승전보를 보고하는 전령이 되어서 상경하는데 비유하여 그 즐거움, 그 기쁜 심정을 표현하기 위해 생각나는 것은 모두 손꼽고 있었다.

패니는 그와는 다른 이유에서 더할 나위 없이 기뻐하고 있었다. 원래의 계획이라면 윌리엄은 다음날 밤, 노스햄턴에서 우편 마차를 타고 가게 되어 있었다. 그렇게 하면 다시 포츠머스행 마차로 갈아타야하는데 그 사이에 휴식을 취할 만한 시간이 채 한 시간도 안 되었기 때문이다. 헨리의 이 제안으로 인해 윌리엄과 함께 있는 시간은 여러 시간이나 줄지만 윌리엄이 그런 힘든 여행을 하지 않아도 되는 것이 기뻐서 다른 일은 머릿속에 떠오르지 않았다.

토머스 경 역시 또 다른 하나의 이유에서 이 제안에 찬성했다. 조카가 크로포드 제독에게 소개되는 것은 도움이 될지도 모르는 일이었다. 제독은 분명 발이 넓은 사람일 테니까, 이래저래 이 편지는 대단히 반가운 편지였다.

패니의 기분도 오전 중 반은 이 기쁨으로 가득 차 있었는데 여기에는 편지를 쓴 헨리도 떠나는 것이었으므로 기쁨은 더욱 컸다.

무도회가 코앞으로 다가오자 패니는 기분이 들뜰 때로 들떠 있었다. 또 한편으로는 불안하고 걱정거리가 그만큼 많았다. 가슴이 설렐 만

큰 기분이 즐거운 것은 당연했지만 그런 상상을 하는 것은 세상의 보통 아가씨들도 마찬가지였을 것이다. 그러나 똑같이 행사를 갈망하고 기다린다 해도 이들의 입장은 걱정 없이 그저 마음 편하게 기다리면 되는 반면에 패니는 모든 것이 신기하고 특별한 기쁨으로 다가왔기 때문에 무도회를 앞두고 그들이 느끼는 감정은 비교할 수 없는 것이었다.

초대받은 손님의 절반에게 이름밖에 알려져 있지 않은 패니는 이제 비로소 사교계에 첫선을 보여 하룻밤의 여왕으로 인정받게 되는 것이었다. 지금 이 순간의 패니보다 더 행복한 사람이 있을 수 있을까?

그러나 패니는 사교계에 첫발을 내딛는 것이 어떤 것인지 제대로 교육받은 적이 없었다. 막상 무도회가 열렸을 때 다른 사람들이 자신에 대해 어떻게 생각하고 있을지 알 수가 없었는데 그것은 오히려 다행이라면 다행이었다. 세상 사람들이 이 무도회를 자신과 어떻게 관련을 지어 생각할지 만약 그녀가 알고 있었다면 더욱더 마음이 편치 못했을 것이다. 행여나 실수나 하지 않을까? 행여나 무도회에 참석한 모든 사람들의 관심의 대상이 되어 집중적인 스포트라이트를 받게 되면 어쩌나? 이런저런 생각에 불안이 더욱 가중되었을 것이기 때문이다.

별로 사람들 눈에 띄지 않고 하룻밤을 크게 지치는 일 없이 춤추는 것, 계속해서 춤의 파트너로 신청을 받는 것, 에드먼드와는 행복하게 되도록 많이 추고 헨리와는 너무 많이 춤추지 않을 것, 윌리엄이 즐기는 모습을 보며 노리스 이모로부터는 가능하면 멀리 떨어져 있을 수 있다면! 이런 것들이 지금 패니가 가장 간절하게 바라고 있는 것들이었으며 거기에 패니의 행복이 걸려 있는 것처럼 여겨졌다. 하지만 최대한 바라는 이 정도의 소원이라 해도 항상 그대로 이루어지리라고는 바랄 수 없었다.

마음이 울적한 아침나절은 주로 두 이모를 상대로 보냈는데 더욱 비관적인 생각에 빠지는 일도 여러 차례 있었다. 윌리엄은 이 마지막 하루를 마음껏 즐기기로 결심하고는 도요새 사냥을 나갔다. 에드먼드는 목사관을 향해 떠났다. 패니는 혼자서 외롭게 노리스 이모가 늘어놓는 잔소리를 견디어내야만 했다. 노리스 부인은 가정부가 야식에 관해서 자기 말을 듣지 않는다고 화를 내고 있었다. 가정부는 노리스 부인을 경원할 수 있어도 패니의 경우에는 그렇게는 되지 않았다. 패니는 그만 지쳐서 무도회에 관한 모든 걸 재난이라 생각하게 되었다.

패니는 조급한 잔소리를 등 뒤로 하고 쫓겨나듯 나와 옷을 갈아입으려고 자신의 방으로 올라갔다. 그녀의 걸음걸이에서 기쁨이나 생기라고는 찾아볼 수 없었다. 아무리 보아도 행복한 기분과는 너무나 거리가 먼, 무도회로부터 완전히 소외된 사람의 몰골을 하고 있었다.

계단을 천천히 오르면서 그녀는 어제 일을 생각했다. 마침 이때쯤에 목사관에서 돌아와 동쪽 방에서 에드먼드와 만났던 것이다.

'오늘도 에드먼드 오빠가 와 있으면 얼마나 좋을까!'

그녀는 달콤한 공상에 사로잡혀 나지막한 목소리로 중얼거리듯이 말했다.

"패니!"

바로 그 순간 에드먼드의 음성이 바로 가까이에서 들렸다. 깜짝 놀라 소리가 들리는 쪽으로 고개를 돌려 쳐다보니 금방 걸어온 복도 저편, 다른 계단으로 내려가는 곳에 에드먼드가 서 있는 것이 보였다.

"아주 지친 얼굴이구나, 패니. 너무 먼 데까지 산책을 했던 게로구나."

에드먼드가 패니 곁으로 다가오면서 말했다.

"아니, 난 한 번도 밖에 나가지 않았어."

"그렇다면 집 안에서 힘든 일을 하고 있었구나. 더 좋지 못한 일이야. 오히려 산책하러 나갔더라면 좋았을 텐데……."

에드먼드의 표정이 걱정으로 어두워졌다. 패니는 군말을 하고 싶지 않아서 그냥 입을 다물고 있었는데 사실 그게 가장 편했다. 에드먼드는 여느 때와 마찬가지로 다정하게 그녀를 바라보았지만 그녀의 표정 따위는 어느새 잊은 듯했다. 그는 마음이 울적한 듯했으며 그녀와는 관계없는 일로 무엇인가 마음에 걸리는 일이 있는 모양이었다.

두 사람은 함께 계단을 올라갔다. 두 사람의 방은 모두 한 층 위에 있었던 것이다.

"나는 지금까지 그랜트 박사 댁에 가 있었단다."

에드먼드가 침묵을 깨면서 말했다.

"그랬어?"

패니가 고개를 들고 에드먼드를 올려다보았다.

"무슨 일 때문인지 알겠지, 패니?"

그는 패니의 마음을 의식하는 듯 약간 주저하면서 말했다. 순간 패니의 머릿속으로 그가 메리에게 청혼을 하기 위해 찾아갔으리라는 생각이 스쳤다. 그 한 가지 용건 이외에는 떠오르는 것이 없었다. 패니는 말도 나오지 않을 정도로 기분이 울적해졌다.

"가장 먼저 추는 두 번의 춤을 메리 양과 출 수 있도록 약속을 받으려고 말이다."

에드먼드가 나직한 목소리로 말했을 때 패니는 다시 소생하는 듯한 느낌이 들었다. 그가 무슨 대답을 기다리고 있는 듯한 눈치를 채고 그래서 어떻게 되었느냐는 질문 비슷한 말로 그 순간을 모면했다.

"그래서?"

"그렇게 하겠다고 약속은 해주더라. 그런데—겸연쩍은 듯한 미소를 띠면서— '당신하고 춤추는 것은 이번이 마지막일 겁니다.' 라고 말하지 않겠니. 본심이 아닐 거야. 그래, 틀림없이 본심이 아니라고 생각해. 하지만 그런 말은 듣고 싶지 않았어. 목사님과 춤춘 적은 없었고 이후에도 절대 목사님과는 춤을 추지 않겠다고 하는 거야. 패니, 지금 내 마음은……. 그러니까 내 말은, 차라리 오늘 밤 무도회 따위는 없었더라면 좋았을 것 같은 그런 심정이 들어. 나는 내일 이곳을 떠나야 하니까……."

에드먼드의 목소리는 우울했다. 패니는 무슨 말이든 해서 그를 위로해 주고 싶었다.

"정말 안 됐어, 오빠. 그런 얘기를 들었으니 마음이 편치 않겠네. 하지만 오늘은 즐거운 날이잖아. 이모부도 즐거운 시간이 되기를 바라고 계시잖아."

"물론! 그렇고말고. 즐거운 하루가 될 거다. 결국 모든 것이 잘될 거다. 잠시 난처한 상황에 처했다고 느껴졌을 뿐이란다. 정말로 무도회가 열리는 시기가 나쁘다고는 생각하지 않는다. 그런 일이 무슨 상관이겠니? 하지만 패니……."

갑자기 에드먼드가 패니의 손을 잡아 멈춰 시게 하고는 나직하면서도 진지한 목소리로 말하는 것이었다.

"내가 무슨 일로 이러는지 알 수 있겠지. 내 입장을 너는 충분히 알고 있을 테니까. 내가 얼마나, 그리고 무엇 때문에 괴로워하고 있는지, 나보다 네가 더 잘 알고 있을 거다. 잠깐 이야기를 들어다오. 너는 친절하게 그래, 친절하게 남의 이야기를 귀담아 잘 들어주는 사람이니까. 오늘 아침 그녀의 태도를 보고는 마음이 울적해졌는데, 지금까지 마음이 진정되지를 않는구나. 그녀의 마음씨는 너 못지않게 다정하고 결점이 없다는 것은 알고 있지만 이전에 그녀가 사귀던 사람들의 영향에서인지 태도라든가 말투, 견해 등에서 가끔가다 좀 좋지 못한 점이 종종 보인단다. 좋지 못한 생각을 하고 있는 것은 아닌데 어쩌다 그만 입 밖으로 나와 버리는 모양이야. 농담 삼아 말해버리는 거야. 장난삼아 그런다고 알고는 있어도 난 정말 울적한 기분이 되어버린단다. 마음이 정말로 아파."

"교육 탓이야."

패니는 조용히 말했다.

"그런 것 같아. 그런 숙부에 그런 숙모니까 말이야! 그 때문에 아주 섬세하던 마음이 못되게 되어버린 거야! 이따금 말이다. 패니, 난 그런 의문이 들어. 바로 말하자면 예절의 문제만은 아니라고 생각해. 마음 그 자체가 물들어버린 것 같거든."

에드먼드도 그녀의 의견에 동의하지 않을 수 없었다. 패니는 순간적으로 자신이 메리에 대해 함부로 판단을 내린 것이 아닌가 하고 스스로를 돌아보았다. 자신이 경솔한 듯싶었던 것이다. 하지만 패니는 이 말이 자기의 판단을 물은 것이라고 생각하고 잠깐 동안 생각한 다음에 덧붙여 말했다.

"그냥 오빠의 이야기를 듣는 역할만이라면 나도 도움이 되게 내 의견을 말할 수 있을 거야. 하지만 내가 오빠에게 내 의견을 말할 자격은 없는 것 같아. 그건 너무 힘겨운 일이니까."

"당연하지. 패니, 그런 일을 하기 싫어하는 것은 당연해. 하지만 안심해. 이 일에 대해서는 절대로 의견 같은 것은 묻지 않을 테니까. 이런 일에 대해서는 남의 의견 따위는 듣지 않는 편이 낫단다. 다른 사람에 대해 함부로 판단하려는 사람은 좀처럼 없을 거야. 만약 그런 행동을 한다면 스스로 양심의 가책을 느껴야 할 테니까……. 패니, 나는 단지 네가 내 이야기를 들어주었으면 싶을 뿐이야."

"또 한 가지 말하겠어. 미안해. 하지만 어떤 이야기든지 주의해서 해야 해. 나중에 후회할 그런 말은 하지 마. 언젠가 때가 되어……."

패니는 말끝을 흐리고 있었는데 그녀의 뺨은 금세 분홍빛으로 물들 었다.

"사랑스런 패니!"

에드먼드는 그녀의 손을 입술에 대었는데 그 정열적인 태도는 상대 방을 메리로 잘못 알고 있는 듯했다.

"정말 생각이 깊구나, 너는! 하지만 이 경우에 그런 걱정은 필요 없단다. 그런 때는 오지 않으리라 생각한다. 전혀 기회가 없을 것 같다는 생각이 들기 시작해. 가능성은 점점 희박해지고 있으니까 말이야. 설사 그렇게 된다 해도 아무렇지도 않지. 너나 내가 회상하기가 두려워질 그런 일은 없을 테니까. 양심에 가책을 받을 일이나 나중에 회상해서 부끄러운 생각이 들 정도로 그녀를 험담한 것도 아니고 말이야. 어쩌면 메리 양에게 변화가 일어 그녀의 인품이 향상될 수도 있을 거야. 그때는 아마 이전의 자기에게 이런 결점이 있었다고 회상하고 있을 거야, 틀림없이. 패니, 내가 이런 이야기를 할 수 있는 사람은 이 세상에서 너뿐이야. 하지만 내가 메리 양에 대해 어떤 생각을 하고 있는지는 그전부터 잘 알고 있겠지. 넌 내 증인이 되어주겠지, 패니. 난 결코 사랑에 눈이 멀었던 것은 아니란다. 우린 둘이서 몇 번씩이나 그녀의 사소한 과오에 대해 서로 얘기하지 않았니! 내 일은 걱정 말아라. 그녀에 대한 애정은 이제 거의 단념한 거나 마찬가지야. 그러나 너의 친절과 동정심에 대해서는 진심으로 고마움을 느끼고 있어. 그런 걸 느끼지 못한다면 나는 실제로 목석이나 다름없을 거야."

에드먼드가 한 말은 18세의 소녀의 마음을 뒤흔들어 놓을 만했다.

그와 나눈 이야기는 패니에게 최근엔 전혀 느껴보지 못했던 행복감을 담뿍 안겨 주었다. 그녀는 밝은 표정이 되어 대답했다.

"그럼, 오빠. 오빠가 하는 말이라면 나는 무슨 말이든지 들을 준비가 되어 있어. 나는 그만큼 오빠를 믿고 있으니까. 제발 주저하지 말고 생각한 것은 무엇이든 나한테 말해봐."

두 사람은 3층에 다다랐다. 하녀가 나타났으므로 그 이상 대화는 계속되지 않았다. 대화는 패니의 그 당장의 안락을 위해서 아마도 가장 적당한 순간에 끝났다 해도 좋을 것이다. 만약에 앞으로 5분쯤 더 그의 이야기가 계속되었다면 메리의 결점과 그 자신의 실망에 대해 모조리 얘기해버렸을지도 모를 일이었다. 그러나 사태는 그렇게 되지 않고 그의 편에서는 감사 어린 애정을 얼굴에 나타내었으며 그녀 편에서는 소중한 마음을 가슴 깊이 안고 두 사람은 헤어졌던 것이다. 그녀는 요 몇 시간 동안은 그런 심정을 가져보지 못했던 것이다.

패니는 입가에 만족한 미소를 지을 수 있었다. 윌리엄에게 보내온 헨리의 편지로 인한 최초의 기쁨이 사라진 다음부터는 전혀 정반대의 상태였다. 노리스 이모로부터 잔소리를 듣느라 모든 기쁨이 흩어져버렸고 주변에는 위로가 될 만한 것이 아무것도 없었다. 불과 얼마 전까지만 해도 마음속에 티끌만한 희망조차 품을 수가 없었던 것이다.

그런데 지금은 모든 것이 환한 미소를 던져주고 있었다. 윌리엄의 행운이 또다시 마음속에 떠올라 먼저보다도 더욱더 값진 것으로 여겨졌다. 그리고 무도회! 그야말로 즐거운 하룻밤이 눈앞에 기다리고 있지 않은가! 이제야말로 진정 가슴이 뛰기 시작했다! 그녀는 무도회에 따르기 마련인 행복한 마음의 설렘을 강하게 느끼면서 옷을 갈아입기 시작했다.

모든 것이 잘되었다. 거울에 비치는 자신의 모습도 나쁘지가 않았다. 또한 목걸이에 대해서도 운이 좋아서 아주 원만하게 해결되었다. 그 이유는 메리한테서 받은 것은 아무리 애를 써 봐도 십자가 고리에 뀔 수가 없었다. 에드먼드의 체면을 생각해 그것을 걸려고 마음먹었었는데 그것은 너무 줄이 굵어서 십자가에 뀔 수가 없으니 당연히 에드먼드가 준 것을 쓰는 도리밖에 없었던 것이다.

패니는 진심으로 기뻐하며 사슬과 십자가를 서로 연결하여 목에 걸었다. 자신이 가장 사랑하고 있는 두 사람의 기념품이었다. 그것은 가장 소중한 사랑의 증표였다. 그 속에는 윌리엄과 에드먼드의 사랑이 가득 스며들어 있는 세상에서 단 하나뿐인 선물이었다.

얼마간의 시간이 흘렀을 때 패니는 아무 거리낌 없이 메리의 목걸이도 목에 걸 수 있었다. 그렇게 하는 것이 선물을 준 사람에 대한 예의이며 올바른 판단이라고 생각했던 것이다. 메리에게 자신이 준 선물이 무시당한다는 인상을 주고 싶지 않았다. 에드먼드의 진심이 담긴 사슬과 메리의 선물인 목걸이까지 동시에 목에 걸 수가 있어서 패니는 여간 기쁘지 않았다. 사슬과 조화를 이룬 목걸이는 참으로 잘 어울렸다. 그리고 패니는 자기 자신과 주변의 모든 것에 흐뭇한 만족감을 느끼면서 마침내 방을 나왔다.

버트램 영부인은 여느 때는 볼 수 없을 만큼 머리기 맑은 상태여서 이때 패니를 머릿속에 떠올릴 수 있었다. 정말 누가 충고도 안 했는데 그녀에 대한 일을 생각해내었던 것이다. 패니가 무도회에 나가기 위해 몸치장을 하고 있는 모양인데 3층 담당 하녀 따위보다도 세련된 조수가 있으면 기뻐하리라고 생각했다. 그래서 자신의 옷치장이 끝났을 때 자기 하녀를 보내어 패니를 돕게 했지만 너무 늦어서 아무런 도움도 되지 못했다. 채프먼 부인이 지붕 밑 다락방에 도착했을 때는 이미 패니가 치장을 모두 끝내고 방에서 나오고 있는 중이었다.

채프먼 부인과 마주쳤을 때 패니가 할 수 있는 일은 단지 활짝 웃으며 인사하는 것밖에 없었다.

그러나 패니는 이모의 이와 같은 배려에 대하여 진심으로 감사했다.

28

패니가 서둘러 아래층으로 내려와 보니 이모부와 두 이모는 응접실
에 앉아 있었다. 이모부에게는 패니가 관심의 대상이어서 기쁜 표정
으로 그녀의 모습 전체의 고상한 품위와 빼어나게 예쁜 얼굴을 바라
보았다. 그녀가 듣는 앞에서는 그녀의 의상이 시원하면서도 썩 잘 어
울린다는 말밖에 하지 않았으나 그녀가 곧 방을 나가자 정말 그녀가
아름답다고 분명하게 칭찬했다.

"패니가 정말 몰라보게 아름다워졌어!"

"정말 그래요. 너무 아름다워요. 난 패니를 거들어주라고 채프먼
부인을 보냈었답니다."

버트램 영부인이 맞장구를 쳤다.

"패니가 아름답다고요! 물론 그렇고말고요. 아름답게 보이는 것이
당연하죠. 이처럼 은혜를 받고 있는걸요. 이 집에서 양육되고 사촌들
이 예의범절의 본보기가 되어 주었으니까요. 아니, 좀 생각해보세요.
형부, 그 애는 얼마나 엄청난 이득을 봤는지 몰라요. 모두가 형부와
제 덕분이에요. 그 애가 입은 가운이 눈에 띄신 모양인데 그것도 형부
가 사주신 것이잖아요. 왜 마리아의 결혼식 때 말입니다. 만약 우리가

맡아 기르지 않았더라면 그 애가 지금쯤 어떻게 되었을지 알게 됩니까?'

노리스 부인이 흥분해서 소리쳤다.

토머스 경은 더 이상 아무 말도 하지 않았다. 모두 테이블 앞에 둥글게 모여 앉았을 때 두 젊은이의 시선을 보고 패니는 안심했다. 여자들이 자리를 뜬 다음 다시 한 번 이 화제를 꺼내 조용히 언급했을 때 패니는 이모부 말고도 다른 사람들의 마음에도 들었다는 사실을 알아챘다. 그리고 아름답게 보여지고 있다는 자신감은 그녀를 더욱 돋보이게 했다. 여러 가지 일로 패니는 무척이나 행복했다.

그런데 패니를 한층 더 행복하게 해주는 일이 생겼다. 이모들의 뒤를 따라 방을 나갈 때 방문이 닫히지 않도록 문을 잡고 있던 에드먼드가 지나가는 그녀에게 이렇게 말했던 것이다.

"내 상대가 돼줘야 한다, 패니. 나를 위해 최소한 두 번의 기회는 주어야 해. 맨 처음만 아니라면 언제라도 상관없으니 말이다."

이제 그녀에게는 더 이상 바랄 것이 없었다. 지금처럼 마음이 들떠보기는 평생 처음인 것 같았다. 그 옛날 무도회 날에 사촌들이 들떠있던 것이 이제는 조금도 이상하게 생각되지 않았다. 이건 정말로 즐거운 일이라고 느끼며 노리스 이모의 눈에 띄지 않는 동안은 응접실에서 실제로 스텝 연습까지 해보았다. 노리스 이모는 처음 얼마 동안은 급사장이 준비해 놓은 잘 타고 있는 난롯불을 집적거려 엉망으로 만들어버리는 일에 정신을 쏟고 있었던 것이다.

그 후 30분이 흘러갈 때까지, 다른 때 같았으면 적잖이 지루했을 테지만 패니의 행복감은 그대로였다. 에드먼드와의 대화를 생각만 하면 행복해졌다. 노리스 부인은 가만히 앉아서 손님을 기다리고 있을 위인이 아니었다. 이리저리 서성거리며 안절부절못하고 있었다.

하지만 그것이 무슨 상관이란 말인가? 버트램 영부인은 지루한 표정을 감추지 못하고 길게 하품을 했다. 하지만 그게 무슨 상관이란 말인가?

조금 시간이 흐른 후 에드먼드와 윌리엄이 와서 자리에 같이 앉았다. 그러자 마차가 도착하기를 기다리는 일조차도 즐거운 일로 바뀌었다. 모두의 마음속에 즐거움과 안락함이 골고루 퍼져나간 듯 여기저기서 이야기하는 중간 중간 웃음이 터져 나왔다. 그 웃음 속에는 제각각의 즐거움과 희망이 깃들어 있었다. 에드먼드도 함박웃음을 지으며 쾌활한 태도를 보이고 있었다. 억지로 유쾌한 척 보이려고 노력하는 게 분명했다. 그것을 알고 있는 패니는 그 노력이 모든 사람을 이토록 기쁘게 하는 효과를 내고 있음에 놀라워했다. 그녀에게는 그것조차 기쁜 일이었다.

실제로 마차 소리가 들려오고 손님들이 모이기 시작했을 때 그녀 자신의 들뜬 기분은 웬만큼 가라앉아 있었다. 이렇게 많은 외부 사람들의 얼굴을 보자 그녀는 다시금 자기의 깍지 속에 틀어박혀 버렸던 것이다.

손님들은 우선 방 안 여기저기에 커다란 원형을 이루고 무겁고 엄숙하며 굳은 표정으로 대기한 채 서 있었다. 토머스 경이니 비트램 영부인의 언동도 이런 기분을 풀어주는 성질의 것은 아니었으며 더욱이 그녀는 때때로 더욱 성가신 일을 견뎌내야 할 곤란한 처지가 되었다.

이모부로부터 이 사람 저 사람한테 소개되어 저마다 말을 걸어왔기 때문에 그에 대해서 인사를 하고 무슨 대답이든 해야만 했던 것이다. 이 괴로운 의무를 실행할 때마다 그녀는 윌리엄 오빠 쪽으로 눈길을 보냈는데, 그는 그 와중에도 좀 떨어진 곳에서 느긋하게 서성거리고 있었다. 패니 역시 그에게로 가 그와 함께 어울리고 싶은 마음이었다.

그랜트 부부와 크로포드 남매가 들어옴으로써 어색하기만 했던 무도회장의 분위기가 자연스런 분위기로 바뀌었다. 안면이 넓은 크로포드 남매가 스스럼없이 대하게 되자 모인 사람들도 마음이 부드럽게 풀리기 시작하면서 자그마한 그룹 몇 개가 생겼다. 패니는 정말 다행이라고 생각하면서 한시름 놓았다.

패니는 의례적이고 형식적인 인사치레의 고역에서 벗어나서 다시 한 번 아주 행복해질 것 같았으나, 눈길은 에드먼드와 메리 두 사람 사이를 분주하게 오가고 있었다. 메리는 참으로 아름답게 보였다. 그 결과 어떤 일이 일어나지 않는다고 누가 보장할 것인가?

이런 생각은 눈앞에 헨리가 서 있음을 알아차린 순간에 끝났다. 그리고 그녀의 생각은 다른 길로 뻗어나갔는데 그것은 그가 즉각 처음 두 번의 댄스를 함께 출 것을 간곡히 청하여 기어코 약속을 받아냈기 때문이다.

이 경우의 그녀의 행복감은 여느 사람이나 다름없는 것으로 명암이 서로 반반씩이었다. 우선 파트너를 확보한 것은 그야말로 절대적인 행운이었다. 왜냐하면 개회 시간은 바야흐로 목전에 다가와 있었으며 자신이 어느 정도로 평가되고 있는지를 전혀 알지 못하고 있었으므로 만약 헨리가 신청해 오지 않았더라면 틀림없이 마지막까지 팔리지 않았을 것이 뻔했기 때문이다.

하지만 다른 한편으로는 이런 생각도 드는 것이었다. 파트너가 정해진다고 해도 서로 알아보아야 하고 북적거리는 속에 다른 사람의 말참견을 대충 들어 넘겨야 하는 과정을 거쳐야 할 것이기에 그래 가지고야 어디 견딜 수 있겠는가 하는 것이 걱정이 되었던 것이다. 또한 패니는 그가 신청해오는 태도에 노골적인 데가 있어 마음에 들지 않았다. 그는 흘끗 목걸이로 눈길을 보냈다. 그리고는 빙긋 웃었다고 그녀는 생각되었다. 그 때문에 그녀는 얼굴이 붉어지고 마음이 상했다. 그러고 나서는 두 번 다시 어색한 느낌을 주는 시선을 받지 않았고 상대도 다만 온화하고 붙임성 있게 대하는 것만을 목적으로 하고 있는 듯이 보였지만 그래도 그녀는 어색한 느낌을 누를 길이 없었다.

그가 눈치 채고 있는 게 아닐까 생각하니 더욱 그 느낌이 짙어갈 뿐, 무도회장에 와 있다는 느낌도 없을뿐더러 아무 흥이 나지 않았다.

이윽고 그가 누군가 다른 사람 쪽을 돌아보았다. 그렇게 되자 차차 패니의 기분도 회복되어 파트너가 정해진 것을 마음으로 만족스럽게 여길 여유가 생겼다. 어찌되었든 댄스가 시작되기 전에 파트너를 확보할 수 있었던 것이다.

그곳에 모인 사람들이 무도회장으로 자리를 옮길 때 패니는 메리와 함께 걸어가게 되었다. 그 미소 띤 시선이 곧바로 향한 곳은 그 오빠의 경우보다도 더 분명하여 의심할 여지가 없었다. 즉각 그 일에 대한 이야기를 걸어왔는데 패니는 그 화제를 얼른 끝내고 싶은 나머지 당황하여 두 번째 목걸이, 실제로 십자가에 꿰어 목에 걸고 있는 사슬에 대해 설명하기 시작했다. 메리는 잠자코 듣고 있었다.

메리는 패니의 이야기를 듣고 있는 동안 패니에게 말하려던 인사말을 깜빡 잊어버리고 말았다. 그녀의 눈은 반짝반짝 빛나고 있었지만 더욱더 빛날 수 있다는 것을 증명하듯 눈빛을 반짝이면서 기쁨의 탄성을 질렀다.

"어머, 그랬어요. 에드먼드 씨가? 과연 그분이 할 수 있는 일이군요. 다른 사람이라면 그런 일은 엄두도 내지 못했을 거예요. 정말 존경해요. 말로는 다할 수 없을 만큼 존경해요."

메리는 그렇게 말하면서 주위를 둘러보았는데 바로 그 장본인에게 그렇다고 말하고 싶은 눈치였다. 그러나 그는 가까이에 없었다. 한 덩

어리가 된 부인들을 모시고 방을 막 나가는 참이었다. 그랜트 부인이 이 두 아가씨 곁으로 와 팔을 잡아당기며 함께 갈 것을 제안했다. 두 사람도 그녀의 제안에 부인들의 뒤를 따라갔다.

패니는 차분하게 생각할 수 있는 시간을 갖게 되었다. 하지만 메리의 기분을 생각할 틈은 없었다. 무도회장에 들어서니 바이올린을 연주하는 소리가 울려 퍼지고 있어 마음이 설레었고, 진지하게 무언가에 생각을 집중시킬 수가 없었다. 전체적으로 준비가 완벽한지 그리고 일은 어떻게 진행되고 있는지 지켜보아야만 했던 것이다.

"패니야, 춤 약속은 있니?"

시간이 조금 지났을 때 토머스 경이 가까이 다가오면서 물었다.

"네, 이모부. 크로포드 씨하고요."

패니가 이모부를 향해 고개를 끄덕이면서 대답했다. 그로서는 이미 예상했던 그대로의 대답이었다.

헨리는 멀지 않은 곳에 있었다. 토머스 경은 그를 데리고 와서 무슨 말인가 하고 있었는데 그 내용에서 패니는 자기가 맨 처음으로 등장하여 무도회의 서두를 장식하도록 되어 있는 것을 알았다. 이것은 상상도 못 했던 너무나도 뜻밖의 일이었다.

"제가 서막을 장식하다니요? 저에게는 어울리지 않아요. 제발⋯⋯."

기겁을 한 패니가 손을 내저으면서 말했다. 패니가 지금까지 이모부의 의견에 반대되는 주장을 해본 적은 한 번도 없었다. 하지만 자신이 파티의 서막을 장식한다는 것은 너무나 강렬한 인상을 주었으므로 소스라치게 놀란 패니는 자신이 부적당하다는 사실을 인식시키고 사양하게 해달라고 부탁하지 않을 수 없었다.

처음 말을 들었을 때의 놀라움이 너무 컸기 때문에, 실제로 이모부의 얼굴을 정면으로 바라보며 다른 방식으로 바꾸어 달라고 말할 수가 있었던 것이다. 그러나 그것은 허사였다. 토머스 경은 패니를 안심시켜 주려는 듯이 미소를 짓고 나서는 아주 진지한 표정으로 단호하게 잘라 말했다.

"시키는 대로 해보도록 해, 패니?"

패니는 더 이상 한 마디도 거절의 말을 할 수가 없었다. 다음 순간, 정신을 차리고 보니 헨리에게 손을 잡혀 방 제일 안쪽으로 이끌려갔으며, 두 사람은 거기에 서서 다른 사람들이 차례로 짝을 지어 오는 것을 기다리고 있었다.

그녀는 도저히 이 사실을 믿을 수 없었다. 이렇게 많은 우아하고 아름다운 아가씨들의 선두에 서다니! 이 명예는 아무리 생각해도 과분한 것이었다. 두 사촌 언니들과 동등한 대우였다! 패니의 머릿속으로 두 사촌 언니가 부재중이라는 사실이 떠올랐다.

'만약 두 사촌 언니들이 집에 머물고 있었다면 당연히 이 무도회의 주인공은 언니들이 되어 있을 거야. 지금 이 순간에 다 함께 할 수 있다면 언니들도 대단히 즐거웠을 텐데…….'

패니는 아쉬운 마음이 들었다. 이것은 전혀 가식이 없는 솔직한 마음, 사랑으로 가득 차오른 진실한 마음이었다. 마리아와 줄리아는 자기 집에서 무도회를 개최한다면 그 행복감은 무엇에도 비할 수 없을 거라는 말을 몇 번이나 했었다. 이렇게 그녀들이 소원하는 말을 몇 번이나 들어왔던 것이다. 그런데 막상 그게 실현되고 보니 언니들은 없는 것이다. 그리고 자기가 서두를 장식하는 것이다. 그것도 헨리를 파트너로 하고! 이렇게 근사한 처지가 되어 언니들의 질투를 받게 되지 않을까 하고 이제 와서는 오히려 걱정이었다.

지금 이곳에서 열리고 있는 무도회와 이전에 이 집에서 한 번 열린

적이 있는 무도회를 비교해 볼 때, 현재의 이 상황은 그녀 자신에겐 거의 이해의 한계를 넘는, 상상을 초월하는 것이었다.

드디어 무도회는 시작되었다. 헨리가 패니의 손을 잡고 춤을 이끌었다.

'내가 지금 무도회의 서막을 열고 있다니⋯⋯.'

패니의 얼굴에 살짝 미소가 번지는 듯했다. 그러나 첫 번째 춤을 추는 동안에는 가슴이 두근거려서 행복한 기분과는 거리가 멀었다. 헨리는 의기양양한 미소를 짓고 있었다. 그는 그녀에게도 만족스런 자신의 기분을 전하려 했지만 그녀는 즐기기는커녕 혹시 실수라도 하지 않을까 잔뜩 겁을 먹고 있었고 다른 사람들의 눈길을 지나치게 의식했다. 사람들 눈에 띄지 않게 될 때까지는 마음을 놓을 수가 없었다.

그러나 젊고 아름다우며 우아한 그녀의 경우 뭔가 서툴고 수줍은 것이 오히려 정숙하게 보이는 이점으로 작용했다. 그 자리에 모인 사람들 중에 그녀를 칭찬하지 않는 사람은 거의 없었다.

"우아하고 얌전한 아가씨로군요. 토머스 경의 조카랍니다."

그리고 얼마 후에는 헨리가 마음에 두고 있는 사람이라는 말이 퍼지게 되었다. 이렇게 되면 모두에게 호의적인 모습으로 비치기에 충분했다. 토머스 경 자신도 그녀가 댄스의 선두를 내주면서 맨 끝자리로 가는 것을 지켜보고는 퍽 만족한 모습이었다. 그는 조카딸이 자랑스러웠으며 그녀의 아름다운 용모에 대해 노리스 부인은 맨스필드에서 양육되었기 때문이라고 생각하는 모양이지만 그 자신은 자신이 베풀어준 교육과 바른 예절 덕분이라고 생각하고 있었다. 천성적으로 타고난 용모 말고는 모든 것이 자신으로 인해 그렇게 되었다고 생각하면서 만족스런 표정을 짓고 있었던 것이다.

이런 것을 생각하며 서 있는 토머스 경의 마음속을 메리는 대충 짐작했다. 물론 못마땅한 부분도 많았지만 어쨌든 우선 기분을 맞춰주자는 심사에서 기회를 엿보다가 다가가 패니에 관한 일로 몇 마디 칭찬을 했다. 토머스 경의 대답은 메리 크로포드가 예상했던 그것과 한 치도 다르지 않았다. 예의 바르고 말수가 적은 편인 그로서는 특이하다 할 만큼 패니에 대해 칭찬했는데 그 칭찬에는 열의가 깃들어 있었다.

이 부분에 대해서는 분명히 토머스 경이 그의 부인보다도 훨씬 돋보였는데 왜냐하면 얼마 후 메리가 바로 곁의 소파에 버트램 영부인이 앉아 있는 것을 보고는 댄스가 시작되기 전에 패니의 모습에 대해 칭찬했을 때의 영부인의 다소 실망스러운 대답 때문이었다.

"그렇군요, 저 애가 참 아름답게 보이죠. 채프먼 부인이 옷 입는 것을 도운걸요. 채프먼 부인을 그 애한테로 보냈거든요, 내가 말예요."

버트램 영부인은 태연하게 말했다. 패니가 칭찬받아 진정으로 기쁘다기보다, 채프먼 부인을 보내준 자기의 친절에 더 비중을 두었으며 매우 감격스러워했다. 그리고 그것을 잊지 못하고 있었던 것이다.

메리는 노리스 부인의 인품이라면 익히 알고 있던 터라 패니를 칭찬함으로써 그녀를 기쁘게 해주겠다는 생각은 하지 않았다. 그녀는 기회를 엿보다가 노리스 부인에게 다만 이렇게 말했을 뿐이다.

"부인, 오늘밤에 러시워스 부인이나 줄리아 양이 참석할 수 있었으면 얼마나 좋았을까요. 참으로!"

노리스 부인은 얼굴 가득 미소를 띠고 정중한 말로 그녀에게 응했지만 어쨌든 무척 바쁜 몸이라, 네 사람이 한 조가 되어 트럼프 놀이 테이블을 마련하고 토머스 경에게 여러 가지 조언을 하고 또 샤프롱으로 함께 온 부인들을 방 안쪽으로 옮기게 하는 등 스스로 자청해서 맡은 일들이 무척이나 많았기 때문에 그다지 많은 시간을 할애하지는 못했다.

메리가 비위를 맞추는 일 중에서 가장 실수한 것은 바로 패니에 대해서였다. 그녀의 심산은 패니의 자그마한 가슴속에 행복과 설렘을 느끼게 해주고 싶었다. 자기도 매우 아름다운 아가씨라는 사실을 일깨워 줌으로써 즐거운 마음으로 이 무도회를 즐기도록 패니의 가슴 가득 자부심을 채워주려던 것이 목적이었다. 그리고 패니가 볼을 발갛게 물들인 걸 오해하고 일이 뜻했던 대로 되어가는구나 하고 착각했다. 처음 두 번의 춤이 끝났을 때, 패니에게 다가간 메리는 의미심장한 표정을 지으며 말했던 것이다.

"패니, 어쩌면 당신은 아실지 모르겠군요. 헨리 오빠가 왜 내일 런던으로 가는지 말이에요. 볼일이 있다고는 하지만 무슨 볼일인지 말해주지 않는답니다. 이런 일은 처음이에요! 저한테까지 진심을 털어놓지 않고 끝까지 비밀로 하다니! 하지만 당신은 알고 있을 거라고 생각해요. 오빠가 당신에게는 아무것도 감추려 하지 않죠? 그러니까 당신한테 부탁하는 거예요. 왜 오빠가 런던으로 가죠? 대체 무엇 때문에 헨리 오빠가 내일 런던으로 가려는 걸까요?"

"글쎄요……."

패니는 무척 당황했지만 자기는 모르는 일이라고 시종일관 버티었다.

"그래요, 그러면 순전히 당신 오빠를 전송하기 위한 거군요. 함께 런던으로 가면서 도중에 당신에 관한 이야기를 주고받으며 즐거움을 맛보려고요."

메리가 짓궂게 웃으면서 말했다. 패니는 난처해서 어찌할 바를 몰라 했는데 그것은 불만 때문이었다. 한편 메리는 패니가 가볍게 웃지 않는 것이 이상했지만 그녀가 너무 긴장하고 있기 때문이라고 단순하게 생각했으며 헨리 오빠의 관심을 달갑게 여기지 않으리라고는 꿈에도 생각하지 못했다.

패니는 이날 밤 즐거운 기분을 흠뻑 맛보고 있었는데 헨리의 관심 따위는 아무런 상관이 없었던 것이다. 그녀는 애초부터 그로부터 춤 신청을 받고 싶지도 않았다. 그리고 그가 노리스 부인에게 밤참 시각을 물은 것도 그 무렵에 그녀를 붙잡자는 저의가 깔려 있다는 사실을 의심하지 않을 수 있었다면 좋았을 터였다.

그러나 이것은 피할 방도가 없었다. 헨리의 목적이라면 자신의 친절을 패니가 조금이라도 느꼈으면 하는 것이었다. 그러나 그 방식이 불쾌하다거나 행동거지에 조심성이 없다거나 경솔했다고는 할 수 없었다. 게다가 윌리엄이 화제에 오르거나 하면 결코 이야기가 통하지 않는 일은 없었고 과연 듣던 바와 똑같다 하리만큼 따뜻한 마음씨를 보여주는 때도 있었던 것이다. 그렇기는 하지만 역시 그의 보살핌은 그녀의 만족감하고는 거리가 멀었다.

그녀가 행복했던 것은 언제든지 윌리엄을 바라보고 그가 참으로 흡족하게 즐기고 있음을 알았을 때였다. 또 이따금 5분쯤 그와 함께 거닐면서 그가 자기 파트너 이야기를 하는 것을 들을 수 있을 때에는 행복감이 극에 달했다.

패니는 아직도 사람들의 시선이 두려웠다. 하지만 모든 사람들이 자신을 찬탄의 눈으로 바라보고 있음을 알고는 행복했으며 앞으로 에드먼드와 두 번이나 춤 출 즐거움이 남아 있다는 것이 행복했다. 이날 밤 그녀의 인기는 실로 대단하여 그와의 약속은 자꾸만 다음번으로 연기되고 있었다.

그 약속이 실제 실행되어 에드먼드와 춤을 추게 되었을 때 그녀는 너무나 행복하여 두 눈을 감고 그 순간을 음미했다. 그렇지만 에드먼드는 기운이 없어 보였고, 행복했던 그날 아침처럼 정중하게 다정한 말을 해준 것도 아니었다. 그녀가 행복했던 것은 오로지 자신이 그의 마음에 위로를 줄 수 있는 벗이라는 데서 우러난 것이었다.

"사람들과 이야기하느라 완전히 지치고 말았어. 오늘밤 내내 이야기하고 있었으니까 말이다. 그것도 이렇다 할 화제도 없이. 그렇지만 패니, 너와 함께 있으면 안심이야. 네 앞에서는 아무 말 하지 않아도 되고, 너 역시 이야기를 걸어주었으면 하고 바라지 않을 테니까. 자, 이제부터 즐겨볼까. 침묵이라는 최고의 사치를!"

패니는 에드먼드의 기분을 충분히 이해할 수 있을 것 같았다. 이 피로감은 아마도 아침에 그가 말하던 것과 같은 우울한 기분을 떨쳐내지 못한 것에 기인할 것이므로 특히 신경을 써서 잘 위로해주어야만 했다. 두 사람은 약속한 두 번의 춤을 누가 봐도 흠잡을 데 없을 만큼 차분하고 조용히 추었다.

이날 밤에 에드먼드는 별로 즐거운 느낌을 받지 못했다. 메리는 처음 에드먼드와 둘이서 춤을 출 때는 신이 나서 떠들었으나 그 명랑함도 그에게는 효력이 없었다. 어느 편이냐 하면 흥이 더해지기는커녕 더욱 감소할 뿐이었다. 첫 번째의 춤이 끝나자마자 에드먼드는 메리에게 또 한 번의 춤을 신청했다. 그렇게 하지 않고는 견딜 수가 없었기 때문이었다.

두 사람은 다시 한 번 춤을 추었다. 하지만 두 번째의 춤에서도 전혀 즐거움을 느낄 수 없었다. 그녀는 그가 기분 상해할 것이라는 사실을 분명히 알고 있으면서도 조심성 없는 태도로, 그가 앞으로 맡아 해나갈 직업에 관해 말을 꺼냈던 것이다. 두 사람은 서로 대화를 나누었지만, 진정한 대화는 이루어지지 않았다. 잠자코 듣고 있던 에드먼드가 성직자의 도리를 설명하면 그녀가 노골적으로 놀려댔기 때문이다.

결국은 서로 화가 치밀어 헤어지는 결과로 이어졌다.

패니는 이 두 사람에게 관심이 가지 않을 수 없어 한참 동안 관찰하고 있었는데 결과에 대해서는 대충 만족하고 있었다. 에드먼드가 괴로워하고 있는데도 행복한 기분이 든다는 것은 심술궂은 일이었다. 그러나 어쩐 일인지 저절로 무언가 흐뭇한 기분이 일어나는 것이었다. 그가 괴로워하고 있음을 이제 분명히 알게 되었기 때문이다.

에드먼드를 상대로 몇 번의 춤을 추고 난 후에 패니는, 더는 움직이지도 못할 정도로 힘이 빠지고 말았다. 토머스 경은 그녀가 춤을 춘다기보다는 걷는 것 같은 스텝으로 힘겹게 움직이고 있는 모습을 눈여겨보았다. 벌써 짧아져버린 춤의 대열의 선두에서 숨을 헐떡거리며 옆구리에 손을 짚고 가는 것을 본 그는 패니의 팔을 잡아끌며 이제는 그냥 자리에 앉아 있으라고 말했다. 그러자 헨리도 덩달아 자리에 앉고 말았다.

"가엾어라, 패니!"

윌리엄은 잠깐 그녀를 보러 왔다가 이렇게 말하고 자기 파트너의 부채를 빌려 마치 생사가 걸린 문제라도 되는 양 힘차게 펄럭펄럭 부쳐주었다.

"금세 녹초가 돼버리는구나! 아니, 이제부터가 한창 새미있을 판인데, 앞으로 두 시간은 더 계속하고 싶은데…… 어째서 그렇게 금세 지쳐버리는 거니?"

"아니, 금세라니! 벌써 3시야. 이런 시간에 일어나 있어보긴 처음이지, 패니?"

토머스 경이 시계를 꺼내 시간을 확인하면서 말했다.

"그렇다면 패니, 너는 내일 아침 내가 출발하기 전에 일어나지 말거라. 나는 상관하지 말고 실컷 잠을 자도록 해."

윌리엄이 안쓰러운 듯 패니를 바라보며 말했다.

"어머! 오빠."

패니가 울먹이는 목소리로 외쳤다.

"뭐라고! 네가 출발하기 전에 이 애가 일어날 것이란 생각을 하고 있었단 말이냐?"

깜짝 놀란 토머스 경이 물었다.

"네, 그래요."

큰소리로 대답한 패니가 기운차게 일어나더니 이모부 가까이로 걸어갔다.

"어떤 일이 있더라도 일어나서 윌리엄 오빠와 함께 아침 식사를 하겠어요. 이것이 마지막인걸요. 마지막 아침 식사인걸요."

"이런 이야기는 그만두는 게 좋겠다. 9시 반에는 아침을 끝내야 출발할 수 있어. 크로포드 씨, 마중 와 주기로 한 시간이…… 9시 반이었지요?"

토머스 경이 단호하게 말한 다음, 헨리에게 다시 한 번 시간을 확인했다.

"하지만 이번이 마지막이잖아요. 제발 허락해 주세요!"

패니는 눈에 눈물까지 글썽거리며 부탁했다. 그러니 토머스 경도 더 이상은 거절할 수가 없었다. 그래서 결국 "그래, 그래." 하는 것으로 끝났는데 이것은 허락을 뜻하는 것이었다.

"그럼 내일 아침 9시 반 정각에 오겠습니다. 시간을 꼭 지킬 테니 준비하고 있어요. 저에게는 일어나 전송해줄 친절한 누이도 없으니까."

헨리가 자리를 뜨려는 윌리엄을 향해 말했다. 윌리엄은 빙긋 미소를 지어보였다.

"저는 몇 가지 물건을 주섬주섬 챙겨서 쓸쓸히 떠나게 될 것입니다. 내일 아침에 우리가 떠나게 될 때 제 기분이 당신 오빠의 기분과는 완전히 다르다는 것을 아시게 될 겁니다."

헨리가 패니를 향해 돌아서면서 나직한 목소리로 덧붙여 말했다.

"크로포드 씨, 내일 아침에 조금 일찍 이곳에 도착하도록 하는 것은 어떻소? 혼자 식사하는 것보다는 그것이 좋을 것 같은데……. 나도 참석할 참이니, 다 함께 여기서 식사하도록 합시다."

잠시 생각한 뒤에 토머스 경이 헨리에게 제안했다. 그가 이런 초대를 한 것은 일단은 헨리에게 예의를 지키려는 의도였음은 사실이다. 그러나 그 친절에는 또 한 가지의 의미가 내포되어 있었다. 무도회가 발단이 되었음은 물론이거니와, 토머스 경은 헨리가 패니를 사랑하고 있다는 확신을 가지고 있었기 때문이었다. 그렇기 때문에 자연스럽게 함께 식사할 수 있는 기회를 만들고 싶었던 것이다.

한편 패니는 방금 이모부가 한 제안이 조금도 고맙게 생각되지 않았다. 마지막 날 아침에는 윌리엄을 독점하려고 마음먹었던 것이다. 이것은 말로는 다 표현할 수 없이 즐거운 일이었다. 그것을 다른 사람에게 양보해야만 할 상황이고 보니 전혀 감사한 마음이 들지 않았다.

그러나 패니는 자기 뜻대로 되지 않는다고 해서 군소리나 늘어놓을 사람이 아니었을 뿐더러 오히려 자기 사정에 대해 문의를 받거나 자기가 뜻한 대로 일이 되어가는 것에 익숙하지 않아 더 불편해 하는 사람이었다. 그러니 이 정도라도 자기주장이 받아들여진 데 놀라고 기뻐하는 마음이 더 클 수밖에 없었다. 패니는 그런 일을 전혀 불만스럽게 생각하지 않았다.

그 후 얼마 안 되어 토머스 경은 또다시 그녀의 기분에 훼방을 놓으며 바로 잠자리에 들라고 권했다. 그는 권한다고 말했지만 그것은 절대적인 힘을 가진 권유였으므로 그녀는 그저 자리에서 일어나 헨리의 매우 간절한 작별 인사를 받고 조용히 나올 수밖에 없었던 것이다.

방문 앞에서 패니는 브랭크스홈 홀의 마나님(19세기 시인 스콧의 작품 중의 인물 :역주)처럼 오직 한순간 발걸음을 멈추고는 행복한 광경을 둘러보았다. 아직도 열심히 추고 있는 대여섯 쌍의 의지 굳은 사람들을 마지막으로 본 다음 중앙 계단을 천천히 걸어 올라갔다.

패니의 등 뒤로는 그녀를 쫓듯이 포크 댄스의 곡이 끊임없이 이어지고 있었다. 술기운으로 얼굴은 화끈거렸으며 발은 아프고 지칠 대로 지쳐 무척 힘이 들었지만 그래도 무도회란 참으로 즐거운 것이구나 하는 생각이 들었다.

이렇게 패니를 내보낸 토머스 경의 속셈은 따로 있었다. 물론 그녀의 건강을 염려하는 이유도 있었지만 헨리가 제법 오랫동안 그녀 곁에 있었다는 생각이 들었던 것이다. 그는 헨리에게 자신의 조카가 좋은 신붓감이라는 인식을 심어주고 싶었다. 분별력이 있는 여자라는 사실을 은근히 암시하고 싶었던 그는 패니를 서둘러 침실로 올려 보냄으로써 자신의 임무를 충실히 수행했던 것이다.

29

무도회는 끝났다. 그리고 조반도 이내 끝났다. 다음날 아침 헨리 크로포드는 9시 정각에 도착해서 눈 깜짝할 사이에 식사가 끝났던 것이다. 윌리엄은 패니에게 마지막 키스를 해주고 서둘러 떠났다.

마지막 순간까지 손을 흔들어 윌리엄을 배웅한 패니는 쓸쓸한 마음으로 조찬실로 돌아왔다. 텅 빈 방 안을 둘러보고 나니 허전한 마음에 더욱 슬퍼졌다. 이모부는 다정하게 마음을 써주어 그녀 혼자 울게 가만히 내버려두었다. 어쩌면 그의 생각은 두 젊은이가 떠나간 뒤의 빈 의자가 그녀의 사랑의 열정을 불러일으킬지도 모르며 윌리엄의 접시에 남은 돼지고기 뼈와 겨자, 또 헨리의 접시 위에 있는 부스러진 달걀껍질이 그녀의 마음을 반반씩 차지할 거라고 생각했는지도 모른다. 그녀는 자리에 앉자마자 이모부가 생각한 대로 애정을 다하여 울었다. 그러나 그것은 남매간의 애정을 다한 것이지 그 이외의 것은 아니었다. 윌리엄은 가버렸다. 그리고 막상 이제 와서 생각하니 그의 체재 기간의 반을 그와는 상관없는 쓸데없는 근심과 제 멋대로의 공연한 걱정 따위로 낭비해버렸다는 생각이 들었다.

패니의 성품상 또 한 가지의 생각을 하지 않을 수 없었는데, 즉 그것은 노리스 이모에 대한 것이었다. 노리스 이모는 작은 집에서 검소하고 외롭게 살고 있었다. 그것을 모르지 않건만, 얼마 전 함께 있을 때 이모에게 좀더 자상하게 마음을 쓰지 못한 것이 후회로 밀려왔던 것이다. 이런저런 생각에 잠겨서 패니는 스스로를 책망했다. 사실 그녀는 지난 2주간을 모두 윌리엄을 위한 것으로 만들고 싶었다. 하지만 그동안 다른 할 일들 때문에 그럴 수가 없었다. 그러다 보니 윌리엄에게 좀더 많은 시간을 할애하지 못한 아쉬움으로 인해 밝은 기분이 될 수 없었다.

　모든 것이 답답하고 우울하게 만드는 아침이었다. 두 번째의 조반이 끝나자 곧 에드먼드는 일주일간의 작별 인사를 남긴 채 말을 타고 피터버러를 향해 떠났다. 이제 모두들 그녀 곁을 떠나버렸다. 어젯밤의 일은 추억만 남아 있을 뿐 이야기를 나눌 상대도 없었다. 패니는 버트램 이모에게 말을 걸어보았다. 누군가에게 무도회의 이야기를 하지 않고는 배길 수가 없었다.

　그러나 버트램 이모는 어제의 일을 아주 조금밖에 보지 못했으며 호기심도 거의 없었으므로 도무지 이야기에 흥이 나지 않는 것이었다. 버트램 영부인은 누구의 의상도, 밤참 때 누가 어디에 앉았었는지도 기억이 분명치 않았으며 분명하게 기억하고 있는 것은 자기 자신에 관계된 일뿐이었다.

　"생각이 나지 않는구나. 그게 무슨 일이었더라. 매독스 댁 아가씨들 중의 누군가에 대해서 무슨 소문을 듣긴 들었었는데……. 그리고 그건 또 뭐였더라. 프레스콧 영부인이 너에 관해 뭔가 눈치 채신 일이 있었는데……. 해리슨 대령이 말씀하시던 것은 크로포드 씨 이야기였던가, 아니면 윌리엄에 대해서였던가. 여기서 가장 훌륭한 젊은이라고 하셨어. 누군가가 무엇을 귀띔해주었는데 무슨 말이냐고 토머스 경에게 여쭈어보려다가 그만 깜박 잊어버렸지 뭐냐."

버트램 영부인의 기억 속에서 가장 확실하게 가르쳐준 것이 이 정도였고 그 밖의 일에 대해서는 아무것도 모르고 있었다.

"응, 그래……. 아주 좋아서. 그래? 그가 그랬었나? 그건 못 봤어. 어느 쪽인지 모르겠어."

패니가 무도회에 대한 말을 꺼낼 때마다 버트램 영부인은 자동인형처럼 건성으로 고개를 끄덕일 뿐이었으니 이래 가지고야 어디 제대로 이야기가 되겠는가. 노리스 부인의 톡톡 쏘는 대답보다 좀 나은 정도였다. 그러나 노리스 부인은 앓고 있는 하녀에게 먹이겠다면서 남은 젤리를 몽땅 집으로 가지고 돌아갔으므로, 그녀들 둘만의 모임은 달리 별수 없는 평화롭고 조용한 것이었다.

밤이 되어도 답답하기는 낮이나 다름없었다.

"내가 어째 이럴까! 머리가 상쾌하지가 않구나. 어젯밤 너무 늦게까지 잠을 안 잤으니 그럴 만도 하지. 패니, 무슨 수를 좀 써주려무나. 안 그러면 난 앉은 채 꾸벅꾸벅 졸게 될 것 같아. 일도 할 수 없고, 트럼프를 가지고 오너라. 정말 머리가 흐릿하구나."

버트램 영부인은 차를 마신 다음, 그릇이 치워지자 패니를 쳐다보면서 말했다. 패니는 트럼프를 가지고 와서 잠 잘 시각까지 이모를 상대로 크리배지 게임을 했다. 토머스 경은 말없이 책을 읽고 있었으므로 그로부터 두 시간 동안은 방 안에서 점수를 계산하는 소리 외에는 아무 소리도 들을 수 없었다.

"이것으로 31이 되었어요. 손 안의 것이 4, 다 된 것이 8……. 이모가 선을 하실 차례예요. 대신 제가 먼저 할까요?"

패니는 생각에 생각을 거듭했다. 하룻밤 사이에 이 방, 이 집, 이 맨스필드 파크 전체가 이토록 완전히 변한 것이다. 어젯밤은 웅성거림

속에 희망과 웃음소리가 가득 넘실거리고 있었다. 많은 사람들이 응접실의 안팎에서 마음껏 무도회를 즐기며 행복한 시간을 가졌던 것이다. 그런데 하룻밤이 지난 지금은 노곤하고 쓸쓸했다.

그러나 하룻밤을 푹 자고 나니 기분도 좋아져서 다음날에는 더 밝은 마음으로 윌리엄에 대한 생각을 할 수 있게 되었다. 게다가 오전 중에 기회가 있어 목요일 밤의 일을 그랜트 부인과 메리를 상대로 이야기할 수 있었다. 그것도 아주 훌륭하게 이야기를 나눌 수 있었다. 즉 한껏 상상력을 동원하여 농담을 주고받으며 실컷 웃어서 이제는 사라진 무도회의 망령을 위로하기에 부족함이 없었으므로 그렇게 애쓰지 않고서도 평상시의 마음 상태로 돌려 현재의 고요하고 단조로운 일상생활에 쉽게 적응해갈 수 있었다.

집 안은 참으로 쓸쓸해졌다. 요즈음 이렇게 하루종일 쓸쓸했던 적이 없었던 것이다. 게다가 그가 없었던 것이다. 가족들이 모일 때마다 또 식사 때마다 여유 있는 기분과 명랑한 분위기를 만들어내던 사람이 멀리 떠나간 것이었다.

그러나 이 일에도 견뎌나갈 수 있도록 되어야만 했다. 에드먼드가 이 집을 완전히 떠날 때가 다가오고 있으니까 말이다. 그리고 이모부와 한방에 앉아 질문을 받고 대답을 하면서도 옛날에 겪었던 비참한 기분에 빠지지 않고 편안하게 지낼 수 있는 것이 고맙게 느껴졌다.

"에드먼드와 윌리엄, 젊은이 둘이 사라지니까 이렇게 쓸쓸하구나."

토머스 경은 첫날에도 이튿날에도, 입을 열 때마다 잊지 않고 이 말을 했다. 만찬이 끝나고 함께 둘러앉아도 자리를 같이하는 사람의 수효는 훨씬 줄어들었다. 그리고 패니의 눈에 눈물이 괸 것을 보자 첫날에는 그 이상 이야기를 하지 않고 그들의 건강을 위해서만 건배를 했지만 이틀째에는 다소 자세하게 이야기를 늘어놓게 되었다. 윌리엄에 대해 호의 있는 칭찬과 승진을 바란다는 화제도 자연스럽게 나왔다.

"앞으로는 어쩌면 윌리엄도 더 자주 오게 될지 모르겠구나. 에드먼드 쪽은 기대하지 않고 지내도록 해야지. 그 애가 지금처럼 집에 있는 것은 올 겨울이 마지막이 될 것 같으니까."

토머스 경이 덧붙였다.

"그렇겠군요."

버트램 영부인이 말을 받았다.

"나는 애들이 집에서 떠나지 않았으면 좋겠어. 그냥 집에 있어주면 좋으련만……"

토머스 경이 나지막한 목소리로 말했다. 이 소원은 주로 줄리아에게 향한 것이었다. 그녀는 때마침 마리아와 함께 런던에 가도 좋은지 그 허가 여부를 물어온 것이다. 토머스 경은 섭섭하긴 했지만 딸들을 위해 승락해주는 것이 좋겠다는 생각이었으므로 너그러운 버트램 영부인도 따라서 반대할 생각을 못 하였고 이래서 줄리아의 귀가 예정이 변경되었다. 그렇지 않았다면 지금쯤엔 돌아오고도 남았을 기간이었다.

토머스 경은 여러 가지로 분별하여 이야기를 해 아내에게 이 결정을 납득시키려 했다. 형편을 잘 헤아리는 부모라면 당연히 자식들의 요청을 들어주어야 한다는 것이었다. 그래야 좋은 부모 역할을 하는 것이라는 토머스 경의 말에 버트램 영부인은 조용히 귀를 기울이고 있더니 "그렇군요." 하고 동의하고 나서는 15분가량이나 말없이 골똘한 생각에 잠긴 끝에 아무도 질문을 하지 않았는데도 이렇게 말했다.

"여보, 전 계속 이 생각을 하고 있었어요. 패니를 이렇게 데려온 것이 참 잘한 일이라고 말예요. 다른 아이들이 집을 떠나버리고 나니 그 생각이 더욱 절실해져요."

이 말이 나온 것을 좋은 기회로 삼아 토머스 경은 때를 놓치지 않고 보충해서 이렇게 말했다.

"정말 그렇다오. 우리들이 패니를 정말로 좋은 아이라고 생각하고 있는 증거요. 이렇게 패니를 앞에 두고 칭찬하고 있으니 말이오. 지금에 와서는 소중한 말벗이니까. 지금까지 우리들이 이 아이에게 친절히 대했든 그렇지 못했든, 지금은 우리들에게 없어서는 안 될 존재가 되었으니까 말이오."

"그래요, 게다가 이 아이는 언제까지든 곁에 둘 수 있다 생각하니 마음이 놓인답니다."

버트램 영부인이 미소를 지으며 대답했다.

토머스 경은 입을 다물고 반쯤 미소를 짓더니 조카딸을 흘끗 살펴본 다음, 정색을 하고 대답했다.

"이 집에서 나갈 때는 어디 다른 집에 초대되었을 경우에 한해서였으면 싶소. 여기서 맛본 것보다 더 큰 행복이 틀림없이 약속되어 있는 그런 경우에 말이오."

"그런 일은 있을 것 같지 않아요, 여보. 누가 초대해줄까요? 마리아라면 기꺼이 이따금 소서턴으로 초대해줄지 모르지만 그곳에 계속 거처하라고 초대하는 것은 마리아가 생각조차 안 할 거예요. 패니도 여기서 지내는 것이 더 편할 테고……. 게다가 전 패니 없이는 지낼 수가 없어요."

맨스필드 파크에서의 일주일은 참으로 조용하고 평화롭게 지나갔지만 목사관에서는 형편이 전혀 달랐다. 적어도 두 집안의 아가씨가 이 일주일 동안 각각 느낀 심정은 완전히 다른 것이었다. 패니에게는 평온하고 안락했던 것이 메리에게는 지루하고도 짜증스러운 것이었다. 그것도 다소 성격과 습관의 차이에서 오는 것이었다. 한 쪽은 이내 만족하는데 다른 한 쪽은 참는 일에 전혀 익숙해 있지 않았다. 그러나 그보다는 환경의 차이가 더욱 컸을 것이다.

몇 가지 재미있는 것은 이 두 사람은 제각기 서로가 정반대였다. 패니의 생각에 에드먼드의 부재는 그 원인으로나 그 앞일을 위해서나 마음 놓이는 일이었다. 그러나 메리에게 그것은 어느 모로 보나 괴로운 일이었다. 그녀는 사랑하는 그와 함께 지낼 수 없다는 것이 매일, 아니 거의 매시간 마다 마음에 걸렸던 것이다. 너무 쓸쓸했으므로 그가 가게 된 목적을 생각하면 짜증스런 감정밖에는 우러나지 않았다.

어쩌면 그렇게도 좋은 생각을 해냈을까. 에드먼드가 자신의 가치를 올리려는 생각이라면 그렇게 일주일쯤 집을 비우는 것이 무엇보다 효과적이었다. 더욱이 마침 그녀의 오빠가 떠나고 윌리엄도 출발한 때를 맞추어서 그토록 활기에 넘쳤던 모임도 이것으로 끝장이 나버렸고, 다시 말해서 완전히 해산된 것이었다. 이건 참으로 견디기 힘든 일이었다. 뒤에는 비참한 세 사람이 계속 내리는 비와 눈으로 집 안에 갇혀 할 일도 없거니와 무슨 변화가 생길 기대조차 못 했던 것이다.

메리는 에드먼드가 자기 생각을 끝까지 고집하여 그녀가 만류하는 것도 듣지 않고 행동에 옮긴 데에 대해 화가 잔뜩 화가 나 있었다. 그녀는 너무나 화가 나 무도회가 끝났을 때 작별 인사도 하지 않았다. 그것은 친구 사이의 것이라고도 할 수 없을 정도로 냉담한 것이었다. 하지만 그가 없는 지금은 끊임없이 그에 대한 생각을 하고 그의 장점과 애정을 되풀이하여 생각하며 며칠 전까지 거의 매일같이 만났던 일이 그립기만 했다.

그녀를 자극하기 위한 조처라면 이토록 집을 비울 필요도 없었던 것이다. 이렇게 오래도록 떠나 있을 계획을 세우는 자체가 괘씸한 일이었다. 일주일이나 집을 비우다니, 그녀 자신도 얼마 후면 맨스필드를 떠날 생각을 하고 있었다. 메리는 그 다음에는 그녀 자신을 책망하기 시작했다. 헤어지기 직전 대화에서 그렇게 심한 말을 쓰지 말 것을. 목사 이야기가 나왔을 때 무엇인가 경멸하는 듯한 말투를 쓰지나 않았는지. 그건 좋지 못한 일이었다. 조심성 없는 행동이었다. 잘못된 일이었다. 진심으로 그 말을 취소하고 싶은 심정이었다.

이 괴로움은 그 주 동안으로 끝나지 않았다. 이것만으로도 몹쓸 일이었는데 그보다 더 마음 상하는 일이 있었다. 금요일이 다시 돌아왔는데도 에드먼드는 나타나지 않고 토요일이 되어도 에드먼드는 모습을 보이지 않았다. 그리고 그의 일가와는 일요일에야 겨우 약간의 정보 교환을 할 수 있었다. 그 결과 알게 된 일인데 그가 정말로 편지를 보내 집으로 돌아오는 것을 연기했다는 사실이었다. 앞으로 며칠 동안 친구 집에서 묵기로 약속했다고 알렸던 것이다!

그때까지 초조감과 후회의 감정을 반복하긴 했어도 좋지 못한 말을 했구나, 그에게는 너무 강렬하게 들리지나 않았을까 하고 걱정하고 있었다 해도 사태가 이렇게 되고 보면 그 느낌과 걱정이 열 배도 더되게 심해지는 것이었다. 더욱이 처음으로 경험하는 불쾌한 감정과 싸우지 않으면 안 되었다. 그것은 질투였다.

그의 친구 오인 씨에게는 누이가 몇 명 있다. 혹시 이들에게 매력을 느끼고 있는지도 모를 일이었다. 그러나 어쨌든 다른 때도 아니고 그 전부터의 계획에 따라 자기가 런던에 가기로 결정되어 있는 이때에 그가 다른 데로 가고 없다는 것은 그녀로서는 감당하기 어려운 일이었다. 헨리가 말했던 대로 3~4일 지나고 돌아왔더라면 지금쯤은 맨스필드를 출발했을 터였다.

이렇게 되면 아무래도 패니에게 가서 좀더 자세한 이야기를 들어볼 필요가 있었다. 이제 더 이상 이렇게 외로이 혼자서 비참한 기분을 끌어안고 살아갈 수는 없었다. 그래서 그녀는 맨스필드 파크에 가보기로 결심을 굳혔다. 일주일 전만 하더라도 어쩔 도리가 없다고 생각하던 진흙길을 무릅쓰고 어쩌면 좀더 자세한 이야기를 들을 수 있지 않을까, 아니면 그의 이름만이라도 들을 수 없을까 하는 기대만을 가지고 갔던 것이다.

처음 30분 동안은 아무런 기대도 충족시킬 수 없는 헛수고일 뿐이었다. 왜냐하면 패니와 버트램 영부인이 함께 있었기 때문이며 패니와 단둘이가 아니면 아무 소용이 없었던 것이다. 그러나 참으로 다행스럽게도 얼마 후에 버트램 영부인이 방을 나갔다. 그래서 즉시 메리는 되도록 음성을 가다듬고 이렇게 말문을 열었다.

"그런데 당신은 어떻게 생각하시나요? 에드먼드 씨가 이렇게 오랫동안 다른 데 가 있는 것을. 젊은 사람 중에서 집에 머물고 있는 사람은 당신뿐이잖아요. 당신이야말로 에드먼드 씨의 부재로 인해 불편을 느끼는 최대의 피해자라 생각해요. 많이 쓸쓸하시죠? 그가 일정이 바뀌어 좀더 늦게 온다는 소식을 듣고 놀라지 않으셨나요?"

"글쎄요. 그래요, 특히 그러리라 예상했던 것은 아니니까요."

패니는 망설이는 빛을 보이며 말했다.

"에드먼드 씨는 예정보다 늦게 집에 돌아오는 경우가 종종 있나 봐요. 하긴 젊은 남자 분들 대개가 그러니까요."

"아니에요, 그렇지 않아요. 한 번뿐이었지만 요전에 오인 씨 댁을 방문했을 때에는 그렇지 않았답니다."

패니는 머리를 흔들며 단호하게 말했다.

"지금은 그 댁이 예전보다 더 마음에 들어버린 모양이군요. 그곳에 계신 분은 아주, 아주 상냥한 분들이신가 봐요. 그러니까 저로서도 사실은…… 조금 마음에 걸린답니다. 런던으로 떠나기 전에 한 번 더 뵐 수 없을 것 같아서요. 형편이 이래서야 아무래도 그렇게 되겠는걸요. 전 매일같이 헨리 오빠가 돌아오기를 기다린답니다. 오빠가 돌아오기만 하면 이제 맨스필드에 있어야 할 이유는 없거든요. 솔직한 심정이라면 에드먼드 씨를 한 번 더 뵈었으면 생각하고 있답니다. 하지만 당신한테 부탁해서 안부를 전해달라고 말하는 수밖에 없군요. 그래요, 안녕하시라는 말밖에 전할 말이 없을 것 같군요. 안타까운 일이군요. 프라이스 양, 우리들이 쓰는 말은 그 중간 감정을 잘 나타낼 수가 없어요. 안녕하시라는 것과 그리고 또 사랑하고 있다는 것 사이의 감정을 말이에요. 우리들의 친근했던 교제에 꼭 알맞은 말이 무엇인지 모르겠어요. 우린 몇 달이나 사귀어 왔잖아요! 하지만 이제는 안녕하시라는 말로 충분할지 모르겠군요. 에드먼드 씨의 편지, 긴 것이었나요? 무얼 하고 있는지 여러 가지로 이야기가 씌어 있던가요? 크리스마스 축제 때문일까요. 집으로 돌아오지 않는 이유가!"

"저는 그 편지를 보지도 못한 걸요, 이모부께 보낸 것이었으니까요. 단지 편지의 일부를 전해 들었을 뿐이에요. 하지만 무척 짧은 편지였을 겁니다. 정말 몇 줄 정도였어요. 제가 들은 이야기로는 친구 분이 더 묵었다 가라고 권해서 그렇게 하기로 했다는 말뿐이었는데요. 앞으로 2~3일이라고 했는지 아니면 며칠 더라고 했는지 확실하지는 않았지만요."

"어머! 아버님께 보낸 편지였나요. 전 또 버트램 영부인이나 당신께 보낸 것으로 생각하고 있었지요. 하지만 아버님께 보낸 것이라면 편지가 짧은 게 당연하죠. 토머스 경한테 누가 편지로 이러쿵저러쿵 이야기를 할 수가 있겠어요? 만약 당신께 보낸 것이라면 상세한 이야기가 있었을 텐데. 무도회나 파티 이야기도 말이에요. 여러 가지 일, 여러 사람들의 동태를 써 보내주셨을 테죠. 오인 씨 댁 아가씨는 몇 명이나 되죠?"

"큰 아가씨가 셋이에요."

"피아노 연주는 할 줄 아나요?"

"그런 건 알지 못해요. 전혀 들어본 적도 없는걸요."

"사실 그 점이 제가 제일 알고 싶은 거예요. 자기가 악기를 연주하는 여자라면 누구나 다른 여자에 대해서도 반드시 그 점을 물어보게 되더군요. 하지만 참말로 어리석은 짓이죠. 아가씨들에 대한 일을 캐묻다니……. 다 자란 자매가 셋이군요. 알겠어요. 듣지 않아도 어떤 사람들인지 모두 교양이 있고 마음씨가 좋으며 한 사람은 굉장한 미인일 테고, 어느 집이든 미인이 한 사람은 있기 마련이니까요. 그건 정석과 같은 것이랍니다. 두 사람은 피아노를 잘 치고 한 사람은 하프 연주를 하겠지요. 그리고 모두 노래를 잘 부르거나 아니면 선생만 있다면 잘 부르게 되겠죠. 또는 선생님 없이도 썩 잘 부를 거예요. 대개가 그런 정도이니까요."

메리는 일부러 명랑한 표정으로, 짐짓 대수롭지 않다는 태도를 취하면서 말했다.

"오인 씨 댁 아가씨들 일은 전혀 모른답니다."

패니는 조용히 말했다.

"당신은 알지 못할 뿐더러 전혀 마음을 쓰지도 않는다고 말하는군요. 더없이 분명한 말투로 그런 건 자신과 전혀 관계없다고……. 그렇겠죠. 전혀 마음 쓰일 일이 없겠지요. 한 번 만나본 적도 없는 사람인걸요. 그건 그렇다 치고 에드먼드 씨가 돌아올 즈음에는 맨스필드도 무척 조용하게 되어 있을 거예요. 시끄러운 사람들은 모두 떠나고 없을 테니까. 당신 오빠와 우리 오빠, 그리고 저 자신도……. 지금은 막상 언니와 작별하기란 마음이 내키지 않는답니다. 언니도 제가 떠나는 것을 기뻐하지 않거든요."

메리가 우울한 표정으로 말했다. 패니는 무슨 말이든 해야 한다고 생각했다.

"물론 당신을 그리워하는 사람이 많이 있을 거예요. 매우 그리워하는……."

패니가 말했다.

메리는 더 듣고 싶고 더 보고 싶다는 듯이 그녀에게 시선을 보내고 웃으면서 말했다.

"어머, 그렇고말고요! 아무리 떠들썩한 말썽꾸러기라도 없어지면 그야 그리워지는 법이죠. 그것은 즉, 있는 것과 없는 것은 퍽 다르다는 느낌을 말하는 겁니다. 하지만 전 공치사를 듣고 싶은 것은 아니에요. 그러니까 신경 쓰지 마세요. 정말 제가 없어짐으로써 정말로 쓸쓸해지고 제가 그리워진다면 그것은 자연히 알게 될걸요. 저를 찾아오는지 아닌지 보면 금세 알 수 있을 테죠. 저를 진심으로 만나고 싶다면 말이에요. 어디 찾아갈 수 없을 만큼 멀고 무서운 나라로 가는 것은 아니니까요."

이렇게 되자 패니는 달리 할 말이 떠오르지 않았다. 그래서 메리도 속셈이 빗나갔다. 그녀는 무슨 듣기 좋은 말로 자신의 입장을 보장받고 싶었던 것이다. 사정을 누구보다 패니가 잘 알고 있을 것이라는 생각이 빗나가자 그녀의 기분은 다시 흐려졌다.

"오인 씨 댁 아가씨들에 관한 얘긴데요."

메리가 잠시 후 다시 말을 꺼냈다.

"만약에 오인 씨 댁 아가씨들 중의 어느 한 사람이 손턴 레이시에서 살게 된다면 어떻게 생각하시겠어요? 좀 이상한 일이긴 하지만 더 이상한 일도 이 세상에서는 얼마든지 일어나고 있으니까요. 틀림없이 그걸 노리고 있는 걸 거예요. 그것도 당연한 일이지만요. 아주 뛰어난 처신법인걸요. 저는 조금도 이상하게 생각하지 않을 뿐더러 비난도 하지 않겠어요. 되도록 자기 자신을 위하는 건 누구에게나 당연한 일이지요. 토머스 버트램 경의 아들이라면 대단한 거잖아요. 게다가 지금은 그분도 그쪽 댁과 같은 일을 하시잖아요. 아버지도 목사님, 오빠도 목사님. 모두가 목사님 집안인걸요. 그분은 이미 그 사람들 것이에요. 보나마나 그 집안사람이 된 거라고요. 당신, 아무 말도 않는군요. 패니 프라이스 양, 아무 말도 안 하는군요. 하지만 어때요. 솔직히 말해서 당신도 그럴 거라고 생각하고 있지 않나요?"

"아니에요. 그렇다고는 전혀 생각하지 않아요."

패니는 분명하게 대답했다.

"전혀라니요! 그것 참 이상한 일이네요. 하지만 아마 당신은 잘 알고 있겠지요. 언제나 생각하고 있었죠. 당신은, 어쩌면 당신은 그분이 결혼 따위는 하지 않으리라 생각하고 있는 건 아닐까 하고. 적어도 우선 당장에는 말이에요."

메리가 소리치듯이 말했다.

"네, 그래요."

패니는 대답은 조용했다. 그렇게 믿고 또 그렇게 단정해도 잘못이 아니라면 좋겠다고 바라면서……. 상대방은 날카로운 시선으로 그녀를 바라보았다. 그리고 패니가 이런 시선을 받고 곧 뺨을 붉히는 것을 보자 기운을 되찾고는 짐짓 태연한 척하며 화제를 바꾸었다.

"에드먼드 씨는 지금 이대로의 상태가 제일 좋겠어요."

30

　메리의 불안은 패니와 나눈 대화 덕분에 어지간히 가벼워졌고 다시 걸어서 목사관으로 돌아왔을 때의 기분은 똑같은 악천후의 시련에 일 주간을 더 시달리게 되어도 끄떡없을 정도로까지 좋아졌다.

　마침 그날 밤에 헨리가 런던에서 여느 때나 다름없는 쾌활한 태도로 다시 돌아왔으므로 그녀도 자연히 밝은 기분이 될 수 있었다. 런던에 는 무슨 볼일이 있어 다녀왔는지 그가 말문을 열지 않는 것도 오히려 들뜬 기분을 돋우었다. 하루 전이었다면 그 때문에 짜증스러웠을지 모 르지만 이제는 그것도 즐거운 농담으로 그녀에게 무엇인가 즐거운 기 습을 꾀하여 그것을 감추고 있는 듯하다고 짐작하는 것만으로 족했다.

　그리고 실제로 그 다음날에 기습은 이루어졌다. 헨리는 잠깐 버트램 댁에 인사드리러 다녀오겠다고, 10분이면 돌아올 것이라며 집을 나섰 다. 그런데 한 시간 이상이나 지나도 돌아오지 않았다. 함께 정원을 산책하려고 초조하게 기다리고 있던 누이동생은 현관 앞 마찻길에서 겨우 그와 마주치게 되었다.

　"어머, 헨리 오빠! 도대체 지금까지 어디 갔다 오는 거야?"

　메리가 소리쳤다. 그러자 그는 버트램 영부인과 패니하고 함께 있었다고밖에는 말하지 않는 것이었다.

"한 시간 반씩이나 같이 있었다는 말이야?"

메리는 깜짝 놀라지 않을 수 없었다. 그러나 그 정도는 약과로 더욱 놀라운 일이 기다리고 있었다.

"그렇단다, 메리."

헨리는 대답과 동시에 누이동생의 팔을 자기의 팔로 감싸고는 마치 구름 속을 걷는 듯한 걸음걸이로 마찻길을 걷기 시작했다.

"더 이상 빨리 돌아올 수가 없었단다. 프라이스 양이 너무나 아름답게 보였어! 난 작정했단다, 메리. 내 마음은 완전히 굳혀졌어. 놀랐니? 그렇지 않지. 눈치는 채고 있었을 테니까. 난 패니 프라이스와 결혼하기로 결심했다."

그것은 완전한 기습이었다. 그리고 이것으로 기습은 완성되었다. 왜냐하면 그동안에 헨리 자신은 여러 가지로 암시를 주었다고 생각했지만 메리는 오빠가 이런 일을 생각하고 있었으리라고는 한 번도 상상조차 해본 일이 없었기 때문이다. 여동생의 얼굴에는 놀란 표정이 그대로 나타나 있었으므로 그는 자기가 한 말을 더 자세히, 더 진지하게 되풀이해야만 했다.

헨리 오빠의 결심이 확고하다는 사실을 확인한 메리는 그것을 반대할 이유를 찾지 못했다. 오히려 환영할 만한 일이었다. 놀라움에는 기쁨의 감정도 섞여 있었다. 메리는 버트램 가와의 좋은 관계를 바라고 있었기 때문에 오빠가 다소 신분 이하의 결혼을 한다 해서 기분이 상하거나 하지는 않았다.

"그렇단다, 메리."

헨리는 간단하게 끝맺는 말을 했다.

"두 사람은 아주 잘 어울릴 거야."

충격에서 벗어나지 못하고 있던 메리가 맞장구치듯 말했다.

"보기 좋게 사로잡힌 거야. 너도 알다시피 처음에는 전혀 그럴 생각이 없었어. 그러나 결국은 이렇게 되어 버렸단다. 자만심일지는 모르지만, 프라이스 양도 나에 대해 상당히 호감을 갖고 있는 것 같았어. 무엇보다 그 사실이 자랑스럽단다. 내 마음은 이미 결정이 내려진 상태야."

"프라이스 양은 운이 좋은, 정말 운수가 대통한 아가씨야! 오빠, 오빠한테 처음 그 말을 들었을 때는 프라이스 양이 너무 과분한 상대를 만나는 거라고 생각했었어. 그 아가씨에겐 그렇잖아. 하지만 지금은 오빠의 선택에 대찬성이야. 내 마음과 모든 열성을 다해 오빠의 행복을 빌어줄게. 프라이스 양은 정말 아름답고 귀여운 아내가 될 거야. 오빠처럼 감사와 헌신의 정에 넘치는 사람에겐 그야말로 꼭 맞는 아내라고 할 수 있지. 그 아가씨한테는 정말로 깜짝 놀랄 만한 훌륭한 신랑감이야! 노리스 부인은 언제나 프라이스 양이 운이 좋다고 하던데 이 소식을 들으면 무어라고 할까? 온 집안이 모두 얼마나 기뻐할까? 게다가 프라이스 양에겐 자기를 진정으로 아껴주고 편들어주는 좋은 분들도 몇몇 있거든. 그분들도 정말 기뻐할 거야. 그건 그렇고, 이제부터 모두 들려줘. 한 마디도 빼지 말고 전부 다 말해줘야 해, 오빠. 프라이스 양을 진심으로 사랑하게 된 것이 도대체 언제부터야?"

무언가 불가능한 것이 있다면 이런 물음에 답하는 일만큼 불가능한 것은 없을 테고 무언가 즐거운 일이 있다면 이런 질문을 받는 일만큼 즐거운 일도 없을 것이다. '이 즐거운 번뇌가 어떻게 그에게 숨어들었나.' (18세기의 시인 화이트헤드의 시구 :역주)라고 하는 데에는 그로서도 뭐라고 선뜻 대답할 수 있는 성질의 것이 아니었다. 그것과 똑같은 의견을 다소 말을 바꾸어 세 번씩이나 되풀이하여 표명할까 말까 하는데 누이동생이 신이 나서 끼어들었다.

"그래, 맞았어! 오빠, 그래서 런던에 갔던 거지? 이것이 바로 중요한 볼일이라는 거였지? 그 일을 숙부님한테 의논하러 갔던 거야. 프라이스 양과의 결혼을 결심하기 전에…… 오빠, 내 말이 맞지?"

"아니, 그렇지는 않아."

이 말에 대해 그는 분명히 부정했다. 숙부의 사람됨을 잘 알고 있으므로 결혼 문제로 의논할 생각이란 추호도 없었다. 숙부인 크로포드 제독은 결혼이라는 제도 자체를 무척 싫어했으며 아무런 부족함도 없는 재산을 가진 젊은이의 경우에 이해할 수 없는 일로 생각하고 있었기 때문이다.

"숙부님도 프라이스 양을 만나보면 무척 좋아하실 거야. 정말로 귀여워해 주실 게 분명해. 그런 여성이야말로 바로 숙부님 같은 사람의 편견을 몽땅 없애줄 여성이니까 말이야. 왜냐하면 그녀는 숙부님이 이 세상에 없다고 생각하고 있는 바로 그런 여성이니까. 프라이스 양을 보기만 하시면 숙부님도 그녀가 이 세상에는 도저히 존재할 수 없는 그런 여성임을 단번에 알아보실 거야. 물론 숙부님이 기품 있는 말씨를 익히게 되고 자기 생각을 부드럽게 표현할 수 있게 되었다고 가정한다면 그렇다는 얘기지. 하지만 일이 완전히 매듭지어지고 진히 훼방 놓을 염려가 없다고 판단될 때까지는 숙부님께 알리지 않겠어. 아니야. 메리, 넌 완전히 오해하고 있어. 내 용건을 아직 모르고 있는 거야, 너는!"

"응, 알았어. 결혼에 관계된 일은 아니더라도 틀림없이 그건 프라이스 양과 관계된 일일 테지. 그 밖의 일에 대해서는 나중에 기회가 있을 때 듣겠어. 패니 프라이스라고! 참 멋지군. 정말, 멋져! 맨스필드 파크가 이처럼 오빠의 결혼에 도움이 될 줄이야! 오빠가 운명의 여인을 맨스필드 파크에서 찾아내다니! 너무너무 잘된 일이야. 이보다 더 좋은 사람을 선택할 수는 없을 거야. 이 세상에 둘도 없는 좋은 아가씨인걸. 게다가 오빠한테 더 이상의 재산은 필요 없으니까. 프라이스 양의 집안 관계를 보아도 훌륭하다고 할 수 있지. 버트램 가는 흠 잡을 데 없는, 이 주 안에서 일류 가는 가문이야. 프라이스 양은 토머스 버트램 경의 조카딸이잖아. 그것만으로 충분히 세상에선 알아줄 테니까. 하지만 어서 더 말해줘, 오빠. 앞으로 어떡할 셈이야? 프라이스 양은 자기에게 찾아온 행운을 알고 있어?"

"아니."

"무얼 꾸물거리고 있어, 오빠?"

"글쎄…… 말하자면 난 조금 더 확실한 기회를 기다리고 있는 중이야, 메리. 패니 프라이스는 말이야, 그 사촌들과는 달라. 하지만 최소한 거절당하지는 않으리라 생각해."

"그야 물론이지, 오빠! 그런 일은 없을 거야. 설사 오빠가 좀더 호감을 얻지 못한다 해도……. 프라이스 양이 그전부터 오빠를 좋아하지 않았다 해도 말이야. 난 절대로 그럴 리가 없다고 지금도 생각하고 있지만…… 오빠는 안심해도 될 거야. 얌전하고 은혜를 아는 프라이스 양의 심성으로 보아 오래잖아 완전히 오빠의 사람이 되고 말걸. 그녀가 애정 없이 오빠와 결혼하리란 건 아무래도 나로선 생각할 수 없는 일이야. 만약 이 세상에 야심으로 마음이 흔들리지 않는 아가씨가 있다면 그건 바로 프라이스 양뿐일 거라 여겨질 정도니까. 오빠, 프라이스 양에게 사랑해달라고 부탁해 봐. 그녀는 싫다고 할 만큼 냉정하고 박정한 아가씨는 결코 아니니까."

그 열띤 기분이 누그러지고 그녀가 조용해지자 그는 곧 어디까지나 행복에 겨운 듯이 이야기를 꺼냈고 누이동생도 역시 귀를 기울였다.

그리고 그 다음 대화는 그녀에게도 본인 자신에게도 거의 같을 정도로 흥미진진한 것이었다. 그렇긴 하지만 그는 사실을 이야기한다는 게 고작 자기의 기분뿐이고 지겹도록 되풀이해서 말하는 것은 패니의 매력에 관한 얘기뿐이었다.

패니의 얼굴과 태도의 아름다움, 패니의 얌전한 몸짓, 상냥한 마음씨 등은 끝없는 화젯거리였다. 헨리는 패니의 그 차분하면서 돋보이는 겸손함과 경솔하게 행동하지 않는 부드러운 성격에 대해 열정적이면서 장황하게 늘어놓고 있었다.

그 상냥함이란 남성의 눈으로 볼 때 모든 여성의 가치로 빼놓을 수 없는 부분을 차지하는 것이었다. 남성은 때로 상냥함이 없는 여성을 사랑하기도 하지만 상냥함이 전혀 없는 여성이 있다고는 상상조차 할 수 없는 것이었다. 그가 그녀의 성품을 믿고 칭찬하는 것에는 그로서도 충분한 이유가 있었다. 패니가 괴로운 일에 처해 있는 것을 여러 번 목격했던 것이다. 가족들 중에서 에드먼드를 빼놓고 그녀에게 이것저것 끊임없이 참고 견뎌야 할 고생을 시키지 않은 사람이 있었던가?

그녀의 애정은 분명히 강했다. 윌리엄과 함께 있을 때를 보라! 이것이야말로 무엇보다도 기쁜 증거였다. 그녀의 따뜻한 마음은 그 상냥한 마음씨에 결코 못지않다는 증거였던 것이다. 그녀의 사랑을 얻기를 원하는 남성에게 있어 이토록 용기를 가지게 하는 일이 또 있었을까? 게다가 머리도 의심할 여지없이 섬세하고 명석했다. 그녀의 행동은 그 조심성 있고 우아한 마음을 비추어주는 거울이었다.

패니의 장점은 그뿐만이 아니었다. 헨리에게도 분별력이 있었으므로 아내가 될 사람의 정절과 행실이 중요하다는 것을 모르지 않았다. 단지 진지하게 사물을 생각하는 일에 익숙해 있지 않아서 그것을 어떤 식으로 정리해야 할지를 모르고 있었을 뿐이었다. 그러나 그녀는 대단히 품행이 단정하며 명예를 소중히 지키는 법과 모든 예의범절을 알고 있었으므로 어떠한 남성이라도 그녀의 신의와 결벽하고 정직함에는 전적으로 신뢰하지 않을 수 없었다. 헨리는 무엇보다 그녀가 도리에 어긋나지 않는 올바른 사고방식을 가지고 있다는 것과 신앙심이 깊다는 것을 알고 감탄했다는 사실을 강조했다.

"패니 프라이스라면 하나부터 열까지 절대적으로 믿을 수가 있어, 그 여자라면. 그것이 바로 내가 원하는 거란다."

헨리의 목소리에서 강한 힘이 느껴졌다. 누이동생도 패니 프라이스에 대한 오빠의 의견이 결코 과장된 것이 아님을 믿고 있었으므로 오빠의 장래를 위해 기뻐하는 것은 당연한 일이었다.

"생각하면 할수록 오빠가 내린 결정이 올바르고 당연한 것이라는 생각이 들어. 오빠의 마음을 가장 매혹시킬 만한 여자가 누구냐고 묻는다면 난 그것이 프라이스 양이라고는 결코 대답할 수 없었을 거야. 하지만 이젠 알았어. 프라이스 양이야말로 오빠를 행복하게 해줄 유일한 사람이야. 오빠도 처음에는 심술궂게 그 아가씨의 마음을 흔들어 놓으려고 일부러 장난한 거잖아. 그것이 정말 묘안이 된 셈이네……. 두 사람에겐 정말 좋은 일이 되었으니까."

"좋지 못한 짓이었어, 정말로 좋지 못한 행동이었어. 프라이스 양처럼 정숙한 여자에게 말이다. 하지만 그 즈음의 나는 아직 그녀를 못 알아본 거야. 그러니까 내가 그런 장난을 했던 일로 더 이상은 그녀를 슬프게 하지 않겠어. 나는 그녀를 더없이 행복하게 만들어줄 테니까. 메리, 그녀가 지금까지 경험해온 이상으로 아니면 다른 사람의 경우에서 본 것 이상으로 더욱더 행복하게 해줄 거야. 그녀를 노스햄턴 주 밖으로 데리고 나가지는 않겠어. 에버링검은 세를 놓고 이 근처에 저택을 세내겠어. 어쩌면 스탠윅스 로지라고 할까. 에버링검은 7년 계약으로 세주도록 하자. 조금만 선전하면 틀림없이 좋은 사람이 나설 거다. 지금 당장이라도 이쪽 조건대로 두말 않고 빌리겠다는 사람의 이름을 셋은 들을 수 있거든."

"저런! 노스햄턴 주에서 살겠다니! 그게 정말이야, 오빠? 정말 즐거운 일인데! 그렇다면 우리들은 모두가 함께 사는 셈이 되겠군."

큰소리로 말하고 나서야 그녀는 아차 하고 정신이 들어 방금 한 말을 도로 주워 담고 싶을 지경이었다. 그러나 당황할 것도 없었다. 오빠는 그녀를 맨스필드 목사관에 있는 사람으로밖에는 생각하지 않고 대답으로 참으로 친절하게 그녀를 자기 저택에 초대하고 그녀를 돌보아줄 권리는 어느 누구보다도 자기에게 있다고 주장했을 뿐이었다.

"네가 가진 시간의 절반 이상은 우리를 위해 써주어야 한다. 무슨 말인지 알지? 프라이스 양이나 나나 우리 두 사람 모두 네게 권리를 가지게 되는 거야. 프라이스 양은 정말 너와 자매가 되는 것이니까!"

오빠의 말에 메리는 고맙다는 인사를 하고는 그에 합당한 맞장구를 치는 수밖에 없었지만 그녀는 이제 마음속으로 굳게 작정하고 있었다. 오빠 집에서나 혹은 언니 집에서나 앞으로는 몇 달씩 폐를 끼치며 머물지는 않겠다고.

"오빠, 그럼 일 년을 런던과 노스햄턴 주로 나누어서 살게 되겠네?"

"그렇단다."

"그게 좋아. 그래, 런던에서는 물론 오빠 집에서 사는 거지. 숙부님 댁에서는 절대 같이 살지 마, 오빠. 숙부님으로부터 독립하는 것이 오빠를 위해서도 좋은 일이야. 숙부님의 나쁜 버릇이 전염되어 오빠의 예의가 엉망이 되거나 그 시시한 사고방식이 오빠 몸에 배거나 또는 마치 만찬이야말로 인생 최대의 행복이라는 듯 질질 끌려다니면서 식사하는 버릇을 배우기 전에 말이야. 오빠는 그 집에서 나오는 게 얼마나 중요한 일인지를 모르고 있는 거라고. 숙부님을 지나치게 존경하는 나머지 눈이 어두워진 거야. 하지만 내가 보기에는 일찌감치 결혼하는 것이 상책일지도 모르겠어. 오빠가 나이 들어 말이나 행동, 표정이나 몸짓이 숙부님을 닮아가는 것을 보게 된다면 내 마음은 찢어지고 말걸."

"그만, 그만. 그 점에 대해서는 너와 의견이 일치할 것 같지 않구나. 숙부님에게도 결점은 분명 있어. 하지만 그래도 참 좋은 분이란다. 게다가 내게는 아버지 이상이었거든. 이만큼이나 자유롭게 지내게 해주는 아버지란 그리 많지 않을 게다. 프라이스 양에게 이상한 선입견 따위를 주어서는 안 돼. 두 사람이 서로 사랑하도록 해야 하니까."

메리는 자기의 생각을 다 말하기를 삼갔다. 성격도 태도도 그만큼 어긋나 있는 사람이란 이 세상에 다시없을 것 같았다. 오빠도 나중에 알게 될 것이었다. 그러나 그녀는 이렇게 말함으로써 숙부님을 빈정거리지 않을 수 없었다.

"헨리 오빠, 난 프라이스 양을 매우 높이 평가하고 있어. 그러니까 장차 새 크로포드 부인이 될 그녀가 돌아가신 숙모님처럼 학대받고 그 절반이라도 자기가 새로 얻은 이름을 싫어할 이유가 있다는 생각이 들면 이 결혼을 방해할 거야. 그렇지만 난 오빠의 사람됨을 잘 알고 있어. 물론 알고 있고말고. 오빠가 사랑하는 아내는 여자 중에서 가장 행복한 여자가 될 것이고 오빠가 애정이 식었더라도 오빠에게서 신사로의 관대하고도 예의바른 대우를 받을 것이라고 생각해."

메리의 말을 듣고 있던 헨리는 그녀를 행복하게 해주기 위해서 온갖 일을 마다하지 않을 것이며 패니 프라이스를 사랑하지 않게 될 리도 없다는 기본적인 대답으로 일관했다.

"메리, 오늘 아침의 그녀를 꼭 너한테 보여주고 싶었단다. 이루 말할 수 없는 상냥함과 인내심으로 노리스 부인이 시키는 대로 함께 일하고 있는 모습을……. 교대해드리려고 바느질감 위로 몸을 구부리고 있는 사이에 얼굴은 아름다운 빛으로 물들여지고 그런 다음에 자기 자리로 돌아가기 전 그 얼빠진 할망구의 명령으로 쓰다 만 엽서의 나머지를 마저 써주고 이런 일을 모두 전혀 나타내지 않는 조용한 태도로 하는 거야. 마치 단 한 순간이라도 자기 마음대로 할 수 있는 시간이 없는 것은 당연하다는 듯이 말이다. 머리는 여느 때나 마찬가지로 단정하게 빗었으며 조그맣게 감아 올린 머리카락이 글씨를 쓰고 있는 동안에 앞으로 늘어지는 거야. 그걸 이따금 쓸어 올리면서 또 그 사이사이에는 이따금 나한테도 말을 걸어오는 거야. 내 이야기를 들어주기도 하고 내 이야기 듣기를 좋아한다는 듯이 말이다. 그런 모습을 보았다면 메리, 너라도 내 마음을 지배하는 그녀의 힘이 언젠가 끝날 날이 있으리라고는 생각하지 않을 거다."

"어머, 저런, 헨리 오빠."

메리는 소리치던 말을 잠시 끊었다가 그에게 미소를 던지면서 말을 이었다.

"정말 기뻐, 오빠. 오빠가 그토록 열렬히 사랑하고 있다니! 이렇게 기쁠 수가! 하지만 러시워스 부인이나 줄리아 양이 나중에 이 사실을 알게 되면 무어라고 할까?"

메리가 입가에 작은 미소를 담고 물었다.

"알 게 뭐람. 그 사람들이 무어라고 하든 어떻게 생각하든 내가 상관할 게 뭐야. 지금쯤은 알겠지. 내 마음을 매혹하는, 즉 분별 있는 사나이의 마음을 끌 수 있는 여성이란 어떤 여성인가를 말이다. 그것을 알고 그 사람들도 무언가 얻는 것이 있다면 좋으련만, 이제 알았을 거야. 그 쪽 사람들도 사촌에 대한 당연한 대접은 이런 것이라는 사실을. 아무쪼록 진심으로 부끄러워해 주었으면 싶구나. 자기네들이 고약하리만큼 얕보고 불친절하게 대해온 사실을 진심으로 뉘우쳐주기 바라지. 그 사람들도 분명 화가 날 거다."

그리고 잠깐 입을 다물었다가 더욱 냉정한 투로 이렇게 덧붙였다.

"러시워스 부인은 몹시 화를 낼 거다. 그녀한테는 쓴 약일 거야. 즉 다른 쓴 약과 마찬가지로 두어 번 눈을 깜박이는 동안 쓴맛이 나지만 삼켜버리면 잊혀지게 되는 거지. 나도 그처럼 자만심이 강한 사람은 아니니까. 그녀의 마음이 보통 여성 이상으로 오래 계속되리라고는 생각하지 않는단다. 설사 내가 그 대상이었다 하더라도 마찬가지야. 메리, 나의 패니는 아주 많은 것이 달라지는 것을 느낄 거야. 하루하루 시간마다 가까이 하는 사람 모두의 태도가 지금과는 확연하게 달라지는 거지. 그리고 그것은 나의 가장 큰 행복이기도 해. 그녀에게 어울리는 신분을 가질 수 있도록 해줄 수 있는 유일한 사람이 바로 나임을 알게 하는 일이야. 지금 그녀는 식객의 처지이며, 친구도 없이 주위 사람들로부터 무시당하고 잊혀지고 있지만."

"아니야, 헨리 오빠. 모두가 그렇지는 않아. 모두에게 잊혀지는 것은 아니야. 벗이 없는 것도 아니고 잊혀지고 있는 것도 아니라고. 사촌 오빠인 에드먼드 씨는 결코 프라이스 양을 잊지 않아."

"에드먼드라……. 그렇군. 그만이 예외로 그녀에게 친절하지. 그러고 보니 토머스 경도 나름대로 친절을 베푸는 것 같더군. 그렇지만 그건 부자고 자존심이 세며 까다로운 말씨를 쓰는 고집쟁이 아저씨의 방식이지. 토머스 경과 에드먼드 씨가 한 묶음이 되어본들 무엇을 할 수 있겠나? 그녀의 행복·안락·명예·품위를 위해 내가 하려 하는 일에 비한다면 그 두 사람이 하고 있는 일이 도대체 뭐냔 말이야?"

31

헨리 크로포드는 다음날 아침, 또다시 맨스필드 파크에 왔다. 더구나 그 시각이 평범한 용건으로는 생각할 수 없을 정도로 일렀다. 버트램 영부인과 패니는 함께 조반실에 있었다. 그에게는 운이 좋게도 그가 들어왔을 때 버트램 영부인이 막 방에서 나가려는 참이었다.

그녀는 거의 방문까지 와 있었다. 여기까지 나온 것을 허사로 돌릴 생각은 전혀 없어, 헨리가 정중하게 인사하자 볼일이 있어서라고 짤막하게 말하고는 즉시 하인에게 "토머스 경에게 크로포드 씨가 오셨다고 알려드리도록 해." 이 말을 남기고는 그대로 나가버렸다.

헨리는 그녀가 나간다는 말에 너무 기뻐서 얼른 인사를 했다. 그는 그녀를 전송하고서 즉시 몇 통의 편지를 꺼내더니 패니를 돌아보고 기운찬 표정으로 말했다.

"이건 정말 감사한 일이군요. 누구에게 고맙다는 인사를 해야 할지 모르겠군요. 이렇게 당신 혼자만 뵐 수 있는 기회를 얻을 수 있다니. 제가 얼마나 이때를 기다리고 있었는지 당신으로선 짐작도 못 하실 겁니다. 누이동생으로서 어떤 심정을 가지고 계시는지 알고 있으므로 저로서는 집안 식구 어느 분과도 함께 계시지 않을 때 맨 먼저 알려드리고 싶어서 이 소식을 가지고 온 것입니다. 윌리엄 씨가 임관되셨어요. 당신 오빠는 이제 소위랍니다. 오빠의 승진에 대해 축하인사를 드리는 것이 저로서는 더할 나위 없이 만족스런 일입니다. 이것이 그 발령공시(發令公示)의 편지인데 방금 받았답니다. 아마 읽어보시고 싶겠죠."

패니는 아무런 대답도 할 수 없었으며 그 역시 그녀에게 무슨 말을 시키고 싶었던 것은 아니었다. 그녀의 눈빛과 표정이 변하는 것을 바라보고 있는 것만으로도 충분했던 것이다. 왜 저럴까 싶을 정도로 의심의 눈빛을 보이다가 금세 혼란 속으로 빠져드는가 싶더니 이내 비길 데 없는 행복감으로 기분이 고조되고 있었다. 그녀는 헨리가 건네주는 대로 그 편지를 받아들었다.

처음 것은 크로포드 제독이 조카에게 보낸 것으로 간단하게 맡은 일, 즉 프라이스 군 승진 건은 잘 되었다고 씌어 있었다. 그 속에 편지 두 통이 동봉되어 있는데 한 통은 해군 장성의 부관으로부터 친구에게(이 사람은 제독이 이 일을 맡겼던 사람이었다.), 다른 한 통은 그 친구가 제독 자신에게 보낸 것이었다.

그 편지의 대강의 내용은 이러했다.

'해군 장성은 찰스 경의 추천을 받아들이는 일을 무한한 영광으로 여기고 있으며, 찰스 경은 크로포드 제독에 대한 경의를 증명하는 이와 같은 기회를 얻게 된 것을 지극히 흔쾌하게 생각한다. 윌리엄 프라이스를 영국 해군 슬루프 함(돛대가 하나인 작은 보조 함정 :역주) 스러시 호의 소위로 임관 발령한 것에 대해 고위층 인사들은 무척 기뻐하고 있다.'

편지를 든 그녀의 손은 부들부들 떨리고 있었다. 그 편지를 차례로 읽는 동안에 패니의 마음은 기쁨으로 최고조에 달해 있었다. 그동안 헨리는 거짓 없는 열성을 다하여 이 사건에 대한 자기 관심을 계속 말했다.

"이 일로 인한 제 자신의 기쁨도 큰 것이기는 하지만 그것은 지금 말씀드리지 않겠습니다. 제 머릿속에는 당신 일밖에는 없으니까요. 당신을 제쳐두고 행복해질 권리가 그 누구에게 있겠습니까? 제 자신이 먼저 알게 된 것이 유감스러울 정도랍니다. 이 소식은 이 세상의 어느 누구보다도 당연히 당신께서 먼저 아셔야 할 일이니까요. 저는 잠시도 시간을 허비하지 않고 달려온 것이랍니다. 물론 오늘 아침에는 우편배달이 약간 늦어지긴 했지만 그 이후는 일순간도 지체하지 않았답니다. 이 일 때문에 얼마나 기다리고 얼마나 애를 태웠으며 얼마나 열성을 다했는지는 감히 말씀드리지 않겠습니다. 런던에 머무는 동안 마무리 짓지 못해서 얼마나 유감스러웠고 얼마나 실망을 했는지요! 내일은, 내일은, 하고 기대하면서 런던에 묶여 있었답니다. 그것도 이런 목적이 있었기 때문이지 이처럼 중요한 일이 아니었더라면 그 절반의 기간도 맨스필드를 비우지는 않았을 겁니다. 참으로 고맙게도 제 숙부님은 더할 수 없는 열성으로 제 소원을 받아줘 즉각 손을 써주셨습니다. 그렇지만 어느 친지는 부재중이었고 또 어떤 사람은 너무 일이 바빠 시간을 맞추기가 힘들었고 여러 가지로 어려움이 있었으므로 끝까지 기다릴 인내심이 없어졌지요. 다행히 일은 믿을 수 있는 사람에게 부탁해놓았다는 것을 알고 있었고 그래서 월요일에 돌아온 것입니다. 조만간 이런 편지가 뒤쫓아 날아오리라 믿고 있었으니까요. 세상에서 제일 마음씨 좋은 숙부님께서 힘을 써주신 것이랍니다. 당신 오빠를 만나보시고 힘써 주시리라 믿고 있었어요. 숙부님도 당신 오빠를 만나보고 무척 마음에 들어 하셨거든요. 어느 정도로 마음에 들어 하셨는지 또 숙부님께서 오빠를 얼마나 칭찬하셨는지 그 말씀의 반도 어제는 말씀드리지 않고 삼갔던 것입니다. 그것을 삼갔던 이유는 조금만 기다리면 숙부님의 칭찬이 빈 말이 아니었다는 사실이 증명되리라고 생각했기 때문입니다. 그런데 그것이 오늘 이처럼 밝혀졌습니다. 이제 와서 비로소 말할 수 있지만 윌리엄 프라이스 씨가 큰 관심을 불러일으키길 바라는 마음과 저의 간절한 호소의 말이나 애원의 말도, 숙부님이 하룻밤 그와 함께 보내시고 자진해서 행하신 일을 이끌어내는 데 미치지 못했을 것입니다."

"그렇다면 이건 모두 당신이 해주신 일입니까? 이런, 어떡하면 좋아요! 이 같은 친절을 베풀어 주시다니! 당신이 정말······. 죄송해요, 저는 무슨 영문인지 모르겠어요. 크로포드 제독께서 윌리엄 오빠를 직접 추천해 주셨다고요? 어쩌면 그렇게까지? 당신이 부탁하셨으니까······.머리가 혼란스러워지는군요. 어떻게 된 영문인지 도통······."

패니가 얼굴을 붉히면서 소리쳤다. 헨리는 기꺼이 더 알기 쉽게 말씀드리겠다며 더 빠른 시기의 일부터 자기가 한 일을 자세히 설명했다. 지난번 런던에 간 것은 오직 그녀의 오빠를 힐 가에 소개하고 숙부님을 설득하여 그의 출세를 위해 모든 영향력을 행사하도록 하기 위한 것이었다. 이것이 용건이었다. 다른 누구에게도 말한 적이 없으며 심지어는 메리한테까지 한 마디도 비치지 않았다. 결과가 불확실한 동안은 자기 심정을 다른 사람과 나눌 기분이 아니었고 확실해질 때까지는 누구의 간섭도 받고 싶지 않았던 것이 그 이유였다. 그리고 마침내 그는 대단한 열성으로 자기가 얼마나 걱정했는가를 말하고 아주 강한 표현을 써서 '가장 깊은 관심'이라든가, '두 가지의 동기'라든가, '입 밖에 내어 말할 수 없을 만한 생각이나 소원'이라는 등 말을 마구 늘어놓았으므로 패니도 주의를 기울여 잘 듣고 있었다면 그 말하고자 하는 바를 눈치 못 챌 리가 없었을 테지만 충격이 너무나 컸던지라 그녀의 모든 감각 기능은 제 기능을 잃고 있었다. 윌리엄에 대한 이야기조차도 건성으로밖에 들을 수가 없는 지경이었다. 헨리가 숨을 돌리려고 잠시 말을 멈추었을 때 패니는 단지 이렇게 말했다.

"정말 친절도 하셔라! 어쩌면 우리에게 이렇게 큰 친절을! 크로포드 씨, 정말 감사합니다. 우리가 아주 큰 신세를 졌군요. 그리운, 그리운 윌리엄 오빠!"

말을 마친 패니가 벌떡 일어나더니 잰걸음으로 방문 쪽을 향해 걸어가며 소리쳤다.

"이모부한테 가보겠어요. 얼른 알려드려야지요."

그러나 그것은 허락되지 않았다. 다시 올 수 없는 좋은 기회였으므로 그는 자기 심정을 억누를 수가 없었던 것이다. 그는 곧 뒤쫓아가 패니를 붙잡았다.

"가지 마세요. 5분간만 더 기다려주세요."

그녀의 손을 잡고 자리에 다시 앉게 한 다음 설명을 계속했는데 이야기를 하는 도중에 그녀는 겨우 자신이 무엇 때문에 다시 자리에 앉았는지 알게 된 것이다. 그러나 그것을 알게 되고 자기가 그의 마음속에 처음으로 겪는 감정을 갖게 한 것, 그리고 그가 윌리엄을 위해 한 일은 모두가 그녀에 내한 시극한, 비할 데 없는 애성 때문이라는 것을 믿도록 기대했기 때문이라는 것을 알게 되었을 때 그녀는 너무나 어리둥절한 나머지 한동안은 한 마디 말도 할 수 없었다.

그녀는 이것은 모두 농담이고 단지 장난이며 정중한 체하는 태도로 잠시 사람을 속이기 위한 것이라고 생각했다. 그녀는 이것은 부당하고 괘씸한 처사요, 자기가 이런 대우를 받아야 할 까닭이 없다고 느끼지 않을 수 없었으나 이것이 과연 크로포드다운 일이며 이전에 보았던 그의 행동과 완전히 일치하는 것이었다.

패니는 자기가 느낀 불쾌감의 절반도 표면에 나타내서는 안 되었다. 왜냐하면 그에게서 받은 은혜는 그가 조심성이 없고 아무리 경박하게 행동했다고 해도 결코 가벼이 취급할 수 있는 것이 아니었기 때문이다. 윌리엄의 일로 아직 기쁨과 감사한 마음에서 헤어 나오지 못한 패니는 자기 자신 외에는 다른 누구도 피해를 입히지 않는 일로 헨리 그를 원망할 수는 없는 노릇이었다. 그리고 두 번 손을 빼내고 두 번 그에게서 얼굴을 돌리려다 실패한 다음, 그녀는 자리에서 벌떡 일어나 몹시 흥분한 목소리로 다만 이렇게 말할 뿐이었다.

"이러지 마세요, 크로포드 씨. 제발 이러지 마세요. 부탁입니다. 이런 종류의 이야기는 제게는 너무 불쾌해요. 여기 더 이상 있을 수가 없겠어요. 참을 수가 없으니까요."

그러나 그는 이야기를 계속하여 자기의 애정이 진심임을 설명하고 그에 대한 대답을 간청했다. 마지막에는 그녀에게까지도 단 한 가지 의미 외에는 나타낼 수 없는 매우 분명한 말로 그 자신, 결혼을, 재산을, 자신의 모든 것을 다 받아들여 달라고 했다. 정말이었다. 그는 그렇게 말했던 것이다. 그녀의 놀라움은 혼란을 더하여 그가 제정신으로 하는 것인지 어떤지 생각해볼 여유도 없었다. 거의 서 있을 수도 없을 지경이 되어 버렸다.

"제 청혼을 받아주세요!"

그는 다그치며 대답을 요구했다.

"아니, 아니, 아니에요……."

패니는 양 손으로 얼굴을 가리며 소리쳤다.

"그건 모두 터무니없는 일인걸요. 저를 곤란하게 하지 마세요. 그 이야기는 더 들을 수 없어요. 윌리엄 오빠에 대한 친절은 말로 다할 수 없을 만큼 고맙습니다만 그런 이야기는 듣고 싶지도 않을 뿐더러 듣고 있을 수도 없어요. 또 들어서도 안 될 일이에요. 아니, 아니, 제 생각 따윈 하지 마세요. 하긴 당신은 처음부터 제 생각 따윈 하지도 않으셨죠. 이 모든 말이 터무니없는 헛소리라는 것을 저는 너무나도 잘 알고 있어요."

그녀는 헨리의 손을 뿌리치고 달려나갔다. 그때 토머스 경이 그들이 있는 방으로 오는 길에서 하인에게 무어라 지시하고 있는 음성이 들려왔다. 이제 더 이상 맹세하거나 탄원하거나 할 형편이 아니었지만 그의 낙관적이고 자신에 넘치는 마음에는 자기가 구하는 행복을 방해하고 있는 것은 그녀의 조심성뿐이라고 생각되었다. 그 순간에 그녀와 헤어진다는 것은 부득이한 일이지만 괴로운 일이었다.

이모부가 다가오는 쪽과는 반대편의 방문으로 뛰어나간 패니는 서로 상반되는 심정과 극도로 혼란한 마음을 주체할 길 없어 동쪽 방 안을 서성거리고 있었다. 방 저쪽에서는 토머스 경의 정중한 인사가 들려왔고, 방문객인 헨리가 기쁜 소식의 첫 대목을 말하고 있었다.

패니는 극도의 흥분과 행복감, 비참함, 더없이 감사한 마음과 솟구치는 분노 등 모든 감정들이 폭발하듯 동시에 느껴지면서 몸을 부들부들 떨고 있었다. 또 한편으로는 화가 나 있었다. 전혀 믿을 수 없는 일이다! 용서할 수도 없고 도무지 이해하기도 어려운 행동이었던 것이다.

그러나 그 사람은 평소에도 그랬고 무슨 일을 해도 불쾌한 데가 있었다. 먼저 사람을 세상에서 가장 행복한 기분에 젖게 만든 다음에는 곧바로 모욕감을 느끼게 하는 처사를 어떻게 생각해야 좋을지 그녀로서는 알 수 없었다. 진심이라고 생각하지는 않으나 만약 단순한 농담이었다면 이런 말, 이런 요청을 해온 것을 용납해야 하는가? 그는 도대체 뭐라고 변명을 할까?

그러나 윌리엄은 그 사람 덕분에 소위가 되었다. 이것은 의심할 여지가 없었다. 누구도 의심할 수 없는 분명한 사실이었다. 패니는 언제까지나 이 일만을 생각하고 다른 일은 모두 잊어버리기로 했다. 헨리도 두 번 다시 그런 이야기를 하지 않을 거다. 그것이 그녀에게 얼마나 반갑지 않은 일인지 이제는 잘 알았을 것이다. 그렇게 되면 윌리엄 오빠에게 우정을 베풀어주었다는 점에서 진심으로 감사하고 그를 존경할 수도 있을 것이다!

　그녀는 헨리가 집에서 떠난 것이 확실해질 때까지는 동쪽 방에서 큰 계단까지만 나오고 더는 나오지 않았으나 그가 돌아갔다는 사실을 분명히 알게 되자 즐거운 마음으로 아래층으로 내려왔다. 그리고 버트램 영부인과 행복한 분위기 속에서 서로의 기쁨을 말하고 축하했다. 그리고 윌리엄 오빠의 장래에 대해 어떻게 될 것인가를, 이모부가 아는 대로 또 상상하고 있는 대로 자세하게 들려주는 이야기를 들었다. 토머스 경은 대단히 기뻐하면서 아주 다정하게 이야기를 많이 해주었다. 그래서 그녀도 이모부를 상대로 윌리엄에 대해 거리낌 없이 이야기하고 있는 동안 헨리로 인한 불쾌했던 감정도 잊혀지고 다시 밝은 기색을 되찾을 수 있었다.

　그러나 얼마 안 가서 헨리가 오늘 다시 와서 식사를 함께 할 약속이 되어 있음을 알게 되었다. 이것은 그야말로 전혀 반갑지 않은 소식이었다. 왜냐하면 그가 조금 전의 일을 아무렇지 않게 생각하고 있다손 치더라도 패니의 입장에서는 금방 그와 다시 만나야 한다는 것 자체가 무척 괴로운 일이었기 때문이다.

　그녀는 어떻게든 그런 기분을 극복하려고 또한 만찬 시간이 다가옴에 따라 평소의 기분과 태도를 되찾으려고 최선을 다해 노력했으나 헨리가 방으로 들어왔을 때는 그 자리에 함께 앉아 있기가 거북할 정도로 수줍고 민망했다. 어떤 일이 한꺼번에 일어난다 해도 윌리엄의 승진 소식을 들은 첫날에 이렇게 여러 가지 괴로운 일들이 동시에 생겨나리라고는 상상도 못 했던 것이다.

헨리는 방 안에 있다가 금방 그녀에게로 다가왔다. 그는 누이동생에게서 받은 편지를 가지고 왔다. 패니는 그의 얼굴을 쳐다보지도 못했지만 그의 목소리에서 아까는 미안했다는 기색을 찾을 수도 없었다. 그녀는 곧 그 편지를 펼쳤다. 어쨌든 할 일이 있어 기뻤던 것이다. 읽고 있는 동안 패니는 노리스 이모가 안절부절못하고 있음이 느껴졌다. 다행스럽게도 노리스 이모 역시 여기서 식사하게 되어 그 덕택에 별로 남의 눈에 띄지 않아도 되었던 것이다.

사랑하는 패니!

앞으로는 당신을 이렇게 불러도 실례가 되지 않겠지요. 아주 말하기가 편해진 기분이에요. 왜냐하면 적어도 최근 수 주일 동안 프라이스 양이라고 부르려니 혀가 잘 돌아가지 않았었죠.

오빠가 찾아뵌다기에 한마디 축하를 드리고 싶고, 저도 진심으로 기쁘게 찬성하고 있다는 말을 전하지 않을 수 없어서 몇 자 적어봅니다.

사랑하는 패니, 아무것도 두려워하지 말고 그대로 따르세요. 당신이 걱정할 일은 전혀 없답니다. 자만심에서인지는 모르겠으나 제가 분명히 동의했다는 사실도 다소는 도움이 될 거예요.

그러니 오늘 오후에는 헨리 오빠에게 당신의 그 다정한 미소를 던져주셔서 우리 오빠가 갈 때보다는 몇 배 더 행복한 마음으로 제게 올 수 있도록 해주세요.

그럼 안녕 *M.C.*

이런 글을 받은 것이 패니에게 도움이 될 리 없었다. 너무나 혼란스런 마음으로 다급하게 읽고 있었으므로 메리가 말하는 내용을 분명히 알 수는 없었지만 그녀는 오빠가 연모한 데 대해 축하하고 그것이 진심에서 행해진 일로 믿는 척해 보이려는 것이 명백했기 때문이다.

패니는 이 일을 어떻게 처리해야 할지, 어떻게 생각해야 할지 도무지 알 수가 없었다. 이 일이 진실이라면, 헨리가 정말로 그런 생각을 갖고 있다면 이보다 더 비참해질 수는 없었다. 어디를 둘러보든지 난처한 일, 혼란스러운 일로 꽉 막혀 있었다.

헨리가 말을 걸어올 때마다 어찌할 바를 몰랐다. 더구나 그는 너무 자주 말을 걸어왔다. 그리고 말을 거는 음성과 태도에도 다른 사람에게 말을 거는 경우와는 매우 다른 데가 있는 듯했다. 이젠 마음 놓고 식사할 수도 없었다. 거의 아무것도 먹을 수가 없었으며 토머스 경이 흐뭇한 태도로 너무 기뻐서 식욕이 없어진 모양이라고 말했을 때는 창피하기도 하고 헨리가 어떻게 해석할까 두려워 도망쳐버리고 싶을 지경이었다. 패니는 헨리가 앉아 있는 쪽으로는 결코 시선을 돌리지 않으려고 무척이나 애를 썼다. 하지만 그의 눈길이 곧장 자기 쪽으로 향해져 있다는 것을 아는 것은 어렵지 않은 일이었다.

그녀는 여느 때보다 더 굳게 입을 다물고 있었다. 윌리엄 오빠가 화제에 올랐을 때도 자제하면서 한 마디도 대화에 끼어들지 않으려 했다. 그 이유는 그의 임관은 전적으로 헨리로 인한 것이며 그 관계를 생각하면 편하게 어울릴 수만은 없는 괴로움이 있었기 때문이다.

버트램 영부인도 평소 때보다는 훨씬 늑장을 부리고 앉아 있어서 패니는 아예 자리를 뜨는 일을 단념한 상태였다. 하지만 어느 순간에 그들 모두 응접실로 나갔는데 그제야 패니도 풀려나 자유롭게 혼자만의 생각에 잠길 수 있었다. 곁에서 두 이모가 자기들 나름대로 윌리엄의 임관에 대한 화제에 매듭을 짓고 있었다.

노리스 부인이 무엇보다도 기뻐하는 이유는 형부가 돈을 절약하게 되었다는 사실에 기인하는 것인 듯했다.

"이렇게 되면 윌리엄도 독립할 수 있을 테고. 그것이 형부의 생활에 상당한 변화를 몰고 올 거라고 생각해요. 왜냐하면 지금까지 형부에게 얼마나 폐를 끼쳤는지 헤아릴 수 없을 정도니까. 실제로 저에게도 약간의 변화가 있을 것 같군요. 저의 선물도 말예요, 작별할 때 그만한 것을 윌리엄에게 준 것은 참 잘한 일이었다고 생각해요. 당장 별다른 불편을 겪지 않고 그 애한테 상당한 것(제인 오스틴은 어린 조카딸에게 자기의 작품의 후일담을 이야기해줘서 그녀를 기쁘게 했는데 거기에 따르면 이 상당한 것이란 1파운드였다고 한다.)을 줄 수 있었다니 정말로 기쁘게 생각해요. 상당한 것이라고 해봐야 물론 제 형편에서 하는 말이지만. 누구라도 생각대로 할 수만은 없는 형편이니까. 이렇게 되고 보면 그것도 그 애의 선실의 가구를 장만하는 데 도움이 될 것 같군요. 다소 돈이 필요하겠지만. 여러 가지 사야 할 것도 있고 하지만 물론 그 애의 양친이 싼값으로 살 수 있도록 뒷바라지는 해줄 거라고 믿어요. 어찌 되었든 서로 성의를 다한 것은 매우 기쁜 일이라고 생각해요."

"네가 그 애한테 상당한 것을 주었다니 참 잘했구나. 난 10파운드밖에 주지 못했거든."

버트램 영부인이 아무것도 의심하지 않는 조용한 투로 말했다.

"아이구, 맙소사! 그렇다면 정말로 그 애는 주머니가 두둑해 가지고 떠난 거로군요! 더구나 런던까지의 여행은 공짜로 간 것이잖아요!"

노리스 부인은 빨개진 얼굴로 외쳤다.

"네 형부가 10파운드면 충분하다고 하셨어."

버트램 영부인은 노리스 부인의 반응이 이상하다는 듯이 말했다. 노리스 부인은 그 충분함에 의문을 던질 생각은 털끝만큼도 없었다. 그래서 화제를 얼른 다른 방향으로 돌려버렸다.

"생각해보면 놀랄 정도예요. 젊은 사람들을 세상에 내보내기까지 길러내는데 드는 돈이란. 친척들한테서 얼마만큼 돈을 뜯어내야만 그것이 가능한 것인지. 하지만 본인들은 그 총계가 얼마나 되는지, 양친이나 이모부나 이모들이 일 년에 얼마나 지출하고 있는지 거의 생각조차 하지 않잖아요. 윌리엄이나 패니 그리고 그 밖의 프랜시스 동생네 아이들에게 형부가 해마다 지출하고 있는 경비가 얼마나 될지는 아무도 알지 못할 거예요. 설사 듣는대도 아마 누구도 믿으려 하지 않을 거라고요. 제가 별도로 해주고 있는 것까지는 계산에 넣지 않는다 해도 말이에요."

"정말 그래, 네가 말하는 그대로야. 하지만 가엾게도 그 애들은 그렇게 하는 수밖에 달리 방법이 없잖아. 그리고 너도 알다시피 네 형부에게는 대단한 금액도 아니란다."

버트램 영부인이 말했다.

"이봐, 패니. 윌리엄이 인도에 간다면 내 숄을 잊지 않도록 해. 그 밖에도 값나가는 물건이라면 무엇이든 사오라고 하자꾸나. 인도에 가게 된다면 좋겠는데. 숄을 가질 수가 있을 테니까. 숄은 두 장 사오라고 할까, 패니?"

노리스 부인이 흥분한 목소리로 소리쳤다. 그동안 패니는 부득이한 때에만 말할 뿐, 크로포드 남매가 노리는 점이 과연 무엇인지 이해하려고 마음을 거기에만 쏟고 있었다. 그의 말과 태도 외에 모든 상황으로 보아 이 두 사람이 진심이라고는 생각할 수 없었다. 그것은 극히 자연스러운 일도 합당하다는 느낌을 주는 일도 아니었다. 어떤 조건을 적용시켜 보아도 있을 수 없는 일이었다. 그들의 습관과 사고방식,

거기다 신분 차이에서 오는 그녀의 결점 등 모든 면에서 그러했다.

어떻게 자신이 그런 사람의 마음속에서 진지한 애정을 불러일으킬 수 있었을까? 그토록 많은 사람들을 만나왔고, 그토록 많은 사람들로부터 존경을 받고 있으며, 자기보다도 지체가 훨씬 높은 많은 여자들과 연애 경험을 쌓아온 사람이 아니던가? 그를 기쁘게 하려고 다른 사람들이 일부러 수고해준 경우라도 진지하게 느끼거나 깊은 인상을 받지 못하는 사람 아니던가? 그런 일에 대해서는 너무도 경박하고 무관심하고 둔한 사고방식을 가졌으며 자신은 누구에게나 가장 소중한 존재요, 자신에게는 누구나 보잘것없는 존재밖에 못 된다고 생각하고 있는 것 같은 사람인데도? 그리고 자신의 누이동생의 결혼에 대해서는 더할 수 없이 야단스럽고 세속적인 사고방식을 가졌으면서 어떻게 나 같은 사람을 상대로 진지하게 결혼을 추진시키려 하고 있다는 따위의 상상을 할 수가 있단 말인가? 어느 경우로 보아도 이처럼 부자연스런 일은 없을 것이었다.

패니는 자신의 고민 자체를 부끄럽게 생각했다. 자신에게 진정한 애정을 느끼는 사람이 있다거나 그 일에 진정으로 찬성하는 사람이 있다고 느끼는 일만큼 불가능한 일은 세상에 없었던 것이다. 이 확신이 마음속에 완전히 섰을 즈음에 토머스 경과 헨리가 합류해왔다. 문제는 그 확신을 헨리가 방에 들어온 후에도 흔들리지 않고 그대로 유지해나가는 일이었다. 왜냐하면 한두 번 그의 시선이 자기에게 쏠린 듯했는데 그 뜻이 보통의 것이라고는 아무래도 생각할 수 없었기 때문이다. 적어도 다른 사람의 경우라면 그것은 지극히 진지하며 분명한 사실을 의미하는 성질의 것이라고 믿었을 것이다. 그러나 그녀는 그것에 별 의미를 두고 싶지 않았다. 그가 사촌 언니들에게나 다른 여러 수많은 여성들에게 이따금 표현하고 있었던 것에 불과하다고 믿으려

했다.

헨리는 다른 사람들의 눈을 피해 그녀와 단둘이서만 이야기를 나누고 싶은 눈치였다. 가끔 토머스 경이 방에서 나가거나 노리스 부인을 상대하기에 정신을 쏟고 있을 때에는 언제나 기회를 노리고 있는 듯하여, 그녀는 그날 밤 내내 그를 주의 깊게 관찰하는가 하면 전혀 기회를 주지 않기 위해 신경을 써야 했다.

드디어 헨리가 집으로 돌아가겠다고 했다. 잔뜩 신경이 곤두서 있는 패니에게는 '드디어'라는 생각이 들었지만 그렇게 늦은 시간이라고는 할 수 없었다. 어쨌든 그는 돌아가겠다고 했다. 그러나 그 말을 듣고 일단 마음을 놓았다가 다음 순간 그가 그녀를 돌아보고 이렇게 말하는 바람에 패니의 마음은 다시 돌처럼 굳어버렸다.

"메리에게 전해야 할 다른 말씀은 없나요? 편지의 회답은요? 아무것도 없다면 누이동생은 분명 실망하고 말 겁니다. 단 한 줄이라도 좋으니까 답장을 써주십시오."

"이 일을 어쩐담, 정말 그렇군요. 곧 써오겠어요."

패니는 얼른 자리에서 일어나 편지를 쓰기 위해 책상이 있는 곳으로 걸어갔다. 그녀는 그 책상에서 언제나 이모의 편지를 대필해주고는 했던 것이다. 그녀가 이렇게 서두르고 있는 것은 당황한 탓이기도 했다.

책상으로 가서 필기도구를 꺼내기는 했으나 도대체 뭐라고 써야 좋을지 짐작도 할 수 없었다. 메리의 편지는 한 번밖에 읽지 않았다. 이처럼 정확하게 이해하지 못한 일에 대답하기란 여간 곤란한 일이 아니었다. 이런 종류의 편지를 쓰는 데에는 전혀 익숙하지 못해 여유가 있었다면 문체에 대한 고민이라든가 여러 가지로 불안을 느꼈겠지만 어쨌든 지금 당장 무엇인가를 써야 할 형편이었다. 그래서 헨리에 대해 조금이라도 생각하고 있다는 오해만은 받지 않겠다는 한 가지에만 신경을 집중해 그녀는 마음도 손도 부들부들 떨면서 이렇게 썼다.

메리 양,

친절하신 축하 말씀은 사랑하는 윌러엄 오빠에 관한 한 매우 감사하게 생각하고 있습니다. 편지의 나머지 부분의 일은 아무 의미도 없는 것으로 알고 있겠습니다. 저는 이런 종류의 일에 전혀 적합하지 않은 사람입니다. 앞으로는 부디 이런 일은 생각하지 않도록 해주시기 바랍니다.

오빠를 종종 뵙고 있으니 그분의 태도에 대해서는 누구보다 잘 알고 있습니다. 마찬가지로 저에 대한 바른 이해가 있으셨다면 아마 그런 식으로 행동하지는 않으셨을 것으로 여겨집니다.

주위가 산란하니 제가 지금 무슨 말을 쓰고 있는지조차 잘 모르겠습니다만 이 일에 대해서는 두 번 다시 말씀 않으시도록 부탁드립니다. 그렇게 해주신다면 정말 고맙겠습니다.

주신 호의에 대한 답례로 몇 자 적었습니다.

안녕히.

패니.

끝 부분에 가서는 마음이 더욱 산란해져 패니는 서둘러 끝맺는 인사 말을 쓰고 말았다. 왜냐하면 헨리 크로포드가 편지를 받는다는 것을 구실 삼아 또다시 그녀에게로 오는 것을 알았기 때문이다.

"굳이 재촉할 생각은 없으니 천천히 쓰십시오. 설마 제가 독촉할 거라고 생각하는 것은 아니겠지요?"

헨리 크로포드는 그녀가 몹시 당황하여 편지를 끝맺고 있다는 것을 눈치 채고 말했다.

"어머! 감사합니다. 다 썼어요. 마침 끝난 참이랍니다. 곧 편지를 드리겠어요. 죄송합니다만 이것을 메리 양에게 전해주시도록 부탁드려도 될까요?"

그는 그녀가 편지를 내밀어 받지 않을 수 없었다. 그녀가 바로 눈길을 돌려 다른 사람들이 앉아 있는 난로 쪽으로 걸어갔으므로 그는 이제 정말로 돌아가지 않을 수 없었다.

패니는 괴로운 일과 기쁜 일이 동시에 발생하여 이처럼 마음이 어지러웠던 하루도 없었다고 생각했다. 그러나 다행히도 기쁨 쪽은 그날 하루로 끝나버리는 따위의 것이 아니었다.

새 날이 밝을 때마다 윌리엄이 승진했다는 사실은 그녀의 마음에 새록새록 기쁨을 주겠지만 고통스러운 일은 다시는 돌아오지 않는 것이라고 그녀는 희망을 가져보는 것이다.

물론 그 편지는 형편없는 것으로 보였고 말투는 아이들이 보기에도 창피한 것이었으리라. 너무나 곤란한 지경이어서 이것저것 생각할 여유를 갖지 못하고 낙서하듯이 썼던 것이다.

그러나 적어도 헨리의 구애에 속아 넘어가지도 않고 기뻐하지도 않는다는 것만은 그들 두 남매도 분명히 깨닫고 있을 테니 충분히 이해해줄 것이라 믿었다.

32

다음날 아침 눈을 떴을 때 패니는 결코 헨리를 잊은 것은 아니었다. 다만 자신이 쓴 편지의 요점을 생각하고 그 효과에 대해서 전날 저녁 처럼 낙관적인 기분이었다. 패니는 진심으로 헨리가 다른 데로 가버 리기를 바라고 있었다. 누이동생을 데리고 다른 곳으로 가버리면 되 는 것이었다.

원래 크로포드 남매는 맨스필드를 떠날 계획을 세워두고 있었다. 헨 리가 맨스필드에 돌아온 이유도 그 때문이었던 것이다. 그런데 왜 여 태까지 떠나지 않는 것인지 짐작할 수도 없었다. 메리도 꾸물대면서 이곳에 더 있고 싶지는 않을 것이다. 그기 어제 찾아왔을 때 언제 떠 날 것인지에 대한 구체적인 말이 나오리라 생각했으나 그는 그들 둘 의 여행에 대해서는 '머지않아' 라고밖에는 말하지 않았다.

크로포드 남매가 그 편지를 읽었다면 더 말할 여지가 없으리라 생각 하고 완전히 안심하고 있었기 때문에 그녀는 깜짝 놀라지 않을 수 없 었다. 어쩌다 창밖을 내다보니 헨리가 또 오고 있지 않은가. 그것도 어제처럼 이른 시간이었다.

패니는 그가 자신에겐 아무 용무도 없을지 모르지만 가급적 얼굴을 마주치지 않도록 해야겠다고 생각했다. 마침 3층으로 가는 길이었기에 그녀는 그가 돌아갈 때까지 누가 부르지 않는 한 그대로 3층에 있겠다고 작정했다. 다행히 노리스 이모가 아직 도착하지 않았으므로 그녀가 군이 내려갈 필요성도 없을 듯했다.

패니는 잠시 동안 매우 안절부절못하며 온 신경을 모으고 쫑긋거리면서 이제 부르지 않을까, 이제 부르지 않을까 걱정하고 있었으나 발소리가 동쪽 방으로 다가오는 일은 없었기 때문에 조금씩 마음이 안정되어 앉아서 일에 손을 댈 수도 있었고 헨리가 왔다가 돌아가더라도 자기는 모르는 척하고 있을 수도 있지 않을까 하는 희망도 생겼다.

반 시간쯤 지나 무척 마음이 홀가분해지려는 참이었다. 갑자기 다가오는 무거운 발소리가 들렸다. 이 집안에서는 귀에 익지 않은 발소리였던 것이다. 이모부였다. 패니는 이모부의 목소리 못지않게 그의 발소리도 얼른 구별해낼 수 있었다. 이 발소리를 듣고 몸을 떨었던 기억이 한두 번이 아니었기 때문이다. 이번에도 이모부가 할말이 있어 오셨으리라 생각하니 몸이 떨리기 시작했다. 대체 무슨 용무이실까?

정말 이모부였다. 그가 방문을 열더니 안에 있느냐, 들어가도 괜찮으냐고 물었던 것이다. 이전에 가끔 이 방으로 찾아왔을 때의 두려움이 한꺼번에 되살아나는 듯싶어 패니는 긴장했다. 또다시 프랑스어나 영어 시험을 보겠다는 것이 아닐까 하는 생각도 들었다.

그러나 그녀는 벌떡 일어나 태연하게 의자를 내놓으며 영광으로 여긴다는 것을 태도에 나타내려고 애썼다. 하지만 너무 당황한 나머지 자기 방의 갖가지 미비한 점에 대해서 전혀 눈치 채지 못하고 있었는데 그는 들어오자마자 멈춰서더니 매우 놀란 듯이 말했다.

"왜 오늘은 불을 지피지 않았지?"

밖에는 눈이 잔뜩 쌓여 있는 차가운 날씨임에도 불구하고 패니는 숄을 두른 채 앉아 있었던 것이다. 그녀는 망설이다가 대답했다.

"춥지 않습니다, 이모부. 요즘엔 이 방에 오래 앉아 있는 일이 거의 없으니까 불을 피우지 않아도 괜찮아요."

"그러나 평소에는 불을 지피고 있겠지?"

"아녜요, 이모부."

"아니, 이게 도대체 어떻게 된 건가? 뭐가 잘못된 게 틀림없군. 네가 이 방을 쓰는 것도 아주 마음 편하게 지낼 수 있기 때문이라고 생각했는데…… 네가 뭔가 크게 착각한 거야. 이대로 너를 내버려 둘 수는 없어. 네가 여기서 비록 하루에 반 시간 동안이라 해도 난로도 없이 앉아 있었다니. 튼튼한 몸도 아니면서 말이다. 어디 보자, 지금도 몸이 얼어 있는 게 아니냐? 네 이모가 이런 일을 알 턱이 없지."

패니는 잠자코 있고 싶었으나 이모를 변호하기 위해서라도 뭐라고 한마디 하지 않을 수 없었다.

"노리스 이모는……."

"알아."

패니가 첫 마디를 꺼내자마자 이모부가 저지하면서 그 이상의 말은 들으려 하지 않고 언성을 높였다.

"알아, 노리스 이모가 평소에 늘 주장하는 것이 무엇인지 다 알고 있어. 젊은 사람은 필요 이상으로 사치스럽게 키워서는 못 쓴다고 하시는 말씀 말이다. 그것이 전적으로 옳지 않다는 것은 아니야. 하지만 무슨 일이든지 정도라는 게 있어야 하지 않을까. 하기야 자기가 무척 건강하다 보니 다른 사람 일을 생각할 때도 자연히 그 점이 영향을 끼치겠지. 또 한 가지 다른 면에서도 잘 알아. 이모의 평소의 성격에 대해 알고 있다. 사고방식 자체는 좋지만 어쩌면 아니, 분명히 네 경우에는 지나쳤다고 봐. 때로 네가 엉뚱한 차별 대우를 받았다는 걸 알고 있다. 그러나 패니야, 너는 착한 애니까 그런 일로 원한을 품지는 않을 거라고 생각한다. 너는 분별력이 있으니 사물을 부분적으로만 받아들여 지난 일들을 한쪽에 치우치게끔 생각하지는 않을 것이다. 옛날부터의 일들, 지난 일들을 돌이켜보고 그때의 사정들을 고려해보면 그 모두가 결코 나쁜 마음에서 그랬던 것은 아니라는 것을 너도 분명히 알 수 있을 게야. 너를 교육하고 훈련시켜 중류 정도의 생활을 할 수 있게 도와주는 것이 본분이라고 생각하고 걱정 없도록 신경을 써준 거라고 생각할 수도 있지 않겠니. 그야 그런 염려도 결과적으로는 불필요하게 될지는 몰라도 역시 그것은 선의에서 우러난 행동이라고 생각하도록 해. 그리고 이것 하나만은 확실하다고 말해 줄 수 있어. 유복함의 고마움은 사소한 부자유나 속박이 가해질 때마다 더 크게 느껴지는 법이란다. 너니까 괜찮다만 내가 노리스 이모를 너무 과대평가했다고 생각지는 말아다오. 언제나 꼭 노리스 이모를 공경하고 잘 보살펴드려야 한다. 그러나 이런 이야기는 그만두기로 하고 앉아라. 네게 2~3분 동안 얘기할 게 있다. 오래 걸리진 않을 거다."

패니는 눈을 내리깔고 뺨을 붉히며 이모부가 시키는 대로 했다. 잠깐 뜸을 들인 후 토머스 경은 떠오르는 미소를 억제하면서 말을 계속했다.

"아마 너는 모르고 있겠지만 오늘 아침에 손님 한 분이 나를 찾아왔더구나. 크로포드 씨였어. 아침 식사 후에 방으로 돌아가 조금 쉬고 있을 때였는데……. 용건은 아마 너도 짐작하고 있겠지?"

패니의 얼굴빛이 점점 어둡게 변했다. 이모부는 그녀가 어쩔 줄을 모르며 말도 제대로 못 하고 얼굴도 들 수 없는 상태인 것을 눈치 챘지만 시선을 돌리고는 계속해서 헨리의 방문에 대한 이야기를 계속했다.

헨리의 용건이란 자기가 패니를 사랑하고 있음을 선언하고, 그녀에게 명백한 구혼을 하기 위해 양친의 대리라고 할 수 있는 이모부의 동의를 얻는 일이었다. 그의 태도는 더없이 훌륭했다. 자기감정에 솔직하면서 예절에도 어긋남이 없었다. 토머스 경도 자신의 대답과 의견이 또한 아주 적절했다고 느끼고 있었다.

토머스 경은 무척 흐뭇하게 여기며 두 사람 간에 오고간 이야기를 소상하게 전달해주었다. 조카딸의 심중은 전혀 눈치 채지 못한 채 이런 자세한 말을 하는 자기는 물론이고 듣는 입장인 그녀도 여간 좋아하지 않으리라 믿고 있었던 것이다.

토머스 경은 몇 분 동안 이야기를 계속했으나 패니는 입을 열 만한 기운도 용기도 없었다. 무슨 반응이든 보여야 한다는 생각조차 거의 불가능했던 것이다. 머릿속이 너무 혼란스러운 상태였다. 패니는 시선을 창문에 고정시킨 채 토머스 경의 얘기에 귀를 기울였으나 마음은 너무나 당황하여 어지러울 지경이었다. 한순간 그는 말을 중단했지만 그녀는 거의 깨닫지 못했다. 그러자 그는 의자에서 일어나더니 말했다.

"그럼, 패니. 이로써 내 임무의 반은 끝난 셈이다. 만사가 튼튼한 토대 위에 마련되는 것이니 순조로울 것이 확실하고, 흠 잡을 곳이란 단한 군데 없음을 너도 이제는 알았을 테니 말이다. 남은 반의 용무마저 실행하고 싶은데 어떠냐? 패니, 지금 나와 함께 아래층으로 내려가지 않겠느냐? 나도 대화상대로는 꽤 괜찮은 편이라고 자부하는 편이지만 유감스럽게도 너에겐 나보다 크로포드 씨가 더 대화하고 싶은 상대겠지? 크로포드 씨말이야, 너도 짐작하고 있겠지만 아직 이 집에 있단다. 내 방에서 너를 만나보고 싶어한다."

토머스 경이 자리에서 일어나면서 패니의 얼굴을 쳐다보았다. 하지만 이 말을 들었을 때의 그녀의 표정과 동작, 말소리에 토머스 경은 깜짝 놀랐다. 더군다나 패니가 다음과 같이 소리쳤을 때 그의 놀라움은 상상을 초월하는 것이었다.

"어머! 싫어요. 이모부, 안 돼요, 그건 말도 안 돼요. 지금 아래층으로 내려가 만나고 싶은 생각도 없어요. 크로포드 씨도 알고 계실 거예요. 잘 알고 계실 거예요. 어제 제가 자세하게 말씀드렸으니까 충분히 납득했을 거예요. 사실 이 일로 어제 저에게 말하더군요. 그래서 솔직하게 제 의사를 밝혔어요. 그것은 저로서는 조금도 원치 않는 일이며 그 호의를 받아들일 수 없다고 분명하게 말했으니까요."

"네 말뜻을 잘 모르겠구나."

토머스 경이 다시 의자에 앉으면서 말했다.

"그 호의를 받아들일 수가 없다는 말은 도대체 무슨 뜻이냐? 크로포드 씨가 어제 네게 이야기했다는 것은 알고 있다. 그리고 내가 생각하기로는 분발할 수 있는 말을 듣고 돌아간 것으로 알고 있는데 그것이 아니었느냐? 정숙한 아가씨의 입에서 들을 만한 이야기를 말이야. 나는 크게 만족했단다. 내가 들은 네 경우의 행동에 대해서 말인데, 그 깊은 조심성에 대해서 크게 칭찬할 만하다. 그러나 이렇게 크로포드 씨가 정식으로 청혼을 해왔으니 망설일 이유가 없지 않느냐? 대체 지금 무엇이 염려가 된다는 거냐?"

"잘못 아신 거예요. 이모부께서 완전히 잘못 알고 계신 거라고요. 크로포드 씨가 이모부께 어떤 말씀을 드렸는지 모르지만 저는 어제 분명히 그분에게 희망적인 얘기는 전혀 비치지도 않았어요. 오히려 이렇게 말했어요. 정확한 것은 기억하고 있지 않지만 분명히 이렇게 말했습니다. '그런 이야기는 듣고 싶지 않습니다. 저로서는 어느 점에서든 참으로 불쾌한 일이니 제발 두 번 다시 그런 말씀은 말아 주세요.' 라고 말예요. 그 정도의 말 아니, 더 심한 말도 했던 것 같습니다. 하지만 좀더 단호하게 말할 걸 그랬나 봐요. 만약 그분이 이모부께 정말 그런 얘길 할 줄 알았었다면……. 하지만 그렇게 하는 것은 싫었습니다. 상대방이 생각하고 있지 않을지도 모르는 일까지 예상해서 말하는 것은 말예요. 그런데 일이 이렇게 되어버리다니. 이모부, 정말 견딜 수가 없어요."

패니는 더 이상 말할 수가 없었다. 거의 숨이 끊어질 지경이었다.

"그럼 어쩌겠다는 거냐? 크로포드 씨의 청혼을 거절하겠다는 말로 들리는데……."

토머스 경이 잠시 동안의 침묵 끝에 물었다.

"네, 이모부."

"분명히 거절하겠다는 말이지?"

"네, 이모부."

"크로포드 씨의 청혼을 거절하다니! 무슨 구실로? 도대체 무슨 이유로 말이냐?"

"저, 저는 그분을 결혼할 정도로 좋아하지 않습니다."

"이것은 정말 묘한 일이다!"

토머스 경은 조용하지만 불쾌힌 이조로 말을 이었디.

"아무래도 뭔가 있는 게로군. 내가 모르는 일이 말이다. 누가 보더라도 탐낼 만한 청년 한 사람이 네게 구혼하고 있는데, 모든 조건을 다 갖춘 멋진 신랑감이란 말이야. 신분이나 재산, 인품뿐만이 아니다. 누구보다도 인상이 좋으며 행동거지와 말하는 태도 등은 누구에게라도 호감을 주는 사람이고 보면, 네가 싫다는 것이 도통 이해가 가지 않는구나. 그리고 어제 오늘에 알게 된 사람도 아니지 않니. 서로에 대해 충분히 알고 지내던 사람이 아니냐. 게다가 누이동생은 너의 친구이고, 또 네 친오빠인 윌리엄을 위해서도 그렇게 수고를 해주지 않았느냐. 그 정도만으로도 좋아지기에는 충분하다고 보는데……. 다른 일이 없었다고 해도 말이다. 내가 부탁했다면 과연 윌리엄이 승진할 수 있었을지 정말 의심스러워. 그렇지만 그 사람은 그것을 당장 처리해주지 않았느냐 말이다."

"네."

패니는 잦아드는 목소리로 대답하며 부끄러워 고개를 숙였다. 참으로 부끄러운 심정이었다. 이모부가 그런 사정을 설명해줬는데도 불구하고 크로포드 씨를 좋아할 수 없다니…….

"너도 눈치를 채고 있었을 거야. 아니라고는 못 하겠지? 얼마 전부터 너에 대한 크로포드 씨의 태도가 특별하다는 사실을 분명히 알고 있었을 게야. 따라서 이번 일도 뜻하지 않은 사건이라고 볼 수는 없지 않겠니. 그가 여러모로 너에게 구애한 사실을 알고 있단다. 그럴 때 너의 태도는 언제나 올바른 예절에서 한 치도 벗어나지 않았다. 그 점에서는 무엇 하나 나무랄 데가 없어. 그러나 그것이 너에게 불쾌한 일이 될 수도 있다고는 단 한 번도 생각해보지 못했구나. 지금 나는 이렇게 생각할 수밖에 없어. 패니, 너는 네 본심조차도 제대로 모르고 있다고 말이야."

토머스 경이 조용하게 말했다.

"아녜요! 이모부, 저는 제 마음을 알고 있어요. 정말 잘 알고 있어요. 그분이 제 일에 여러모로 신경을 써준 것은 모르지 않지만……. 하지만 좋아할 수는 없었습니다."

토머스 경은 더욱 놀라는 빛을 보이면서 그녀를 바라보았다.

"도무지 뭐가 뭔지 모르겠구나. 네가 자세하게 설명을 해주지 않고서는 말이야. 너는 아직 어리고 만난 사람도 거의 없는데 설마 네가 딴 사람을……."

그는 말하던 입을 다물고 물끄러미 그녀를 바라보았다. 패니의 입술이 '아니에요.'라고 말하는 듯이 보였지만 또렷한 목소리는 들을 수 없었다. 패니의 얼굴은 새빨갛게 물들어 있었다. 그러나 아무리 새빨개졌다 해도 패니처럼 수줍음을 많이 타는 내향적인 소녀에게는 흔히 있을 수 있는 일이라고 생각했다. 그래서 겉으로는 적어도 납득한 듯한 표정을 지으며 그는 서둘러 덧붙였다.

"오냐, 알았다. 그거야 의문의 여지가 없는 것이지. 절대 있을 수 없는 일일 테니까. 아무튼 이 이상은 나도 할말도 없다."

그는 몇 분 동안 그저 잠자코 있었다. 완전히 혼자만의 생각에 잠겨 있었던 것이다. 조카딸도 역시 생각에 잠겨, 그 이후의 질문에 대비하여 마음을 굳게 가져야겠다고 결심하고 있었다. 이모부의 날카로운 지적이 진실이라고 인정하기보다는 차라리 죽는 편이 낫다고 생각했다.

토머스 경은 이번에는 무척 부드럽게 말했다.

"크로포드 씨가 택한 상대가 너라서 관심을 가지는 것도 당연한 일이지만 그렇지 않더라도, 이렇게 일찍 결혼식을 올리려는 생각부터가 나는 무척 마음에 들었단다. 나는 조혼하는 것에 대해 찬성이야. 물론 거기에 걸맞게 경제력을 갖추는 것이 전제되어야 하겠지만 젊은 남성들은 수입이 있고 스물네 살만 되면 가급적 빨리 가정을 가져줬으면 좋겠어. 그런 의견을 가진 만큼 큰오빠 톰이 좀처럼 결혼할 생각을 하지 않는 것은 참으로 유감스럽게 생각한단다. 현재 내가 보기엔 결혼 따위는 그 애의 계획에도 머릿속에도 전혀 없는 것 같으니 말이야. 결혼에 대해 좀더 진지하게 생각하고 안정적인 생활을 꾸려나갔으면 좋으련만."

그는 말을 멈추고 힐끗 패니를 바라보더니 말을 이어나갔다.

"에드먼드는 성격 면으로 보나 행실 면으로 보나 형보다는 빨리 결혼할 것 같더구나. 그 애는 요즘, 짐작이지만 좋아할 만한 여성을 만나지 않았나 싶다. 톰에게 그런 일이 없다는 것은 분명히 알고 있지만 에드먼드에게는……. 그렇지 않느냐? 너도 그렇게 생각하지 않니?"

"네, 이모부."

그 말투는 얌전하면서도 매우 차분했다. 그래서 토머스 경은 두 아들에 대해서는 안심했다. 그러나 그의 걱정거리가 없어졌다고 해서 조카딸에 대해서도 마음을 놓을 수는 없는 것이었다. 이유를 알 수 없다는 생각이 더해감에 따라 이모부는 더욱 불쾌해졌다.

그는 일어나더니 험악해진 얼굴로 방 안을 왔다 갔다 했다. 패니는 눈을 들 용기는 없었으나 그 모습을 머릿속에 그려볼 수는 있었다. 이모부는 곧 엄숙한 목소리로 말했다.

"크로포드 씨의 성격을 좋지 않게 생각할 어떤 이유라도 있는 거냐?"

"아니에요, 이모부."

패니는 '하지만 그분의 사고방식은 좋지 않다고 생각해요.' 라고 덧붙이고 싶었지만 만약 그랬다간 날벼락이 떨어질 것 같아 입을 꾹 다물어버렸다. 그러자니 마음은 더욱 위축되었다. 아무리 설명을 한다해도 그는 아마 납득하지 못할 것이다.

그녀가 헨리를 나쁘게 생각하는 이유라면 주로 자기 눈으로 본 사실에 근거를 두고 있으며 그것은 사촌들의 체면도 있는 만큼 그들의 부친에게 무턱대고 털어놓을 수도 없는 일이었다. 마리아와 줄리아, 특히 마리아는 헨리의 방정치 못한 품행과 밀접한 관계를 갖고 있기 때문에 자기가 생각하는 대로 그의 인품을 평하면 두 사촌을 배신하게 되는 것이었다. 이모부처럼 통찰력 있고 명예를 중히 여기는 선한 사람에게는 이전부터 싫었다고만 말하면 되려니 그녀는 생각했는데 한심하게도 그럴 수 없게 되었던 것이다.

토머스 경은 그녀가 겁먹은 채 처량하게 앉아 있는 테이블 쪽으로 가까이 오더니 말을 시작했다. 냉엄하면서 차가운 어조였다.

"너를 아무리 타일러봤자 입만 아플 것 같구나. 이렇게 답답한 이야기는 그만두는 것이 좋겠어. 이 이상 크로포드 씨를 기다리게 할 수는 없어. 그러니 한마디 덧붙여두겠다. 너의 태도에 대한 내 의견을 말하는 것은 나의 의무라 생각하니까. 이번 일로 지금까지의 너에 대한 생각이 완전히 빗나갔다. 이제 와서 알게 되었지만 네 성격은 내가 생각했던 것과는 정반대야. 왜냐하면 패니, 아마 내 태도로 보아 짐작했겠지만 영국에 돌아와서부터 나는 너를 매우 높이 평가했으니 말이다. 나는 지금까지 네게선 고집스런 성격이라든가, 우쭐거리거나 하는 그런 제멋대로 행동하려는 티는 이상하게도 단 한 번도 눈에 띄지 않는다 싶었다. 요즘 젊은 아가씨들에게 부쩍 유행하는 일들이기는 하지. 아가씨들의 그런 처신은 여간 보기 흉하고 불쾌하지가 않단다. 그런데 넌 어떠냐? 지금의 너는 마음대로 고집을 부리고 있고, 무슨 일이든지 혼자서 일을 결정하려 할 뿐 아니라 이미 결정했다고 생각하고 있지 않느냐? 너를 지도하는 권리를 조금은 가지고 있는 사람들에게 존경심을 갖고 그들과 상의를 하거나 그들의 의견은 들어볼 필요조차 없다는 식의 태도를 보이고 있으니 말이다. 오늘의 네 태도는 내가 상상하던 것과는 너무나도 다르구나. 너는 너의 집안 식구들의 손익에, 부모와 남동생과 여동생들에 대해서는 전혀 생각조차 하지 않는 것 같으니까. 네가 이런 곳으로 시집가면 그들이 얼마나 도움을 받을지, 그들이 얼마나 기뻐할지 그런 것은 너에게는 문젯거리도 되지 않는 거로구나. 너는 너 자신만을 생각하고 있어. 그리고 크로포드 씨에 대해서 젊은이의 열띤 상상으로 행복에 필요한 요소가 당장 느껴지지 않는다고 거절의 의사를 밝히고 있잖니. 좀 생각해 볼 시간을 달라고도 하지 않고……. 잠깐 동안이라도 냉정히 생각을 해본다거나 자신의 본심을 진지하게 검토해볼 염두도 없이……. 그리고 어리석고 맹목적인 변덕으로 다시 올 수 없는 기회를 내팽개치고 마는 거야. 평생 동안 안정된 생활을 누리면서 행복하게 살 수 있는데도 말이다. 더할 나위 없이 훌륭하고 멋진 혼처인데……. 이런 얘기는 아마 두 번 다시 하지 않을 것이다. 분별력이나 인품이나, 성격, 태도, 재산까지 더 이상 바랄 게 없는 멋진 청년이 너를 무척 좋아하여 호기 있게, 모든 이해관계를 떠나 네게 청혼을 해온 거다. 말해두지만 패니, 네가 앞으로 18년을 더 산다 해도 크로포드 씨의 절반만큼의 재산, 10분의 1 정도의 값어치를 지닌 남자에게서 청혼받는 일은 없을 게다. 나 같으면 기꺼이 딸들 중 하나를 내줬을 게다. 마리아는 좋은 곳으로 시집보냈다. 그러나 만약에 크로포드 씨가 줄리아와 결혼하고 싶다고 하면 나는 허락했을 게다. 제임스의 청혼을 받아들여 마리아를 시집보낼 때만큼 아니, 그 이상의 만족감을 느끼면서 말이다. 패니, 이건 진심에서 하는 말이다.”

그는 잠깐 동안 침묵한 다음 다시 말을 계속했다.

“나라도 몹시 놀랐을 게다. 만약 내 딸 가운데 하나가 결혼 신청을 받았는데 그 혼처가 이번의 절반 정도에도 못 미치는 자리였다 해도 마찬가지야. 내 딸이 내 의견이나 생각을 한번 물어 보지도 않고 당장에 거절했다고 하면 그런 처사에는 무척 놀랄 뿐만 아니라 속이 상했을 것이다. 부모에 대한 예의와 경의에 매우 어긋나는 짓이니까. 그야, 네 경우는 사정이 좀 다르니까 같은 기준으로 판단할 수는 없겠지. 너는 내게 자식으로서의 의무는 없으니까. 하지만 패니야, 만약 네가 스스로의 마음에 비추어 배은망덕한 행동이 아니라고 말할 수 있다면……."

그는 이야기를 잠시 중단했다. 패니가 소리 없이 흐느껴 울고 있었으므로 그로서는 아무리 화가 나더라도 더 이상 야단칠 수도 없었던 것이다.

이모부가 자기를 이렇게 보고 있다는 생각이 들자 패니의 마음은 거의 찢어질 듯 고통스러웠다. 이모부로부터 이런 비난을 받다니! 시간이 지날수록, 더욱 심한 말로 다그치듯 점점 두려움이 더해왔던 것이다! 저만 아는 이기적인 인간일 뿐 아니라 고집쟁이며, 은혜도 모른다고 이모부는 생각하고 있었다. 패니 자신이 완전한 실망을 준 것이었다. 이모부의 기대를 배신하여 버림받았던 것이다. 앞으로 그녀는 어떻게 될까?

"죄송해요."

그녀는 눈물을 훔치며 더듬거리듯 말했다.

"정말 죄송해요."

"죄송하다? 암, 그래야지. 아마 앞으로 두고두고 오늘 일을 죄송하게 생각하게 될 거다."

"만일 다른 길이 있다면 저도 좋겠어요, 이모부. 하지만 제가 거절하는 이유는 저에게는 그분을 행복하게 할 힘이 없으며 저 자신도 행복해질 수 없기 때문입니다."

패니가 울먹이는 목소리로 말했다. 그러는 중에 또다시 울음이 터져 나왔다. 그러나 다시 울기 시작했는데도 그 계기가 된 것이 불행이라는 매우 불길한 말이었음에도 불구하고 토머스 경은 이것도 다소 마음이 누그러졌기 때문에 또는 다소 생각이 달라졌기 때문에 그런가보다 여기고 본인 스스로 직접 설득하면 일이 잘 풀려나갈지 모른다고 생각했던 것이다. 그녀가 매우 내성적이며 너무나 신경과민이란 것을 알고 있었으므로 어쩌면 패니의 지금 정신 상태로 봐서는 무조건 재촉하는 것보다 조금 여유를 두었다가 다시 재촉해보는 식으로 일을 진행시켜 나가는 것이 좋을 것 같았다. 연인 쪽에서 그런 일을 잘 알아서 진행시켜 나가다 보면 만족할 만한 결과가 올 수도 있다고 생각했던 것이다. 아무리 여자 쪽에서 별다른 반응을 보이지 않더라도 남자 쪽에서 끈기 있게 행동하면, 버틸 만한 애정만 있다면 일은 술술 풀려나갈 것이다.

토머스 경은 다시 희망을 갖기 시작했다. 이런 생각이 머리를 스쳐 기분도 밝아졌으므로 그는 엄숙하면서도 부드러운 어조로 말했다.

"오냐, 오냐. 패니, 그만 눈물을 닦아라. 운다고 해결되는 건 아니잖니. 아무런 도움이 되지 않으니 말이다. 크로포드 씨를 너무 오래 기다리게 했어. 이 문제에 대해서는 네가 내려가서 직접 대답을 해줘라. 다른 사람은 어느 누구라도 그를 충분히 납득시킬 수 없을 테니까. 오직 너밖에는 제대로 설명할 수 있는 사람이 없다는 건 너도 모르지 않겠지? 네 심정에 대해서, 어떻게 그런 오해가 생겼는지에 대해서 측은하게도 저 청년이 오해하고 있는 것만은 확실하니까. 나는 그런 일에는 전혀 맞지 않아."

그렇지만 패니는 그를 만나기 위해 밑으로 내려가야 한다는 생각으로도 마음이 무거워져서 슬픈 표정을 지었기 때문에 토머스 경은 잠깐 생각하더니 여기서 일단 그녀의 주장을 들어주는 것이 좋을 것 같다는 판단을 내렸다. 그 결과 두 사람에게 걸었던 그의 희망은 약간 시들고 말았다.

토머스 경은 조카딸에게 눈을 돌려보고 울어서 눈과 뺨이 어떤 상태인지 알았을 때에는 지금 대면시키면 득실이 반도 안 될지 모른다는 생각을 하게 되었고 그래서 별로 뜻도 없는 말을 한두 마디 던지고는 혼자서 내려갔다. 뒤에 남은 가련한 조카딸은 자리에 앉자마자 그때 까지의 일을 다시 돌아보면서 몹시 처량한 생각에 하염없이 울었다.

패니의 마음은 천 갈래로 만 갈래로 찢어지고 있었다. 과거와 현재, 미래에 대한 모든 것이 무섭기만 했다. 그러나 이모부를 실망시키고, 그로 인해 그가 화를 낸 것이 무엇보다도 가슴 아픈 일이었다. 이기적 이고 배은망덕한 인간! 이모부에게 그렇게 보이다니! 이제 자신은 영원히 불행할 수밖에 없는 신세라고 생각했다. 앞으로 편을 들어줄 사람도, 조언을 해줄 사람도, 변호해줄 사람도 없어진 것이다.

패니의 유일한 친구이자 사촌 오빠인 에드먼드는 집에 없었다. 그 사람이라면 부친의 마음을 풀어주었을지도 모른다. 그러나 모두, 아마 모두가 그녀를 두고 이기적이며 배은망덕하다고 생각할 것이다. 이런 비난을 받더라도 무수히 참아나가는 도리밖에 없었다. 그런 비난이 그치지 않고 쏟아질 것이고, 언제까지든 자기가 관계한 모든 일에 그것이 영향을 끼칠 것이라는 것을 패니는 알고 있었기 때문에 마음을 다잡았다.

헨리에 대해서도 원망하는 마음이 들지 않을 수 없었지만 만약 그 사람이 정말로 자기를 사랑하고 또한 불행해져 있다면 이보다 더 비참한 일도 없을 것이었다. 만사가 정말 한심스럽기만 했다.

15분쯤 지나 이모부가 다시 올라왔다. 이모부의 모습을 보는 것만으로도 패니는 거의 졸도할 것만 같았다. 그러나 그는 조용히, 엄한 빛도 나무라는 기색도 없이 말했으므로 그녀도 다소 마음이 놓였다. 그리고 이모부의 말씨에도 조금 전과는 너무나 다르게 위로의 빛이 보였다.

그는 이렇게 말했다.

"패니야, 크로포드 씨는 돌아갔다. 방금 돌아갔단다. 그 사람과 나눈 이야기의 내용을 다시 말할 필요는 없겠지. 지금의 네 마음의 짐도 무거울 텐데 거기에다 상대방의 생각까지 말해줘서 더 가중시키고 싶지 않으니까 말이다. 어쨌든 그 사람의 태도는 매우 신사적이며 너무나도 관대해서 그 깊은 이해심이나 온순한 심성, 착한 성격을 참으로 훌륭하다고 다시 한 번 생각하지 않을 수 없었구나. 네가 번민하고 있다는 사실을 말해주자 자기 쪽에서 먼저 너를 만나는 것은 나중으로 미루겠다는 제안을 하더구나."

패니는 여기까지 이모부의 이야기를 듣고는 다시 얼굴을 숙였다.

"물론 당연히 너와 단둘이서 5분간만이라도 얘기하고 싶다고 청해올 게다. 그것은 자연스런 요구이니 절대 거절해서는 안 된다. 그러나 아직 시간을 정한 것은 아니고 네 기분이 충분히 가라앉은 내일쯤이라면 괜찮겠지? 당면한 문제는 네가 마음의 안정을 얻는 일이다. 그만 울어라, 패니. 자꾸 그러면 너나 나나 피곤해지기만 하잖니. 너도 내 말을 송두리째 무시할 생각은 아니겠지? 나는 그렇게 생각한다. 그렇다면 이렇게 흥분하지 마렴. 이치를 따져서 기분을 좀 가다듬고 마음을 굳게 가지도록 해야 한다. 바깥에 좀 나갔다 오는 것이 좋을 게다. 바깥바람을 쐬면 마음도 밝아지겠지. 한 시간쯤 산책을 하고 돌아오렴. 지금 정원에는 아무도 없으니 가벼운 운동과 바깥공기가 기분을 가라앉혀 줄 거야. 그리고 패니야, 오늘 일은 아래층에는 입 밖에도 내지 않았다. 버트램 이모에게도 말하지 않도록 하자꾸나. 실망할 이야기를 퍼뜨릴 필요는 없으니까. 그러니 너도 아무 말 하지 않는 게 좋겠다."

이것은 정말 기꺼이 따를 만한 명령이었다. 이모부의 깊은 자상함을 패니는 사무치게 느꼈다. 노리스 이모의 끝없는 잔소리를 면할 수 있는 것이다! 이모부가 방에서 나간 후에도 가슴속에 따사로운 감사의 마음이 온기처럼 남아 있었다. 노리스 이모의 잔소리를 면할 수만 있다면 무슨 일이든 참을 수가 있었다. 헨리를 만나는 일이 아무리 괴로운 일이라 해도 그것보다는 덜 고통스러울 것 같았다.

그녀는 이모부의 권고대로 곧 바깥으로 걸어나가 가급적이면 그 충고대로 실행하려 애썼다. 눈물을 참고 흥분을 가라앉혀 마음을 굳게 가지려고 했다. 자기가 이모부의 마음이 편하기를 바라고 있고 그의 호의를 다시 얻으려고 노력한다는 것을 증명하고 싶었던 것이다. 그리고 이모부는 또 한 가지 노력해야 될 강한 동기를 부여했던 것이다. 모든 일을 이모들에게 감추어주었으니 말이다. 그렇게 되면 표정이나 태도를 의심받지 않게끔 한다는 이 목적은 달성할 값어치가 있었다. 노리스 이모에게 구제된다면 어떤 일도 할 수 있다는 심정이었다.

놀랄 일은, 정말 깜짝 놀랄 일은 산책에서 돌아와 다시 동쪽 방에 들어갔을 때 맨 처음 눈에 띈 것이 난로에 불이 지펴져 활활 타고 있는 것이었다. 불이라니 분에 넘친다는 생각이 들었다. 굳이 이런 때에 이 같은 호사를 허락하시다니 감사의 마음으로 가슴이 아파 오는 듯했다.

토머스 경이 일부러 이런 세세한 점까지 신경을 쓰다니 있을 수 없는 일이었다. 그러나 사정을 살피러 온 하녀가 말해서 곧 알게 되었는데 앞으로는 매일 이렇게 하리라는 것이었다. 토머스 경이 그렇게 하라고 명령했던 것이다.

"이 은혜를 잊으면 안 돼! 정말 이 은혜를 잊기라도 한다면 짐승하고 다름없지 뭐니."

그녀는 혼자 중얼거렸다.

"하느님, 제발 그런 일은 없도록 해주세요."

그 후로는 이모부도 노리스 이모도 만나지 않아도 되었고 저녁 식사 때에야 서로 얼굴을 대하게 되었다. 그때의 이모부의 태도는 지금까지와 거의 다를 바 없었다. 이모부 쪽에서는 분명히 태도를 바꿀 생각은 없었고 뭔가 다르구나 싶은 것은 그녀의 신경과민에 지나지 않았다.

그러나 노리스 이모는 곧 꾸중을 하기 시작했다. 단지 이모가 모르는 사이에 밖으로 산책 나갔다는 그 일이 이렇게 불쾌하리만큼 긴 잔소리의 원인이 된다고 생각하니 이모부의 친절이 더욱 고맙게 여겨졌던 것이다. 그 덕분에 이와 같은 비난이 좀더 중대한 일로 해서 쏟아지는 것을 면할 수 있었으니까.

"네가 외출하는 걸 알았다면, 내니에게 말을 전하러 우리 집까지 가달라고 부탁했을 텐데. 그걸 나중에 알았으니 참 불편하게도 내가 직접 전하러 가야 했단다. 그 시간이 여간 아깝지가 않았어. 외출합니다, 하고 한마디만 했다면 내가 그런 수고는 하지 않아도 되었을 게 아니냐? 너로선 정원 숲을 산책하는 거나 우리 집까지 다녀오는 것이나 어차피 마찬가지가 아니었겠니?"

"처제, 정원 숲 산책을 권한 것은 나였어요. 그 길이 걷기에 가장 쉽고 가까우니까."

토머스 경이 말했다.

"어머, 형부!"

노리스 부인은 한순간 말문이 막혀 말을 잇지 못했다.

"정말 친절도 하셔라, 형부. 하지만 형부가 잘 몰라서 그렇지 우리 집까지 가는 길도 그다지 힘들지는 않아요. 거기로 가도 패니는 역시 즐거운 산책을 할 수 있었을 거랍니다. 게다가 남의 도움이 되고 이모를 돕는다는 점도 있어요. 어쨌거나 저 애가 생각이 짧았던 거예요. 나간다고 말만 해줬어도……. 그런데 패니에게는 묘한 구석이 있어요. 전부터 여러 번 눈에 띈 일이지만 용무 한 가지를 보더라도 자기 식대로만 해요. 남의 지시를 받기가 싫은 거죠. 자기 마음대로 원하는 시간에 산책을 나가는 것만 봐도 알 수 있잖아요. 확실히 좀 비밀이 많고 엉뚱하고 제멋대로 구는 면이 있어요. 저 애의 그런 점은 고치도록 하는 게 좋다고 봐요."

토머스 경은 패니에 대한 일반적인 비난으로, 이것은 전적으로 부당하다고 생각했으나 조금 전에 자기도 같은 의견을 말한 처지여서 그는 처제의 말에 아무런 대꾸도 하지 않았다. 어떻게든 화제를 바꾸어 보려 했지만 그러나 성공하기까지는 몇 번을 되풀이해야 했다.

노리스 부인은 안목이 부족해서 토머스 경이 얼마나 조카딸을 높이 평가하고 있는지, 또한 조카딸을 헐뜯으면서까지 자기 딸들의 장점을 돋보이기를 바라는 인간이 전혀 아니라는 사실을 그때도 그리고 다른 어떤 때에도 눈치 채지 못했다. 그녀는 식사 중간까지 패니에게 잔소리를 멈추지 않았고, 아무 말 않고 혼자 한 그 산책을 계속 비난했던 것이다.

그러나 식사가 끝나면서 그것도 가까스로 끝이 났다. 이윽고 저녁 어둠이 밀려올 무렵에는 패니도 안정을 되찾을 수 있었다. 그와 같은 폭풍우 몰아치는 아침을 보낸 뒤라고는 생각할 수 없을 만큼 기분이 밝았다. 하지만 그녀는 무엇보다도 먼저 자기가 한 것이 옳았으며 올바른 판단을 내렸다고 믿고 있었던 것이다. 자기 의도의 순수함에는 책임을 질 수가 있었다. 다음으로 그녀는 스스로도 새로운 희망을 가질 수 있었다. 이모부의 상한 마음은 곧 가라앉을 것이며 앞으로 시간이 흐르면서 예전의 상태로 돌아갈 것이라고.

토머스 경은 사물을 훨씬 공평하게 생각할 줄 아는 사람이었다. 그렇기에 선한 사람이라면 애정 없는 결혼을 하는 것이 얼마나 비참하며 용납되지 않는 일인지, 얼마나 절망적이며 옳지 않은 일인지를 알게 될 것이었다.

그녀는 내일 치러야 할 그 면담만 끝내면 된다는 달콤한 생각을 갖지 않을 수 없었다. 이 문제는 최종 결론이 내려지고 헨리가 맨스필드를 떠나기만 하면 곧 언제 그런 일이 있었느냐 싶게 될 것이다. 헨리가 그녀에 대한 애정 때문에 오래 괴로워하리라고 믿고 싶지도 않았으며 또한 믿을 수도 없었다. 그는 절대로 그런 유형의 사람이 아니었던 것이다. 런던에 가면 이곳의 일들은 분명 씻은 듯이 잊을 것이다. 런던에 가 있노라면 여기서 열중했던 일을 자신도 이상히 여기게 될 것이고 패니가 제정신을 잃지 않고 있었다는 것을 오히려 고맙게 여길 것이다. 덕분에 불행한 결과로 빠지는 일을 모면하였으니까.

패니의 마음이 이런 희망에 사로잡혀 있을 동안, 토머스 경은 차를 마신 후 곧 방을 나갔다. 그것은 흔히 있는 일이므로 그녀는 대수롭지 않게 여기고 아무 생각도 하지 않았는데 10분 후에 급사장(給仕長)이 다시 나타나 분명히 그녀 쪽으로 걸어오더니 말하는 것이었다.

"토머스 경께서 하실 말씀이 있다고 방으로 오라고 하십니다."

그때 패니는 무슨 일이 일어나고 있는지 어렴풋이 짐작했다. 육감이라 할 어떤 생각이 떠올라 볼에서 핏기가 싹 가시는 기분이었다. 그러나 언제까지 지체하고만 있을 수 없어 그녀는 토머스 경에게 가려고 즉시 일어났다. 그때 노리스 부인이 제지하고 나섰다.

"기다려, 기다리라니까 패니! 뭘 하는 거니? 어디로 가려는 거니? 그렇게 당황할 필요 없다. 분명히 용무가 있는 건 네가 아니라 나일 것이다. 너는 몹시 주제넘은 데가 있어. 토머스 경이 네게 무슨 용무가 있겠니? 나한테지, 배들리, 그렇지? 지금 곧 갈 테니까. 물론 나일 거야, 배들리. 토머스 경이 용무가 있다는 건 나이지, 이 패니가 아닐 테지?'

노리스 부인이 급사장을 쳐다보면서 말했다. 그러나 배들리는 완강히 부인했다.

"아닙니다, 마님. 패니 아가씨입니다. 분명히 패니 아가씨를 부르신 겁니다."

그 말에 곁들인 엷은 웃음에는 '당신으로선 아무런 도움도 되지 않을걸요.' 라는 뜻이 담겨 있었다.

노리스 부인은 무척 못마땅하다는 듯이 자리를 고쳐 앉고는 바느질 감에 손을 댈 수밖에 없었다. 패니는 가슴 두근거리며 걸어나가서 토머스 경의 방으로 들어갔다. 그리고 1분 후엔 예상했던 대로 헨리와 단둘이 있게 되었다.

33

면담은 패니가 예상했던 것과는 달리 길고 지루하게 이어졌지만 그렇다고 결정된 것은 아무것도 없었다. 헨리 크로포드가 그렇게 쉽사리 물러서려 하지 않았고 납득조차 하지 않았던 것이다. 패니는 완강하게 거절의 의사를 밝혔지만, 그는 눈도 깜짝 안 하고 끈덕지게 버티고 있었다. 그 점은 토머스 경이 내심 바라는 바이기도 했다.

헨리는 무척 자부심이 강했기 때문에 첫째 그녀 자신은 깨닫지 못하고 있는지 모르지만 사실은 자기를 좋아한다는 쪽으로 생각이 크게 기울어져 있었고, 둘째로 자기가 현재의 자기감정을 그녀로 하여금 알게 한다면 머지않아 그녀의 마음을 자기가 원하는 방향으로 바꿔놓을 수 있다고 확신했던 것이다.

그는 사랑을 하고 있었다. 깊은 사랑에 빠져 있었던 것이다. 그리고 그 사랑이 발동하는 동기라면 적극적이며 낙관적이고 따뜻한 마음에 기초한 것이라기보다는 왕성한 혈기에 의해 지배받는 것이었기 때문에, 그녀의 애정이 보류 상태임을 알게 되자, 그것이 더욱 소중해 보여서 어떻게 하든 영광과 행복을 자신의 것으로 만들자고 뜻을 굳혔던 것이다.

헨리는 체념할 마음이라곤 없었다. 도중에 그만둘 생각 따윈 아예 하지도 않았던 것이다. 그로서는 패니에게 완전히 반할 만한 충분한 이유가 있었다. 그는 알고 있었다. 그녀의 다정다감한 성품은 아름답고 사랑스런 아내로서의 부족한 점이 전혀 없어 함께 살게 되면 두고 두고 행복해지리라 여겨졌기 때문에 그녀에게 거는 희망은 더욱 커져만 갔다. 자신의 청혼을 거절하는 그녀의 태도만 보아도 인품이 청렴하고 얼마나 섬세한가를 잘 말해주고 있었기 때문에 이런 성품은 정말 세상에 드물다고 굳게 믿고 있는 그에게 희망을 자극하고 결의를 더욱 굳혀주는 것이었다.

그러나 헨리가 모르고 있었던 사실이 하나 있었는데 그것은 이미 어떤 한 사람을 깊이 사랑하고 있는 마음을 공격해야 한다는 사실이었다. 그는 이 사실을 전혀 눈치 채지 못하고 있었고, 패니를 두고 아직한 번도 이 문제에 대해서 진지하게 생각한 적이 없었으므로 그럴 위험은 없는 사람이라고 완전히 믿고 있었다.

헨리는 겸손한 미덕이 그녀를 지키고 있는 것이라고 그저 단순하게만 생각하고 있었다. 젊은 육체의 아름다움 못지않은 아름다운 마음이 깊은 조심성 때문에 그의 구애의 뜻을 제대로 알지 못하며, 정말 뜻하지도 않게 갑자기 사랑의 고백을 받은 터라 전혀 생각해본 적도 없는 새로운 상황에서 어떤 태도를 취해야 할지 몰라 아직 멍청한 상태에 있는 것이라고 믿었다.

그렇다고 하면 이쪽의 심정을 이해만 한다면 저절로 일이 순조롭게 풀릴 것이 아닌가? 그렇게 생각하니 별로 중요한 문제처럼 느껴지지도 않았을 뿐더러 그렇게 그는 믿어 의심치도 않았다.

'나는 그녀를 이토록이나 사랑하고 있어. 더욱이 나와 같이 완벽한 조건을 갖춘 사람은 앞으로도 분명 만나기가 쉽지 않을걸. 인내심을

가지고 밀고 나가기만 하면 반드시 성공할 거야. 그것도 멀지 않은 장래의 일일 거라고······.'

헨리는 중얼거리듯 혼잣말을 했다. 생각해보면 모든 것이 아주 즐거운 일이었다. 극히 가까운 장래에 그녀는 자기를 사랑하지 않을 수 없게 될 것이다. 그렇기 때문에 그녀가 당장 자기를 사랑하지 않는다는 것도 그다지 섭섭하게 여겨지지 않았다. 다소의 어려움을 극복해야 한다는 것도 헨리로서는 싫은 일이 아니었다. 그것은 오히려 그를 분발케 하는 자극제가 되었다. 지금까지는 너무 쉽게 남의 마음을 사로잡아왔지 않았던가. 지금의 경우는 새롭고 신이 나는 일이었다.

그런데 패니로서는 정반대의 반응을 보였다. 태어나서 그때까지 거절당한 경험이 너무나 많았으므로 그것에 아무런 매력도 느낄 수 없었다. 그러했기 때문에 헨리의 이런 행동을 전혀 이해할 수도 없었다.

그가 끈기 있게 나오리라는 것은 짐작하고 있었으나 어째서 그런 일이 가능한 것인지는 도저히 이해할 수 없는 차원의 일이었던 것이다. 그렇다면 부득이한 일이라 싶어 패니는 단정적으로 말을 해버렸다. 그녀가 헨리를 향해 이렇게 말했던 것이다.

"저는 당신을 사랑하고 있지도 않을 뿐더러 사랑할 수도 없어요. 앞으로도 결코 그런 일은 없을 거예요. 제 마음이 변할 리는 없기 때문에 이 이야기가 저로서는 몹시 고통스러운 만큼 제발 부탁이니 두 번 다시 꺼내지 말아 주셨으면 고맙겠어요. 지금 곧, 이 순간 이후부터는 이런 일이 다시는 없을 거라고 믿을게요. 크로포드 씨, 당신도 이 일은 이것으로 깨끗이 결말이 났다고 생각해주기를 진정으로 바랄게요."

그래도 그가 단념하지 않았으므로 이렇게 덧붙이기까지 했던 것이다.

"제 생각에 우리 두 사람의 성격이 완전히 다르므로 서로 사랑하는 일은 있을 수 없다고 봐요. 태어난 거나 교육 정도 혹은 습관에 이르기까지 너무나 다르기 때문에 우리는 서로 맞지 않아요."

그녀는 진심이었다. 그럼에도 불구하고 헨리가 포기하도록 설득하기엔 아직 역부족이었다. 왜냐하면, 그는 둘의 성격에 맞지 않는 점이 있다든가, 처지를 미루어보아도 친해질 수 없는 면이 있다는 걸 즉각 부정하며 단언하듯 명백히 선언했다. 자신은 여전히 패니를 사랑하고 있으며 결코 희망을 버리는 일은 없을 것이라고 딱 잘라 말했다.

패니는 자기가 무슨 말을 했는지에 대해서는 알고 있었으나 자기 태도에 대해서는 판단이 서지 않았다. 아무래도 그 태도에 문제가 있는 것 같았다. 평소의 태도가 아무래도 온순한 것이어서 그 때문에 자신의 단호한 의사가 어느 정도로 약화되어 전달되었는지도 모른다는 의심이 들었던 것이다.

패니의 성격은 내성적이기도 했지만 은혜에 민감하게 반응했으며 유순한 편이었다. 당신을 사랑할 뜻이 없다고 말하는 한 마디 한 마디가 거의 일부러 그렇게 해보이고자 애쓰는 노력의 결과물 같았다. 적어도 그가 괴로워하고 있는 것에 못지않게 그녀 자신도 괴로워하고 있는 것처럼 보였던 것이다.

상대방인 헨리도 이제는 옛날의 헨리가 아니었다. 몰래 남의 눈을 피해 신의를 저버린 애정을 마리아에게 바치던 무렵의 그를 패니는 혐오했고, 얼굴을 대하기도 싫을 뿐더러 묻는 말에 대답하기도 싫었다. 단 한 가지라도 좋은 점이 있다고는 여겨지지 않았으며, 그의 능력이나 상냥한 점을 구분하려 하지 않고 거의 인정하지도 않았던 것이다.

그런데 지금의 헨리는 열렬하고 사심 없는 사랑을 그녀에게 호소하고 있었다. 마음가짐도 무척 떳떳해 보였고 예의바르게 행동했으며, 행복이란 모름지기 애정에 의한 결혼에 달려 있다고 생각하는 듯했다. 그는 자기가 본 패니의 장점을 거침없이 말하고 자기가 그녀를 얼마나 사랑하는지를 되풀이하여 거듭 설명해 보였다. 말이 허락하는한 재기발랄한 남자의 입담과 어조와 기백을 유감없이 발휘하면서 자기가 사랑하는 이유는 그녀의 정숙함과 선량함 때문이라는 사실을 증명했다.

또 하나 간과할 수 없는 것이 있었다. 그 모두를 한데 묶은 결론으로 헨리는 패니의 소원이었던, 윌리엄에게 승진의 길을 터준 바로 그 장본인이었던 것이다.

얼마나 엄청난 변화란 말인가! 이런 것은 반드시 효과를 나타내기 마련이었다. 이전 같았으면 그녀로서도 노여움을 띤 숙녀의 차가운 태도로 그를 깔봐야 할 사나이로 멸시할 수도 있었으리라. 그러나 그것은 소서턴의 영지 안, 혹은 맨스필드 파크 극장에서의 일이었다. 그런데 지금 그녀에게 접근해온 그는 특별대우를 요구할 권리를 가지고 있었던 것이다. 정중하게 대해야 하며 동정적인 태도를 취해줘야 했고 영광으로 여긴다는 점을 스스로 인식하고 있어야 했다. 자기 문제를 생각하든 오빠 일을 생각하든 깊은 감사의 마음을 가져야만 했다.

이런 모든 일들이 결과적으로 미안하고 안절부절못하는 태도로 표현되었던 것이다. 거절의 말 가운데도 감사와 염려를 나타내는 표현이 섞였으므로 헨리처럼 자부심이 강하고 낙천적인 성격을 가진 사람으로서는 그녀의 무관심의 진실성, 혹은 적어도 그 강한 정도가 얼마나 되는지 의심이 가는 것도 무리는 아니었다. 그러므로 헨리로서도 패니가 생각한 만큼 억지스러운 것은 아니었던 셈이다. 그는 인내심을 갖고 기다리면서 열성을 다할 뿐, 이 사랑을 체념하는 일은 결코 없을 것이라고 표명했다.

　어디까지나 미련을 가지고 못내 아쉬워하는 태도로 그는 그녀가 방을 나가는 것을 허락했지만, 헤어질 때도 헨리의 얼굴에는 자신의 기대에 어긋났을 때 감수해야 하는 절망의 빛은 하나도 없었고, 패니에게 억지를 쓰는 일은 두 번 다시 없으리라고 기대를 걸게 하지도 않았다.

　패니는 사정이 이렇게 되고 보니 화가 났다. 남의 속사정이야 안중에도 없다는 듯이 제멋대로이고 인정도 없는 데다 고집스러운 태도에 울컥 울화가 치밀었다. 이전에도 가슴이 철렁하며 싫다고 느낀 바 있는 바로 그 섬세하지 못한 점과 남에 대한 몰이해가 다시 눈에 거슬렸다. 또다시 그 헨리다운 점, 전에 몹시 싫다고 느껴졌던 단점들이 조금씩 드러나 보였다. 자기의 형편과 관계된 일이라면 인정도 사정도 없다는 것이 뻔한 노릇이었다. 더구나 아아! 한심하게도 예전부터 이렇다할 만한 절제심도 없었던 것이다. 그것만 갖추고 있었어도 마음에 결핍된 것에 대해 의무라는 형태로 보충이 되어 이토록 싫어하지 않아도 되었을 것이다. 비록 그런 일이 있어서는 안 되겠지만 설사 아직 좋아하는 사람이 없다고 해도 그런 사람을 도저히 좋아할 수는 없었다. 패니는 그가 너무나도 한심스럽게 생각되었다.

　이처럼 패니는 슬픈 생각에 혼자 잠겨 있었다. 지붕 밑 다락방의 난로 앞에서, 고맙고 과분한 사치 앞에 앉아서 골똘히 생각에 잠겼다. 과거와 현재의 상황에 놀라면서 미래에 벌어질 일들에 대해서도 생각했다. 생각할수록 자신이 어떤 행동을 취해야 좋을지 안절부절못하는 기분이 되었는데, 그래도 분명한 것은 자신이 어떤 사정에 놓이던지 헨리를 사랑하게 되는 일은 없을 것이라는 확신이었다. 패니는 불을 쬐면서 차분하게 생각을 정리해나갔다.

토머스 경은 어쩔 수 없이 이튿날 아침까지 억지로 참고 있다가 젊은 두 사람 사이에 어떤 일이 있었는지를 다음날에야 알게 되었다. 아침이 되어 헨리를 만났을 때 그에게서 이야기를 전해 들었던 것이다.

처음 느낀 것은 실망감이었다. 좀더 진척되어 있으리라 믿었었다. 그의 생각으로 헨리와 같은 청년이 한 시간만 설득하면 패니처럼 마음씨 고운 아가씨는 생각이 상당히 달라질 것이라는데 의심의 여지가 없었던 것이다. 그러나 헨리가 초지일관하는 마음으로 끈덕지게 버티면서, 여전히 자신만만한 태도를 보이며 결코 물러서지 않을 태세여서 곧 안심했다. 본인이 이처럼 성공을 자신하는 태도를 보이자 토머스 경도 즉각 거기에 기대를 걸었던 것이다.

토머스 경은 자기편에서도 조금도 실수 없이 예의를 다하여 추어올리고 호의를 보임으로써 이 계획에 도움이 되는 일은 다했다. 헨리의 굳은 의지는 칭찬받아 마땅한 것이며 패니는 좋은 아가씨이고, 이 혼담은 여간 바람직한 게 아니라고 말하게끔 되었다. 맨스필드 파크에는 언제라도 오고, 앞으로 오고 싶을 때에는 아무 때나 그의 판단과 기분에만 맞으면 사양 말고 언제가 되었든 상관 말고 오라고, 조카딸의 가족이나 친지들 모두가 이 문제에 대해서 의견은 오직 하나며 소원도 한 가지뿐이라고 말했다. 패니를 사랑하고 있는 사람은 모두가 한 가지 방향으로 힘을 모을 것이라는 말도 덧붙였다.

격려가 되는 말은 모두 했고 또 그 격려 모두가 감사에 넘친 기쁨으로 받아들여져서 두 신사는 둘도 없는 벗이 되어 작별했다.

상황은 이제 매우 순조롭고 희망적인 상태에 있다고 판단했으므로 토머스 경은 더 이상 조카딸에게 귀찮게 강요하는 일은 절대 하지 않고 노골적인 참견도 하지 않으리라고 결심했다. 그녀와 같은 성격의 아가씨에게 효험이 있는 것은 따뜻하게 대해주는 일밖에 없다고 그는 생각한 것이다. 달래는 일은 한 쪽에서만 해야 했다. 가족들은 잠자코 있지만 그들이 바라는 바가 어떤 것이라는 것을 그녀 자신도 모를 리 없으니까. 이것이 일을 옳은 방향으로 추진하는 데 가장 확실한 방법이었던 것이다. 그래서 이 원리대로 토머스 경은 곧 기회를 보아 그녀에게 온화하면서도 엄숙하고 위압적인 태도로 이렇게 말했다.

"패니야, 크로포드 씨를 만나 너희들 둘 사이가 어떻게 되었는지 분명한 말을 들었다. 그도 꽤 비범한 청년이더구나. 결국 마지막엔 어떻게 되든 너도 마음에 느끼는 바가 있어야 한다. 그 사람 가슴에 불을 피워 뜨거운 애정을 갖게 했으니까 말이다. 너는 아직 젊으니까, 애정의 일반적인 모습은 일시적이며 변하기 쉽고 그다지 오래 가지 않는다는 것을 모를 게다. 그러니 너는 나만큼은 놀라지 않을는지는 모르지만, 이건 정말 놀라운 일이란다. 첫 시작 단계부터 어려움에 부딪혔지만 여전히 흔들리지 않고 끈덕지게 버티는 것은 말이다. 이 문제는 전적으로 크로포드 씨의 마음에 달려 있는 것 같다. 내가 보기에 크로포드 씨 정도라면 자랑이 되면 되었지 어떠한 장애도 될 것 같지 않은데? 외길로만 파고드는 집념도 훌륭하게 보이니 말이다. 만일 크로포드 씨에게 다소 문제될 만한 것이 있었다면, 왜 미련을 버리지 못하고 자꾸 추근추근하게 구느냐고 나라도 따끔하게 야단쳤을 게다."

"이모부, 저는 지금 곤경에 처해 있어요. 크로포드 씨의 태도가 언제까지일지……. 그분의 청혼이 저로서는 참으로 명예로운 일이며 분에 넘치는 영광이라는 것…… 저도 알고 있어요. 하지만 이것은 정말 진심에서 말씀드리는 것이며, 또 그분에게도 그렇게 말했습니다만 저로서는 도저히 그분의 사랑을 받아들일 수가 없어요. 도저히 불가능한 일이어서……."

"패니야, 그런 말은 하지 않아도 좋다. 너의 마음은 나도 잘 알고 있고 나의 바라는 바와 유감의 뜻도 너는 잘 이해할 게다. 이 이상 말할 것도 할 일도 없는 거야. 앞으로 이 이야기는 절대로 반복하지 말기로 하자. 네가 염려하거나 고민할 필요는 없는 거다. 너도 내가 본인이 싫어하는 결혼을 하라고 막무가내로 설득하는 일은 없을 거라는 걸 잘 알리라고 믿는다. 너의 행복, 너의 이익밖에 나는 생각지 않으니까 말이다. 너는 다만 크로포드 씨와 교제만 해주면 되는 거야. 그 사람은 너의 행복과 자기의 행복이 양립할 수 있음을 설득하려고 노력하겠지만 말이야. 가능성은 반반이라는 걸 그 사람도 알고 있어. 네 입장이 곤란할 것까지야 없지 않니. 나는 크로포드 씨가 찾아오면 언제나 너를 만날 수 있으리라는 것만 보장해주고 왔단다. 이런 일이 일어나지만 않았다면 너도 반드시 그랬을 테니까 말이다. 여럿이 있는 자리에서 그 사람을 만나려무나. 평소와 같은 태도로 그리고 가급적 불쾌했던 기억은 모두 잊도록 하고…… 그 사람도 곧 노스햄턴 주를 떠난다고 한다. 그러니까 이 자그마한 희생도 그렇게 자주 요구되지는 않을 게다. 그 뒤의 문제는 어떻게 될지 전혀 모르는 채로 묻어둘 도리밖에 없지. 그럼 패니야, 이 문제는 우리 사이에선 이것으로 끝내도록 하자꾸나."

패니에게 만족한 기분이 든 것은 그가 떠날 거라는 기대뿐이었다. 그러나 이모부의 부드러운 말씨와 관대한 태도는 마음속에 젖어들었다. 이모부는 진상을 전혀 모른다고 생각하니 그의 행동을 이상하게 여길 수는 없다고 여겨졌다. 딸을 제임스에게 시집보낸 사람이었던 것이다. 결혼에 대해 로맨틱하고 섬세한 마음을 기대하는 것 자체가 잘못이었다. 자기 할 일만 다하면서 묵묵히 지내다 보면 어느 순간부터는 모든 일이 지금보다는 수월해지리라고 믿는 길밖에 없었다.

열여덟 살밖에 되지 않은 패니로서는 헨리의 애정이 언제까지나 계속될 것이라고는 믿어지지 않았다. 끊임없이 계속적으로 그녀 편에서 찬물을 끼얹으면 언제인가는 그 사랑도 끝장이 날 것이라는 생각이었다. 도대체 얼마 동안이나 그 관계가 계속될지는 자신도 알 수 없는 일이었다. 젊은 아가씨가 자신의 매력의 정도를 얼마나 평가하고 있는지 깊이 물어보는 것은 예의에 벗어난 일임에 틀림없을 것이다.

더 이상 관여하지 않고 잠자코 있으려 했지만 토머스 경은 또 한 번 이 문제를 조카딸에게 내놓지 않을 수 없게 되었다. 패니에게 마음의 준비를 단단히 시킨 뒤, 두 이모에게 이 일의 대략적인 경위를 설명하는 것이었다. 두 이모에게 알리는 일은 되도록 피하고 싶었으나 공개해야 하는 부득이한 상황이 전개되었다. 일을 은밀히 진행시키는 것에 대해 헨리가 전적으로 반대했기 때문이다.

헨리는 이 일을 숨길 의도가 애초부터 없었다. 목사관에서는 모두다 알고 있는 일이어서 거기서 그는 즐겨 누님과 여동생을 앞에 놓고 장래 일을 의논하곤 했다. 패니에게 청혼했다고 떠벌리는 것이 그의 자랑이었으며 자기 일이 착착 성공해가는 광경을 목격케 하는 것이 그의 즐거움이었다.

이 기분은 충분히 알 만한 일이어서, 토머스 경은 당장 아내와 처제에게 자초지종을 설명해야 힐 필요를 느꼈다. 패니를 생각하면 노리스 부인에게 전했을 때의 결과를 염려하는 심정은 거의 패니 자신 못지않았다. 그도 그 엉뚱한 선의의 열의만은 사양하고 싶었다. 토머스 경도 요즘 와서 어느 정도 노리스 부인을 알게 되었던 것이다. 이런 부류의 인간이란 언제나 엉뚱하고도 심히 불쾌한 짓을 행하기 마련이었다.

그러나 그런 염려는 노파심에 불과한 것이었다. 그는 패니에게는 절대 아무 말도 하지 말고 참아달라고 아내와 처제에게 다짐을 놓았는데 노리스 부인은 약속했을 뿐더러 그 약속을 철저히 지켰던 것이다. 그녀는 단지 참을 수 없는 악의를 얼굴에 그대로 나타냈을 뿐이었다.

그녀는 화를 내고 있었던 것이다. 몹시 화가 났다. 그러나 패니에게 속이 상한 것은 이런 신청을 거절한 일보다도 그런 신청이 있었다는 사실 자체 때문이었다. 그것은 줄리아에 대한 모욕이며 예의에 벗어난 행위였다. 줄리아야말로 헨리가 택할 상대였던 것이다. 게다가 그 일과는 별도로 자기가 소외된 자리에 놓이게 됐다는 이유로도 패니가 싫어졌다. 그녀는 패니의 이런 출세가 못마땅했던 것이다. 언제나 무시하고 멸시하면서 납작하게 눌러버리자고 생각하고 있던 상대였으므로.

토머스 경은 그녀의 분별심도 대단하다 싶었지만 이 경우 그것은 과대 평가였다. 그리고 패니는 그녀의 못마땅해 하는 기색을 눈으로만 지켜볼 뿐 귀로는 듣지 않아도 되었으므로 다행한 일이었다.

버트램 영부인의 받아들이는 태도는 노리스 부인과는 또 달랐다. 그녀는 부유하고 아름다운 여인이었다. 평생을 두고 줄곧 그녀가 경의를 표하는 것은 단지 미모와 돈뿐이었다. 따라서 패니가 부자 남성으로부터 청혼을 받았다는 말을 듣자 그녀가 보는 패니의 가치는 껑충 뛰어올랐다. 패니가 실제로 아주 미인이라는 사실에 대해 그때까지는 의심스러웠는데 그것이 이제 확실해지고 앞으로 좋은 곳으로 시집간다고 생각하니 그런 조카딸이 있다는 사실만으로 콧대가 한층 높아진 듯한 느낌이 드는 것이었다.

"얘야, 패니."

나중에 패니와 둘만 있게 되었을 때 그녀는 기다렸다는 듯이 입을 열었다. 사실은 오래전부터 이상하게도 그녀는 패니와 둘이서만 이야기를 나누고 싶다는 기대 비슷한 감정을 갖고 있었다. 그리고 이렇게 말했을 때의 그녀의 얼굴에는 평소에 없던 활기가 넘치고 있었다.

"얘야, 패니. 오늘 아침엔 뜻밖에 매우 기쁜 얘기를 들었구나. 아무 말도 안 하려고 했는데 이번 한 번만큼은 말하지 않을 수 없구나. 이모부에게도 한 번은 말해야 한다고 미리 말씀드려 놓았어. 이 문제로 다시는 너에게 아무 말도 하지 않으마. 너, 참 잘됐어."

그녀는 만족스러운 듯 패니를 바라보면서 이렇게 한 마디 덧붙였다.

"흠……. 우린 확실히 미인의 혈통인가 보다."

패니는 얼굴을 붉히고, 처음엔 무슨 말을 해야 좋을지 몰라 당황했다. 그러다가 이모의 약점을 이용해야겠다고 생각하여 곧 대답했다.

"이모, 이모는 제가 거절하지 않았으면 좋겠다고 생각하지는 않으시겠죠. 그렇죠? 이모는 제가 시집가는 걸 바라시지 않죠. 제가 없으면 불편하시니까요. 그렇지 않으세요? 그래요, 틀림없이 제가 없으면 무척 불편하실 테니 그걸 바라실 리가 없어요."

"아니다. 얘, 네가 떠나면 불편하다니 그런 말을 해선 안 된다. 물론 네가 없으면 조금 불편하기야 하겠지. 하지만 그런 일로 너의 결혼을 반대하다니. 그건 안 될 일이지. 이런 얘기가 있을 때이니 하는 말인데 네가 없어도 나는 잘 지낼 수 있을 거야. 더군다나 크로포드 씨만큼 재산을 많이 가진 사람한테 시집간다면야 누군들 말리겠니. 패니야, 정말 이런 나무랄 데 없는 청혼은 행운이나 다름없어. 그러니 무조건 받아들이는 것이 젊은 아가씨의 의무인 거야. 알겠니?'

패니가 이모로부터 젊은 아가씨로서의 행동 규범에 대한 충고를 받은 일은 지난 8년 반 동안 한 집에서 살아오면서 거의 처음 있는 일이었다. 그녀는 다음 말이 나오지 않았다. 언쟁을 해봤자 아무 소용없다고 판단했기 때문에 그저 입을 다문 채 잠자코 있었다. 이모의 마음이 반대인데 그녀의 이성을 공격해본들 얻는 바가 있을 턱이 없었다. 버트램 영부인은 기분이 무척 좋은지 계속해서 이야기하고 있었다.

"좋은 이야기 하나 해줄까, 패니. 아마 그 사람이 네게 반한 것은 저 무도회 때일 거다. 틀림없이 그날 저녁이었을 거야. 넌 유난히 돋보였단다. 모두들 그렇게 말했어. 네 이모부도 그렇게 말씀하셨고. 게다가 참, 채프먼 부인이 네 몸치장을 거들어줬지. 채프먼 부인을 네게 보낸 것은 정말 잘한 일이야. 네 이모부도 네가 크로포드 씨의 마음을 사로잡은 것이 그날 저녁이었을 거라고 말씀하시더구나."

여전히 이 즐거운 생각의 실타래를 끌어당기면서 그녀는 또다시 덧붙이는 것이었다.

"그리고 말이야, 패니. 이건 마리아에게도 하지 않은 말인데 이번에 발바리가 새끼를 낳거든 네게도 한 마리 줄게."

34

에드먼드는 목사 안수를 받고 돌아오자마자 여러 가지 뜻밖의 이야기들을 전해 들었다. 미처 생각지도 못했던 많은 일들이 그를 기다리고 있었던 것이다. 첫 사건도 결코 흥미가 아주 없는 거라 할 수가 없었다. 맨스필드 파크로 돌아오는 도중의 길에 헨리 크로포드와 그의 누이동생이 나타난 것이다. 에드먼드는 말을 타고 오는 중이었고, 두 사람은 같이 산책을 하면서 마을을 빠져나가고 있던 참이었다. 이 두 사람이 이미 먼 곳으로 떠나버렸을 거라고 예상하고 있던 그는 그들의 모습에 깜짝 놀라지 않을 수 없었다.

사실 에드먼드가 집을 떠나 있는 기간을 일부러 2주일 이상으로 연장한 것도 메리를 피하기 위해서였다. 맨스필드로 돌아왔을 때는 슬픈 추억만을 기억하게 될 것이라고 생각했다. 그는 그녀와 다정하게 보냈던 시간들을 단지 추억으로만 가슴속에 간직할 심산이었다. 그런데 거기에 아름다운 그녀가 오빠의 팔에 매달려 눈앞에 나타났던 것이다. 또한 정신을 차려보니 그 여성으로부터 분명히 호의적인 환영의 인사말을 받았던 것이다. 바로 얼마 전까지만 해도 이 여성이 자신의 손길이 닿지 않는, 70마일은 족히 멀리 떨어진 곳에 있다고 생각했으며 심리적으로도 마찬가지로 손길이 닿지 않는 거리보다 훨씬 더 먼, 거리로서는 표현할 수 없을 만큼 까마득하게 멀리 떨어져 있는 사람이라 생각하고 있었다.

그녀를 만나리라고는 상상도 못 했던 에드먼드였다. 그런데 이렇게 만나다니. 모든 것이 꿈만 같았다. 게다가 그를 대하는 그녀의 태도는 뜻밖이라고 할 만큼 다정했으며 호의적이었다. 그녀가 그토록 냉담한 반응을 보였던 목사 안수를 받고 돌아오는 길이었으므로 에드먼드는 그녀의 미소를 머금은 얼굴이나, 부드럽고 호감이 넘치는 말씨로 맞아주는 것에 아찔한 현기증이 느껴질 만큼 놀라고 기뻤다.

이것만으로도 그의 가슴은 다시 뜨거워져서 집에 도착했을 때는 거기서 기다리고 있던 또 다른 의외의 사건의 달가움을 충분히 음미하기에 매우 적당한 심정이 되어 있었다.

윌리엄의 승진과 그 자세한 경위를 그도 곧 알게 되었다. 에드먼드는 메리를 만난 후여서 이미 가슴속에 포근한 느낌이 감돌고 있었으므로 이 기쁨은 더 한층 고조되었으며, 식사 시간 내내 가족들과 함께 기쁨의 빛을 감추지 못하고 쾌활한 목소리로 이야기를 나누었다.

저녁 식사 후 아버지와 둘이만 남았을 때, 그는 패니에 대한 이야기를 들었으며 맨스필드에서 일어난 지난 2주간의 대사건과 현재의 상황 전부를 알게 되었다.

패니는 무슨 일이 일어나고 있는지 직감하고 있었다. 그들 둘은 평소보다 훨씬 오랫동안 식당에 앉아 있었기 때문에 틀림없이 자기에 관한 이야기를 하고 있을 것이라고 생각했다.

그들은 차를 마실 시간이 되어서야 겨우 밖으로 나왔다. 에드먼드와 또다시 얼굴을 마주쳤을 때 패니는 몹시 꺼림칙한 기분이 되었다. 그는 패니 곁으로 천천히 다가와 곁에 앉더니 패니의 손을 다정하게 잡았다. 그리고는 힘을 더해 꼭 쥐어주었다.

그 순간 그녀는 생각했다. 차를 준비하기 위해 분주하게 움직여야 했고 주위에 다른 사람들이 있어서 그나마 다행이었지 만약 그렇지 않았더라면 정말 지나치리만큼 감정을 밖으로 드러내고 말 뻔했다고. 패니의 가슴이 주체하지 못할 정도로 뛰고 있었던 것이다.

그러나 에드먼드 편에선 이런 행동으로 그녀에게 무조건적인 찬성과 격려를 전달할 생각은 없었다. 그런 것을 거기에서 끌어낸 것은 그녀가 바라고 있던 일이었다. 그의 목적은 단지 그녀와 관계된 일이라면 자기도 무관심하지 않다는 것을 표현하고 그 이야기를 듣고 한층 사랑스럽게 여기는 마음이 더해진 사실을 전달하기만 했을 뿐이었다.

그는 이 문제에 대해서는 전적으로 아버지의 편이었다. 사실 패니가 헨리를 거절했다는 점에 대해서는 아버지만큼 놀라지는 않았다. 그는 패니가 헨리를 싫어하지 않는다면 절대로 청혼을 거절했을 리가 없다고 판단했다. 평소에도 패니가 그를 달갑지 않게 여겼다는 것을 알고 있었기 때문에 그녀가 완전히 기습을 당한 것이라고 상상할 수 있었던 것이다.

그러나 이 혼담이 바람직한 것이라고 생각하는 데는 토머스 경도 그를 따르지 못했다. 그가 보기에 이 결혼은 모든 면에서 권장할 만했다. 그녀의 행동도 현재는 결혼에 대해 무관심해서 그런 반응을 보였을 뿐이지 조금도 나무랄 만한 점이 없다고, 토머스 경이 동의하지 않을 수 없을 만큼 강한 어조로 에드먼드는 패니를 추어올렸다. 그는 이 혼담이 성사되기를 진심으로 바라고 있었다. 또 꼭 그렇게 되리라 믿고 있을 뿐 아니라 서로 사랑으로 결합되면 호흡이 맞는 부부가 될 수 있을 것이며, 지금 곰곰 생각하니 이 두 사람은 반드시 그렇게 될 것이라고 말했다.

 헨리는 일을 너무 지나치다 싶을 정도로 서둘러 패니가 애정을 느낄 만한 시간적인 여유를 주지 않는데 문제가 있었던 것이다. 하지만 저토록 믿음직한 청년이 지속적으로 애정을 표현한다면 그녀 또한 성품이 유순하기 때문에 머지않아 좋게 결말이 나리라고 믿는 것이었다.

 그동안 패니의 당혹해하는 모습을 충분히 목격한 그는 말이든 행동으로든 다시는 불편한 마음을 갖지 않도록 하기 위해 세심하게 주의를 기울였다.

 이튿날 헨리가 맨스필드 파크에 도착했다. 에드먼드도 돌아왔으니 식사나 같이 하자고 토머스 경이 초대한 것은 어쩌면 당연한 일로 느껴졌다. 실제로 이것은 예의상으로도 필요했다. 물론 그도 기쁜 마음으로 이 초대에 응했다. 그래서 에드먼드는 그가 어느 정도로 패니를 사랑하고 있고 호흡이 맞는지 또 그녀의 어떤 점이 그에게 애정을 포기하지 못하고 희망을 갖게 하는지 관찰할 좋은 기회를 얻게 되었다.

 그런데 아무리 유심히 살펴보아도 패니가 그의 청혼을 받아들일 확률은 극히 적어 보였다. 패니는 헨리가 말을 걸 때마다 몹시 당황하는 모습만 보여줄 뿐 다정한 모습은 전혀 드러내지 않았던 것이다. 그녀의 당황한 모습에서 아무런 희망을 걸 수가 없다면 그 무엇도 희망적인 것은 없었다. 그러므로 에드먼드는 헨리가 그토록 끈덕지게 버티는 데 어처구니가 없었다.

 패니에게는 그만한 값어치가 충분히 있었다. 온갖 인내와 많은 노력을 바치고 아무리 정성을 쏟아도 아깝지 않을 만한 여성이라는 생각은 그도 오래전부터 하고 있었다. 그러나 자기라면 현실의 여성을 상대로 이 정도까지 밀어붙일 것 같지는 않았다. 그렇게 하기 위해서는 좀더 자기의 용기를 북돋아줄 만한 것이 필요한데 그가 본 바로는 그것이 그녀의 눈빛에서 보이지 않았던 것이다.

에드먼드는 자신의 눈에는 보이지 않더라도 헨리의 눈에는 좀더 분명한 것이 보이려니 하고 생각하는 데에 전혀 인색하지 않았다. 그의 편을 들어 가장 안심할 수 있는 결론에 도달하려 해도 저녁 식사 전과 그 도중, 그리고 식사 후의 정황을 살펴본 바로는 고작 이 정도뿐 더 이상 걸어볼 만한 희망 같은 건 없었다.

밤이 되자 헨리가 희망을 가져도 좋을 만한 두세 가지 일이 생겨 좀더 바람직한 쪽으로 기울어졌다. 그와 헨리가 응접실에 들어가니 영부인과 패니가 앉아서 묵묵히 바느질에 열중하고 있었다. 그 모습은 아무것도 마음 쓰이는 일은 전혀 없는 듯한 태도였다. 에드먼드는 두 여인의 마음 밑바닥까지 조용히 가라앉은 듯한 태도에 한마디 말을 던지지 않을 수 없었다.

"너무 조용하기만 하니까 숨소리도 내지 못하겠어요."

"줄곧 이렇게 조용하게 지낸 건 아니란다, 에드먼드. 지금까지 패니가 책을 읽어줬어. 너희가 오는 소리를 듣고 방금 책을 덮은 거란다."

그 말대로 테이블 위에는 한 권의 책이 방금 책장을 덮었다는 듯이 놓여 있었다. 셰익스피어의 전집이었다.

"패니가 그 책을 읽어주었단다. 아주 멋진 대사 도중이었지……. '그 사람 이름이 뭐랬지, 패니?' 하고 묻고 있는 중에 너희들 발소리를 듣게 된 거란다."

헨리가 그 책을 집어 들고 말했다.

"외람되지만 그 다음 부분을 제가 읽어드리겠습니다. 어디까지 읽으셨는지 곧 찾아낼 수 있어요."

주의 깊게 책장의 흔적을 따라 가던 그는 패니가 읽다 만 그 대목을 찾아냈다. 어쩌면 한두 페이지의 차이는 있었는지 모르지만 아무튼 버트램 영부인을 만족시키기에는 그 정도로써 충분했다.

그가 울지 추기경(16세기의 영국인. 셰익스피어 작 《헨리 8세》 중의 인물. 국왕 헨리 8세의 총애를 잃고 처형된다. 그 직전에 가신인 크롬웰에게 작별을 고하는 장면(3막 2장)이 이 대목이라 짐작된다.)의 이름을 대자마자 그녀는 맞다고 바로 그 연설이라고 반색을 하며 말했다.

패니는 눈을 들지도 않았고 찬성이든 반대든, 어찌 되었든 거들려고도 하지 않았다. 그저 입을 꾹 다물고 있었다. 그녀는 온통 바느질감에만 주의력을 집중하고 있었던 것이다. 다른 일에는 절대 흥미를 갖지 않겠다고 굳게 결심한 듯했다.

그러나 본시 좋아하는 일은 어쩔 수 없었다. 5분도 채 모른 척할 수가 없어서 귀를 기울이게 되고 말았다. 그의 낭독은 아주 훌륭했으며 그녀도 그런 훌륭한 낭독을 듣는 것을 매우 좋아했기 때문이다.

패니도 능숙한 낭독이라면 오랫동안 익숙해져 있는 터였다. 이모부도 멋지게 낭독할 줄 아는 분이었고, 사촌들의 낭독도 능숙했다. 특히 에드먼드의 낭독 솜씨는 타의 추종을 불허할 정도였다. 그럼에도 불구하고 헨리의 낭독에는 여태까지 그녀가 한 번도 접한 적이 없는 독특한 점이 있었다. 국왕·여왕·버킹검·울지·크롬웰(모두 극중 인물의 이름)이 모두 차례로 다뤄졌던 것이다.

그는 아주 익숙하다는 듯이 교묘히 군데군데 선택하여 읽어가면서 적당한 대목에서 각 인물의 특징과 인상적인 장면, 훌륭한 대사를 가려내었다. 그리고 위엄이나 긍지, 애정, 후회, 탄식이나 용기 등 그 어느 부분을 표현하더라도 하나같이 아름답고 자연스럽게 자유자재로 구사해냈다.

참으로 드라마틱했다. 그의 연기를 보고 패니는 연극이 얼마나 재미있는 것인지 처음으로 알게 되었지만 이번에는 그의 낭독이 연기의 전부를 다시 눈앞에 되살려주었던 것이다. 뿐만 아니라 기쁨의 정도는 아마 이번이 더 컸으리라. 왜냐하면 이것은 갑자기 행한 일이며 또한 그때처럼 그가 마리아와 같이 무대에 올라가 있는 광경을 보아야하는 결점도 없었기 때문이다.

에드먼드는 그녀가 끌려들어가는 광경을 지켜보고 있었는데 처음에는 열중해 있는 듯싶던 바느질손이 점점 더뎌지는 것이 우습기도 하고 한편으로 만족한 기분도 들었다. 구부린 자세의 손이 멈추자 이윽고 바느질감은 아래로 떨어졌다.

그리고 마침내 하루종일 그를 피하기에 여념이 없어 보이던 눈도 방향을 바꿔 헨리에게로 향하여 몇 분 동안이나 움직이지 않았다. 요컨대 그녀의 눈은 그에게로 고정되었고 그러다가 그 매력에 끌리듯 헨리의 눈이 그녀를 향하게 되자 자신도 모르는 사이에 책장이 덮이면서 주문의 힘은 스르르 풀리고 말았다. 그러자 패니는 다시 자기 깍지속으로 들어가서 볼을 붉히며 쉬지 않고 바늘을 움직이는 것이었다.

하지만 에드먼드로서는 이것만으로 충분하여 친구에게도 가망이 있다고 생각했다. 그리고 정중히 감사의 뜻을 표했는데, 그때 패니의 속마음도 함께 표현되었으면 하고 원했다.

"크로포드 씨, 그 극은 당신도 무척 좋아하는 것 같군요. 읽는 걸 보니 훤히 내용을 꿰뚫고 있는 것 같으니까……."

에드먼드가 말했다.

"지금 이 시간부터 무척 좋아하게 될 것 같은 느낌이 드는걸요. 여태껏 한 번도 셰익스피어의 작품을 손에 든 적은 없는 것 같아요. 열다섯 살 이후는……. 아니, 《헨리 8세》는 한 번 본 것 같네. 아니면 본 사람으로부터 얘기를 들었던가. 어느 쪽인지는 확실치 않지만, 그러나 셰익스피어는 자신도 모르게 친근해질 수 있는 인물이지요. 제가 영국인 체질의 일부가 되어 있어서 그런가 싶네요. 그의 사상이나 아름다움은 세상에 널리 퍼져 있지 않나요. 어디를 가나 그의 작품을 접할 수 있고 본능적으로 친숙해지는 거지요. 그의 작품을 읽다 보면, 어느 누구 할 것 없이 자신도 모르게 그 흐름 속으로 빨려 들어가는 건 아주 순식간이니까요."

"물론 영국인이라면 누구나 셰익스피어와는 어느 정도 친숙해 있지요. 아주 어렸을 때부터 그의 작품과 만나게 되고, 유명한 부분은 모조리 인용하니까 말입니다. 우리가 펼쳐 읽는 책 가운데 절반가량은 셰익스피어의 이름이 나오고, 누구와 대화를 나누든지 셰익스피어의 대사를 빼놓고 얘기할 수는 없지요. 그 비유를 빌리거나 묘사를 써서 사물을 설명해 보이니까요. 하지만 그것과는 완전히 별개의 문제라고 생각해요. 당신이 한 것과 같이 셰익스피어의 분위기를 그토록 훌륭하게 전달하기란 결코 쉬운 일이 아닐 테니까요. 셰익스피어를 단편적으로 알고 있다는 사람은 아주 많을 테지요. 하지만 셰익스피어의 작품을 당신처럼 능숙하게 낭독한다는 것은 아무나 흔히 해보일 수 있는 재능이 아니지요."

에드먼드가 헨리의 낭독에 대해 칭찬한 것은 진심에서 우러난 것이었다.

"이거, 영광이군요."

헨리는 엄숙하게 머리를 숙이고 대답하면서 익살을 부렸다. 두 신사는 힐끗 패니에게 시선을 던지며 한마디 효과 있는 칭찬의 말을 들을 수는 없을까 하고 생각했으나 두 사람 모두 그것은 뜻대로 될 수 없는 소원임을 알았다. 그녀의 칭찬은 들어준 것으로써 표현되었으며 그들은 그것으로 만족해야 했던 것이다.

버트램 영부인 역시 칭찬의 뜻을 강하게 나타냈다.

"정말 연극을 보고 있는 것 같았어요. 토머스 경이 함께 보았더라면 더 좋았을걸."

버트램 영부인의 칭찬을 들은 헨리는 만족한 표정이었다. 교양하고는 담을 쌓고 사는 듯이 보이고 모든 면에 굼뜬 버트램 영부인이 이 정도로 느꼈다면 그렇게도 민감하고 지식도 해박한 그녀의 조카딸 정도라면 적잖게 느낀 바가 있으리라고 추측하는 것은 어렵지 않았다. 그것은 그의 마음을 한없이 들뜨게 하는 것이었다.

"크로포드 씨, 당신은 연극에 많은 재능이 있는가 보군요. 내 의견 하나를 제안해 볼까요? 무대를 만들었으면 좋겠어요. 아무 때라도. 노퍽 주의 댁에다가 말예요. 즉 가정을 갖게 되었을 때, 집에 무대 장치를 만들어 두면 얼마나 좋을까요."

잠시 후에 버트램 영부인이 말했다.

"그럴까요, 영부인? 아니, 아닙니다. 그럴 수는 없어요. 그건 당치도 않은 말씀이에요. 에버링검에 무대는 곤란합니다! 안 되고말고요."

그는 재빨리 소리쳤다. 그리고 의미가 담긴 미소를 지으며 패니를 바라보는 것이었다. 그 눈빛은 '이 아가씨는 집에 무대 따위를 만드는 것에 절대 찬성하지 않을 걸요.' 라고 말하는 것처럼 느껴졌다.

에드먼드는 관찰자가 되어 두 사람의 모든 행동을 차분하게 지켜보았다. 패니는 헨리의 얼굴을 절대로 보지 않을 작정으로 굳게 마음먹고 있는 듯 보였지만 그가 무슨 말을 할 때마다 그 목소리만으로 뜻을 분명하게 알아차린다는 것을 간파하였다. 에드먼드는 헨리의 겉치레 말에 이처럼 민감한 반응을 보이거나 암시를 재빨리 이해하는 것을 보고 두 사람의 혼사가 성사될 가능성이 훨씬 높다는 쪽으로 결론을 내렸다.

셰익스피어 작품의 낭독에 대한 화제는 계속해서 이야기의 꽃을 피웠다. 이야기를 하는 사람은 두 젊은이뿐이었는데 그들은 난롯가에 선 채 대화를 이어갔다. 즉 남자를 위한 보통 교육 제도에서는 이 능력이 일반적으로 너무 무시되어 전혀 주의를 하지 않기 때문에 저절로 아니, 어떤 경우에는 성인이 되어서도 부자연스러울 정도로 무지하고 교양이 없게 된다. 사물을 잘 이해하고 지식 있는 사람이라도 갑자기 낭독해야 할 입장에 놓이면 종종 목격한 바지만 실수를 하여 실패하는 일이 있다. 그것도 목소리의 조절, 소리의 높고 낮음, 예견이나 판단 등이 부족하다는 제2차적인 원인에 의한 것으로 그 모든 것은 첫째 원인 즉 일찍부터 주의와 습관이 결핍된 데서 오는 것이라고. 패니도 차차 이 대화에 귀를 기울이며 무척 재미있다는 생각을 하고 있었다.

"제 직업만 봐도 그렇지요. 낭독술이란 거의 연구되지 않는 분야이지요. 사실 명확한 말씨나 능숙한 화술은 굉장히 중요한 부분인데도 좀처럼 문제시 되지 않아요. 하기야 지금은 개혁의 기운이 높아져서 제 얘기도 다 옛날이야기처럼 느껴지지요. 그래도 아직은 미흡해요. 어쩌면 20년, 30년, 40년 전에 목사가 된 사람들 사이에는 그들이 하고 있는 일로 미루어 판단하건대 대부분이 낭독은 그냥 낭독, 설교는 설교라고 생각했음에 틀림없어요. 하지만 지금은 그렇지 않지요. 이 문제를 좀더 올바른 각도에서 연구해 볼 필요성이 있다고 생각해요. 어떤 주제에 대해 설명하든지 간에 낭독술은 매우 중요한 것이니까. 그뿐인가요, 낭독술에 대해 교육받은 사람의 수가 늘어나고 있는 현실을 외면할 수 없지요. 좀더 일반적인 관찰력이나 취미, 그보다도 비판적인 지식이란 것이 옛날에 비해 월등해져 있어요. 어느 교회를 보나 신자 중에도 그 문제에 대해서 조금씩은 지식을 갖추고 있고, 올바른 인식으로 정확한 판단과 비판을 할 줄 아는 사람들이 만만치 않게 많아요."

에드먼드는 안수식 이후 이미 한 번 예배를 인도했었다. 이 사실을 안 헨리는 그에게 어떤 기분이었으며 무사히 마쳤느냐는 등의 여러 가지 질문을 했다. 이런 질문에는 우호적인 흥미나 민첩한 기질에서 온 쾌활함은 있었지만 놀리는 기색이나 경박한 태도 따위, 패니가 가장 싫어한다고 에드먼드가 알고 있는 요소는 전혀 보이지 않았으므로 그도 정말 기꺼이 이에 응답했던 것이다.

또한 나아가서 헨리가 예배 중에 어떤 문구를 어떻게 말하는 것이 가장 적절한가 하는 문제에 대해 그의 의견을 묻고 자기의 생각을 말했고 그 문제에 관해서는 자기도 이전에 생각한 바가 있을 뿐더러 그 생각이 정당한 것임을 보여줬기 때문에 에드먼드는 더욱 기분이 좋아졌다.

이것이 패니의 마음을 사로잡는 방법인 것이었다. 그녀의 마음을 얻으려 정중한 몸가짐과 기지를 총동원하고 또 착한 성품을 덧붙여서 윌리엄을 위해 최선을 다했지만 아무 소용없었다. 그 정도만으로, 최소한 그런 것들로 그렇게 간단히 그녀의 마음을 사로잡을 수는 없는 노릇이었다. 그녀의 마음을 사로잡기 위해서는 진지한 문제에 대한 성실한 생각과 심도 깊은 성찰의 도움이 없이는 안 되었다.

"영국 국교의 기도서에는, 갖가지 아름다운 기도문이 있어서 능숙하게 읽지 못하더라도 망치는 일이 거의 없지만 이와 동시에 장황한 대목과 반복이 있어 잘 읽지 않으면 서툴다는 것을 남이 금방 눈치 채 버리지요. 적어도 제 자신은 반드시 늘 엄숙한 자세를 취하고 있다고 할 수는 없기 때문에 20회 가운데 19회까지는 그런 기도문을 어떻게 읽어야 할까 고민하기도 하고 내게 읽으라고 하면 좋겠다 싶어질 때도 있고……."

헨리가 갑자기 말을 중단하고 패니에게 힐끗 눈길을 주며 곁으로 걸어가 부드러운 어조로 물었다.

"방금 무슨 말을 했나요?"

"아뇨."

"정말 아무 말도 안 했습니까? 약간 입술이 움직이는 게 보였어요. 좀더 진지한 태도로 낭독해야 한다, 마음이 산만해지면 안 된다 등의 말을 하려던 게 아닌가 싶은데…… 아닌가요?"

"아니, 천만에요. 크로포드 씨가 잘 아시는 일인데 저 같은 것이 감히 어떻게……. 만약에……."

무슨 말인가를 하려던 그녀가 이내 입을 다물었다. 허투루 말을 했다가는 난처한 입장에 처하게 될지도 모를 일이었다. 그 후로 패니는 한 마디도 그들의 대화에 참견하려 들지 않았다. 헨리가 제발 대답해 달라고 몇 분 동안 간청하고 기다려보았지만 소용없는 일이었다.

그는 다시 에드먼드가 있는 제 위치로 돌아가, 이런 애정 어린 행동 때문에 이야기가 중단된 것에는 아랑곳하지 않는다는 얼굴로 말했다.

"화술이 능란한 설교라는 것은 낭독을 잘하는 기도보다도 더욱 드문 법이지요. 그 자체만 놓고 봤을 때, 좋은 설교란 결코 드물지 않아요. 말을 유창하게 잘하는 것이 좋은 문장을 만드는 일보다 훨씬 어려운 일일 수도 있어요. 즉 작문의 규칙이나 요령 쪽이 연구의 대상이 되는 수가 더 많았다는 거지요. 훌륭한 설교가 훌륭한 화술에 의해서 이뤄진다면 이것은 듣기에 정말 기분 좋은 거지요. 그럴 때는 말입니다, 으레 무한한 감탄과 존경심이 우러나면서, 저 자신도 성직자가 되어 설교를 해보고 싶은 강렬한 유혹을 느끼거든요. 설교단 위의 웅변은 그것이 진짜 웅변인 경우 최고의 찬양과 명예를 얻는 것이잖습니까. 좋은 설교란 것이 뭐 별거 있겠어요? 다양한 직업에 종사하는 청중들의 심금을 울려 이들을 감동시키는 데 있지요. 제목은 한정되어 있는 데다 허다한 범인들에게 자주 들려주다 보니 오래전에 이미 다 들은 내용이고, 낡아빠진 것이 되어 버렸지만 그래도 여전히 뭔가 참신하고, 사람의 주의를 끌어 눈이 번쩍 뜨일 만한 말을 해서 듣는 이의 취미를 해치지 않는, 그리고 지루한 느낌이 들게 하지 않는 이런 일을 할 수 있는 설교자야말로 아무리 존경해도 지나치다 할 수 없는 사람 아니겠어요. 저도 그런 사람이 되고 싶군요."

"그런가요?"

에드먼드가 싱긋 웃었다.

"정말 그렇지요. 지금까지 유명한 설교가의 설교를 들으면서 으레 선망하지 않은 적이 없어요. 하지만 제 경우 청중은 런던 사람이 아니면 안 되지요. 제가 설교할 수 있는 것은 고등 교육을 받은 사람들이나 제 문장을 제대로 평가할 수 있는 사람으로 한정되어 있으니까요. 그리고 설교의 횟수가 많은 것도 과연 좋아하게 될지 의심스러워요. 가끔 한다면야 괜찮겠지만 봄에 한두 번, 일요일엔 여섯 번쯤이 괜찮을 거예요. 청중들이 학수고대한 다음에 말입니다. 하지만 죽 계속하는 것은 안 되지요. 도중에 약간의 여유 시간이 필요해요. 계속 해나가야 한다면 안 될 일이지요."

패니는 듣지 않는 척했지만 두 사람의 이야기에 바짝 신경을 도사린 채 귀를 기울이고 있었다. 그러다가 어느 순간 저도 모르게 고개를 내저었다. 그러자 헨리가 즉시 그녀 곁으로 다가오는 것이었다.

"좀 전에는 왜 고개를 내저으셨죠?"

그는 패니가 고개를 내저은 그 의미를 알고 싶어했다. 에드먼드는, 그가 의자를 끌어당겨 패니 곁에 바짝 붙어 앉는 것을 목격하고 그가 본격적인 구애의 기회를 잡아챘고 공격하는 일만 남아 있다고 생각했다. 패니의 마음을 사로잡기 위해 그의 강렬한 눈빛과 부드러운 목소리가 총동원 된 것을 알게 된 에드먼드는 될 수 있는 대로 구석으로 물러나서 등을 돌리고 신문을 읽는 척했다.

그는 귀여운 패니가 설득을 당한 나머지 머리를 흔든 사실의 뜻을 설명해서 열렬한 연인을 납득시키게 되었으면 좋겠다고 진심으로 바라고 있었다. 또한 그것에 못지않게 열성을 다하여 이 일과 관련된 소리는 아무것도 들리지 않게 하려고 입속으로 중얼거리며 '토지, 팔 것 있음, 남 웨일스', '부모 및 후견인에게 알림', '우수한 수렵용 말 있음, 훈련 잘되었음.' 따위의 갖가지 광고를 읽는 것이었다.

한편 패니는 말은 하지 않았지만 가만히 있지 못하고 괜히 고개를 내저어 난처한 입장에 처하게 한 자신의 행동에 화가 치밀어 올랐다. 공연히 구석자리로 자리를 옮겨 신문을 읽는 체하며 신경을 써 주는 에드먼드의 모습을 보자 슬픔과 동시에 처량한 마음이 들기도 했다. 패니는 내성적이며 얌전한 성격이었지만, 지금은 어떻게든 헨리의 시선과 질문으로부터 벗어나고자 필사적이었다. 그러나 좀처럼 물리쳐질 것 같지 않은 그는 뜨거운 시선과 질문으로 끈덕지게 물고 늘어졌다.

"지금 고개를 내저은 것은 무슨 이유인가요? 자신의 무엇을 표현하고자 한 행동이었나요? 보나마나 찬성할 수 없다는 것을 나타내신 것이겠죠? 저의 무엇이 마음에 들지 않습니까? 제가 한 말이 뭔가 기분을 상하게 했나요? 제 말이 조심성 없이 경솔하다고 생각하시는 겁니까? 주제 가 건전치 못하다는 것입니까? 그러면 그렇다고 한마디 말해주세요. 제가 틀렸으면 그렇다고 한마디 지적해주세요. 제 잘못은 고치고 싶습니다. 아니, 제발 부탁입니다. 잠깐만 그 일거리를 내려놓으세요. 방금 고개를 흔든 것은 무슨 뜻입니까?"

"제발 부탁이니 그만 좀 하세요. 부탁이에요, 크로포드 씨."

패니가 이렇게 두 번이나 되풀이했는데도 소용없었다. 그는 끈덕지게 계속해서 같은 질문만을 반복하고 있었다. 그만 자리를 뜨려고 시도해 보았지만 그것도 여의치 않았다. 여전히 낮고 뜨거운 목소리로 또한 여전히 바로 가까이에서 그는 똑같은 질문만을 계속해서 퍼붓는 것이었다. 그녀는 더욱 어쩔 줄 몰라 하면서도 기분이 몹시 상했다. .

"당신은 너무해요. 정말 놀랐어요. 하도 어처구니가 없어서 말도 안 나온다구요. 어떻게 그럴 수가……."

"제게 놀라다니요? 어처구니가 없다고 말하시는 겁니까? 제가 지금 이토록 부탁하고 있는 것이 이상하다는 겁니까? 그래요? 그렇다면 지금 당장이라도 설명해드리죠. 어째서 이렇게 제가 당신을 재촉하고 있는지, 당신의 표정이나 행동이 어째서 제게 지금처럼 흥미와 호기심을 가지게 하는지를, 그 이유를 아신다면 그 의심도 오래 가지는 않을 겁니다."

패니는 무의식중에 가벼운 미소를 짓고 말았지만 입을 꾹 다문 채 아무 말도 하지 않았다.

"당신이 고개를 내저은 것은 제가 목사지에 계속 변함없이 있을 수가 없을 거라고 판단했을 때였습니다. 그렇습니다, 바로 그렇게 말했습니다. 계속 변함없이라고 말입니다. 저는 그 말에 어떤 무서운 것이 숨겨져 있다고는 생각지 않습니다. 하지만 당신은 내 생각이 틀렸다고 여기게 된 것입니까?"

"아마, 아마 유감스런 일로 생각한 것 같군요."

패니는 끈기에 져서 마침내 입을 열었다.

헨리는 어쨌든 그녀로 하여금 입을 열게 만든 것이 기뻐서 그대로 이야기를 계속하려고 했다.

가엾게도 패니는 그런 극단적인 비난의 말로써 그의 입을 봉할 작정이었는데 완전히 기대가 어긋나고 말았다.

화제가 되는 것이 하나의 호기심의 대상에서 또 다른 것으로 변할 뿐이라는 사실을 알았다. 그에게는 화젯거리가 무궁무진했으며 늘 뭔가 설명을 요구할 재료가 있었다.

이번 기회는 신의 은총이 깃든 기회였다. 그녀 이모부의 방에서 만나고부터 이런 기회는 한 번도 주어지지 않았으며, 그가 맨스필드를 떠날 때까지 두 번 다시 움켜쥘 수 없는 기회일 터였다. 버트램 영부인이 테이블 바로 저쪽에 있는 것도 문제 밖이었다. 그녀는 언제나 반쯤 잠자고 있다고 생각하면 되었다. 그리고 에드먼드의 신문 혹은 광고 읽기는 퍽 도움이 되어주었다.

헨리는 패니와의 사이에서 얼마 동안 연속된 질문과 마지못한 대답이 오고간 후 말했다.

"그럼 이것으로, 이전보다 월등하게 행복해졌어요. 당신의 저에 대한 솔직한 의견을 좀더 분명히 알았으니까. 당신은 저를 두고 변덕스럽고……. 그때그때의 기분에 곧 영향을 받고, 쉽게 유혹당하고, 옆길로 곧잘 빠져나간다고 생각하는 겁니다. 아까처럼 그런 의견을 가졌으니 무리도 아닐 겁니다. 하지만 앞으로 알게 될 거예요. 저는 굳이 당신에게 입으로만 떠들면서 저에 대한 생각이 잘못이라고 이해해달라고 요구할 생각은 없습니다. 저의 애정은 영원히 변하지 않을 것이라고 말해봤자 소용없다는 것도 알고 있습니다. 좋아요, 행동으로 자신의 결백을 밝히겠습니다. 당신 앞을 떠나 거리를 두고 시간을 가짐으로써 제 자신의 결백과 사랑을 증명해 보이죠. 그렇게 하면 증명이 될 것입니다.

만일 당신에게 합당한 남자가 있다고 한다면 그것은 바로 저라는 것이 말예요. 당신은 저보다도 훨씬 훌륭한 사람입니다. 그런 것은 잘 알고 있어요. 당신의 장점은 제가 지금까지 인간에게 그런 게 있으리라 생각도 못 했던 정도의 것입니다. 당신은 어딘가 천사와 같은 점이 있어요. 눈에……. 아니, 다만 눈에 보이는 그 이상이라는 것뿐이 아닙니다. 그런 것은 눈에는 보이지는 않으니까요. 그렇지 않고 상상이 미치는 것 이상인 것입니다. 하지만 그렇다고 해서 저는 멈추지 않을 겁니다. 장점으로 어깨를 겨룬다고 해서 당신의 마음을 사로잡을 수는 없으니까요. 그런 건 불가능한 이야깁니다.

당신의 장점을 보고 받아들여 그것을 가장 강하게 숭배하는 사람, 당신을 그지없이 헌신적으로 사랑하는 자야말로 그 보답을 받을 최상의 권리가 있는 것입니다. 그것이 제 자신의 신념입니다. 그 권리에 의해 저는 당신에게 가장 적합하고 꼭 필요한 사람이 될 것입니다. 지금도 또 장래에도…….

저의 애정이 지금 단언한 대로 결코 변하지 않을 것이라는 확신을 갖고 있는 한, 당신을 잘 알고 있는 자로서 열렬한 희망을 품지 않을 수 없습니다.

그래요, 사랑스럽고 상냥한 패니. 아니, 그것은 안 되죠.─그녀가 불쾌한 듯 몸을 사리는 걸 보자─미안해요. 제게는 아직 그럴 권리가 없는 거죠. 하지만 그 밖의 어떤 이름이 당신에게 가장 어울릴까요? 당신의 모습이 다른 이름으로 제 상상 속에 떠오른 적이 한 번이라도 있다고 생각합니까? 아닙니다. 제가 하루종일 생각하는 것도 모자라 밤마다 꿈꾸는 것은 패니, 오직 당신입니다. 그 이름 말고 다른 이름으로 당신을 묘사해낼 재주가 제겐 없습니다. 왜냐하면 당신으로 인해 그 이름은 향기로움 그 자체가 되어버렸으니까요."

패니는 극도로 흥분해서 더 이상 가만히 앉아 있을 수 없는 지경에 이르고야 말았다. 달아나려고 하면 아주 노골적인 반대를 할 것이 예상되었지만 그렇게라도 시도해보지 않을 수가 없었다. 그러나 다행히 이때 원군이 오는 소리가 들려왔다. 패니는 발소리의 주인공이 어서 빨리 나타나기를 기다리면서 왜 이렇게 시간이 오래 걸리는 걸까 하는 조바심으로 마음을 조였다.

배들리를 앞세우고 차 쟁반과 주전자, 다음으로 케이크를 받쳐 든 하녀들의 엄숙한 행렬이 나타나서 그녀를 심신 양면의 깊은 감금 상태에서 구출해주었다. 헨리는 언짢은 내색도 하지 못한 채 자리를 옮겨야 했다.

그녀는 이제야 비로소 되찾은 자유를 맘껏 누렸다. 용무가 생기는 바람에 헨리의 손길에서 드디어 벗어날 수 있게 되었다. 다름 아닌 일로써 보호를 받았던 것이다.

에드먼드도 헨리와 다시 한 번 이야기를 나눌 수 있게 된 것이 싫지는 않았다. 그러나 두 사람의 대화는 헨리에게는 너무 지루하고 답답하기만 했다.

그가 고개를 돌렸을 때 패니의 볼이 빨갛게 물들어 있는 것이 보였다. 너무나 난처한 나머지 그녀의 얼굴이 붉게 상기되어 있었던 것이다. 그러나 그는 이토록 많은 이야기를 하고 상대방이 듣기도 했으니까 말하는 쪽도 무언가 얻는 바가 있었을 것이라고 희망을 갖게 되었다.

35

에드먼드의 결심은 모든 것을 패니에게 맡겨버리자는 쪽이었다. 헨리 크로포드와의 교제는 자기들 두 사람 사이의 문제이므로, 이 문제를 화제로 삼느냐 않느냐의 여부는 전적으로 그녀의 뜻에 맡겨 놓자는 것이었다. 만약 그쪽에서 끄집어내다면 모를까 자기 쪽에서 먼저 그 문제를 건드리지는 않을 생각이었다.

그러나 서로가 눈치만 보는 중에 하루 이틀 시간이 지나가고 있었다.

두 사람은 여전히 아무 말도 나누지 않았다. 그런 중에 에드먼드가 아버지의 설득으로 생각을 바꾸게 되었다. 자기가 한마디 거듦으로써 헨리에게 얼마만큼의 도움이 될지 모르지만 한번 나서보기로 작정했다.

헨리가 맨스필드를 떠나기로 예정된 날도 며칠 남지 않았다. 토머스 경은 곰곰이 생각에 잠겨 있었다.

'이 청년이 맨스필드를 떠나기 전에 그를 위해 진지하게 도움이 되어주는 것도 좋지 않겠는가. 그렇게 되면 절대 흔들리지 않을 것이라고, 패니에 대한 사랑을 선언하고 맹세한 그에게 최고의 희망의 지팡

이를 쥐어주는 결과가 되지 않을까.' 하고.

　토머스 경이 진심으로 염원한 것은 헨리의 인품도 인품이지만 완벽한 인내심을 발휘해주었으면 하는 것이었다. 그는 헨리가 굳은 지조의 표본이 되어주기를 바랐다. 그리고 그는 이를 실현할 최상의 수단은 그를 너무 오래도록 시련에 시달리지 않도록 하는 일이라는 꿈 같은 생각을 하고 있었다.

　에드먼드도 아버지에게 설득당해 일을 거드는 것에 기꺼이 동의했지만 썩 마음에 내켜서 하는 일은 아니었다. 그는 패니의 심중을 알고 싶었던 것이다. 그녀는 그때까지 어려운 일이 생기면 늘 그에게 상의해왔으며 에드먼드로서도 그녀를 사랑하고 있었기에, 마음을 툭 터놓고 의논해오지 않는 것은 몹시 서운한 일이었다. 그는 항상 그녀의 도움이 되기를 바랐고 또 도움이 되리라 믿고 있었다.

　도대체 다른 누구에게 마음을 털어놓을 수 있단 말인가? 마땅히 조언을 해줄 사람은 필요 없다 해도 이야기를 나누면서 위로해 줄 사람은 필요할 것이다. 패니가 서먹서먹해져서 말이 없어지고 낯선 타인 같은 거리감을 느낀다는 것은 부자연스런 일이었다. 이 벽은 깨뜨려야만 하며 그녀 또한 그로 하여금 깨뜨려주기를 바라고 있다고 믿는 것은 그로서는 당연한 생각이었다.

　"아버지, 제가 말해보겠습니다. 곧 둘이서만 이야기를 나눌 기회를 만들어 보겠습니다."

　아버지로부터 패니를 설득해보라는 권유를 받았을 때 에드먼드는 그 자리에서 즉시 약속의 말을 전했다. 마침 패니는 혼자서 정원 숲을 산책하고 있었다. 아버지로부터 이 말을 전해들은 에드먼드는 패니를 만나기 위해 곧바로 정원 숲으로 향했다.

　"패니, 함께 산책 좀 하고 싶은데…… 괜찮겠지?"

에드먼드가 가볍게 말을 꺼냈다. 그리고 그녀가 팔짱을 낄 수 있도록 자신의 팔을 내밀었다.

"오래간만이군. 너와 이렇게 산책하는 것이 말이야."

패니는 정말 그렇다는 공감의 표시를 말보다 표정으로 나타냈다. 어느 때보다도 지금 현재의 기분이 울적해 있었던 것이다.

"패니, 산책하면서 한가로이 이 자갈길을 걷는 것 말고, 다른 것도 필요할 듯싶구나. 나와 이야기를 좀 나누어보지 않겠니? 뭔가 걱정거리가 있는 거지. 무엇을 생각하고 있는지 알 만해. 나도 전혀 안 들었다고 할 수는 없으니 말이야. 하지만 다른 사람들에게서 들은 얘기 말고, 패니, 너한테 직접 자세한 이야기를 듣고 싶구나. 네가 이야기해 줄 수는 없을까?"

패니는 이 말을 듣자 심히 거북해서 풀이 죽어 대답했다.

"다른 사람들에게서 이미 들었다면서, 오빠. 그렇다면 내가 더 이상 말할 것은 없어."

"내가 사실에 대해 알고 싶은 거라면 아마 그렇겠지. 하지만 나는 네 기분을 알고 싶은 거야, 패니. 그걸 말해줄 사람은 오직 너 자신뿐이잖아. 그러나 강요하진 않겠어. 네가 싫다면 그만두자. 말을 하고 나면 오히려 네 마음이 가벼워지리라 생각했는데."

"우리는 생각이 서로 너무 달라서 현재의 내 심정을 이야기한들 마음이 가벼워지지는 않을 거야."

"너와 내 생각이 다르다고? 패니, 나는 조금도 그렇게는 생각하지 않아. 서로가 의견을 말해 비교해보면 아마 지금까지처럼 대체로 우리의 생각이 같다는 것을 알 수 있을 거다. 당장 요점으로 들어가면 말이야. 나는 크로포드 씨의 청혼이 매우 적절하고 바람직하다고 본다. 네가 그의 애정에 응하고 그의 청혼을 기꺼이 받아들인다는 가정하에서 말이야. 가족 모두가 그렇게 되기를 바라는 것도 또한 극히 자연스런 일일 테지. 하지만 네가 그렇게 될 수 없다면, 그의 청혼을 거절한 것도 지극히 당연한 거야. 패니, 너는 어떻게 생각하니? 이 점에서 너와 나의 생각이 많이 다를 것 같지 않은데?"

"다르지 않아! 하지만 나는 오빠가 나의 행동이 경솔하다고 속으로 호되게 나무라고 있다고 생각했어. 내 생각에 반대하고 있는 줄만 알았어. 하지만 이제 정말 안심이야."

"좀더 일찍 안심할 수도 있었는데 패니. 네가 그러려고 마음만 먹었다면……. 그래, 어째서 내가 네 생각에 반대한다고 생각했지? 내가 사랑도 없이 결혼하는 것을 찬성하리라 싶었다니 도대체 어째서 그렇게 생각했지? 설사 내가 보통 그런 일에 무관심했다 해도 너의 행복이 달려 있는 일에 무관심해질 수 있다고 생각하다니. 어떻게 그런 생각을 할 수 있지?"

"이모부께서 내가 틀렸다고 생각하고 계시고, 또 이모부가 오빠에게 이야기하신 것을 알고 있으니까."

"현재까지는 말이다. 나로서는 너의 행동이 전적으로 옳았다고 본다. 크로포드 씨의 청혼이 너에게는 워낙 뜻밖의 일이라서, 유감스럽게 느껴지거나 깜짝 놀랐을 거야. 왜냐하면 네가 그 사람을 알게 된 기간도 너무 짧은데다가, 둘 사이에 애정을 느낄 만한 아무것도 없었잖니. 그러니 너의 행동은 전적으로 옳았다고 생각해. 그 부분에 대해서는 의문의 여지가 없어. 만약 너에게 청혼을 받아들이라고 일방적으로 강요했다면 우리로서는 부끄러운 일이야. 네가 그 사람을 사랑하지 않으면서, 그의 청혼을 받아들인다는 것은 아무래도 이치에 맞지 않으니까."

에드먼드가 깊이 생각하는 표정으로 차분하게 말했다. 에드먼드와 대화를 나누면서 패니는 마음이 편안해지는 것을 느꼈다. 이렇게 편한 마음이 되어보는 것도 정말 오랜만의 일이었다.

"현재까지의 네 행동에서 실수를 찾아낼 순 없어. 너의 진심을 모르고 다른 걸 바란 사람들이 전적으로 잘못이지. 그러나 문제는 그것으로 끝나지 않는다는 거야. 크로포드 씨가 너를 사랑하는 정도가 보통을 넘어섰거든. 그는 지금 최선을 다하고 있어. 여태까지 이끌어내지 못했던 관심을 앞으로는 어떻게든 이끌어 내보자고 말이다. 물론 그러기 위해서는 더 많은 시간과 노력이 필요하겠지."

그는 입가에 애정이 깃든 미소를 띠고 말을 계속했다.

"패니, 지금은 네 마음이 그를 향해 열리지 않아서 냉정하게 대하는 것이겠지? 하지만 앞으로는 그의 애정을 받아들이려고 노력을 해보렴. 패니, 마지막에 가서는 그의 사랑을 받아들여 주어서 그의 소원을 들어주는 것이 좋지 않겠니? 너는 네 자신이 옳다는 것을 보여줬고, 이해타산적인 것에 마음이 흔들리지 않는다는 것을 증명해줬다. 이번에는 감사할 줄 아는 마음도 있다는 것을 네 착한 마음씨를 그대로 보여줌으로써 증명토록 해라. 그러면 너는 완전한 여성의 표본이 된다. 나는 옛날부터 네가 충분히 그런 자격을 갖고 태어났다고 믿고 있었으니까."

"어머! 아니야, 정말 아니야, 오빠. 그분이 나와의 교제를 성공하는 일 따위는 결코 일어나지 않을 거야."

그 어조에는 너무나 강렬한 열기가 담겨 있었으므로 에드먼드는 정말 깜짝 놀라지 않을 수 없었다. 조금 후에는 패니 자신도 이성을 되찾고 얼굴을 붉혔는데, 그때 그의 얼굴이 눈에 들어오고 대답이 들렸다.

"절대로라니, 패니? 너, 아무래도 단단히 결심을 한 모양이구나. 하지만 패니, 그건 너답지 않은 일이다. 도리를 분별할 줄 아는 평소의 너답지도 않고."

"장래의 일을 내가 얼마나 장담할 수 있을지는 모르겠어. 하지만 내가 그분의 호의를 받아들이는 일은 절대로 없을 거라고 여겨져."

패니는 슬픈 심정이 되어 앞의 말을 정정했다.

"설마 그런 일이야 없겠지. 나는 알고 있다. 크로포드 씨는 아직 거기까지는 깨닫지 못했는지 모르지만 네게 사랑을 받고자 하는 남성이라면 수고를 아껴서는 안 된다는 것을……. 비록 네게 사랑을 고백했다손 치더라도 말이야. 너의 어릴 적부터의 애착이나 습관 때문이겠지. 너의 마음을 차지해서 완전한 자신의 것으로 만들려면, 먼저 자신의 마음속 깊숙이 자리 잡고 있는 그 뿌리를 찾아 부드럽게 풀어놓고 일을 시작해야 할 것이야. 생물 무생물을 막론하고 모든 것과 결부된 그 뿌리를 풀어놓는 일이 가장 중요한 것이니까. 그것도 오랜 세월에 거쳐 뻗어온 만큼 단단해서 아무리 풀어놓는다고 해도 당장 철석같이 달라붙을 테니까…….

크로포드 씨가 맨스필드를 떠나야 한다는 생각만 해도 그에 대해 몸을 사리게 되는 것에 대해서는 알만 해. 어쩌면 그가 자신이 원하는 바를 네게 미리 말하지 않고 덮어두었다가 나처럼 너를 충분히 안 연후에 구애를 했더라면 더 좋지 않았을까 싶구나, 패니. 그가 좀더 일찍 나에게 조언을 구했다면 반드시 너의 사랑을 얻었으리라 생각한다. 나는 이치상, 그는 실제상의 지식을 각각 내놨으면 실패할 리가 없었지. 그도 내 계획에 따라 행했을 테니 말이다. 어쨌든 시간을 두고 관찰해 보면 그의 인물됨을 알게 될 거다. 변함없는 애정으로 너를 얻기에 흠이 없다는 결론이 내려질 거야. 그도 너의 사랑으로 충분한 보답을 받게 될 것이 분명하고. 나는 진심으로 그렇게 되기를 바라고 있어. 너도 마땅히 그를 사랑하고 싶은 그런 바람을 조금은 갖고 있지? 자연스럽게 우러나온 감사의 마음에서 말이야. 패니, 너 자신의 냉담함을 조금은 유감으로 생각하고 있는 게 확실하지? 나는 정말 그렇구나."

"우리 둘은 전혀 닮은 데가 없어. 성격이나 습관도 그렇고 모든 점에서 너무나 달라. 우리가 같이 살게 되었을 때 그럭저럭 행복하게 살 수 있을 거라는 생각은 조금도 들지 않아. 그것은 아주 불가능한 일처럼 여겨지는걸. 가령 내가 그분을 좋아하게 된다 해도 공통된 취미 한 가지 없으니, 세상에 우리만큼 동떨어진 인간도 없을 것 같아. 만약 그분과 결혼을 하게 된다면 결과는 보나마나 비참해질 것 같아, 오빠."

"그건 그렇지가 않아, 패니. 그 사람과 너와의 차이는 별로 크지 않은 거야. 너희 두 사람은 닮은 데가 많이 있어. 공통된 취미도 갖고 있잖니? 정신적으로나 문학적인 취미는 같다고 봐야지. 너나 크로포드 씨나 마음이 따뜻하고 다정다감한 성격인 것도 똑같잖니. 게다가 패니, 일전의 저녁 시간에 말이야. 그가 셰익스피어의 작품을 낭독한 적 있지? 네가 그때 홀린 듯이 듣고 있는 것을 본 사람이라면 누군들 너희 두 사람을 어울리지 않는 짝이라 하겠니? 니는 자기라는 존재를 잊고 있어. 너희 두 사람의 생각에 차이가 있다는 것은 인정한다. 그는 쾌활한 성격이고 너는 꼼꼼한 성격이니까. 하지만 그게 좋은 거야. 그의 활기가 너의 기분을 명랑하게 전환시키거나 온전하도록 지탱해줄 테니까. 너는 성격상 작은 근심거리라도 실제 이상으로 크게 확대시켜 생각하는 경향이 있어. 그러니까 곧잘 풀이 죽곤 하지. 그의 쾌활함이 그것을 중화시켜줄 거라고 생각해. 그는 어떤 경우에도 곤란하다는 따위의 생각은 하지 않아. 그의 유쾌하고 명랑한 성격이 네게는 늘 힘이 될 거다. 이 정도의 차이는 말이다, 패니. 너희 두 사람이 가정을 이루어 생활해 나가는데 절대로 방해요인이 될 수가 없어. 패니, 제발 그런 식으로 생각지 말아다오. 내 생각에는 서로 약간씩 다른 것이 오히려 좋은 방향으로 작용한다고 믿고 있어. 즉 성격은 비슷한 유형보다는 다른 편이 낫다는 것이 나의 생각이란다. 다르다고 해봐야 이를테면 어떤 일을 대하는 태도의 차이라든지, 사소한 일에 신경을 많이 쓰는지 그렇지 않은지, 손님이 많아서 함께 어울리는 것을 좋아하는지 아니면 조용히 혼자만의 시간을 즐기는 것을 더 좋아하는지, 말을 많이 하는 편인지 아닌지, 성격이 꼼꼼한 편인지 활달한 편인지 하는 것들에 관해서일 뿐이야. 그 부분에 대해서는 확신을 가지고 말할 수 있는데, 결혼생활을 해나갈 때 다소 정반대인 편이 오히려 행복하게 사는 것에 도움이 된다고 봐. 물론 극단적인 경우는 다르겠지. 하지만 서로가 모든 측면에서 아주 닮았다고 할 때 으레 극단적으로 나아가기도 쉬운 법이란다. 끊임없이 반대 작용이 있는 편이 예절이나 행동의 가장 확실한 안전판인 거야."

에드먼드의 생각이 어디에 가 있는지 패니는 단번에 알 수 있었다. 메리의 힘이 약간 침체되어 있던 그를 다시 소생시키고 있었던 것이다. 그는 집에 돌아온 그때부터 그녀에 대해 얘기하는 것을 즐겼다. 이제는 그녀를 피하는 일도 없었다. 바로 어제는 목사관에서 식사를 같이 하기도 했다.

행복한 감정에 젖어 있게끔 몇 분 동안 그를 내버려둔 다음, 패니는 화제를 헨리 문제로 되돌리는 것이 자기의 역할이라 생각하고 그것을 실행했다.

"단순히 성격 탓만은 아닌걸. 그분이 내게 도무지 맞지 않는다는 것이 말이야. 서로 차이가 나는 부분이 말이 안 될 만큼 상당하다고 생각해. 그분의 쾌활함에 나도 모르게 입이 벌어질 때가 많으니까. 하지만 그보다 더 반대하고 싶은 게 있어. 말하지 않을 수 없는 건, 그분의 인품이나 인격에서 도저히 신뢰가 안 생긴다는 거야. 나는 연극을 연습할 때부터 그분에 대해 좋지 않은 감정을 갖게 되었어. 그때 본 그분의 행동은 무척 경박하고 매정했어. 이젠 솔직하게 말해도 상관없겠지. 모두 끝난 얘기니까……. 러시워스 씨에 대한 그분의 행동은 정말이지 무례하고 경망스러웠어. 그분에게는 아무리 악의적인 행동을 고의적으로 해도 괜찮고, 그분의 기분 같은 건 상관할 바 없다는 식이었어. 그리고 마리아 언니를 상대로 애정을 표현하고…… 가슴을 아프게 했지. 그 일은, 다시 말해 그 연극 연습을 할 때 받은 인상은 도저히 잊힐 것 같지가 않아."

"아니, 패니."

에드먼드는 그녀가 말을 끝맺기도 전에 가로막으면서 들어왔다.

"용서해줘. 누구라도 부질없는 소동을 피우던 그때의 모습으로 심판을 받는다면 아무도 구제받을 사람이 없어. 그 연극 연습 때의 일은 생각하기도 싫다. 마리아도 잘못했고 크로포드 씨도 물론 잘못했어. 너나 할 것 없이 거기 모였던 우리들 모두가 하나같이 잘못한 거지. 그러나 가장 잘못을 저지른 사람은 다른 누구도 아닌 바로 나 자신이야, 패니. 나에 비하면 다른 사람들은 아무런 죄가 없는 거나 마찬가지니까. 나는 알면서도 그 바보짓을 하고 말았어."

"곁에서 모든 과정을 지켜보고 있었으니까 아마 내가 오빠보다 여러 가지를 더 많이 봤을 거야. 정말이야, 가엾은 처지에 놓여 있던 러시워스 씨는 크로포드 씨를 그때 몹시 질투하고 계셨어."

패니가 아주 조심스럽게 말했다.

"얼마든지 가능한 일이야. 그래, 전혀 이상한 일도 아니야. 그 행동은 무엇으로도 구제받을 길 없는 경박하고 치졸한 것이었지. 그 생각을 할 때마다 어처구니가 없어진다. 어째서 마리아가 그런 짓을 할 수 있었는가 하고 말이다. 하지만 마리아가 그 배역을 맡은 이상 그 밖의 일들은 그다지 놀랄 만한 일이 못 되지."

"연극 연습을 하기 이전에 줄리아 언니는 그분이 구애하고 있는 건 틀림없이 자기라고 믿고 있었어."

"줄리아라고? 전에 누군가로부터 들었던 기억이 난다. 그가 줄리아를 사랑하고 있다고 말이야. 하지만 그런 기미는 한 번도 엿보지 못했는데⋯⋯. 그리고 패니, 내가 동생들 역성들자는 것은 아니지만, 정말 그런 일은 얼마든지 흔하게 있는 일일 거야. 마리아나 줄리아나, 둘 다 크로포드 씨의 호감을 사려고 감정을 함부로 노출시킨 나머지, 다소 조심성을 잃어버렸던 거겠지. 내 기억이 정확한지는 모르겠지만 둘 다 그와 사귀고 싶어 안달했던 것 같아. 그런 식으로 힘을 북돋아 주면 크로포드 씨처럼 활달하고 게다가 좀 신중하지 못한 남자일 경우 물 만난 물고기처럼 설치게 되는 거지. 그건 특별히 놀랄 만한 일은 못 돼. 그에게 사랑하는 마음이 있어서 그랬던 것이 아니라는 건 확실하니까. 크로포드 씨가 마음만은 너를 위해 남겨놓았던 거야. 그리고 이런 말이 어떨지 모르지만 그런 일이 있으므로 해서 나는 그를 다시 평가하게 됐어. 그로서는 최고로 면목을 세운 셈이니까 말이다. 행복한 가정에 대한 염원과 애정의 순수함에 대한 고마움을 느낄 줄 알고 있다는 것이 명백하게 드러난 증거라고 봐. 숙부님의 나쁜 영향에도 물들지 않았다는 것이 뚜렷하게 나타난 셈이지. 요컨대 그는 내가 평소 이런 사람이라고 믿고 싶던 그대로의 사람이란 것이 이제 증명된 거야. 가끔은 그렇지 않을지도 모른다는 생각으로 불안해질 때도 있었으니까."

"오빠, 나는 그분의 생각이 약간 잘못되어 있다고 생각해. 진지한 문제에선……."

"아냐, 패니. 진지한 문제에 대해서는 전혀 생각해본 적이 없다는 말이 맞는 말 같기도 해. 넌 그렇게 생각하지 않니? 교육을 받은 조건이라거나 조언해주는 사람이 그런 경우라면 말이야. 사실 덩그러니 두 남매만이 숙부님의 집에 얹혀살았으면서도 지금과 같은 모습을 할 수 있다는 것은 기적 같은 일이 아닐까? 크로포드 씨가 지금까지 기분에 좌지우지되면서 살아오지 않았다고는 나도 부인하지 못하겠어. 하지만 내 생각은 그 사람의 부족한 점을 네가 보충해주면 된다는 거야. 정말 운이 좋은 사내야, 크로포드 씨는. 이런 사람……. 패니, 너 같은 여성을 좋아하는 걸 보니, 자기의 신념을 지키는 데 있어서는 바위처럼 요지부동이고 게다가 그 부드러운 성품은 신념을 밀고 나가는 데 안성맞춤이겠는걸. 정말 기막힌 배우자를 택한 거다. 너를 행복하게 해줄 거야, 패니. 나는 믿는다. 그리고 너는 네 뜻대로 그를 이끌고 가면 되는 거야."

"그런 일을 맡고 싶은 생각은 없는걸. 막중한 책임감을 요하는 그런 일은 말이야."

패니가 나지막한 목소리로 말했다.

"또 늘 하던 말대로군. 자신에게 무엇을 행사할 아무런 힘도 없다고 생각하는 거지? 무슨 일이든 네 자신이 짊어지기엔 짐이 너무 무겁다고 할 테지! 어쨌든 지금 내 설득으로 마음을 바꾸는 것은 불가능할지 모르지만 너도 오래잖아 반드시 그의 진심을 알게 될 테고 그렇게 되면 그의 마음을 받아들이지 않을 수 없을 거야. 솔직히 말해서 나는 그렇게 되길 진심으로 원한단다. 패니, 나는 크로포드 씨의 행복에 많은 관심을 갖고 있어. 너의 행복을 바라는 마음이야 두말 하면 잔소리가 될 테고…… 그 사람의 일이 나로서는 제일 염려가 되는 부분이란다. 너도 벌써부터 눈치 채고 있겠지? 메리 양에게 내가 큰 관심을 가지고 있다는 사실 말이야."

그것은 자신이 잘 알고 있는 일이었으므로 패니는 할말이 없었다. 두 사람은 그대로 50야드쯤 입을 다문 채 말없이 걸어갔다.

다시 에드먼드가 먼저 이야기를 시작했다.

"어제 크게 기뻤던 일은 이 문제를 바라보는 그녀의 시각이 전반적으로 바람직하다는 점이었고, 특히 기뻤던 것이 그녀의 말투였어. 물론 예상 밖이었기 때문이기도 해. 그녀가 너와 무척 사이좋게 지냈다는 건 나도 이미 알고 있는 얘기지. 하지만 나로서 염려하지 않을 수 없었던 부분이 그녀가 오빠에 대한 애정에 치우친 나머지 너의 가치를 제대로 평가하지 못할지도 모른다는 것이었어. 신분 높은, 혹은 재산이 많은 여자를 택하지 않는 것을 유감으로 여기지는 않을까 하는 부분이 굉장히 신경 쓰였거든. 이런 세속에 얽매였을 때 피할 수 없는 편견을 염려했단다. 메리 양의 솔직한 생각을 알고 싶었던 마음이 없었던 건 물론 아니지만. 그러나 방에 들어가 채 5분도 지나지 않아서 그녀가 먼저 말을 꺼냈지. 얘기를 끄집어내는 품이 완전히 흉금을 터놓고 싶은 눈치였어. 그녀만의 다정한 태도와 활기차고 솔직한 성격은 정말 그녀다운 것이었단다. 그랜트 부인도 그녀의 말에 귀를 기울이면서 미소 짓고 있더라."

"그럼 그랜트 부인도 방에 함께 계셨어?"

"응, 내가 그 집에 도착했을 때 두 자매가 소파에 나란히 앉아 있었거든. 일단 얘기가 시작되니까 패니, 온통 네 얘기뿐이었는데, 말하는 도중에 크로포드 씨와 그랜트 박사가 문을 열고 들어왔단다."

"그러고 보니 만나지 못한 지가 벌써 1주일이 넘었네."

"그래, 그 사람도 그걸 안타깝게 생각하더라. 어쩌면 그게 제일 좋은 방법일지 모른다고 시인도 하더라만. 그녀가 떠나기 전까지는 한 번이라도 만날 기회가 있겠지. 메리 양은 네게 무척 화가 나 있단다. 그건 각오해둬라. 네가 거절한 얘기를 듣고 자기는 무척 화가 치밀었다고 하더군. 그녀가 왜 그렇게 화가 났는지 그 이유는 너도 짐작할 수 있겠지? 동생이라면 마땅히 유감스럽고 또 실망도 했을 거야. 그녀는 오빠가 원하는 일이면 무슨 일이든지 그대로 되어야 한다고 생각하는 것 같아. 그것이 아마 솔직한 그녀의 마음일 거야. 그러니 마음이 상할 만도 하지. 너도 윌리엄의 일이라면 그렇게 되었을 테지? 하지만 패니, 너를 사랑하고 존경하는 마음은 그녀의 진심이야."

"내 문제로 몹시 화가 나 있을 거라고 짐작은 하고 있었어."

"이봐, 패니."

에드먼드는 소리치면서 그녀의 팔을 꽉 껴안았다.

"그녀가 화를 내는 것은 어쩌면 당연한 거고, 네가 그다지 신경 쓸 필요는 없다고 생각해. 말로만 화가 났을 뿐이지 정말로 화가 난 것은 아니니까. 그녀는 오로지 사랑과 친절을 위해서만 만들어진 사람 같아. 그런 일로 너에게 원한을 품을 사람은 절대 아니야. 메리가 입에 담은 칭찬의 말들을 네게도 들려주고 싶다. '네가 크로포드 씨의 아내가 되어줬으면…….' 하는 바람을 말할 때의 그녀의 얼굴은 정말이지 보여주고 싶은 것이었어. 만약 네가 그 얼굴을 보았다면 그녀의 마음이 진실하다는 것을 너도 단번에 알 수 있었을 거야. 그리고 그때야 알게 된 일이지만 그녀는 너를 '패니'라고 부르고 있더라. 그 말엔 정말 자매다운 친근미가 담뿍 담겨 있더구나."

"그랜트 부인께서는 뭐라고 말씀하셨어? 줄곧 그곳에 같이 계셨던 거야?"

"물론이지. 동생의 말에 전적으로 장단을 맞추고 있었지. 패니, 그녀는 네가 거절했다는 말을 믿지 못하는 눈치였어. 네가 모든 여자들이 선망하는 자기 동생 같은 멋진 청년의 청혼을 거절했다는 것이 도무지 이해가 안 간다는 표정 말이야. 내가 네 입장을 변호하기 위해 애를 썼지만. 패니야, 그 사람들의 얘기를 들어보니 가능한 한 하루라도 빨리 네가 제정신이란 걸 증명해야할 필요성이 있겠더라. 크로포드 씨의 청혼을 받아들이는 것으로 말이다. 다른 것으로는 그 사람들을 납득시키지 못할 거다. 하지만 이런 얘기는…… 너를 괴롭힐 뿐이지? 그만 하자꾸나. 패니, 그렇게 외면하진 말아다오."

"내가 잘못 생각한 것일까?"

얼마 동안 생각에 잠겨 있던 패니는 잠시 사이를 두었다가 용기를 내어 말했다.

"여자라면 누구나, 누구에게나 생길 수 있는 일이라고 생각할 거야. 남자가 청혼을 한 여자로부터 승낙을 받아내지 못하는 것이나, 사랑을 얻어내지 못하는 것 말이야. 그 남자가 아무리 멋지고 주위에서 인기를 독차지하는 사람이라 할지라도. 모든 면에서 어느 하나 나무랄 데 없는 남자인 경우라도, 자기가 일방적으로 좋아한 상대방 여자에게 무조건 받아들여질 것이라고 확신하면서 무턱대고 믿어버리는 건 옳은 행동이 아니라고 생각해. 하지만 만약 그렇다고 해도, 또 누님과 동생의 입장이니까 그분들의 생각으로는 크로포드 씨가 유리한 조건이란 조건은 다 갖춘 사람으로 보일지 모르지만, 어떻게 그들과 똑같은 마음을 내가 가질 수 있다고 생각하겠어? 설사 내가 그분의 기분에 맞게, 그의 생각대로 받아들인다고 할 경우라도 말이야. 그분의 청혼은 너무나 갑작스런 일이야. 지금까지 한 번도 생각해 본 적이 없어. 그리고 여태까지 그분이 보여준 행동에서 어떤 의미를 찾을 수 있다고는 생각하지 않아. 물론 그분이 좋아지도록 나 스스로 노력한 일은 절대로 없었어. 그분이 나에게 눈독을 들였다고 해도 그건 일시적인 노리갯감 정도일 뿐이지 그 이상일 거라고는 상상도 하지 않았으니까. 나 같은 신분의 여자가 크로포드 씨에게 어떤 기대를 걸었을 때 그건 지나친 자만심으로 매도되겠지. 그 두 자매 분은 그분을 매우 높이 평가하고 있으니까, 그분이 진심에서 한 행동이 아닐 경우에도 대수롭지 않은 일로 치부할 게 틀림없어. 그걸 알면서, 내가 어떻게 그분의 사랑을 받아들일 수 있겠어? 그분이 나를 사랑한다고 말한 그 순간에 나도 그분과 사랑에 빠지다니……. 내 마음은 당신 것이나 마찬가지니 말씀만 하십시오. 말씀에 따라, 원하신다면 즉시 드리겠어요, 하는 식으로 어떻게 행동할 수가 있겠어? 그분의 누님이나 동생이 그분을 생각하는 만큼 내 입장도 고려해줘야 해. 그분의 가치가 높아지면 높아질수록 나 같은 여자가 그분을 생각한다는 일은 예의에 벗어나는 행동이니까……. 그리고 또 여자의 성격에 대한 이해력이나 사고방식이 나와는 무척 다르다고 느껴져. 그분들이 이야기하는 것으로 봐서는, 남자의 청혼을 받자마자 당장에 청혼을 받아들이고 애정을 바칠 여자가 있다고 생각하는 모양이야."

"알았다, 패니. 이제 진실을 알게 되었어. 이것이 진실임을 나도 확실히 알았어. 그런 생각이 드는 것이 너로서는 당연한 노릇이다. 나도 이전에 그게 네 심정일 거라고 짐작은 했었어. 네 마음을 충분히 이해할 수 있을 것 같았지. 지금의 네 심정은 메리 양이나 그랜트 부인에게 내가 대변한 것과 너무나 같아. 두 사람 모두 제법 알아듣긴 하더라. 물론 다정한 네 친구는 아직 화가 다 풀린 건 아닌 듯하지만……. 그것도 오빠를 사랑하는 마음이 너무 크기 때문에 그런 거야. 나도 말해줬어. 너란 사람은 그 누구보다도 습관에 크게 지배를 받으며, 새로운 것에는 좀처럼 마음을 열지 않는 사람이니만큼 크로포드 씨의 청혼 자체가 그 자신에게 불리하다고 말이다. 아주 새롭거나 돌발적인 일은 언제나 사람을 당황하게 만들지. 너로서는 자기에게 익숙지 않은 일을 견뎌내기란 괴로움 그 자체일 수도 있다고. 그 밖에 여러 가지 비슷한 취지의 말을 많이 해서 그 사람들에게 네 인품을 이해시키려고 애썼어. 메리가 그녀의 오빠를 어떤 방법으로 격려할 것인지 그 계획을 꺼내놓았을 때는 뜻밖에도 웃음이 터져 나왔단다. 그녀는 오빠에게 이대로 버텨라, 머지않아 사랑을 보상받게 될 것이다, 한 10년 정도 행복한 결혼생활을 계속해 나가면 패니, 너도 더 이상은 오빠의 사랑을 뿌리치지 않고 완전히 친절한 마음으로 받아들일 거라고 이해시킬 생각이라더라.”

패니는 원하는 대로 웃는 얼굴을 보이기가 힘들었다. 기분이 몹시도 상해 있었던 것이다. 패니는 스스로 잘못을 저지르고 있지나 않은지, 지나친 말을 하지는 않았는지, 조심성 있게 행동해야 한다는 지나친 강박관념으로 한 가지 화를 막는 데는 성공했지만 또 다른 화를 불러들이는 결과를 초래한 것은 아닌지 하는 등의 걱정이 이만저만한 것이 아니었으므로, 하필 이런 순간에 에드먼드가 메리의 얘기를 화제로 삼는 것은 패니의 고통을 가중시키는 것이었다.

에드먼드는 패니의 얼굴에서 몹시 지루하고 난처한 듯한 표정을 읽고는 이 문제로 더 이상의 대화는 하지 말자고 결심했다. 그녀에게 즐거움을 주는 일과 관련되지 않는 한 헨리의 이름을 끄집어내는 것조차 하지 않기로 작정했다. 에드먼드는 자신이 세운 원칙을 지키기 위해 얼마 동안 잠자코 있다가, 시간이 조금 지난 후에 입을 열었다.

“크로포드 씨와 메리 양은 월요일에 출발한대. 그러니까 메리 양과는 내일 아니면 일요일에는 반드시 만나게 될 거다. 정말로 월요일에 떠난다고 했어. 하마터면 나도 그날까지 레싱비에 머물도록 설득당할 뻔했지. 거의 약속할 뻔했으니까. 만약 그렇게 되었다면 사정은 꽤 달라졌을 거야. 그곳에서 5~6일을 더 묵게 되었더라면 평생 후회하며 살았을 거야. 이렇게 그녀와 다시 만나지 못했을 게 뻔하니까."

"그때까지 묵을 뻔했어?"

"그럴 뻔했지. 그 사람들로부터 너무 간곡한 권유를 받았거든. 하마터면 그 자리에서 승낙할 뻔했어. 만약 맨스필드에서 편지가 와서 모두의 소식을 알았더라면 아마 더 오래 체류했을 거다. 하지만 2주일 동안 여기서 일어난 일들을 전혀 몰라서, 너무 오래 집을 떠나 있었다는 기분이 들었지. 그래서 즉시 돌아와야겠다는 결심을 한 거야."

"거기서는 재미있게 지냈어?"

"물론이지. 즉 재미있게 지낼 수 없었다면 내 성격이 그만큼 나쁘다는 말이 될 거야. 모두들 정말 좋은 사람들이었으니까. 하기야 그쪽에서도 과연 그렇게 생각하는지는 약간 미심쩍은 데가 있지만 말이야. 몹시 불안한 마음으로 떠났었는데, 다시 맨스필드로 돌아올 때까지 그 기분을 떨쳐버릴 수가 없었거든."

"오인 씨의 딸들은 어땠어? 마음에 들었어?"

"그래, 무척 유쾌하고 상냥하고 꾸밈없는 아가씨들이었어. 하지만 패니, 나는 닳고 닳아서 평범한 여성과 사귀는 것은 어울리질 않아. 마음씨 좋고 꾸밈없는 아가씨란, 이미 분별 있는 여성에게 익숙한 남자에겐 어울리지 않지. 이 둘은 종류가 전혀 다르니까. 너와 메리 양덕분에 나는 무척 눈이 높아지고 말았어."

그 말을 듣고서도 여전히 패니는 웃지 않았다. 처음과 마찬가지로 우울하고 근심스런 표정이었다. 얼굴빛만 보아도 그것을 충분히 알 수가 있었다. 에드먼드는 가벼운 농담으로 패니의 기분을 바꿔보려 했지만 소용없었다.

그는 더 이상 그런 짓은 하지 않고 패니와 다정하게 산책이나 하기로 결심했다. 마치 특권을 가진 보호자처럼 권위를 보이면서 그녀를 집 안으로 데리고 들어갔다.

36

　에드먼드는 패니의 속마음을 모두 알았다는 생각으로 매우 흡족한 표정을 지었다. 그동안에 짐작만 해왔던 일들을 이제는 분명하게 알게 되었던 것이다. 자신이 이미 짐작한 대로 헨리 쪽이 너무 성급하게 처신했던 것이다. 그에게 앞으로는 패니가 생각할 시간을 충분히 주면서 천천히 다가가라고 조언을 해줄 심산이었다. 우선 그녀로 하여금 자신의 청혼에 익숙케 하고, 다음으로 그것이 마음에 들어 감동으로 이어지게끔 이끌어나가야만 했다. 헨리가 자신을 사랑하고 있다는 사실을 패니가 자연스럽게 받아들인다면, 그녀가 마음을 활짝 열이젖히고 그를 맞이할 날도, 그에게 애정을 주는 날도 멀지 않을 것이었다.

　그는 패니와 대화를 나눈 결과를 아버지에게 전하면서, 더 이상 그녀에게 아무 말도 하지 않는 것이 좋겠다고 말씀드렸다. 그녀를 감화시키려 하거나 헨리의 청혼을 받아들이라고 설득시키려 할수록 정반대의 결과를 가져올 것이라는 충고의 말도 잊지 않았다. 그저 모든 것을 헨리의 열의와 패니의 자연스런 마음의 변화에 맡기도록 하자는 것이 에드먼드의 주장이었다.

이번 일로 패니의 성격을 잘 알게 된 토머스 경은 그렇게 하기로 두 말 없이 약속했다. 에드먼드가 설명한 패니의 성격은 그도 그럴 것이라 믿고 있는 그대로였으며, 패니라면 그런 생각을 하고도 남을 것이었다. 하지만 그런 사실 자체를 불운하게 여기지 않을 수 없었다.

왜냐하면 아들만큼 장래 일을 낙관적으로 생각할 수가 없었기 때문이다. 만일에 그렇게 오랜 시간을 들여서 익숙해질 때까지 기다려야 하는 것이라면, 만약에 그녀가 구애를 정식으로 받아들이게 되었을 무렵에는 상대방이 시들해져 버릴지도 모른다는 걱정이 앞선 까닭이었다. 그러나 하늘에 운을 맡기고 최선의 결과를 바랄 수밖에 없었다.

에드먼드가 말하는 그녀의 친구 메리의 방문 약속은 패니에게는 중대한 위협이었다. 그녀는 작은 소리에 흠칫흠칫 놀라기도 하고 두려움까지 느끼며 불안 속에서 하루하루를 보내고 있었다. 헨리의 동생 입장인 그녀에게서 공평한 견해를 바라는 것은 불가능한 일일 것이다. 더군다나 자신에게 크게 화가 나 있는 상황이니, 자신이 생각하고 있는 바를 거침없이 얘기할 것이 분명했다. 또 다른 면에서 보더라도 의기양양하고 늘 확신에 차 있는 그녀는 어디로 보나 피하고 싶은 경계심을 갖게 하는 상대였다.

그녀와 얼굴을 마주칠 때에는 다른 사람들이 함께 있어줬으면 하고 바라는 것이 그때의 패니가 가질 수 있는 유일한 기대였던 것이다. 패니는 버트램 영부인 곁을 가능한 한 떠나지 않으려 했고, 동쪽 방으로는 한 걸음도 옮기지 않았으며, 정원 숲을 홀로 산책하는 것도 피했다. 갑자기 기습을 당하는 일이 없도록 최대한 조심하며 지내고 있었다.

그것이 주효했다. 조찬실에서 이모와 함께 느긋한 시간을 즐기고 있는데 메리가 찾아왔던 것이다. 처음에는 괴로운 심정이었으나 메리의 표정이나 어조에 예상했던 것과는 달리 노골적인 비난은 느껴지지 않았으므로, 패니는 반 시간가량 다소 안정되지 않은 마음을 달래기만 하면 무사히 넘어갈 수 있겠다는 희망을 갖기 시작했다.

그러나 그것은 너무 안이한 생각이었다. 메리는 기회가 있고 없고 따위는 염두에도 없었던 것이다. 그녀는 패니와 단둘이 있는 시간을 가지려고 마음먹고 있었기 때문에 잠시 후에 작은 소리로 말했다.

"어디 조용한 곳에서 2~3분 동안 이야기 좀 나눴으면 싶은데……."

좀처럼 버트램 영부인 곁을 떠나고 싶지 않았던 패니는 이 말을 듣고 온몸이 경직되는 듯한, 심장의 고동 소리가 잠시 멈추는 것 같은 충격을 받았다. 하지만 거절할 수 없는 일이었다.

누가 무슨 부탁을 하든 쉽사리 말을 듣는 게 그녀의 버릇이었으므로, 패니는 오히려 그 말이 떨어지자마자 일어나 앞장서서 방을 나갔다. 두려움이 신경을 마비시키는 듯했고, 마음속은 비참했지만 이것은 피한다고 해서 해결될 일도 아니었다.

홀을 나선 순간 메리는 웃으며 희색이 만면했다. 그녀는 금세 장난기 있는 그러면서도 불쾌하지 않을 정도의 비난이 담긴 눈빛을 보내며, 머리를 한번 흔들어 보이고는 패니의 손을 덥석 잡더니 그 즉시 이야기를 꺼내지 않을 수가 없다는 태도로 말을 시작했다.

"곤란한, 정말로 곤란한 이 아가씨야! 언제쯤 잔소리를 안 하게 해 줄까?"

그녀는 다만 이렇게만 말했을 뿐이었다.

사방이 벽으로 둘러싸인 방 안에 단둘이 있게 될 때까지 참을 정도의 최소한의 분별심은 그녀도 가지고 있었다.

패니는 계단을 따라 올라가면서 손님을 방으로 안내했는데, 그 방은 언제나 쾌적하게 사용할 수 있게끔 깔끔하게 정돈되어 있는 방이었다. 그러나 방문을 여는 패니의 마음은 몹시 고통스러운 것이었다. 이 방에서는 처음이라고 할 만큼 괴로운 일이 기다리고 있을 거라 지레짐작하고 있었기 때문이다. 하지만 그녀의 머리 위에 덮쳐온 화는 잠깐 동안 연기되었다. 메리가 갑자기 생각을 바꾼 것이었다. 다시 한번 동쪽 방에 들어온 사실이 그녀의 마음에 강한 감동의 물결을 일으켰다.

"어머! 또 오게 되었군요, 이 동쪽 방에. 전에도 이 방에 꼭 한 번 들어왔던 적이 있죠."

메리는 방 안에 들어서자마자 들뜬 기분을 감추지 못하면서 활기찬 목소리로 말했다. 그리고는 잠시 멈춰 서서 주위를 살피며 그때의 일을 모조리 더듬어보듯 덧붙여 말했다.

"이전에 꼭 한 번, 맞아요! 당신도 기억나요, 패니? 리허설을 하러 왔었어요. 당신의 오빠도 같이 와서 그래서 둘이서 리허설을 했잖아요. 당신이 관객 겸 프롬프터 역할을 맡았었죠? 평생 잊지 못할 정말 즐거운 리허설이었어요. 아, 여기였어요. 이 방의 바로 이쯤이었어요. 여기에 당신의 사촌 오빠가 서 계셨고 저는 여기, 여기에 의자가 나란히 놓여 있었죠. 아아! 어째서 이런 일은 언제나 옛 추억거리가 돼버릴까요?"

패니에게 그나마 다행스러웠던 것은 그녀가 대답을 기대하지 않는다는 일이었다. 그녀는 감미로운 추억에 흠뻑 잠겨 있었기 때문에 말 상대자가 필요치 않았다.

"연극 연습 장면이 참으로 멋있었어요! 테마가 무척…… 글쎄 뭐라고 하면 좋을까? 에드먼드 씨는 저를 향해 결혼생활을 설명하며 권하셨어요. 지금도 그 모습이 눈에 선해요. 그는 안할트답게 정색을 하고 침착한 척하면서 두 가지 긴 대사를 이렇게 말했지요. '뜻이 맞는 두 사람이 부부가 되어 만날 때야말로 결혼생활은 행복한 것이라 할 수 있겠지요.' 언제까지나 잊혀지지 않을 거예요, 이 대사를 외울 때의 그분의 얼굴과 목소리의 인상이란……. 신기해요, 정말 신기해요, 우리가 그런 장면을 연기하게 되었으니! 우리 일생의 어느 한 주일을 현재로 되돌려올 힘이 제게 있다면 그건 그 한 주간, 그 연극 연습에 몰두했던 일주일을 가져오려고 할 거예요. 당신이 어떤 생각을 하든 단연코 그 일주일이에요. 그처럼 말로 다할 수 없는 행복감을 맛본 적은 여태까지 없었으니까요. 그토록 성격이 강하신 분이 그렇게까지 다정하게 대해주셨으니까. 아아, 말로 다 표현할 수 없을 만큼 즐거운 일이었어요. 하지만 슬퍼요! 그날 저녁에 모든 일이 깨지고 말았으니. 마침 그날 저녁에 전혀 환영받지 못할 토머스 경께서 돌아오셨죠. 가련하신 토머스 경, 그 얼굴을 보고 누가 기뻐했을까요? 그렇지만 아직도 제가 토머스 경에 대해 무례하게 말한다고 생각지는 말아줘요. 하긴 몇 주일 동안은 그 어른이 몹시 싫었어요. 하지만 이제는 이해해요. 이런 집안의 가장으로서 당연히 취해야 할 태도였죠. 아니, 그보다 더 솔직한 말로 표현하자면 지금은 오히려 이 가족 모두를 사랑해요."

그 말을 힐 때의 메리의 목소리에 담겨진 부드러운 애정의 정도는 패니가 여태까지 그녀에게서 한 번도 발견하지 못한 것이어서 도리어 그때는 그것이 무척 어울려 보였다. 메리는 한순간 얼굴을 돌리더니 안정을 되찾은 듯이 곧 장난스럽게 웃는 얼굴로 말했다.

"이 방에 들어선 순간, 가슴이 뭉클했어요, 보다시피 이렇게……. 하지만 이젠 괜찮아졌어요. 자, 지금부터는 자리에 편히 앉아서 이야기를 나누도록 해요. 패니, 잔소리를 하려고 단단히 벼르고 왔는데도 막상 만나고 보니까 잔소리할 용기가 안 나는군요."

그러면서 매우 다정스레 패니를 껴안는 것이었다.

"너무나 사랑스럽고 다정한 패니! 얼굴을 대하는 것도 오늘이 마지막이다 생각하니 너무 슬퍼요. 지금 헤어지면 언제 다시 만나게 되는지 모르잖아요. 지금은 패니를 사랑하는 것 외에는 다른 어떤 일도 하지 못할 것 같아요."

너무 감동한 나머지 패니의 눈에서 눈물이 주르르 흘렀다. 이것은 예상 밖의 일로, 그녀의 마음은 마지막이란 말이 지닌 슬픈 여운에 그만 잠겨들고 말았다.

패니의 눈물은 멈출 줄을 몰랐다. 메리가 떠나는 것이 못내 슬프다거나 펑펑 눈물을 쏟아야 할 정도로 사랑한 것은 아니었지만, 그녀의 따뜻한 마음이나 다정한 모습을 다시는 볼 수 없다는 생각을 하자 정말로 마음이 슬퍼졌던 것이다. 메리도 이렇듯 감동하는 패니의 모습을 보자 더욱 마음이 부드러워져서, 오빠의 일로 단단히 따지고 싶었던 애초의 의지와는 다르게, 사랑스러운 친구를 대하듯 그녀를 보며 말했다.

"패니와 헤어지는 건 정말 싫어요. 제가 지금 가려 하는 곳에서 패니만큼 호감이 가는 사람을 만나기란 도저히 불가능할 테니까. 우리가 자매 관계를 맺지 못한다고 누가 감히 말할 수 있을까요? 꼭 그렇게 될 거예요. 우린 태어날 때부터 맺어질 인연이었다는 걸 알겠어요. 지금 보인 눈물로 당신도 저와 같은 마음이란 걸 분명히 알았어요, 패니."

패니는 정신을 차려 눈물을 닦으면서 상대방 얘기에 부분적으로만 대답했다.

"하지만 당신은 또 다른 친구한테로 갈 뿐인걸요. 무척 친한 친구분의 댁으로 가시는 거잖아요."

"네, 맞아요. 프레이저 부인과는 오랫동안 사귀어온 친구예요. 하지만 그 사람 집에 가고 싶다는 생각은 조금도 없어요. 그곳으로 떠나야 한다는 생각을 하면, 헤어져야 할 분들의 얼굴이 떠올라서 가슴이 아픈걸요. 언니와 당신과 버트램 가의 여러분들…… 그분들에게 빼앗긴 마음은 넓은 세상에 나가더라도 되찾을 수 있을 것 같지 않군요. 모두가 의지할 수 있고 믿을 수 있는 분이란 생각이 들어요. 보통 교제에선 그런 예가 없거든요. 프레이저 부인에게 부활절 전까지는 안된다고 해둘 걸 그랬나 봐요. 방문하기에는 그쯤이 훨씬 좋은 시기니까. 하지만 이제 와서 연기할 수는 없어요. 그리고 프레이저 부인 댁에서 머무는 기간이 끝나면 그 사람의 언니인 스토너웨이 영부인에게로 가야만 해요. 두 사람 중에서 영부인이 오히려 더 친하게 지내는 편이에요. 그렇지만 지난 3년 동안은 그분 생각을 별로 하지 못했어요."

말을 끝마친 후에 두 아가씨는 몇 분 동안 묵묵히 앉아 저마다 생각에 잠겨 있었다. 패니는, 세상에는 갖가지 종류가 다른 우정도 다 있구나 하고 생각했고, 메리는 그 정도로 철학적이 아닌 다른 어떤 일을 생각하고 있었다. 이번에도 먼저 입을 연 것은 메리였다.

"정말 뚜렷이 기억하고 있어요. 당신을 찾으러 위층으로 올라가려고 결심했을 때의 일 말예요. 동쪽 방으로 왔지만 어느 방인지 전혀 짐작할 수가 없었어요. 도중에서 생각한 일까지도 생생하게 기억하고 있답니다. 간신히 용기를 내어 들여다보니, 당신이 여기 앉아 있는 게 보이지 않겠어요. 이 테이블에서 일하고 계셨죠. 그리고 패니, 당신 사촌 오빠의 깜짝 놀란 모습이라니! 방문을 열자마자 제가 여기 서 있는 게 보였을 테니 얼마나 놀랐겠어요. 토머스 경께서 하필 그날 밤에 돌아오시다니! 그런 일이 있을 수 있었다니."

한동안 생각에 잠겨 있던 메리는 그 생각을 떨쳐버리기라도 하려는 듯 얼른 화제를 바꾸었다.

"아, 패니, 당신은 완전히 환상 속에 있군요. 그렇죠, 그렇지 않나요? 정말 유감이군요. 잠깐 동안이라도 당신을 런던의 친구들에게 데려갈 수 있다면 얼마나 좋을까. 그러면 당신도 알 수 있을 거예요. 헨리 오빠를 사로잡은 당신의 힘이 어느 정도인지를! 스무 명, 서른 명도 넘는 아름다운 아가씨들이 당신을 부러워하거나 질투할 거예요.

당신이 행한 일을 전해 듣는다면 얼마나 이상하게 생각할까요? 도저히 믿을 수 없는 일이라고 할 거예요. 왜냐하면 헨리 오빠는 비밀을 지키는 데 옛날 로맨스의 주인공을 뺨 칠 정도여서 사슬에 묶인 자신의 몸을 자랑으로 여길 정도예요. 런던에 오면 당신이 정복한 사람의 가치를 확실하게 알게 될 거예요.

당신이 직접 눈으로 보게 되면 입이 떡 벌어질 거예요. 오빠에게 구애하는 여자가 얼마나 많은지, 그리고 오빠 덕분에 사람들이 얼마나 저를 추어올리고 어르는지를……. 그런데 이제는 프레이저 부인 댁에서도 별로 환영은 받지 못할 거예요. 그것도 다 당신과 우리 오빠의 관계 때문이죠. 진상을 알고 나면 분명히 저 같은 건 다시 노스햄턴으로 돌아갔으면 하고 바랄 거예요.

프레이저의 전처 딸이 하나 있는데, 이름이 마거렛이에요. 그녀를 시집보내려고 무진 애를 쓰고 있죠. 사실은 우리 헨리 오빠를 마음에 두고 있는 거예요. 정말 오빠를 점 찍어놓고 얼마나 애태우고 있는지! 당신은 성낼 줄 모르는 얌전한 얼굴로 거기에 조용히 앉아 있지만 아마 짐작도 하지 못할 거예요. 얼마나 큰 소동이 벌어질지, 모두들 얼마나 당신 얼굴을 보고 싶어하는지, 또 제가 계속되는 질문에 얼마나 시달려야 할지도! 가엾게도 마거릿 프레이저는 줄곧 제게 와서, 당신의 눈이며 이에 대해서 물어오겠죠. 또 헤어스타일은 어떻게 하고 있는지, 구두는 어느 제품인지, 따위를 물을 거예요. 마거릿도 시집을 갈 수 있으면 좋겠는데…….

제 불쌍한 친구를 위해서도 그러기를 바라고 있어요. 왜냐하면 프레이저 집안도 일부의 기혼자들이 그런 것처럼 평범하게 잘살고 있는 것처럼 보이지는 않거든요. 그래도 그 당시의 자넷에게는 더 바랄 바 없는 혼처였죠. 모두들 진심으로 기뻐해 주었답니다. 그 청혼을 받아들일 수밖에 없었던 거예요.

상대는 부자이고 자기는 무일푼이었으니까. 하지만 결혼하고 보니 남편은 화를 잘 내고 매사가 귀찮은 사람이란 걸 알게 됐지 뭐예요. 스물다섯의 젊고 아리따운 여자에게 자기처럼 꼼꼼쟁이가 되라는 거예요. 그리고 제 친구도 조종술이 서툴렀던가 봐요. 어떻게 꾸려가야 할지 몰랐던 것 같아요. 그러다 보니 곧잘 분위기가 아주 험악해지곤 했지요. 이건 확실히 품위 없는 일이에요. 그 집에 가서 보면 맨스필드 목사관의 두 분에게 경의를 표하게 돼요.

그랜트 박사는 언니를 전적으로 신뢰해서 언니의 판단을 높이 평가하거든요. 두 분 사이에 애정이 있다는 것이 느껴져요. 하지만 그런 일은 프레이저 가정에서는 전혀 찾아볼 수 없는 거죠. 전 언제까지나 맨스필드를 떠나지 않을 거예요.

패니, 아내로서는 우리 언니, 남편으로서는 에드먼드 씨가 저의 가장 이상적인 기준이에요. 가엾게도 자넷은 지독하게 속아 넘어갔던 거죠. 그렇다고 해서 그녀가 행동이 경박했던 것도 아니에요. 무턱대고 결혼에 뛰어든 것은 아니며 앞날을 생각하는 걸 게을리 한 것도 아네요. 청혼을 받고 사흘이나 생각했어요. 그 사흘 동안에 친지들의 의견이나, 들어볼 가치 있는 주위 모든 사람의 조언을 들어본 거예요.

특히 돌아가신 숙모님을 찾아왔죠. 숙모님은 세상일에 대해 잘 알고 있었기 때문에 그분을 아는 모든 젊은이들이 그분의 판단에 맡기고 결정을 내려줄 것을 원했어요. 신용이 상당했던 거죠. 당연한 일이지만, 숙모님도 단연코 그 결혼에는 찬성이었어요. 이렇게 되고 보면 어떤 경우에도 부부의 금실이란 문제는 보장이 있을 수 없나 봐요.

플로라의 경우는 그렇게도 변호할 수 없어요. 근위 기병 연대의 매우 산뜻한 청년을 마다하고 그 끔찍한 스토너웨이 경과 결혼했으니까. 지적 수준은 패니, 러시워스 씨와 엇비슷했지만 용모는 더 험상굳고 게다가 깡패 같은 성품이죠. 저도 그 당시 괜찮을까 하고 걱정했어요. 신사다운 데라곤 단 한 군데도 찾아낼 수 없는 사람이었으니까요. 지금에 와서 보니까 분명히 그녀가 잘못 선택한 것이었죠. 그런데 플로라 로스는 사교계에 나온 첫겨울에 헨리 오빠에게 홀딱 반해버렸죠.

오빠에게 반한 여자 얘길 죄다 하자면 끝이 없어서 밤을 새도 모자랄 거예요. 그래도 오빠가 마음을 두고 있는 사람은 당신뿐이에요, 오직 당신뿐이에요! 오빠 일을 두고 무관심에 가까운 마음으로 있을 수 있는 것도 패니, 박정한 당신뿐이라고요! 그렇지만 패니, 패니의 말대로 정말 그 정도까지 무관심한 건 아니죠? 아냐, 아냐, 그렇지 않다는 건 그냥 봐서도 알 수 있어요."

확실히 그 순간 패니의 뺨은 짙게 물들어 있어, 전혀 그렇지 않다고 변명을 한다 해도 그녀의 추측을 불식시킬 수는 없는 노릇이었다.

"패니, 당신은 좋은 사람이에요. 그런 당신을 괴롭히는 짓은 그만둬야지요. 그냥 만사가 되어가는 대로 맡겨놓도록 해요. 하지만 사랑하는 패니, 당신도 시인하겠죠. 아가씨가 청혼을 받는 것이 그렇게 갑작스런 일도 아니잖아요? 당신의 사촌 오빠는 너무나 갑작스런 일이었다고 생각하는 게 틀림없지만, 그럴 리가 없어요. 당신도 거기 대해선 뭔가 생각했던 게 있었을 거예요. 어떻게 될 건지 조금은 짐작이라도 했을 테죠? 헨리 오빠가 당신을 기쁘게 하려고 많은 신경을 썼다는 걸. 무도회 때만 해도 당신 곁에만 붙어 있었잖아요? 그리고 참, 무도회 전에는 목걸이 건이 있었지! 그래요! 그때 당신은 그 뜻을 분명히 알고 받아들였어요. 헨리 오빠와 관계가 있다는 사실을 분명히 의식하고 있었다는 건 새삼 말할 필요조차 없어요. 그때의 상황을 똑똑히 기억하고 있으니까요."

"그럼 당신 오빠도 미리 목걸이에 대해 알고 있었다는 건가요? 어머! 메리 양, 그건 비겁해요."

"알다마다요. 전부 헨리 오빠가 직접 계획한 거예요, 자기가 착안해서. 부끄러운 일이지만 저로선 생각도 못 할 일이에요. 하지만 전, 기꺼이 오빠가 시키는 대로 했던 것뿐이에요. 당신들 두 사람을 위해서……"

"그때 어렴풋이 눈치 채지 않았다고 말하면 거짓말이 되겠죠. 당신 표정에 뭔가 언뜻 떠오르는 것을 느꼈으니까. 하지만 처음엔 전혀 눈치 채지 못했죠. 정말이에요, 정말 눈치 채지 못했어요. 제가 여기 앉아 있는 것처럼 거짓말이 아네요. 만약 조금이라도 눈치 챘다면 뭐라 해도 그 목걸이는 받지 않았을 거예요. 당신 오빠의 행동이 분명히 좀 이상하다 싶긴 했어요. 얼마 전부터…… 맞아요. 2~3주일 전부터 눈치 챘어요. 하지만 그땐 다른 뜻은 없다고 생각했지요. 그건 단지 크로포드 씨의 버릇이려니 생각해버렸기 때문에 당신 오빠가 저를 두고 진지하게 생각하실 줄은 원하기는커녕 생각조차 하지 못했어요. 저는요, 메리 양, 여름에서 가을에 걸쳐 당신 오빠와 이 집 식구들 사이에서 일어난 일을 멍청히 보고 있었던 것은 아니에요. 조용히 있긴 했지만 장님은 아니었죠. 당신 오빠가 그 때문에 예절을 갖춘 정중함을 발휘하시는 거라고밖에 생각하지 않을 수가 없었어요."

"아아! 그것은 저도 부정할 수 없어요. 헨리 오빠도 때론 무척 바람잡이가 될 때가 많았죠. 젊은 아가씨들 마음을 실컷 흔들어 놓고 종국에 가서는 나 몰라라 했던 적이 한두 번이 아니었으니까요. 가끔 이문제로 잔소릴 했죠. 하지만 그게 헨리 오빠의 유일한 결점이에요. 또이런 말은 할 수 있겠네요, 젊은 아가씨들 중에서 소중히 여겨줄 만한마음의 소유자는 극히 소수에 불과했다고 말예요. 그리고 패니, 그렇게 많은 사람들이 눈독을 들인 상대를 차지한 그 명예는 어때요! 동성의 빚을 몽땅 자신이 갚을 수 있으니 말예요. 정말 이런 승리를 사양하다니 여자라면 그럴 수 없는 일이에요."

패니는 머리를 흔들었다.

"여자의 마음을 노리개로 삼는 분을 좋게 생각할 수는 없어요. 게다가 옆의 사람은 알지 못할 만큼 그녀들의 고통이 컸을 거예요."

"제 오빠라고 해서 헨리 오빠를 변호하지는 않겠어요. 전적으로 당신의 너그러운 마음에 의지할 수밖에 없어요. 오빠가 당신을 에버링검에 데려갈 때는 당신이 아무리 설교해도 상관없으니까. 하지만 이것만은 말해두겠어요. 아가씨들에게 약간의 연정을 일으켜주는 걸재미있어하는 헨리 오빠의 결점도 자기 스스로 연애에 빠지는 경향에비춰 본다면 아내를 불행하게 만들 염려 같은 건 절대 없다고 생각해요. 틀림없이 그럴 거라고 믿고 있어요.

저는 정말 당신에 대한 오빠의 애착이 지금까지 어떤 여성에 대해서도 한 번도 없던 일이라는 걸 알아요. 오빠는 마음을 다 바쳐 당신을사랑하고 있으며 거의 영원히라고할 만큼 당신을 계속해서 사랑할 거예요. 만약 남성이 여성을 영원히 사랑한 적이 있다고 하면 헨리 오빠도 그와 같은 일을 당신에게 할 거라고 생각해요."

패니는 가벼운 미소를 지었지만 할 말은 없었다.

"헨리 오빠가 가장 행복해 했던 순간으로는 당신 오빠인 윌리엄 씨의 임관 발령을 받는데 성공했을 때보다 더한 게 없었어요."

메리는 조금 사이를 두었다가 말했다. 이 점에서 그녀는 분명히 패니의 가슴을 한 대 후려친 셈이었다.

"오! 그래요. 너무나 감사했어요!"

"헨리 오빠도 무척 분주히 뛰어다녀야 했어요. 어떤 사람들을 움직여야 했는지를 저는 알아요. 제독은 번거로운 일을 싫어하는 성미여서 남에게 무언가 부탁하는 걸 수치로 생각하죠. 또 그 밖에 똑같이 돌봐줘야 할 청년도 있었던 만큼 우정에서 우러난 행동이었다 해도 여간한 결심이 아니고는 곧 빛이 바래고 말았을 테죠. 윌리엄 씨는 정말 행운아예요! 저도 한번 만나보고 싶어요."

가엾게도 패니의 마음은 가장 괴로운 상태에 놓여 있었다. 윌리엄 오빠 일로 신세진 것을 생각하면 헨리에게 저항할 어떤 결심도 언제나 모조리 흩어지고 마는 것이었다. 그녀는 앉은 채로 이 생각에 골몰하고 있었다. 메리는 만족해서 그녀를 보고 있더니 뭔가 다른 일에 생각을 돌렸다가 갑자기 패니의 주의를 일깨우면서 말했다.

"여기서 하루종일이라도 당신과 얘기하고 싶지만 아래층 분들을 그냥 둘 수는 없겠죠. 그러니 이제 작별을 고해야 할 시간이에요. 정답고 사랑스럽고 멋진 패니 양, 정식 작별은 나중에 조찬실에서 하게 되겠지만 당신과의 개별적인 작별은 여기서 지금 해야겠네요. 어쩔 수 없이 헤어지기는 하지만 행복한 재회를 바라고 있어요. 이다음에 만날 때는 서로 흉금을 털어놓고 얘기해요. 그러면 서먹서먹한 감정 따윈 감쪽같이 사라지고 말 거예요. 그렇죠, 패니?"

약간 흥분한 태도로 무척이나 다정하게 패니를 포옹한 그녀는 이렇게 덧붙였다.

"당신의 사촌 오빠와는 곧 런던에서 만나게 될 거예요. 머지않아 떠난다고 하셨으니까. 그리고 봄이 되면 아마 토머스 경도 뵙게 될 테죠. 톰 버트램 씨와 러시워스 부부, 그리고 줄리아 양과는 틀림없이 자주 만나게 될 거예요. 만날 수 없는 건 당신뿐인걸요. 두 가지 부탁이 있어요, 패니. 하나는 편지, 제게 편지 줘요. 또 하나는 가끔 그랜트 부인을 찾아가서 제가 떠난 자리를 대신해 달라는 거예요. 어때요, 패니? 제 부탁을 들어줄 거죠?"

패니는 이 두 가지 중에서 적어도 첫 번째 것은 부탁받고 싶지 않은 일이었다. 그러나 편지를 달라는 말을 거절할 수도 없었다. 그녀는 부득이 자기도 이상하다 싶을 만큼 즉각 그 요청을 승낙하고 말았다. 이토록 너그럽고 솔직하게 보이는 애정에 저항할 수도 없었다. 그녀의 성품에는 다정하게 대해주면 곧 감격하는 버릇이 있고 그때까지 그런 경험이 매우 적었으므로 메리의 이런 태도에 더욱 마음이 흔들렸던 것이다. 그리고 또 서로 마주보면서 나누는 대화의 고통을 일찍 끝내준 데에 대한 감사의 의미도 담겨 있었던 것이다.

저녁나절에는 또 하나의 이별이 있었다. 헨리가 목사관에서 찾아와 잠시 이야기를 나누고는 돌아갔다. 만나기 전부터 별로 다부진 마음 상태가 아니었으므로 잠시 동안 패니도 그에게 다정하게 대해주었다. 그도 정말 마음이 숙연해지는 모양이었다. 평소의 그와는 전혀 다르게 거의 말이라고는 없었다. 울적한 것 같아, 패니는 그를 측은히 여기지 않을 수 없었지만 그가 누군가 다른 여자의 남편이 될 때까지 다시는 만나지 않았으면 하고 바랐다.

이별의 시간이 되자 그는 막무가내로 패니의 손을 잡으려고 했다.

그렇지만 말은 하지 않았다. 적어도 그녀가 들을 수 있는 이야기는 아무것도 하지 않았던 것이다. 그리고 그가 방을 나갔을 때 패니는 그런 우정의 표시를 교환한 것이 옳은 행동이라고 생각했다.

다음날 아침에 크로포드 남매는 맨스필드 파크를 떠났다.

37

헨리 크로포드가 떠나자 토머스 경이 세운 다음 계획은 아쉽다는 생각을 불러일으키는 일이었다. 그가 크게 희망했던 것은 조카딸이 그토록 구애를 받아 당장은 봉변이라 느꼈고 혹은 봉변이라 믿고 있었다 하더라도 그것이 없어지면 허전한 심정이 들 것이라는 생각이었다. 그녀는 자신이 주요 인물이라는 느낌을 가장 기분 좋게 맛보았기 때문에 그것이 본래 상태로 되돌아가면 마음속에는 매우 허전한 후회감이 싹트리라고 희망을 걸었던 것이다. 이런 생각을 품고 그는 패니를 지켜보았다.

그러나 얼마만큼이나 뜻대로 진행되고 있는지 거의 짐작이 가지 않았다. 그녀의 기분이 변한 것인지 그렇지 않은지 도무지 분간할 수가 없었다. 평소에도 얌전하기만 하고 내성적이었기에 그로서는 그녀의 감정을 헤아릴 수가 없었다. 토머스 경은 그녀를 도저히 이해할 수가 없었으며, 패니 자신도 역시 마찬가지였다.

토머스 경은 더 기다리지 못하고 에드먼드에게로 가서, 현재 그녀의 심정은 어떤지, 헨리가 떠나고 난 지금은 무슨 생각을 하고 있는지, 이전에 비해서 더 행복한지 아니면 허전한지 은근히 알아보라고 했다.

"아직 그런 점에 대해서 진지하게 이야기를 나누어 보지는 않았지만, 패니가 허전함을 느낀다거나 후회의 기미는 전혀 발견하지 못했어요. 그리고 크로포드 씨가 떠난 지도 이제 겨우 나흘밖에 지나지 않았는걸요. 겨우 그 사이에 어떤 감정이 일어날 리가 있겠어요?"

에드먼드가 자신의 생각을 조심스럽게 말했다. 하지만 아무런 변화도 보이지 않는 패니의 행동에 그 자신도 의문을 느끼고 있었다. 물론 아버지와는 다른 관점에서 비롯된 것이었지만, 에드먼드가 놀란 이유라면 그렇게 친하게 지낸 교제 상대로서의 메리가 떠나가도 쓸쓸해하는 빛이 조금도 눈에 띄지 않았다는 점이었다. 패니는 그녀를 도무지 화제에 올리려 하지 않았고, 이별해야 하는 자기 심정을 밝히려 하지도 않았다.

아아! 슬프게도 사랑하는 오빠, 늘 함께 해주던 에드먼드가 바로 지금 패니의 안락을 어지럽히는 주요한 원인이었던 것이다. 메리의 장래의 운명이 맨스필드와는 아무런 관계가 없다고 확신할 수만 있었다면, 또 그녀가 여기로 돌아오는 것은 훨씬 훗날의 일이라는 희망만 가질 수 있었다면 패니도 분명 지금보다 마음이 가벼워졌을 것이다.

하지만 현실은 패니의 기대와는 다르게, 눈에 띄는 일 모두가 이제는 메리와 에드먼드의 결혼을 향하여 이전보다 훨씬 순조롭게 진행되고 있다는 확신이 깊어지는 것이었다. 그러다 보니 패니의 마음은 돌덩이를 매달아 놓은 듯이 무거웠다. 에드먼드 쪽에서 그런 뜻이 더욱 강했고 메리 쪽에서도 모호한 태도가 많이 줄어든 상태였다. 에드먼드 쪽의 장애, 즉 목사의 사명감에서 오는 마음의 가책은 완전히 가셔진 듯했다.

어찌 된 일인지 전혀 알 수 없지만 그녀의 야심에 대한 우려나 주저

또한 극복되었다. 이것 역시 명백한 이유는 하나도 없었던 것이다. 애정의 농도가 깊어졌기 때문이라고밖에 설명될 수 없었다. 선량한 감정의 소유자인 그에게서 마지막 장애물로 치부되었던 부담감이나 메리의 야심 따위는 모두 사랑의 힘에 밀려났고, 오직 사랑이 둘을 하나로 결합시키고 만 것이었다.

그는 손턴 레이시에서의 일이 끝나면 곧 런던에 가기로 되어 있었다. 아마 2주 이내에 떠나게 될 것이라고 하면서 그는 웃었다. 그 얘기를 하는 것이 즐거웠던 것이다. 그가 다시 그녀를 만나면 의심의 여지없이 청혼할 것이고 마찬가지로 그녀가 수락하는 것도 당연한 수순일 것으로 패니는 믿고 있었다. 자기 일과는 상관없이 이런 생각을 떠올리는 것만으로 패니는 몹시 서글픔을 느껴야 했다.

메리와 마지막에 이야기를 나눌 때만 해도 조금은 사랑스런 느낌도 들었고 여러 가지로 친절함을 보여주었지만, 역시 천성은 어쩔 수 없는 모양이어서 메리는 아무것도 변한 것이 없었다. 마음은 바르지 않은 쪽으로 치닫고 눈이 멀어 있는 건 분명한데도 자신은 그것을 깨닫지 못하고 있는 것이었다.

어둠을 스스로 빛이라 생각하고 있었다. 설령 사랑하고 있다 해도 그 밖의 감정에서는 에드먼드와 어울리지 않았다. 둘 사이에는 통할 수 있는 공통된 감정이란 거의 하나도 없다고 패니는 믿고 있었다. 그러므로 패니가 메리의, 앞으로의 향상 가능성을 거의 절망적으로 봤다고 해도 과언은 아니었다. 또 이 에드먼드의 사랑으로 그녀의 흐린 판단력과 치우친 사고방식을 바로잡는데 이미 완전히 무력함을 보여주었으므로 앞으로도 역부족일 거라고 생각했다. 그러므로 오랜 결혼생활 중에서도 그의 진가는 빛나지 않고 그녀에겐 결국 돼지에 진주를 물려주는 격이 된다고 단정했다. 좀더 나이가 들어 어느 정도의 혜안을 갖춘 사람이라면 이 생각에 무리가 있다고 여기지는 않을 것이었다.

경험 있는 사람의 눈으로 보면 이런 상황에 있는 젊은이에게 좀더 기대를 걸 수도 있었을 것이다. 공평한 눈으로 본다면 메리도 일반적인 여성이 갖고 있는 성격이 갖춰져 있어 자기가 사랑하고 존경하는 남성의 사고방식을 자기 것으로 만들게 되리라는 건 부정할 수 없는 일이었다. 그러나 패니는 앞에 말한 것처럼 그렇게 보지 않았다. 그렇기 때문에 메리에 대해 말하는 것이 고통스러웠던 것이다.

한편 토머스 경은 은근히 희망을 가지고 패니의 일거수일투족에 대한 관찰을 계속했다. 힘과 관록의 상징이랄 수 있는 헨리가 떠나버린 것이 알게 모르게 조카딸의 기분에도 영향을 미칠 것으로 기대했다. 한번 연인에게 환대를 받으면 그것이 다시 반복되기를 바라는 마음이 생겨나리라고 기대하는 것은 그가 아는 인간성의 범위 내에서는 당연한 것이었다. 그리고 그 후 곧 이 징조가 아직 완전히 드러나지 않는 것은, 또 하나 다른 손님에 대한 기대 때문이라고 생각하게 되었다. 이 손님이 온다는 이유 때문에 자기가 모처럼 관찰하고 있는데도 그녀의 풀이 죽지 않는 것이라고 그는 생각했다.

윌리엄이 열흘 동안의 휴가를 얻어 노스햄턴에서 보내려는 것이었다. 그리고 소위들 중에서도 가장 신참인 만큼 가장 행복한 소위로서 그 행복함을 보이고 군복을 설명해주기 위해 찾아오게 되어 있었다.

예상대로 윌리엄이 도착했다. 군복 자랑도 할 수 있었으면 기뻤을 텐데 무정한 관례 때문에 평상복 차림으로 와야만 했다. 군복 착용은 공무 이외엔 엄금이었던 것이다. 군복이 포츠머스에 보관된 상태여서 패니가 군복을 입은 훌륭한 오빠의 모습을 구경할 기회는 얻지 못했다.

에드먼드는 소위의 군복 자체에 대해서는 중요하게 생각하지 않았다. 어쩌면 그것은 치욕의 상징이 될 수도 있다고 여겼던 것이다. 왜냐하면 무엇보다도 소위의 군복만큼, 1년이나 2년쯤 복무를 한 뒤에 다른 동료가 자기보다 먼저 중위로 진급하는 꼴을 바라보면서 손가락만 물고 있어야 하는 소위의 군복만큼 꼴불견이고 시시한 것이 달리 또 있을까?

에드먼드가 이런 추리를 하고 있는데 토머스 경이 새로운 계획을 제안했다. 그에 의하면, 패니에게 영국 군함 스러시 호에 탄 해군 소위의 화려한 모습을 볼 수 있는 기회가 생길 것 같았다.

이 계획이란 패니를 오빠와 함께 포츠머스로 돌려보내 잠시 동안 친가족들과 같이 지내도록 해주자는 것이었다. 토머스 경이 이런 구상을 하게 된 것은 여느 때처럼 진지한 묵상을 하던 중에 이것이 가장 적절하고도 바람직한 수단이라고 생각한 때문인데 결단을 내리기 전에 아들에게 상의한 것이었다.

에드먼드는 문제를 여러 면으로 검토한 끝에 아주 좋은 생각이라는 결론을 내렸다. 그 자체가 좋은 일이며 시기로도 그때가 가장 적절했다. 패니도 크게 기뻐할 것은 의심할 여지가 없었다. 그리하여 토머스 경도 결단을 내리게 되었으니 분명한 어조로 그럼, 그렇게 하자고 함으로써 이 단계의 이야기는 매듭이 지어졌다.

의논을 마치고 돌아온 토머스 경은 기쁜 마음을 다소 누그러뜨리고 아들에게 말한 이상의 효과를 기대하고 있었다. 패니를 보내는 데에 있어서 첫째 동기로 부모와 재회케 한다는 즐거운 이유는 극히 작은 것이었고 또 그녀를 행복하게 해주려는 생각과도 전혀 관계가 없었기 때문이다. 물론 그는 그녀가 기꺼이 가리라는 걸 알고 있었으나 이에 못지않게 바랐던 것은 그녀가 이번 방문을 마칠 때까지 가난하기만 한 자기 집에 싫증이 나게 하려는 의도였다.

맨스필드 파크의 고상함과 사치스러움에서 잠시 떠나 있으면 그녀의 마음도 냉정해져서 현실을 직시할 수 있게 될 것이고, 안락함을 누릴 수 있는 환경 좋은 가정의 가치를 좀더 올바르게 평가하게 될 것이라는 기대에서였다.

이것은 조카딸의 분별력을 치료해보자는 계획이며 그로서는 조카딸의 분별력이 현재로서는 병들어 있다고 생각지 않을 수 없었던 것이다. 8~9년간이나 유복하고 품위 있는 집안에서 살았기 때문에 그녀의 비교 능력이나 판단력이 다소 이상을 나타내고 있다고 믿었다. 그러므로 자기 아버지의 집에 가면 틀림없이 넉넉한 수입의 가치를 알게 될 것이리라. 그가 생각해낸 실험 덕분으로 그녀는 다가올 생애에 있어 더욱 현명하고 더욱 행복한 여성이 되리라고 그는 확신했던 것이다.

"패니, 그동안 부모님이나 동생들과 너무 오래 떨어져 지냈지? 동생들은 어떻게 변했는지 한번 보고 싶지 않니? 이번에 윌리엄이 갈 때 너도 오빠와 함께 포츠머스에 다녀오려무나. 친가로 돌아가서 그동안 못 만났던 가족들과 함께 지내다가 돌아오도록 해라."

만일 기쁨이 닥쳤을 때 그것을 숨기지 못하고 표현해야만 하는 습관이 패니에게 있다면 여기서 심한 발작을 일으켰을 것임에 틀림없다. 어떤 계획이 세워졌는지 처음으로 알게 된 것이었다. 이모부가 부모와 남동생, 여동생들을 찾아가 보면 어떻겠느냐는 말을 꺼냈던 것이다. 그들은 자기 생애의 거의 절반 동안 헤어져 살아온 사람들이다. 그런데 두 달쯤 유년 시절의 그 추억 속으로 되돌아가도 좋은 것이다.

여행 중의 보호자며 동반자로서는 윌리엄이 있고 더욱이 윌리엄이

육지에 있을 마지막 시각까지 계속 만날 수 있게 보장되어 있었다. 만약 그녀가 미친 듯 기뻐하는 성질이었다고 하면 이때야말로 그러했을 것이다. 그녀는 정말이지 기뻤다. 그녀의 행복감은 조용하고 깊고 가슴 벅찬 것이었다. 본래 말이 많지는 않았지만 크게 감동했을 때는 더욱 입이 무거워지는 패니였다. 이 순간에 그녀는 이모부를 향해 감사하다며 고개를 숙여 승낙하는 것이 고작이었다.

처음에는 믿어지지 않던 기쁨도 시간이 지나면서 조금씩 익숙해지자 패니는 윌리엄과 에드먼드를 상대로 자기의 심정을 더 소상히 이야기할 수 있는 상태가 되었지만, 여전히 말로는 표현할 수 없는 감정도 있었다. 아주 어린 시절의 기뻤던 일들과 그리고 어려서 집을 떠나 이모 집으로 가야 했던 괴로움, 그 모든 기억들이 추억의 새로운 힘으로 밀려와서 이번에 집을 다녀오면 이별 때문에 생긴 마음의 상처가 씻은 듯이 나을 것이라고 여겨졌다.

패니는 어쩔 수 없는 환경으로 인해 가족들의 모임에서 소외된 채 살아왔지만, 집으로 돌아가면 가족 모임의 중심이 되고 부모 형제들로부터 따뜻한 사랑을 받을 것이라는 기대감에 부풀었다. 모든 가족에게서 지금까지 한 번도 경험할 수 없었던 사랑을 받을 수 있을 것 같았다. 사촌들과 항상 비교당하며 살아야 했던 패니는 집에서만큼은 비교의 대상이 없이 형제들과 대등한 입장이 되어 진정한 애정을 맛볼 수 있을 거라는 믿음이 있었고, 이런 것들이 패니를 더욱 기쁘게 만들었다. 크로포드 남매에 대한 이야기는 절대 나올 리가 없을 테니 그 일로 비난하는 시선을 받을 필요도 없을 것이다. 이런 생각에 흐뭇하게 젖어 있으려니 꿈결과도 같은 행복한 기분이 드는 것이었다.

에드먼드의 일에서도 두 달이나 떨어져 있으면 좋은 수양이 될 것이다. 어쩌면 두 달은 석 달로 연기되는 승낙을 얻어낼 수 있을지도 모른다. 그동안에 그의 시선이나 친절로부터 멀리 떨어져 지내다 보면, 그의 심정을 낱낱이 알게 되는 괴로움에서 해방될 테고, 끊임없는 초조감으로 그가 털어놓는 얘기를 피할 노력을 따로 하지 않아도 될 것이다. 그리고 스스로의 마음을 타일러 좀더 차분한 심정이 될 수도 있을 것이다. 런던에서 결혼을 위한 만반의 준비를 해놓고 있을 그를 생각하더라도 비참해지지 않을 수 있을 것이다. 맨스필드에서는 견딜 수 없었던 일도 포츠머스에 가면 아주 사소한 일이 될 테니까.

한 가지 마음에 걸리는 것은 버트램 이모가 그녀 없이도 불편하지 않게 지낼 수 있을까 하는 것이었다. 패니가 다른 사람에게는 특별히 도움이 되고 있지 않았지만 버트램 영부인만큼은 패니의 도움을 크게 받고 있었다. 그런 상황이니만큼 버트램 이모는 패니가 없으면 상상 외로 큰 불편을 겪게 될 가능성이 있었다. 그리고 실제로 이 부분까지 안배하기란 토머스 경으로서도 쉽지 않은 일이었다. 그와 동시에 그것은 오직 그만이 해낼 수 있는 일이기도 했다.

그러나 그는 맨스필드 파크의 주인이었다. 무슨 일을 해야겠다고 일단 결심만 하면 언제든지 실천에 옮길 수 있는 위치에 있는 사람이었다. 이번 경우에도 이 문제에 대해 한참 동안 대화를 하고 때로는 가족을 만나는 것도 패니의 의무라고 설명하고 역설함으로써 가까스로 아내로 하여금 그녀를 보낼 생각을 하게끔 설득했다. 그러나 그것도 마지못해서 하는 일이지 그녀가 진심으로 패니를 위하는 마음에서 떠나보낼 생각을 한 것은 아니었다.

버트램 영부인이 인정한 것은 토머스 경이 패니를 보내야 한다고 생각하기 때문에 보내야 된다는 것뿐이었다. 방으로 들어선 그녀는 고요 속에서 홀로 생각에 잠겨 있었다. 머리가 복잡해지게 하는 남편의 말에 말려들지 않고 자기 나름대로 곰곰이 생각해보았지만, 패니가 자기의 부모 밑으로 돌아가야 할 필요성은 전혀 발견되지 않았다. 그들은 여태까지도 패니 없이 살아왔다. 하지만 자신에게서 패니는 꼭 필요한 존재였다.

패니가 없어도 끄떡없다고 노리스 부인도 장담하는 말을 했다. 하지만 그것은 노리스 부인의 생각일 뿐이고 버트램 영부인은 좀처럼 그것을 인정하려 들지 않았다. 토머스 경은 아내의 이성과 양심, 인품에 호소하는 수밖에 없었다.

"패니가 없으면 당신이 얼마나 불편을 겪을지 나는 잘 알고 있소. 그걸 알기에 당신의 허락을 간청하는 것이오. 여보, 당신이 힘들어도 조금만 참고 친절을 베풀어주면 안 될까? 당신이 너그러운 마음을 보여주면 패니는 가족들과 행복한 시간을 보낼 수 있어요. 그러니 당신이 불편하더라도 희생해주기를 전정으로 바라는 바요."

"언니, 패니가 없다고 해서 곤란을 느낄 게 뭐 있겠어요? 필요한 일은 내가 있잖아요. 내가 내 시간을 전부 바칠 테니까 패니가 없다고 해서 언니가 불편을 겪을 일은 사실상 아무것도 없어요."

평소에도 패니를 못마땅하게 여기던 노리스 부인은 패니가 필요하지도 않을 뿐더러 전혀 곤란할 것도 없다는 사실을 재차 강조했다.

"그야 그럴지도 모르지. 어쩌면 네 말이 맞을지도. 하지만 나는 그 애가 없으면 곤란한 일이 한두 가지가 아닐 것 같아."

버트램 영부인은 계속해서 망설이는 눈치였다. 다음으로 취해야 할 것은 포츠머스와 연락을 취하는 일이었다. 패니는 집으로 가도 좋으냐고 편지로 물어보았다. 어머니로부터의 회답은 짤막하면서도 애정이 넘치는 것이었다. 몇 줄의 간단한 말로 딸과 재회하고 싶다는 자연스럽고 어머니다운 기쁨을 표현하고 있었으므로 어머니 곁으로 돌아가면 행복해지리라는 딸의 생각은 더욱 굳어졌다.

패니는 엄마의 마음이 매우 따뜻하고 애정이 무척 깊을 것이라고 믿고 있었다. 하지만 그 엄마는 지금까지 별로 두드러진 애정을 보여준 적이 없었다. 그러나 그것은 자기 탓이라고 생각했다. 자기 자신이 가져지지 않는 잔걱정 속에서 살다 보니 패기가 없고 성격도 까다로워져서 엄마의 사랑을 외면해버린 결과라고 생각하게 되었다. 어쩌면 많은 가족 중의 한 사람으로서 부당하게 욕심을 부리는 것은 도리에 어긋나는 행동일지도 몰랐다.

하지만 지금은 집안일을 거들 수도 있고 인내심도 생겼으며, 어머니라고 해서 어린아이들이 꽉 찬 집에서 밑도 끝도 없는 일들에 얽매여만 있을 필요는 없었다. 혼자서 휴식을 취할 시간이나 갖가지 안락을 위한 여가도 필요하며 그것을 찾을 마음의 여유도 있어야 한다. 패니는 포츠머스에서 함께 지내다 보면 모녀간에 본래부터 지녔어야 할 사랑을 나누는 사이가 될 것임을 믿어 의심치 않았다.

윌리엄도 동생 못지않게 이 계획을 기뻐했다. 그로서 더할 수 없이 기뻤던 소식은 출항 전의 마지막 순간까지 그녀가 집에 있을 것이며, 아마 첫 항해에서 돌아왔을 때까지도 그녀가 집에 있을 거라는 사실이었다. 게다가 그는 출항하기 전의 스러시 호를 꼭 패니에게 보이고 싶었던 것이다. 스러시 호는 물론 해군에서 가장 멋진 슬루프 힘이었다. 공창(工廠: 육해공군의 병기나 함선 따위를 만들거나 수리하는 공장: 역주)도 대대적으로 확장했으므로 이것도 누이동생에게 구경시켜주고 싶었다.

그는 패니가 얼마 동안 집에 있어준다면 가족들에게도 매우 유익하리라고 분명하게 말했던 것이다.

"어찌된 영문인지 모르지만 아버지 집에서는 너와 같은 예의범절이나 단정함이 좀 부족한 것 같아. 집안은 언제나 무질서하지. 네가 오면 틀림없이 모든 일이 순조롭게, 더 좋은 방향으로 변화될 거다. 어머니에게도 어떻게 하면 좋은지 가르쳐드린다면 여러모로 도움이 되실 거야. 수전에게도 큰 도움이 되어줄 수 있을 테고, 벳시한테 공부도 가르쳐줄 수가 있을 거야. 남동생들도 네가 좋아져 말을 잘 듣게 될 거다. 아, 모든 것이 얼마나 잘 정돈되고 기분 좋아질까!'

프라이스 부인의 답장이 도착할 무렵에는 맨스필드에서 보낼 날짜가 불과 며칠밖에 남지 않았다. 그리고 이 며칠 중의 하루의 얼마 동안 젊은 두 여행자는 그들의 여행에 앞서 몹시 당황할 일이 생겼다.

그 까닭은 이러했다. 여행의 방법에 대한 이야기가 오고갔을 때 형부의 돈을 절약하자는 노리스 부인의 노력도 헛되고 말아 그녀가 패니는 좀 싼 차를 타야 한다고 은근한 암시를 했는데도 불구하고 두 남매는 전세 마차로 가게 되었다. 그리고 토머스 경이 그 일을 위해 돈을 윌리엄에게 건네주는 것을 목격한 자리에서 노리스 부인은 마차에 한 사람 더 앉을 자리가 있다는 것을 깨닫고 갑자기 자기도 가고픈 충동에 사로잡혔다. 불쌍하고 그리운 동생 프랜시스를 만나러 가자는 것이었다.

그녀는 이 생각을 발표했다. 젊은이들과 함께 꼭 가고 싶다, 자기의 소원이 이뤄지게 된다, 불쌍하고 그리운 동생 프랜시스와는 20년 이상이나 만나지 못했다, 그리고 이 경험을 쌓은 머리로 만사를 보살펴주면 젊은이들도 여행이 훨씬 즐거워질 것이다, 불쌍하고 그리운 프랜시스도 이런 기회에 가지 않는다면 무척 야속하다고 생각할 거라는 것이었다.

노리스 부인의 장황한 설명을 들으면서 윌리엄과 패니는 생각만 해도 질려 몸이 저렸다. 둘만의 자유로운 여행의 즐거움은 당장에 끝장이 나고 말 테지. 한심하다는 듯이 두 사람은 얼굴을 마주보았다. 두 사람의 불안은 한두 시간 계속되었다. 찬성, 반대, 아무도 입을 열지를 않았다. 이 일의 결정은 전적으로 노리스 부인에게 있었다.

결국 조카 남매가 무한히 기뻐할 일로 결론을 맺었다. 노리스 부인이 당분간 맨스필드를 떠나서는 절대로 안 된다고 생각한 것이었다. 그녀는 토머스 경과 버트램 영부인에게는 누구와도 바꿀 수 없는 인물로서, 한 주일이라도 그들을 버려둬서는 자신의 체면이 서지 않았던 것이다. 따라서 그들의 도움이 될 기쁨을 위해서라면 말할 필요도 없이 다른 즐거움은 완전히 희생되어야만 했다.

그녀가 굳이 따라가지 않고 포기한 데에는 또 다른 이유가 있었다. 이를테면, 포츠머스까지 공짜로 따라간다 해도 돌아올 때엔 아무래도 자기 돈을 쓰는 일은 면할 수 없을 것 같았다. 그런 이유로 그녀는 그리운 동생 프랜시스를 만나기 위해 찾아가려던 계획을 완전 백지화시켰다.

에드먼드의 계획도 패니의 포츠머스행 때문에 영향을 받았다. 그도 또한 이모처럼 맨스필드 파크에 희생을 해야만 했다. 그는 그때쯤 런던에 가려 했던 것인데, 아버지와 어머니를 남겨둔 채 떠날 수는 없는 일이었다. 그들의 안락을 위해 가장 중요한 사람들이 막 떠나는 참이었으니까. 그래서 무리하여 그는 한두 주일 여행을 연기했다. 이 여행에서 자기의 행복을 영구히 결정지으리라 생각하고 있었음에도 불구하고 그 계획을 야단스레 입 밖에 내어 말하지는 않았다.

그는 이 계획에 대해 패니에게 얘기했다. 패니는 이미 에드먼드의 생각과 계획을 알고 있었으므로 그로서도 패니와 의논하는 것이 마음 편했다. 이해심이 많은 패니에게는 어떤 내용으로 이야기를 하든지 잘 통했다.

두 사람은 앞으로의 여행에 대한 이야기를 나누다가, 어느 순간에 자연스럽게 메리에 대한 화제로 바뀌었다. 패니는 둘 사이에서 지금처럼 자유롭고 편안한 기분으로 메리의 이름을 입에 담는 일도 이것이 마지막이려니 싶었다. 그러자 더욱 가슴이 아파왔다.

버트램 영부인이 밤에 조카딸을 불러서, 도착하면 곧 편지를 하라고 말하면서 자기도 부지런히 편지를 쓰겠다고 약속했다. 그리고 에드먼드도 기회를 엿보아 작은 소리로 이렇게 덧붙였다.

"나도 편지를 쓸게, 패니. 쓸 만한 일이 생기면 말이야. 네가 물어보고 싶은 일로, 다른 사람의 입을 통해 듣고 싶지 않은 일이 생기면 말이다."

만약 이 말 속에 담긴 뜻을 패니가 올바르게 이해하지 못했다 하더라도 눈을 들었을 때의 에드먼드의 얼굴의 광채는 결정적인 것이어서, 무엇을 의미하는 말인지 분명하게 말해주고 있었다.

그의 편지에 대해서는 각오를 단단히 해두어야 했다. 에드먼드로부터 받아야 할 편지가 공포의 대상이 되다니! 아직도 자기는 경험이 부족하다고 그녀는 느끼기 시작했다. 변화무쌍한 이 세상에서 시간이 흐르고 사정이 변함에 따라 인간의 의견이나 감정도 여러 면으로 달라지기 마련이었다.

가엾은 패니! 자진해서 힘차게 떠나는데도 맨스필드에서의 마지막 밤은 아무래도 비감해질 수밖에 없었다. 막상 떠나려 하니 그녀의 가슴은 슬픔에 잠겨버렸다. 집 안의 방들 하나하나에 그리고 더욱 사랑하는 가족들 한 사람 한 사람 모두에게 석별의 눈물을 흘렸다. 그녀는 자기가 없으면 쓸쓸할 거라면서 이모에게 매달리고, 화나게 해드렸다고 흐느낌을 참으면서 이모부의 손에 입 맞추었다.

에드먼드에 대해서는 말을 할 수도, 눈을 들 수도, 아무 생각도 할 수 없는 상황에서 그와의 작별의 순간이 왔다. 그 순간이 끝나고 비로소 그녀는 그가 오빠로서 애정 어린 작별의 키스를 해준 것을 알게 되었다.

　여행은 아침 일찍 출발해야 했으므로 이런 일들은 모두 전날 밤에 끝내야 했다. 그리고 숫자가 줄어든 가족이 아침 식사 자리에서 얼굴을 대했을 때 그들은 윌리엄과 패니가 벌써 한 정거장쯤은 갔을 것이라고 이야기하면서 허전함을 달래었다.

38

　여행에서 느끼는 신기함과 윌리엄과 함께 있다는 기쁨은 곧 패니의 기분을 자연스럽게 만들어주었다. 그때쯤 맨스필드 파크는 뒤로 멀리 사라지고 있었고, 최초의 역참에 도착하여 마차를 바꾸어 탈 무렵에는, 그녀는 밝은 얼굴로 늙은 마부에게 작별 인사를 하고 전갈까지 당부할 수가 있었다.

　오빠와 누이동생의 즐거운 이야기는 언제 끝날지 몰랐다. 신바람이 난 윌리엄은 만사가 재미있어서 고상한 화제의 사이사이에 우스갯소리와 실없는 농담을 곁들이기도 했는데, 이야기의 처음은 어떻든 간에 끝에 가서는 언제나 스러시 호의 찬사로 돌아가는 것이었다.

　어떤 임무를 맡게 될 것인지 상상하며, 우세한 적과의 전투 계획을 세우거나, 이 전투는 방해되는 중위가 없어지면(윌리엄은 이 중위를 별로 너그럽게 생각할 수 없었다.) 곧 그에게 다음 출세를 가져다 줄 것이었다. 혹은 또 포획 상금을 꿈꾸기도 했다.(당시의 영국은 프랑스와 교전 중이어서, 서로 상대국의 상선(商船)을 포획했다. 빼앗은 물품은 돈으로 바꾸어 상금으로 함선(艦船)에서 분배하는 것이 관례였다.) 이 돈은 집에 가져가서 호기 있게 나눠줄 생각이지만, 단지 안락한, 작은 집 한 채를 마련하기에 족할 만큼은 남겨놓고, 그 집에서 그와 패니는 중년과 노년을 줄곧 같이 살기로 되어 있었다.

패니가 그때 마음을 쓰던 일은 헨리에 대한 화제를 꺼내지 않는 일이었다. 윌리엄은 경위를 알고 있어 최고 가문의 신사로만 보이는 사나이에게 누이동생의 마음이 이토록 쌀쌀한 데 대해 서운한 마음을 금치 못하고 있었으나, 바야흐로 연애기의 나이인 만큼 비난할 수는 없었고 동생의 기분도 알 만해서 이 문제에 대해서는 언급도 하지 않으면서 동생을 괴롭히지 않으려고 마음을 썼다.

그녀로서는 자기가 아직 헨리에게 잊혀지지 않았다고 생각할 만한 근거가 있었다. 크로포드 남매가 맨스필드를 떠난 후의 3주일 동안에 헨리의 누이동생으로부터 수차에 걸쳐 소식이 있었고, 그 편지마다 직접 헨리가 몇 줄 덧붙여 써넣었으며, 그 문구 또한 헨리가 입으로 말하는 것 못지않게 열렬하고 의미가 분명한 사랑 고백이 담겨 있었다. 그러나 이 편지는 예상과 다름없이 패니에게 불쾌한 감정만 안겨주는 것이었다.

메리의 다정한 듯하면서 들뜬 문체 역시 그녀 오빠의 글을 억지로 읽어야 하는 것과 마찬가지로, 또 다른 의미의 고통을 안겨주었다. 그 이유는 에드먼드에게 그 편지의 주요한 부분을 직접 읽어주어야만 했으며, 그 후는 그 말씨와 따뜻한 애정에 감동하는 것을 들어야만 했기 때문이다.

사실 메리의 편지는 날마다 새로운 소식이 가득 차 있었고, 추억이 담겨 있었으며 맨스필드에 대한 이야기가 많이 언급되곤 했기에 패니는 이것이 에드먼드에게 들려줄 심사라고 여길 수밖에 없었다. 알고 보니 그런 목적에 억지로 말려들어 편지를 주고받는 동안에 사랑하지도 않는 남자의 고백이 날아오고 사랑하는 남자의 어긋난 애정에 봉사하는 역할을 맡고 있다는 생각이 들자 잔인하다 싶을 만큼 분했다.

　이런 점에서도 보더라도 이번에 거처를 맨스필드 파크에서 포츠머스로 옮기는 일은 잘된 일이라는 생각이 들었다. 에드먼드와 한 지붕 밑에 있지 않으면 굳이 메리에게 편지를 쓸 이유도 없어질 것이며, 또 포츠머스에 도착하면 둘 사이의 편지 왕래도 점차 시들해져서 언젠가는 더 이상 안 하게 될 것이다.

　이런 이유들을 생각하자 패니의 여행은 유쾌한 것으로 바뀌었다. 땅이 질퍽질퍽한 시기인 2월 달이어서 무리하지 않을 정도의 속도를 유지하면서 여행을 계속했다. 마차는 옥스퍼드로 들어갔으나 패니는 지나치는 길에 에드먼드의 학교 기숙사를 재빨리 바라보았을 뿐 아무 데에서도 쉬지 않고 뉴베리에 당도했다. 거기서 정찬과 밤참을 겸해 천천히 식사를 했고 이것으로써 하루의 즐거움과 피로에 매듭을 지었다.

　다음날 아침 일찍 그들은 다시 출발하여 아무런 사고나 방해받음도 없이 순조롭게 나아가 포츠머스의 교외에 이르렀다. 겨우 날이 밝아오기 시작할 무렵이었다. 패니는 주위를 돌아보며 새로운 건물들을 놀라운 눈으로 바라보았다. 도개교를 건너 시내로 들어갈 즈음에는 햇빛이 비추기·시작했다.(19세기 초까지도 포츠머스는 아직 완전히 요새 도시의 흔적을 보여, 성 둘레에 도개교(跳開橋)와 성벽으로 둘러싸여 있었다.) 윌리엄의 힘찬 목소리가 가야 할 방향을 지시했고, 지시하는 방향으로 마차는 덜거덕거리며 들어서더니 한길을 꺾어 좁은 길로 들어가 현재 프라이스 씨가 사는 작은 집 문 앞에 멈추어 섰다.

　패니의 가슴은 온통 설렘과 불안으로 꽉 차 있었기 때문에 두근거림이 너무 심해서 안절부절못하고 있었다. 마차가 멎은 순간 단정치 못한 차림의 하녀가 기다리고 있었다는 듯 앞으로 나오더니 도와주지는 않고 소식을 알리는 데만 열중하여 대뜸 입을 열었다.

"스러시 호는 출항했어요. 사관 한 분이 오셨더랬어요."

그 말을 가로막듯 발육 상태가 좋고 듬직한 열한 살짜리 사내아이가 집 안에서 뛰어나와 하녀를 밀어 제치고는 윌리엄이 직접 마차 문을 열고 있는 동안에 소리쳤다.

"어쩜 때 맞춰 왔네, 형. 반 시간 동안 계속 언제 도착하나 기다렸어. 스러시 호는 오늘 아침에 출항했어. 나도 그 광경을 직접 봤는데 정말 아름다웠어. 모르긴 해도 하루 이틀 내로 명령이 떨어질 거래. 아참! 캠블 씨가 형을 찾으러 왔었어. 스러시 호의 보트가 있어서, 6시에 그걸 타고 군함으로 갈 거니까 시간에 잘 맞춰 오라고 전해달라고 했어."

윌리엄의 손을 붙잡고 천천히 마차를 내리는 패니를 한두 번 말끄러미 바라볼 뿐, 이 동생은 그녀에게는 아무런 주의도 기울이지 않았다. 물론 그녀가 자신에게 키스하는 데는 반대하지 않았으나 여전히 스러시 호의 출항에 관한 이야기에만 열중하고 있었다. 그가 이 일에 그토록 관심을 갖는 것은 너무나 당연한 일이었다. 그는 마침 그 배에서 선원 생활을 새롭게 시작하려는 참이었던 것이다.

다음 순간, 패니는 현관이 좁은 복도에 서서 어머니의 팔에 안겼다. 어머니는 참으로 다정한 얼굴로 그녀를 맞이했으며 그 용모에 패니는 더욱 애정이 솟아올랐다. 버트램 이모의 모습이 눈앞에 떠올라왔기 때문이다.

두 여동생도 있었다. 성장이 빠른 듯이 보이는 수전은 아름다운 14세의 소녀였고, 막내인 벳시는 다섯 살 정도 되어 보였다. 두 여동생은 나름대로 언니를 만나 기뻐했으나 마중하는 그 태도는 별로 패니의 마음에 들지 않았다. 그러나 패니는 예절 같은 것은 바라지 않았다. 자기를 사랑하기만 하면 그것으로 족했다.

그녀는 곧 거실로 안내되었다. 거실은 크기가 너무 작아서 처음에는 좀더 넓은 방으로 건너가는 대기실이려니 했을 정도였다. 그녀는 잠깐 우뚝 선 채로 누가 앞장을 서 주기를 기다리고 있었다. 그러나 다른 방문도 없었고 눈앞에 사람이 살고 있는 흔적이 있음을 보고 조금 전의 생각을 바꾸고는 자신을 나무라며 눈치 채이지는 않았을까 염려했다. 그러나 어머니는 눈치를 챌 만큼 가만히 앉아 있을 시간조차 없었다. 다시 바깥으로 나가 윌리엄을 맞이해야 했다.

"윌리엄! 잘 돌아왔다. 아참! 너, 스러시 호 얘기는 들었니? 벌써 출항했단다. 예상보다 사흘이나 일찍 출항하는 셈이야. 샘의 물건들을 어떻게 하면 좋을지 모르겠어. 자칫하면 내일이라도 명령이 떨어질지 모르는데 준비할 시간이 없잖아? 정말 날벼락이지 뭐니. 그리고 너도 서둘러 스핏헤드로 가야겠지. 캠블이 이리로 왔었단다. 너를 몹시 염려하더구나. 너는 앞으로 어떡할 생각이냐? 너와 하룻밤이라도 느긋하게 시간을 보내려 했는데 모든 일이 한꺼번에 들이닥치니 원……."

"어머니, 제 염려는 하지 마세요."

윌리엄은 밝게 대답하면서 아무런 염려도 없다고 어머니를 안심시켰다. 이렇게 도착하자마자 서둘러 떠나야 하는 자기의 불편 따위는 염두에도 없는 것 같았다.

"물론 배가 항구에 있어줬으면 더 좋았을 테죠. 그러면 두세 시간 동안 어머니와 천천히 이야기도 나눌 수 있을 테고. 하지만 보트가 남아 있으면 곧 떠나는 게 좋을 거예요. 아쉽기는 해도 할 수 없는 일이잖아요. 스러시 호는 스핏헤드의 어디쯤에 정박하고 있을까? 캐노퍼스 근처일까? 어쨌든 그런 건 아무래도 좋아요……. 패니가 거실에 있는데 어째서 우리가 복도에 서 있는 거죠? 가요, 어머니, 귀여운 우리 패니를 아직 똑바로 보지도 못하셨잖아요?"

어머니와 아들은 함께 거실로 들어갔다. 프라이스 부인은 한 번 더 다정히 딸에게 키스를 하고 예쁘게 성장한 모습을 칭찬하는 데 인색하지 않았다.

"가엾어라. 둘 다 무척 고단할 테지? 벳시하고 둘이서 반 시간 동안이나 기다리고 있었단다. 너희가 하도 오지 않아서 이젠 안 오는가 보다고 포기하려던 참이었어. 뭐가 좋을까? 밥은 언제 먹었니? 따로 뭐 먹고 싶은 거라도 있니? 여행 후에 식사를 할 건지 아니면 차만으로 되는 건지 잘 몰라서. 그렇잖으면 뭔가 먹을 만한 것을 준비해뒀을 텐데. 게다가 캠블이 언제 느닷없이 들이닥칠지 몰라서 스테이크를 만들 틈도 없었구나. 정육점도 근처에 없고 말이야. 같은 구역에 정육점이 없다는 건 참 불편해. 전에 살던 집이 좋았어. 먼저 차를 마시는 게 좋겠지? 잠시 기다리고 있으렴, 곧 준비할 테니."

"네, 어머니. 차를 마시도록 할게요."

윌리엄이 고개를 끄덕이며 그게 가장 좋겠다고 말했다.

"벳시, 어서 부엌으로 달려가서 레베카가 물을 끓이고 있는지 살펴보고 오려무나. 그리고 빨리 차 도구를 가져오라고 일러둬라. 벨을 수선했더라면 좋았을걸……. 하지만 벳시도 잔심부름은 참하게 잘하지 뭐니."

벳시는 잽싸게 밖으로 나갔다. 새로 나타난 멋쟁이 언니 앞에서 자기의 솜씨를 보여줄 수 있어서 의기양양해졌던 것이다.

"어머나! 정말 불이 왜 이 모양이지. 아마 둘 다 너무 추워서 꽁꽁 얼 지경이었을 텐데 이놈의 불이 말썽이구나. 의자를 좀더 가까이 당겨 앉으렴. 도대체 레베카는 뭘 하고 있었지? 석탄을 가져오라고 반 시간도 전에 말해뒀는데도. 수전! 네가 불을 좀 봐줬더라면 좋았을 텐데……."

"저는 2층에서 내 물건들을 옮기고 있었어요. 엄마."

수전이 태연히 엄마의 얼굴을 쳐다보면서 자기 방어적인 어조로 말했으므로 패니는 깜짝 놀랐다.

"조금 전에 엄마가 결정하신 다음 말했잖아요, 패니 언니와 저는 저쪽 방을 써야 한다고. 그래서 그 방을 저 혼자 치우고 있었어요. 레베카의 손을 빌릴 수도 없었다구요."

그 후에 주고받은 이야기는 갖가지 소동으로 방해를 받았다. 맨 먼저 마부가 요금을 받으러 왔다. 다음으로 샘과 레베카 사이에 싸움이 일어났다. 문제는 패니의 트렁크를 어떻게 운반하느냐는 것이었는데 샘이 자기 생각대로만 하겠다고 우겼던 것이다. 그리고 마지막으로 프라이스 씨 본인이 돌아왔다.

사람보다도 먼저 탁하고 굵은 그의 목소리가 들려왔다. 복도에 놓여 있는 아들의 여행 가방과 딸의 모자 상자를 걷어차면서 욕지거리 비슷한 소리를 지르며 양초를 가져오라고 고함을 쳤다. 그러나 양초를 가져다주는 사람은 아무도 없었다. 그가 방 안으로 들어섰다. 패니는 불안한 마음으로 아버지를 맞이하려고 일어났으나 그녀는 어둑어둑한 방 안이었기 때문에 눈에 띄지 않을 뿐더러 상대방은 전혀 딸의 존재를 염두에 두지 않고 있다는 걸 깨닫고 다시 제자리에 앉았다. 그는 아들과 정답게 악수를 나누더니 이내 힘찬 목소리로 말하기 시작했다.

"야! 내 아들이 왔구나. 반갑다. 소식은 들었니? 스러시 호는 오늘 아침 출항했어. 서둘러야 하겠다. 그래도 아슬아슬하게 제시간에 대 왔구나. 아참, 군의관이 찾아왔더라. 캠블 말이야. 보트가 준비되었는데 6시에 스핏헤드로 떠난다고 하더구나. 그러니 같이 가는 게 좋겠어. 나는 터너 가게에 가서 네 식량을 물어봤는데 만사 잘될 것 같다. 내일이라도 명령이 떨어질지 모르겠다. 하지만 풍향이 이래 가지고는 항해를 할 수 없겠지. 서쪽으로 순항한다면 말이야. 웰시 대위 말로는 너희 군함은 서쪽으로 갈 거라더라. 엘리펀트와 짝지었다고 하던데 정말 그렇다면 좋으련만. 숄리 영감으로부터 방금 들었는데, 우선 텍셀도(네덜란드의 프리지아 제도의 최남단의 섬 :역주)로 갈 걸로 알고 있더라. 뭐, 그런 건 아무래도 좋아. 준비는 다 되어 있으니 말이다. 무슨 일이 일어나도 나는 아무 걱정하지 않는단다. 그런데 사실 네가 아침에 여기에 없어서 굉장한 구경거릴 놓쳤어. 스러시 호의 출항 말이다. 1천 파운드를 준다고 그걸 보지 말라 하면 돈을 사양하겠어. 숄리 영감이 조반 시간에 뛰어와서는 그 배가 밧줄을 풀고 떠나려 하는 중이라고 말해주더구나. 나는 펄쩍 뛰어올랐지. 단숨에 뛰어올라갔어. 완벽한 미인이 바다 위에 떠 있다는 건 바로 그걸 두고 말하는 걸 거야. 지금은 스핏헤드에 정박 중이다. 영국인이라면 누구나 그걸 28문 함으로 착각할걸.(옛날에는 군함의 크기를 말할 때에는 그 탑재포(搭載砲)의 수를 기준으로 했다. 제1급 전함은 72~120문을 탑재하고 있었다.)

나는 오늘 오후, 무려 두 시간 동안이나 언덕 위에 시시 보고 있었지. 엔디미온 바로 근처에 머물러 있더라. 이곳과 클레오파트라와의 사이지. 하역 정치선 바로 동쪽이고.”

“그렇군요! 거기군요. 저라도 거기에 정박시킬 겁니다. 스핏헤드에서 가장 좋은 정박 장소예요. 그런데 아버지, 동생이 와 있어요. 아버지, 패니가…… 어두워서 보지 못하셨군요.”

윌리엄은 뒤돌아서서 패니를 아버지 앞으로 데리고 왔다.

“그래, 패니. 내가 깜박 잊고 있었구나.”

프라이스 씨는 반갑게 딸을 맞이했다. 그는 그녀를 소탈하게 껴안고 이제 완전히 성숙한 여자가 다 되었다며 곧 시집도 가야겠다고 말했지만, 그녀 생각은 곧 잊으려는 듯한 태도를 보였다.

패니는 몸을 약간 움츠리고서 제자리로 돌아왔으나 아버지의 천박한 말투와 싸구려 술 냄새로 인해 몹시 슬픈 생각이 들었다. 아버지는 아들만 보고 있었으며 스러시 호에 대해서만 계속해서 말했다. 그것에 대해서는 아버지 못지않게 열렬한 관심을 갖고 있는 윌리엄이었지만 대화 도중에 몇 번이나 패니에 관해서, 즉 그녀의 오랜 부재와 긴 여행에 대해서 생각을 돌려보려 애썼다. 그러나 헛수고일 뿐이었다.

좀더 앉아 있으니 촛불이 밝혀졌다. 그러나 차는 아직 나올 기미가 보이지 않았다. 부엌에서 돌아온 벳시가 하는 말을 들으면 적잖게 시간이 걸릴 것 같았다. 윌리엄은 옷을 갈아입고 곧장 배를 탈 수 있도록 필요한 준비를 해두어야 나중에 차를 천천히 마실 수가 있다고 생각했다.

윌리엄이 방을 나가자마자 지저분하고 우중충한 모습을 한, 두 사내아이가 학교에서 막 해방되어 뛰어 들어왔다. 여덟 살이나 아홉 살가량 된 두 사내아이는 숨을 헐떡거리면서 신이 나서 패니에게 다가와서는 스러시 호는 출항했다고 알렸다.

톰과 찰스였다. 찰스는 패니가 집을 나간 후에 태어났으나, 어린 톰은 그녀도 가끔 봐준 적이 있어 다시 만나게 되니 더욱 반가운 마음이 들었다. 둘에게 정답게 키스해주고 그녀는 톰을 자기 곁에 붙잡아놓고 옛날에 자기가 귀여워했던 아기의 모습을 더듬으면서 그때 자기를 따르던 이야기를 들려주고 싶었다. 그러나 톰은 그런 대접을 받을 생각은 없었다. 집에 돌아온 것은 가만히 서서 이야기를 듣기 위해서가 아니라 뛰어 놀면서 떠들기 위해서였다. 두 사내아이가 그녀 곁에서 껑충 뛰쳐나가며 거실의 문이 쾅 하고 닫히는 소리에 그녀의 관자놀이 근처가 한 대 얻어맞은 것처럼 욱신거렸다.

이로써 집에 있는 사람은 모두 만나본 셈이었다. 아직 만나지 못한 가족은 패니와 수전 사이의 두 남동생뿐이었다. 그 중 한 명은 런던에서 공무원 노릇을 하고 있고 또 한 동생은 동인도 회사 소속 무역선의 견습생이었다. 패니는 가족 전원을 만나기는 했으나 그들이 떠드는 소리를 전부 들은 셈은 아니었다.

15분쯤 지나자 와자지껄한 소리가 들렸다. 갑자기 윌리엄이 3층의 층계참에서 어머니와 레베카를 부르고 있었다. 윌리엄은 놓아둔 물건이 제자리에 없어 애를 먹고 있었다. 열쇠가 어디 있는지도 알 수 없고, 벳시가 새 모자를 만져서 망가뜨려 놓았는가 하면, 꼭 필요하다고 미리 당부해 두었던 군복 조끼의 손질도 전혀 되어 있지 않았다.

프라이스 부인과 레베카와 벳시는 차례차례 올라가서 저마다 자기 변호를 했는데 그 중에서도 레베카의 음성이 가장 컸고, 어쨌든 그 일은 서둘러 해야만 되었다. 윌리엄은 다시 한 번 벳시를 아래층으로 돌려보내든가 아니면 있더라도 방해가 되지 않게끔 하려고 했으나 벳시는 좀처럼 말을 들으려고 하지 않았다. 이런 일 모두가 집 안의 방문들이 모두 열어 젖혀져 있어 거실에서도 직통으로 들을 수 있었다. 예외라곤 이따금 계단 아래 위를 서로 뒤쫓으며 뒹굴고 환성을 지르는 샘과 톰, 찰스가 내는 더 큰 소음에 압도되었을 때뿐이었다.

패니는 귀가 멍멍해졌다. 비좁은 방과 얇은 벽 때문에 모든 소리가 바로 곁에서 들릴 뿐 아니라, 설상가상으로 여행의 피로와 최근에 겪어야 했던 마음의 고생도 있고 하여 어떻게 참아야 할지 모를 지경이었다.

다행스럽게도 방 안만은 조용했다. 수전은 다른 사람들과 함께 나갔으므로 남은 사람은 곧 아버지와 그녀뿐이었다. 아버지는 언제나 이웃에서 빌려오는 신문을 집어 들고 탐독하며 패니가 있다는 것을 의식하지도 않는 것 같았다. 하나뿐인 촛불은 아버지가 신문 사이에 놓고 있어 패니가 불편한지 어떤지 전혀 아랑곳하지 않는 눈치였다. 패니는 집에 돌아오자마자 이런 어수선한 상태에 놓이게 되자 마음이 혼란스럽고 갈등이 일었다. 그녀는 슬픈 생각에 잠겨 가만히 앉아 있을 수밖에 없었다.

패니는 몇 년 만에 집으로 돌아왔지만 전혀 기쁘지 않았다. 아니 슬픔이 파도처럼 가슴속으로 밀려들어올 뿐이었다. 맨스필드에서 생각했던 집은 결코 이런 분위기가 아니었다. 그러나 그녀는 자기 생각을 억누를 수밖에 없었다. 그것은 아무런 명분이 되어주지 않아서였다. 가족들을 향해 자랑할 권리가 어디에 있단 말인가? 있을 수가 없었다. 이토록 오랫동안 얼굴도 보이지 않고 마치 남남인 듯이 지내왔던 것이다. 윌리엄이 가장 소중한 존재가 되는 것도 당연한 일처럼 느껴졌다. 어디로 보나 그에게는 그럴 권리가 있었던 것이다.

하지만 자기가 이토록 무관심한 존재가 되어버리다니……. 아무도 말을 걸어주지 않을 뿐더러 질문도 하지 않았다. 화제가 될 만한 그어떤 말도 하지 않았으며 맨스필드에 대해서는 아무도 거의 한 마디도 묻지 않았다. 그들의 기억 속에 맨스필드가 완전히 잊혀져 있어서 그녀는 가슴이 아팠다. 그토록 나에게 잘해준 사람들이고, 모두가 하나같이 그립고 그리운 사람들인데!

그러나 여기서는 한 가지 일에 정신이 팔려 다른 일은 모두 뒷전이었다. 아마 그렇게 되지 않을 수 없겠지만 아무래도 스러시 호의 행선지에 지금은 모든 관심이 쏠려 있었던 것이다. 모든 가족들이 만나면 그 얘기뿐이었고 그 일에 대해 아무런 흥미도 느끼지 못하고 있는 사람은 오직 패니 한 사람뿐이었다.

하루나 이틀 정도 시간이 지나면 상황은 또 달라질지도 모른다. 패니는 희미하게나마 그런 희망을 품어보았다. 하지만 맨스필드 파크에서라면 이런 일은 없었을 것이다. 그렇다. 그곳에서는 때와 장소에 어울리는 이야기가 있었고, 화제의 제한이나 정중한 예의범절, 모두에 대한 마음의 배려라는 게 있는데, 이곳에서는 도무지 찾을 수 없었던 것이다.

반 시간쯤 패니는 이런 생각을 하고 있었는데 그것이 중단된 것은 아버지가 갑자기 고함을 질렀기 때문이었다. 패니는 깜짝 놀라 벌떡 일어났다. 그러나 그것도 이런 생각을 가라앉히는 데는 아무런 도움이 되지 않았다. 복도에서 우당탕 킥킥거리는 소리가 유난히 높아지자 아버지가 더 이상은 참지 못하고 크게 소리쳤던 것이다.

"제길, 개구쟁이 녀석들! 왜 이렇게 떠들어! 샘의 소리가 제일 크군! 저 녀석은 수부장(水夫長)도 할 수 있을 것 같다. 이 봐, 누구냐? 샘이냐? 그 꽥꽥거리는 소리는 좀 그만둘 수 없냐. 그렇잖음 붙잡으러 갈 테다."

이 협박은 완전히 묵살되고 그 후 5분도 못 가서 세 사내아이는 일제히 방 안으로 뛰어 들어와 자리에 앉았는데 패니의 생각으로는 그들이 지칠 대로 지쳐 있다는 증거로 비쳤다. 그들의 달아오른 얼굴과 헐떡거리는 숨소리가 그것을 증명하고 있는 듯했다. 그들은 아버지의 바로 코앞에서 다시 서로 정강이를 차는가 하면 갑자기 생각난 듯이 고함을 치기도 했으므로 더욱 분명해졌다.

다음에 방문이 열렸을 때에는 더 반가운 것이 들어왔다. 차 도구들이었다. 오늘밤 안으로는 구경할 수 없으리라는 생각이 들려는 참이었다. 수전의 등 뒤로 한 소녀가 식사에 필요한 물건들을 들고 따라

들어왔다. 그 복장이 초라한 것으로 보아 아까 본 하녀가 상급 하녀임을 알고는 매우 놀랐다.

수전은 불 위에 주전자를 올려놓으면서 언니 쪽을 힐끗 보고 자기의 활동력과 필요성을 과시하는 즐거움과 이런 일로 품위를 떨어뜨린다고 여기지 않을까 하는 착잡한 심정이 복합적으로 나타난 얼굴 표정이었다.

"부엌에 가서 샐리를 재촉하여 토스트를 굽고 버터 빵을 만들기도 하며 도와줬어. 그렇게 하지 않고는 언제 차를 마시게 될지 알 수가 없으니까……. 언니가 여행한 뒤라서 뭐든 먹고 싶어할 것 같아서……."

패니는 무척 고마웠다. 그녀는 수전에게 차를 좀 마셨으면 좋겠다고 했다. 수전은 곧 찻잔에 물을 부었다. 수전은 자기 혼자서 이런 일을 한다는 것에 자부심이라도 느껴지는 듯이 매우 흐뭇해하는 눈치였다. 그리고 별로 부산을 떠는 일도 없이 남동생들을 좀더 얌전하게 만들려고 헛된 노력을 기울이면서도 맡은 바 임무를 훌륭히 해냈다.

패니는 기운이 나면서 기분도 따라 좋아지기 시작했다. 이런 때에 받은 친절 덕분에 머리도 마음도 곧 밝아졌다. 수전은 명랑하고 이해심이 많은 듯이 보이는 용모를 지니고 있었다. 윌리엄을 닮았던 것이다. 패니는 성품은 물론이고 자기를 좋아하는 것도 그를 닮아줬으면 싶었다.

이렇듯 주위의 일들이 다소 정리되자 윌리엄이 다시 들어오고 그 후 곧 어머니와 벳시가 뒤따라왔다. 그는 소위의 군복을 차려 입고 있어서 보기에 키도 더 커 보이고 탄탄한 인상을 주었으며 동작도 우아해 보였다. 윌리엄은 무척 행복한 듯한 미소를 지으며 곧바로 패니에게 걸어왔다.

그녀는 자리에서 일어나 한순간 그를 바라보며 무언의 감탄에 젖어 있다가 그의 목에 두 팔을 걸치며 고통과 기쁨이 뒤섞인 감정을 흐느낌으로 나타냈다.

혹시나 자신이 슬퍼하는 걸로 보여선 안 된다는 생각이 들어 그녀는 곧 정신을 차렸다. 그리고 눈물을 닦고는 윌리엄의 복장의 돋보이는 부분을 하나하나 지적하면서 칭찬하기도 했다.

출항할 때까지는 매일 잠깐씩 상륙할 수 있을 것이며, 슬루프 함을 견학하러 스핏헤드까지 그녀를 데려갈 수 있을지도 모른다는 윌리엄의 밝은 희망의 말에 귀 기울이고 있는 동안에 패니는 다시 힘을 얻었다.

다음의 소동으로는 캠블 씨가 들어왔다. 스러시의 군의인데, 무척 예의바른 청년이었다. 그는 윌리엄을 맞으러 온 것이었다. 그를 위해 의자가 마련되고 젊은 차 당번이 서둘러 씻어서 찻잔과 접시를 내놓았다. 다시 15분 동안 남자들 사이에 열띤 이야기가 한바탕 계속되었다.

와자지껄 우당탕하며 남자와 아이들이 일제히 움직이기 시작했다. 마침내 윌리엄이 출발해야 할 순간이 찾아왔던 것이다. 준비는 모두 끝나 있었다. 윌리엄이 작별 인사를 한 후에 길을 떠났다. 세 사내아이들은 어머니의 간청에도 불구하고 형과 캠블 씨를 샐리포트까지 전송하겠다고 우겼다. 프라이스 씨도 이웃에서 빌려온 신문을 돌려주고 오겠다고 하면서 일어섰다. 결국은 원하던 대로 모두 함께 길을 나선 셈이었다.

이제 정적 비슷한 것을 바랄 수 있게 되었다. 프라이스 부인은 레베카로 하여금 차 도구를 가져가게 하고, 와이셔츠를 찾기 위해 얼마 동안 방 안 구석구석을 들추었다. 벳시가 그것을 부엌의 서랍 속에서 발견해 왔으므로 여자들만의 조촐한 모임이 그런 대로 형성되었다.

어머니는 한 번 더 샘의 준비가 시간 내에 되지 않을 것 같다고 걱정한 후에야 가까스로 장녀의 얼굴을 쳐다보았다. 오랫동안 헤어져 살았던 장녀와 그 장녀가 의탁했던 맨스필드 파크의 친척들을 생각할 여유가 생겼던 것이다.

그녀로부터 두세 가지의 질문이 시작됐다. 그러나 이야기의 시초는 '버트램 언니는 하녀 문제를 어떻게 처리하고 있을까? 건실한 하녀를 구하는데 나와 같은 고생을 하고 있을까?' 하는 것이며, 그 후 곧 생각은 노스햄턴을 훌쩍 떠나 제 집 식구의 불만에 집중되어, 포츠머스의 하녀는 모두가 너무 수준이 낮고 그 중에서도 자기 집에 있는 두 명은 최하라는 등의 얘기에 정신을 쏟고 있었다. 프라이스 부인은 얼마 안 되어 버트램 일가는 완전히 제쳐놓고 레베카에 대한 불평이 시작되는가 싶더니 수전도 덩달아 여러 가지 험담을 늘어놓았다. 작은 벳시까지 한몫 거드는 판국이어서 레베카에겐 취할 점이라곤 전혀 없는 것 같아 패니는 은근히 일 년 후엔 그만두라고 해야 되지 않겠느냐고 묻지 않을 수 없었다.

"일 년이라니! 일 년이나 있으면 안 되지. 그렇다면 11월까지라는 있어야 한다는 계산이 나오는데⋯⋯. 하녀란 지금 포츠머스에선 반 년 이상 있으면 기적이란 말이 있단다. 하녀들도 일자리를 구했다고 해서 이제는 안심이란 희망 따윈 가져서는 안 돼. 레베카를 그만두게 해도 더 못난 게 들어올 게 뻔하니 걱정이란다. 내가 스스로 생각해봐도 그렇게 성미가 까다로운 여주인은 아닐 성 싶은데⋯⋯. 그리고 이 집도 편한 셈이지. 밑에 거들어주는 애가 늘 있고, 일의 절반 정도는 내가 직접 해주는 수가 많으니까. 그런데도 왜들 그렇게 내 마음에 들게 일을 못 하는지 한심할 지경이란다."

프라이스 부인은 못마땅한 표정으로 말했다. 패니는 잠자코 듣고 있었다. 그러나 그것은 이 몇 가지 재앙에 손을 쓸 방도가 없을 것 같다고 생각했기 때문이 아니었다. 벳시를 보고 있노라니까 또 다른 한 여동생 생각이 문득 났기 때문이었다. 메리는 무척 귀여운 여자아이로, 그녀가 노스햄턴 주로 떠날 때 이 애와 거의 한 또래의 어린 모습이었는데 그로부터 몇 년 후에 죽었던 것이다.

메리는 유난히 귀여운 데가 있었다. 옛날 패니는 수전보다 그 애를 더 좋아했기 때문에 그 애가 죽었다는 소식을 뒤늦게 맨스필드에서 듣고 한동안 완전히 비탄에 빠졌었다. 벳시는 작은 메리의 모습을 방불케 했으나 그런 얘기를 끄집어내어 어머니를 슬프게 해서는 안 되었던 것이다. 이런 생각을 하며 여동생을 바라보고 있는 동안에 벳시는 조금 떨어진 곳에서 뭔가를 보이고는 그것을 수전에게는 감추면서 그녀의 주의를 끌려고 했다.

"벳시야, 네가 가지고 있는 게 뭐지? 이리 와서 언니에게 보여주렴."

패니의 말이 끝나자마자 벳시는 순순히 보여주었다. 그것은 은제 나이프였다. 수전은 깜짝 놀라서 그것이 제 것이라며 빼앗으려 했다. 벳시는 불시에 엄마 품속으로 뛰어들었다. 수전은 입으로만 공격할 수밖에 없었다. 그녀는 맹렬히 공격하면서, 패니를 자기편으로 끌어들이고 싶은 눈치였다.

"내 나이프를 내가 가질 수 없다는 건 말도 안 돼! 이건 정말 너무해. 저건 메리가 죽을 때 준 내 나이픈데. 훨씬 전부터 내가 가져야 마땅한 거란 말이야. 그런데도 엄마는 맡아놓고는 언제나 벳시가 갖게 해. 결국에는 벳시가 저것을 망가뜨려서 제 것으로 만들어버리겠지. 엄마는 벳시한테 주지 않겠다고 나에게 약속하고선 항상 벳시에게만 주신다니까.”

패니는 정말 어처구니가 없었다. 의무나 명예로움, 애정 그 모든 것이 동생의 말과 어머니의 대답으로 상처를 받았던 것이다.

“애야, 수전. 정말 왜 너는 그렇게 화를 잘 내지? 늘 그 나이프 때문에 싸움을 하잖니. 이제 싸움은 좀 그만둬라. 너는 동생이 불쌍하지도 않니? 수전, 너는 벳시가 가엾지도 않아? 정말 화를 잘 낸단 말이야! 네가 서랍에서 끄집어낸 것이 잘못이지 뭐니. 너도 들었잖니, 언니가 화를 낼 테니까 만지지 말라 얘기하는걸. 이번엔 그걸 감춰둬야겠어. 죽은 메리는 상상도 못 했을 것이다. 이것이 싸움의 원인이 되다니. 죽기 두 시간 전에 나보고 맡으라고 준 거야. 가엾게도! 들릴락 말락 한 목소리로 참 귀엽게 말했지. ‘수전 언니에게 이 나이프를 줘요, 엄마. 내가 죽어서 무덤에 묻히거들랑…….’ 가엾어라! 그 애는 말이야. 패니, 이 나이프를 무척 좋아해서 앓아누워 있는 동안 줄곧 머리맡에 두고 있었단다. 대모인 맥스웰 제독 부인의 선물이지. 죽기 불과 6주일 전이야. 아, 가엾은 메리. 착한 애였는데. 하지만 덕분에 장래의 고생을 조금이라도 면했다 싶어 다행이라는 생각도 든단다.”

프라이스 부인이 패니를 향해 고개를 돌리면서 말했다.

“벳시, 너는 운이 없어 그런 좋은 대모가 없지 뭐니. 노리스 이모는 너무 먼 곳에 살고 계시니 너 같은 꼬마는 안중에 없을 테지.”

어머니는 벳시를 달래면서 불평하는 투로 말했다. 분명히 패니는 노리스 이모로부터 대녀가 착하고 열심히 공부하기를 바란다는 전갈밖에는 아무것도 맡아오지 않았다. 맨스필드의 응접실에서 기도서를 보낼까 하고 한순간 가볍게 중얼거리는 소리를 들은 적은 있지만 그후 그런 말은 두 번 다시 나오지 않았다.

노리스 부인은 그 일을 기억하고 집에 돌아가 죽은 남편의 헌 기도

서를 두 권 선반에서 뽑아냈는데 검토해보는 동안에 뭔가를 선물해야겠다는 열은 식고 말았다. 하나는 활자가 너무 작아 아이들이 읽을 수 없고 또 하나는 부피가 커서 들고 다닐 수가 없다는 것을 알았다. 노리스 부인은 그냥 모른 척하기로 했다.

패니는 너무 지쳐 있어서 어머니가 자라고 권하자마자 고마워하면서 즉시 자리에서 일어났다. 그리고 벳시가 언니가 돌아온 날이니 한 시간만 더 있다 자고 싶다고 떠드는 소리가 채 끝나기도 전에 그 방을 나왔다.

아래층은 또다시 혼란과 소음에 휩싸여 있었다. 사내아이들은 토스트 치즈가 먹고 싶다고 소리치는가 하면 아버지는 물 탄 럼주를 가져오라고 소리치는 바람에 레베카는 잠시도 앉아 있을 새가 없었다.

패니가 수전과 함께 쓰게 되어 있는 좁고 답답한 방에는 마음이 밝아질 만한 것이라곤 아무것도 없었다. 아래 위층 할 것 없이 방들은 모두 작았다. 복도나 계단도 너무 비좁아서 패니는 솔직히 기절초풍할 정도로 놀랐던 것이다. 맨스필드 파크의 작은 지붕 밑의 다락방도 업신여길 게 아니라는 것을 곧 깨달았다. 그 집에서는 너무나 작아서 편히 쉴 수 없다고 생각하는 방이었음에도 이곳에서는 그저 그립기만 했다.

39

　만약 토머스 경이 버트램 이모에게 보내는 첫 편지를 썼을 때의 조카딸의 심정을 완전히 파악할 수 있었다면 헨리와의 결혼에 대해서 절망적인 생각은 하지 않았을 것이다. 패니는 하룻밤을 잘 자고 상쾌한 아침을 맞았고 곧 윌리엄을 만날 수 있다는 희망에 부풀었다. 톰과 찰스는 학교에 갔으며, 샘은 뭔가 자기 계획이 있어서 나갔고, 아버지는 언제나처럼 소일거리를 찾기 위해 산책을 나갔기에 비교적 조용한 상태였다. 그리하여 자기 집에 대해서는 밝은 이야기만을 쓸 기분이 되기도 했지만 스스로가 좋은 이야기만을 쓰려고 노력했기 때문에 토머스 경은 별다른 내용을 발견할 수 없었다.

　패니 자신도 숱한 결점들은 덮어두고 있다는 것을 분명히 의식하고 있었다. 만약 토머스 경이 일주일도 되기 전에 그녀가 느낀 걸 반만이라도 눈치 챌 수 있었다면 자신의 지혜에 꽤나 만족했으리라.

　패니는 집에 돌아온 지 일주일도 채 되기 전에 모든 것에 실망하고 말았다. 패니를 실망시킨 가장 큰 이유는 우선 윌리엄이 가버린 것이다. 스러시 호는 상부의 명령을 받고 형편이 바뀌어, 그는 둘이 포츠머스에 도착한 지 나흘째 되던 날 출항했다. 이 나흘 동안에 그를 만난 것은 두 번뿐이었다. 그것도 그가 공적인 일로 상륙했을 때에 잠깐 급하게 만났을 뿐이었다. 자유로운 대화도, 성벽 산책도, 공창 견학도, 스러시 호 구경도 둘이서 계획하고 기대하던 일은 아무것도 할 수 없었다.

그 방면의 일도 모두 빗나갔고 여전히 그대로인 것은 윌리엄의 애정뿐이었다. 집을 떠날 때의 그의 마지막 걱정은 그녀에 대한 것이었다. 그는 가던 걸음을 멈추고 현관 앞으로 되돌아와서 어머니에게 말했다.

"패니를 잘 돌봐주세요, 어머니. 저 애는 몸이 약해 우리들 다른 식구처럼 거친 생활에는 익숙지 않으니까요. 어머니, 제발 부탁드려요. 패니가 힘들지 않도록 잘 보살펴주세요."

이 말을 마지막으로 윌리엄은 떠났다. 그리고 그녀가 남게 된 가정은 거의 모든 점에서 그녀가 원하던 바와는 정반대였다. 그러한 사실은 너무나 분명했기 때문에 패니도 스스로에게조차 숨길 수가 없었다.

이곳은 집이라기보다는 온갖 소음과 소란과 무례함의 소굴이었다. 자신의 당연한 지위를 지키는 사람은 아무도 없고 무슨 일이든 제대로 되는 일이란 하나도 없었다. 패니는 부모를 존경하고 싶었지만 그것마저 생각하던 만큼 되지 않았다.

아버지에 대해서는 애당초 별로 기대하지도 않았으나 각오했던 것 이상으로 그는 집안일을 등한히 하고 습관도 좋지 않을 뿐더러 태도도 천박했다. 능력이 모자라는 것 같지는 않았지만 자기 직업 이외에는 호기심도 지식도 전혀 갖추고 있지 않았다. 읽는 것이라고는 고작 신문과 해군 사관 명부뿐이었고, 화제로 삼는 것이라고는 공창과 항구와 스핏헤드와 머더뱅크 호에 대한 것뿐이었다. 그리고 욕지거리를 하고 술을 마시며 불결하고 거칠었다. 전에도 그의 행동에서 애정 비슷한 감정을 느낀 적이라고는 한 번도 없었다. 난폭하고 목소리가 크다는 일반적 인상만이 남아 있는데 이번에는 딸을 거의 거들떠보지도 않고 이따금 야비한 농담을 던질 뿐이었다.

어머니에 대한 실망감은 더 컸다. 어머니에게 가장 많은 기대를 걸었는데, 귀감이 될 만한 점이라고는 눈 씻고 찾아도 없었다. 어머니에게 귀중한 인간이 되자던 생각도 모두 계획만으로 금세 끝나고 말았다. 프라이스 부인이 박정해서가 아니었다. 딸은 어머니의 애정과 신뢰를 얻어서 더욱 사랑스런 존재가 되기는커녕 도착한 첫날에 받은 다정함 이상을 얻을 수는 없었던 것이다. 어머니의 마음속에 흐르고 있는 애정의 샘물은 완전히 말라 있었다. 그러니 오랜만에 집에 찾아온 장녀라 할지라도 그녀를 위해 시간을 내거나 특별히 마음을 쓸 수도 없었다.

딸들은 그전부터 그녀에게 중요한 존재가 아니었다. 그녀는 아들들 특히 윌리엄을 사랑하고 있었으며 벳시가 그녀로서 다소 관심을 가진 최초의 딸이어서, 이 아이에게만 그녀는 무분별하리만큼 너그러웠던 것이다. 윌리엄은 그녀의 자랑거리, 벳시는 그녀의 귀염둥이, 존, 리처드, 샘, 톰, 찰스가 그녀의 모성애인 관심의 나머지를 다 점령하여 교대로 그녀의 자랑거리가 되고 위로가 되었던 것이다. 이들이 어머니의 마음을 나눠 갖고 있었고, 그녀의 시간은 가사와 하녀에게 소비되었다.

하루하루가 일종의 느릿한 소동 중에 지나가서 늘 바쁘면서도 일은 진척되지 않고 늘 일이 밀려 불평하면서도 생활 방식을 개선해 보려는 시도는 하지 않았다. 절약을 하려 애쓰면서도 방법은 연구하지 않을 뿐더러 규율을 세우는 일도 없었다. 하녀에게 불만이 많으면서도 훈련시킬 능력이 없었고 도와주거나 잔소리하거나 달래거나 해도 하녀들의 경의를 얻을 힘이 없었다.

프라이스 부인은 두 언니들 중에서도 노리스 부인보다는 버트램 영부인 쪽을 닮았다. 그녀는 하는 수 없이 살림살이를 꾸려갈 뿐이고 노리스 부인처럼 살림을 좋아하지도 않을 뿐더러 부지런하지도 않았다. 원래 성품이 태평스럽고 게으른 점은 버트램 영부인과 흡사하여 그처럼 유복하고 한가한 신분의 편이 훨씬 그녀의 능력에는 어울렸을 것이지만 무분별한 결혼으로 노력과 인내의 생애로 빠져들었던 것이다.

그녀는 좋은 집안의 안주인이었다면 버트램 영부인 못지않게 훌륭했겠으나 노리스 부인 쪽이 적은 수입으로 아홉 명의 아이를 키우는 어머니로서는 더 적합했을 것이다.

이런 일들을 패니도 눈치 채지 않을 수 없었다. 입 밖에 내기를 삼가고 있을 뿐이었지 어머니가 부모로서 불공평하고 어리석고 게으르며 채신머리없다는 것을 확실히 느꼈다. 아이들의 교육이나 통제는 아랑곳하지 않고 집안은 온갖 시행착오와 마음 편치 못하게 하는 광경들만을 만들어내었다. 재능도 없을 뿐더러 달가운 대화 한 마디 나눌 줄 몰랐다. 딸에게 엄마로서의 기본적인 모정도 갖고 있지 않으니 딸을 좀더 알려는 호기심도 없었고 애정을 얻고자 원하는 마음도 없었다. 자주 접촉을 하면 딸의 이런 기분도 약화될 텐데 그럴 생각조차 하지 못했던 것이다.

패니는 자기가 어떤 식으로든 집에 도움이 되었으면 하고 갈망했고 자기 집을 얕잡아 본다든가 남의 집에서 교육을 받았기에 손님처럼 행세한다는 오해 혹은 자기 집의 안락에 기여할 자격이나 마음이 부족하다는 느낌 따위를 주고 싶지 않았다. 패니는 곧 샘을 위해 일하기 시작하여 이른 아침부터 밤늦게까지 쉬지 않고 부지런히 바느질해서 속옷 준비를 거의 끝마쳐 가까스로 샘을 보냈던 것이다.

그녀는 자기가 도움이 되었다고 생각하자 무척 기뻤지만 자기가 없었더라면 과연 어떻게 됐을지 짐작이 가지 않았다. 샘은 목소리가 크고 다소 거만을 부렸지만 막상 떠나고 나니 약간 서운한 느낌이었다. 그는 영리하고 이해성이 빠르며 시내로 심부름 가는 일은 기꺼이 맡아주었다. 그리고 수전의 잔소리―그 자체는 이치에 맞지만 시기가 적당하지 않고 효과도 없이 말투만 거칠었다―에는 반발하더라도 패니의 보살핌과 부드러운 설득에는 감화를 받기 시작했던 것이다. 이런 그가 떠나고 나니 세 명의 남동생 중에서 가장 나은 동생이 없어진 셈이 되었다.

톰과 찰스는 적어도 그보다는 나이가 어린 탓으로 그만큼 사물을 느끼고 생각하기엔 아직 일렀으며 누나와 친해져서 별로 나쁘지 않은 인상을 주려고 노력하는 것이 필요하다는 사실을 깨닫지 못했다. 누나는 곧 그들을 다소나마 감화시켜보려던 생각을 단념했다. 그녀의 의욕과 시간이 허락하는 한도에서 아무리 애써도 그들은 도무지 길들일 수가 없었다. 날마다 오후가 되면 집 안을 뛰어 다니는 그들의 소란스런 놀이가 시작되는 것이었다. 그러다 보니 그녀는 진작부터 매주 토요일만을 한숨을 쉬면서 기다리게 되었다.

벳시도 여간 골치 아픈 아이가 아니어서 알파벳을 자기의 가장 큰 적으로 생각하게 길들여져 있었고, 마음대로 하녀들과 어울려 놀아도 괜찮은 줄 알았으며, 하녀들의 동태를 고자질하라고 했기 때문에 곧 잘 일러바치곤 했다. 패니는 이 아이를 귀여워하거나 도와주는 일도 마찬가지로 곧 단념해버렸다.

수전의 성품에 대해서도 여러 가지로 의문은 들었다. 어머니와 항상 의견이 다르고 톰과 찰스를 상대로 마구 입씨름을 하고 벳시에게 화를 내는 것들은 아무래도 패니로서는 걱정거리가 아닐 수 없었다. 화가 나는 것은 당연하다고 인정하더라도 이와 같은 성품은 사랑스럽다든가, 그녀 자신이 마음 편해진다는 일과는 거리가 먼 것 같았다. 패니는 수전 자신을 위해서도 어느 정도 참을성을 기를 필요가 있다고 생각했다.

이곳에 도착하기 전까지는 이 집이 맨스필드를 잊게 하고 에드먼드를 조용한 마음으로 생각할 수 있게 해줄 걸로 여겼다. 그런데 지금 그녀는 맨스필드와 사랑하는 가족들, 그 행복했던 생활밖에는 아무것도 생각할 수 없었다. 현재 있는 곳에서는 모든 것이 정반대였다. 맨스필드의 고상함이나 예의범절, 바른 규칙, 아름다운 조화 그리고 무엇보다도 평화와 고요가 하루종일 끊임없이 머릿속에 떠올랐는데 그것은 이곳에서는 모든 것들이 그곳과는 정반대였기 때문이다.

그칠 새 없는 소음 속에서 산다는 것은 패니처럼 몸과 마음이 여리고 예민한 사람에게 있어서는 고통일 수밖에 없고 아무리 품위와 조화가 이루어진다 해도 완전히 해결될 수는 없는 것이었다. 그것은 모든 것 중에서 최대의 불행이었다.

맨스필드에서는 말다툼하는 소리나 높은 목소리, 갑작스런 고함이나 거친 발소리도 들리지 않았다. 만사가 명랑하고 바른 질서 속에서 규칙 있게 진행되었으며 모든 사람이 저마다 적절한 중요성을 지니며 모든 사람의 기분에 관심이 기울어지고 있었다. 비록 애정이 모자랐을지는 모르지만 양식과 교양이 이를 대신했다. 노리스 이모가 가끔 일으키는 짜증도 잠깐 동안이며 대수롭지 않은 것이어서 현재의 이집의 끊일 새 없는 소동에 비한다면 그것은 넓은 바다의 물 한 방울과도 같았다.

여기서는 모든 것이 시끄럽고 모두 목소리가 컸다. 어머니 목소리만 예외였다. 이것은 버트램 영부인의 부드러운 목소리와 비슷한 점이 있는데 단지 고생 탓으로 화를 잘 내는 것이 습관화 되었을 뿐이었다. 식구들 전부가 뭔가 필요한 물건이 있으면 언제나 고함을 질렀으며 하녀도 부엌에서 큰소리로 대답하거나 변명을 했다. 계단은 쉴 새 없이 우당탕퉁탕 조용할 새가 없었고, 방 문은 시도 때도 없이 부서지는 소리를 내며 열리고 닫혔다. 무슨 일을 하든 덜커덕거리고 아무도 가만히 앉아 있지 않았으며 누가 말을 해도 아무도 주의 깊게 들으려 하지 않았다.

일주일이 지날 때가지 자기 눈에 비친 이 두 집의 상태를 비교해보고 패니는 결혼생활과 독신 생활에 대한 존슨 박사의 유명한 판단을 적용시켜 보았다.('맨스필드 파크에는 다소의 고통은 있을지 모르나 포츠머스에는 즐거움은 전혀 없다.' 고 말하고 싶었다. 존슨 박사는 결혼 문제에 대하여, "결혼생활에는 고통은 많긴 하나, 독신 생활에는 즐거움이 전혀 없다."고 했다: 역주)

40

패니의 예상은 제법 들어맞아 이제 메리가 보내는 소식은 두 사람의 편지 왕래가 시작될 당초처럼 그 횟수가 많지 않았다. 메리의 다음번 편지가 도착한 것은 지난번 편지가 온 후 상당한 시일이 지나서였다. 그러나 이런 간격이 생기면 자기는 무척 마음이 홀가분해지리라고 상상한 것은 잘못이었다. 이것 또한 기묘한 심정 변화의 하나였던 것이다!

편지가 도착했을 때는 그것을 받아들고 매우 기뻐했던 것이다. 이제 품위 있는 교제에서 추방되어 여태까지 흥미로웠던 모든 것으로부터 멀리 떨어지고 보니 자기의 마음을 남기고 온 친구 하나가 써 보낸 애정과 어느 정도의 품위를 갖춘 편지는 정말 반가운 것이었다. 예에 따라 격조하였던 이유를 많아진 초대 때문이었다고 변명을 늘어놓고 나서 '쓰기는 하지만' 하고 그녀의 글은 계속되고 있었다.

패니, 제 편지는 읽을 가치가 없을 거예요. 왜냐하면 끝맺음에 사랑의 작은 선물, 세상에서 가장 헌신적인 H. C.로부터 정열 넘치는 서너 행의 글이 빠져 있기 때문이죠. 헨리 오빠는 노퍽 주로 떠났

닮니다. 열흘 전에 볼일이 있어 에버링엄에 갔지요. 어쩌면 볼일이 있는 것처럼 꾸몄는지도 모르죠. 당신과 같은 시기에 여행하기 위해서 말예요. 하지만 그곳에 있는 것만은 분명합니다. 여덟이지만 오빠의 부재가 여동생이 편지를 자주 쓰지 않는 이유로써 충분한 설명이 될지도 모르죠. 왜냐하면 '그런데 메리, 언제 패니에게 편지 쓰는 거지? 패니에게 편지 쓸 때가 됐지 않니?'라며 저를 들볶는 사람이 없으니까요. 몇 번이나 만나보려고 애쓴 끝에 가까스로 당신 사촌인 사랑하는 줄리아 양과 러시워스 부인을 만났죠. 어제 저를 방문해줬어요. 우린 서로가 다시 만나서 무척이나 기뻐했답니다. 만나서 무척 반가운 척했지만 실은 조금뿐이었다고 생각해요. 당신의 이름이 나왔을 때 러시워스 부인이 어떤 표정을 지었는지 말할까요? 옛날엔 그 사람을 자제력이 모자란다고 생각지 않았는데 다시 보니 많이 모자라는 것 같았어요. 대체로 두 사람 가운데 줄리아 양 쪽이 안색은 좋아 보이더군요. 최소한 당신 얘기가 나온 후에 말예요. 제가 패니를 특히 자매처럼 말한 순간부터 얼굴빛이 영 달라졌어요. 하지만 러시워스 부인이 밝은 표정을 지을 날도 머잖아 찾아오겠죠.

러시워스 부인으로부터 첫 파티 초대장을 받았으니까요. 파티가 열리는 날은 28일이에요. 그때엔 그녀도 전처럼 아름다운 얼굴이 되어 있겠죠. 윔폴 가의 일류 저택에서 파티를 개최할 예정이니까 말이죠. 저는 2년 전에 그 집에 가본 적이 있답니다. 그때는 라슨스 영부인의 집이었죠. 런던에서 제가 아는 어느 집보다도 마음에 들었어요.

물론 러시워스 부인도 그것을 느낄 거예요. 속된 말일지 모르지만…… 돈을 낸 만큼의 값어치는 있었다고 말예요. 러시워스 부인에게 이만한 집을 제공할 여유가 헨리 오빠에게는 없었을 거예요. 그녀도 그걸 잊지 말고 어떻게든 궁전의 여왕 같은 생활로 만족하면 좋을 텐데. 비록 왕이 뒤에 물러나 있을 때가 가장 돋보이는 듯한 사람이라 해도 말예요.

게다가 저는 러시워스 부인을 괴롭힐 생각은 없으니까 다시는 당신 이름을 억지로 이쪽에서 끄집어내는 일은 하지 않을 생각이에요. 그 사람도 차차 냉정해지리라 믿어요.

들리는 소문에 의하면, 또한 추측건대 빈텐하임 남작은 줄리아 양에 대한 관심이 무척 많은가 봐요. 아직도 계속되고 있는 듯한데 진짜 줄리아 양이 좋아서 그러는 것인지, 어떤 반응이 있었는지의 여부는 저도 모르겠어요.

줄리아 양에게는 아직도 좋은 상대가 얼마든지 있습니다. 빈텐터너 도련님은 신통한 수확이 될 수는 없으니 좋은 상대라고 할 수도 없겠지요. 그리고 이 경우 줄리아 양이 빈텐하임 남작을 정말 좋아한다는 것은 상상할 수 없어요. 왜냐하면 그 호언장담을 빼버리면 가엾게도 남작은 봐줄 만한 것이 아무것도 없으니까요. 글자 하나가 엄청난 차이를 가져온다고 봐야 하죠. 만약 남작의 렌트(rent 지대)가 랜트(rant 호언)와 같다면 얼마나 좋겠어요.

당신의 사촌 오빠인 에드먼드 씨는 정말 동작이 느려요. 어쩌면 교구의 일로 묶여 있을지도 모르죠. 손턴 레이시에 개종시켜야 할 노파가 있기라도 한지. 설마 젊은 아가씨 때문에 제가 무시된다 생각하고 싶지는 않으니까요. 그럼 안녕, 그립고 다정한 패니. 런던에서 보낸 것치고는 긴 편지죠? 아기자기한 회답 주기를 바랄게요. 돌아오면 헨리 오빠가 기뻐할 테니……. 그리고 확답한 젊은 장교님들 소식도 잊지 말고. 헨리 오빠를 위해 그들을 경멸했으니까요…….

이 편지는 패니로 하여금 생각하게 하는 구절이 많았다. 게다가 그
것은 대부분 유쾌하지 못한 생각이었다. 여러 가지로 불안한 생각이
들게끔 하면서도 이 편지는 함께 있지 않은 사람들과 연결시키고, 그
녀가 무척이나 궁금해 하고 있는 사람이나 일들에 대한 소식을 전해
주었던 것이다. 이런 편지를 매주 받을 수 있다면 패니는 얼마나 기뻤
을까. 버트램 이모와의 서신 연락밖에 고상한 취미를 살릴 일은 달리
없었으니까.

포츠머스에서 교분을 넓히고 이 집의 결함을 조금이라도 보충했으
면 해도 아버지나 어머니가 아는 사람 중에서 다소라도 그녀에게 만
족을 가져다주는 사람은 없었다. 자기의 내향성과 소극성을 넘어서
면서까지 애쓸 만한 사람은 없는 듯했다. 남자는 모두 거칠고 여자는
주제넘고 한결같이 교양이 없어 보였다. 전에 알던 사람이나 새로운
친지를 소개받아도 그녀는 도무지 만족을 느낄 수 없었으며, 상대방
에게 만족을 주지도 못했다.

그녀에게 접근해오는 아가씨들도 처음엔 그녀가 준남작 집에서 왔
다고 해서 다소의 경의를 품고 있었으나 곧 '젠 체한다' 면서 기분 나
빠했다. 왜냐하면 패니는 피아노도 칠 줄 몰랐을 뿐더러 고급 케이프
를 걸치고 있지도 않아서 자세히 보면 뽐낼 건더기가 전혀 없었기 때
문이다.

패니가 가정 안의 재앙 중에서 최초로 실질적인 위안을 얻은 것은
수전이었다. 자기의 판단으로서도 흠 잡을 데가 없는 수전의 성품을
조금씩 알게 되고 그녀에게 도움이 되어줄 수 있을 것 같은 희망이 생
긴 일이었다. 수전은 언제나 언니에게 친절했으며 잘 대해줬으나 그

태도 전체의 뭔가 단호하게 잘라내는 듯한 분위기에 그녀는 깜짝깜짝 놀라면서 섬뜩했었다. 그런데 최소한 2주일이 지나고 보니 패니는 비로소 자기와는 많이 다른 수전의 성격을 이해하기 시작했던 것이다. 수전은 집안의 못마땅한 점을 여러모로 알고 있었으며 그런 점을 바로잡고 싶었던 것이다. 열네 살의 소녀가 저 혼자의 판단력으로 행동할 경우 개혁 방법에 있어서 잘못이 있는 것은 이상할 것도 없었다.

패니는 곧 이런 어린 나이에 바른 견해를 가진 이 아이의 타고난 천성에 오히려 감탄하고 그것이 영향을 주는 행동의 결점들을 엄하게 비판할 마음이 없어졌다. 수전이 하는 행동의 근거가 되는 진실, 수전이 찾는 체제는 그녀 자신의 판단으로서도 시인하는 바였으나 기력이 부족하고 온순한 성격인 패니로서는 그것을 주장하기를 주저하고 있었던 것이다.

하지만 수전은 온몸으로 부딪쳐나가면서 상황을 바꾸기 위한 노력으로 구체적으로 행동하고 있었다. 만약 패니였다면 도움이 되려고 애쓰는 경우에도 어디론가 도망을 가서 우는 일 말고는 아무 일도 할 수 없었을 것이다. 수전은 확실히 집안을 통제하면서 올바른 방향으로 이끌어나가는데 큰 역할을 하고 있었다. 만사가 엉망이었지만, 만약 그런 간섭이나 노력이 없었다면 더욱 엉망이 되었으리라. 어머니도 벳시도 수전 덕분에 지나치게 제멋대로 행동하거나 아주 천박하게 굴지는 못했던 것이다.

어머니를 상대로 언쟁을 벌일 때마다 수전이 이론상으로는 우세했고 이 언쟁에서는 어머니로서의 자애로움을 전혀 볼 수 없었다. 가장 큰 문제라고 할 수 있는 것은 어머니의 편애였다. 어머니의 맹목적인 편애가 늘 그녀 주위에 재앙을 낳고 있었는데, 수전은 그 편애의 맛을 한 번도 본 적이 없었던 것이다. 어머니가 단 한 번이라도 자기편을 들어준 경험이 없었기 때문에, 과거에도 현재에도 애정을 받고 감사해보지 못한 그녀로서는 다른 사람에게 애정이 지나치게 표시되면 참기가 힘들었다.

이런 사정을 차차 알게 된 이후로 수전은 패니에게 동정과 경애의 대상이 되었다. 그러나 수전의 태도나 표현 방법은 크게 잘못되어 있었다. 수단으로 사용하는 방식은 너무 엉뚱하고 그 상황에 전혀 어울리지도 않았으며, 표정이나 말씨는 너무 거칠어서 변호의 여지가 없을 때가 많았다. 하지만 패니는 그것도 교정할 수 있다는 희망을 갖게 되었다.

수전은 언니를 존경하고 있었으며, 내심을 드러내지는 않았지만 그녀의 호감을 사려고 무척 애쓰고 있음을 알았다. 권위자다운 표정을 지어보는 것은 패니로서는 정말 난생처음 있는 일이며 또 자신에게 누구를 지도하고 교육할 힘이 있다고는 상상도 못 해봤던 일이었다. 그러나 패니는 수전에게 틈나는 대로 가르쳐주며 그녀의 발전을 위해 특히 신경을 썼다. 가족들에게 어떤 배려를 해야 하는지, 또한 어떻게 하는 것이 자신에게 가장 이롭고 현명한 처사인지 등의 바른 생각을 하도록 가르치기 위해 노력했다. 그녀 자신은 다행히 이모 댁에서 교육을 받은 덕분에 이런 것들이 마음에 새겨져 있으니 가능한 일이었다.

패니가 영향력을 발휘해 의식적으로 수전을 교육시키게 된 것은 수전에게 한 가지 친절을 베푼 일이 계기가 되었다. 그것은 여러 가지 생각을 거듭한 끝에 마침내 용기를 내어 행한 일이었다. 처음 집에 오던 날부터 생각을 했던 일인데, 그때 다툼의 표적이 되어 있던 그 은제 나이프라는 난문제를 풀어주는 일이었다. 약간의 돈만 있으면 다툼의 근원이 되었던 은제 나이프 문제가 완전히 해결될 터이고, 그러면 둘 사이의 평화를 회복할 수 있을 거라는 생각이었다. 그래서 패니는 맨스필드를 떠나올 때 이모부가 주신 10파운드로 벳시에게 은제 나이프를 하나 사 줄 생각이었다. 그러나 여태껏 정말 가난한 사람이외에는 자선을 베푼 적이 한 번도 없으며 같은 연배끼리 불행을 도와주거나 친절을 베푼 경험이 없어서 제 집에서 귀부인인 체하며 뽐낸다고 남들이 생각할까 봐 걱정이 되었다. 이 선물을 해줘도 될지 어떨지 판단이 서지 않아 패니는 어느 정도 시간이 지날 때까지 망설이고만 있었다. 마침내 패니는 결단을 내리고 그 일을 실천에 옮겼다.

벳시를 위해서 은제 나이프를 샀으며 벳시는 그것을 받고 크게 기뻐했다. 신품이어서 그전 것과 비교해도 월등했고 모든 점에서 좋았던 것이다. 수전은 자기 나이프의 소유권을 확보할 수 있었다. 벳시가 훨씬 아름다운 것을 차지했으므로 이제 그것은 필요 없다고 점잖게 언명했던 것이다. 어머니 역시 매우 만족해하며 이에 대해서 비난하는 눈치는 보이지 않았다. 혹시나 좋은 방향으로 진행되지 않을까 봐 패니는 은근히 걱정했건만 이 일은 완전 성공이었다. 집안싸움의 원인 하나가 완전히 해결되었으며 덕분에 수전도 그녀에게 흉금을 털어놓게 되었고 그녀에게 사랑과 흥미의 대상을 제공해준 결과가 되었다.

수전도 마음의 섬세함을 보여주었다. 최소한 2년간을 다투어온 새 산을 손에 넣어 만족하기는 했으나 언니의 판정이 자신에게 불리하지는 않은지, 집안의 평화를 위해 이런 물건을 살 만큼 그렇게까지 다툰 일에 대해 비난의 뜻이 담겨 있지나 않은지 하는 점이 불안했던 것이다.

수전의 성격은 개방적이었다. 자기 걱정을 알리고는 그토록 맹렬히 다툰 것은 자기가 나빴다고 말했다. 그때부터 패니는 그녀의 좋은 성격을 이해하고 동생이 진심으로 자기의 호감을 얻으려 하며 자기의 판단에 의지하려 한다는 사실을 깨닫고는 사랑하는 기쁨을 다시 한 번 맛보았다. 이처럼 도움을 필요로 하고 또한 도와줄 가치가 충분한 사람을 위해 힘이 될 수 있다는 것이 커다란 희망이 되었다.

패니는 수전에게 여러 가지 조언을 해주었다. 그것은 이해성 있는 사람에게는 저항의 여지도 없을 만큼 건전한 조언이었으며 그것을 말할 때의 태도도 무척 조용하고 자상한 것이어서 결점 있는 성격인 상대방을 자극하는 일도 없었다. 그리고 패니는 수전이 점차 나아지고 있음을 분명하게 확인할 수 있었고 무척 좋은 효과를 자주 보는 행운을 얻었다.

이제 이것으로 충분했다. 패니는 수전에게 순종과 인내가 필요하다고 거듭 강조했다. 패니는 수전이 나쁜 짓인 줄 뻔히 알면서도 불쑥불쑥 화를 내거나 부모를 업신여기며 성급하게 행동을 취한다는 생각이었다. 그러나 얼마 지나지 않아 사리분별이 명확하고 훌륭한 생각을 가졌다는 것을 알게 되었다.

막중한 책임감을 알고 있고, 이와 동시에 여러 가지 일들을 동정의 마음으로 바라보면서, 수전과 같은 소녀로서는 쉴 새 없이 신경을 박박 긁히는 느낌이었으리란 생각이 들었기 때문이었다. 태만과 과오 속에서 자라면서 이 아이가 사물의 본래 모습에 대해서 이처럼 올바른 생각을 갖게 된 것이 신기했다. 이 아이에겐 생각을 인도해주고 원칙을 정해주는 사촌 오빠 에드먼드도 없었던 것이다.

이렇게 두 사람 사이에 시작된 친교는 서로에게 매우 유익했다. 함께 위층 방에 앉아 있으면 집안의 소동을 얼마쯤 피할 수가 있었다. 패니는 평화를 즐길 수 있었고 수전은 조용히 앉아 바느질을 하는 것도 불행한 일은 아니라고 생각하게 되었다.

둘은 난롯불도 없이 앉아 있었으나 그런 불편쯤이야 패니로서는 익숙한 것이었다. 덕분에 동쪽 방 생각을 할 수 있어 별로 고통스럽게 여겨지지도 않았다. 그러나 비슷한 것은 춥다는 사실 그 하나뿐이었고, 방의 넓이나 밝기, 가구, 조망 등으로 볼 때 이 두 방은 유사점이라고는 전혀 없었다. 패니는 그쪽 방의 책이나 잘 정리된 상자 등 갖가지 안락함을 기억 속에 되살리고는 가끔씩 한숨을 푹 내쉬었다.

자매는 점차 아침의 대부분을 위층에서 보내게 되었다. 처음에는 재봉일을 하며 얘기를 주고받을 뿐이었는데 며칠 후에는 책 생각이 아주 간절해졌다. 패니는 어떻게 하든 책을 구해보아야겠다고 마음먹게 되었다.

아버지의 집에는 책이 한 권도 없었으나 부(富)란 사치스럽고 대담한 것이어서 그녀의 재력의 일부는 책을 빌려 읽는 데 쓰였다. 그녀는 돈을 받고 책을 빌려주는 책방으로 가서 회원으로 가입했다. 자기 명의로 무엇이 된다는 것이 놀랍고 자기가 하는 모든 일이 경이로울 뿐이었다. 패니는 누구의 강요도 받지 않고 스스로 읽고 싶은 책을 자기가 직접 선택할 수 있었던 것이다. 게다가 수전을 향상시키기 위한 점을 고려하여 책을 선별했다. 이것은 꿈이 아니었다. 수전은 책을 읽어본 적이 지금까지 한 번도 없었다. 패니는 최초로 책을 읽었을 때의 자신의 기쁨을 동생에게도 나눠주며 자기가 아주 좋아하는 위인전이나 시에 대한 취미를 일깨워주고 싶다는 생각을 하자 너무나 행복했다.

이 독서로써 패니가 원한 또 한 가지의 바람이 있다면, 가끔 미치도록 그리워지는 맨스필드에서의 추억의 일부를 완전히 소각해버리는 일이었다. 그 추억은 손가락이 아무리 분주하게 움직여도 곧 그녀의 마음이나 정신을 온통 사로잡아버리곤 했다. 특히 요즘에는 모든 생각의 방향이 에드먼드에게 집중되어 있었다. 자신의 생각이 그의 뒤를 좇아 런던으로 달리는 것을 막는 데에 어쩌면 독서가 가장 효과적인 방법일지 모른다고 생각했던 것이다.

버트램 이모의 지난번 편지가 전한 바에 의해서 에드먼드가 런던으로 떠났다는 사실을 패니도 알고 있었다. 앞으로 어떤 결과가 기다리고 있을지에 대해서는 더 의심할 여지가 없었다. 패니는 두 사람이 결혼을 약속했다는 통보의 편지가 금방이라도 도착할 것 같아, 날마다 이웃에서 들리는 우편배달부의 노크 소리가 두려워지기 시작했다. 만약 독서가 이 생각을 몇 분 동안이라도 몰아내 준다면 무언가 얻는 바가 있는 셈이었다. 그것만으로도 소득이라면 큰 소득일 수 있었다.

41

에드먼드가 런던에 도착했을 것으로 짐작되는 날로부터 일주일이 지났으나 그에게서는 아무런 소식이 없었다. 소식이 전혀 없는 것으로 미루어 세 가지 다른 결론을 끄집어낼 수 있었으며 그 세 결론들 사이를 그녀의 마음은 이리저리 방황하고 있었다. 상황에 따라 그 어느 쪽이나 모두 가능성이 있는 일로 여겨졌던 것이다. 하나는 런던으로 출발하기로 한 에드먼드의 계획이 연기되었을지도 모른다는 것이다. 두 번째 가능성은 메리와 단둘이서 만날 기회를 아직 얻지 못했을 수도 있다. 그것도 아니라면 마지막으로, 편지 쓸 시간도 없을 만큼 둘이서 행복한 시간을 보내고 있을 수도 있었다.

이 무렵의 패니에게 맨스필드 파크를 떠나온 지 얼마나 되었는지 손가락을 꼽아 세어보는 것은 거의 매일 아침 행하는 일과가 되어 있었다. 벌써 4주일이 지나 있었다.

어느 날 아침이었다. 패니는 수전과 함께 여느 때와 다름없이 위층으로 올라가려고 했다. 그때 뜻밖의 손님이 노크하는 소리를 들었다. 패니는 걸음을 멈추고 현관 쪽을 힐끗 보았다. 그녀들은 이 손님을 피할 수 없음을 알았다. 그만큼 잽싸게 레베카가 현관으로 달려갔던 것이다. 이 일만은 언제나 다른 어떤 일보다도 레베카에게 흥미가 있었다.

현관에서 들리는 낯익은 남자 목소리에 패니의 얼굴이 새하얗게 변해가고 있었다. 그 목소리의 주인공은 바로 헨리 크로포드였다.

곧 헨리가 방 안으로 들어왔다. 그녀의 경우에도 마찬가지였지만 양식이란 진정으로 필요할 때에는 언제나 필요한 법이다. 정신을 차리고 그녀는 어머니에게 그의 이름을 소개하고 나서, 그가 윌리엄의 친구라고 덧붙임으로써 어머니의 궁금증을 일깨워드렸다.

이럴 때 한마디라도 말할 수 있으리라고는 감히 짐작도 못 한 일이었다. 그가 여기서는 윌리엄의 친구로서밖에 알려져 있지 않다는 의식은 적잖게 도움이 되었다. 그러나 소개가 끝나고 모두가 다시 자리에 앉자 이 방문의 향방이 어떻게 되나 하는 궁금증과 함께 밀려드는 공포가 너무 커서 패니는 당장이라도 그 자리에 주저앉을 것만 같았다.

패니가 의식을 잃지 않으려고 안간힘을 쓰고 있는 동안 방문객은 언제나 변함없는 다정한 표정으로 그녀에게 다가와서는 현명하고 친절하게도 눈길을 피해 그녀에게 마음을 진정시킬 시간을 주었다.

헨리는 그 사이 프라이스 부인하고 인사를 나누었다. 말을 걸거나 이야기를 듣는 그의 태도는 더없이 정중하고 예의바르며, 동시에 어느 정도의 친밀감이 깃들여 있었기에 그의 매너는 거의 완벽에 가까웠다.

프라이스 부인의 태도도 더할 나위 없었다. 그 같은 아들의 친구를 만난 것에 감격하여, 그 앞에서 잘 보이고 싶은 마음에 들뜬 표정이었다. 여기까지 찾아와 준 것에 대한 치하와 감사는 차고 넘치는 것이었다. 그처럼 꾸밈없고 어머니다운 감사의 말들은 헨리에게 인상이 나쁘게 작용할 리가 없었다.

그는 프라이스 씨가 집에 없는 것을 매우 아쉬워했다. 그러나 이제 기분이 좀 가라앉은 패니가 생각할 때 그것은 전혀 유감스러운 일이 아니었다. 오히려 다행이라면 천만다행이었다. 그 밖에도 여러 가지로 불안의 씨는 있었지만, 거기에 또 한 가지가 더해졌으니, 이런 집에 있는 꼴을 보여 부끄럽다는 생각이 보태진 것이다. 그런 한심한 생각을 하다니 하며 스스로를 나무라기도 했지만 그런다고 해서 그런 마음이 사라질 리도 없었다. 패니는 부끄러웠다. 그리고 그 중에서 자신을 가장 부끄럽게 만드는 것은 다른 무엇도 아닌 자기의 아버지였다.

헨리와 프라이스 부인은 윌리엄에 관한 이야기를 하고 있었다. 이 얘기라면 프라이스 부인은 결코 싫증이 나는 법이 없었다. 그리고 헨리도 윌리엄을 열심히 칭찬했기 때문에 더 이상 할 말이 없었다. 그녀는 이처럼 인상 좋은 남자는 난생처음 만나본다고 생각했다.

깜짝 놀란 것은 이렇게도 훌륭하고 이렇게도 상냥한 그가 포츠머스에 온 것은 해군 기지 사령관이나 고등 판무관을 만나기 위함도 아니며 와이트 섬에 건너갈 생각도 아니고 또한 공창 견학 때문도 아니라는 것을 안 시실이었다. 그녀가 언제나 훌륭함의 증거이며 부자의 용무라고 생각하던 것은 모두 그가 포츠머스에 온 사실과는 관계가 없었던 것이다.

그는 전날 밤 늦게 도착하여 하루 이틀 머물 셈으로 크라운 호텔에 투숙하고 도착 이후 한두 명 안면 있는 해군 장교를 우연히 만나기는 했으나 찾아온 목적은 그런 종류의 일 때문이 아니었다.

이런 이야기를 모두 하고 나서 그가 패니에게 시선을 돌려 말을 걸어도 될 때라고 생각한 것도 이치에 벗어난 일은 아니었다. 그녀도 그럭저럭 그의 시선을 견딜 수 있어 그가 런던을 출발하던 전날 밤 반 시간을 여동생과 같이 지낸 일을 비롯하여 그 동생이 단단히 안부를 전했지만 편지를 쓸 시간이 없었다는 것과, 반 시간이라도 메리를 만난 것은 행운이었으며 노퍽 주에서 돌아와 다시 떠날 때까지 런던에서는 겨우 24시간도 머물지 못했다는 것, 패니의 사촌 오빠인 에드먼드는 지금 런던에 있는데 며칠 전에 왔다는 말을 들었다는 것, 자기는 만나보지 못했지만 그는 건강하며 맨스필드의 사람들도 모두 잘 있다는 것, 그리고 어제는 프레이저 일가와 식사를 같이 할 예정이었다는 이야기들을 들었다.

패니는 이야기의 마지막에 나온 말도 차분해진 마음으로 귀를 기울였다. 일이 분명해지자 오히려 지친 마음이 가벼워지는 느낌이었다. 그리고 '지금은 모든 일이 이미 결판이 났겠지.' 하는 생각이 마음속을 스치고 지나갔지만 패니는 아무런 말도 하지 않았다. 그저 다 감추지 못한 감정이 약간 붉어진 뺨에 나타났을 뿐이었다.

맨스필드에 대한 이야기가 패니의 흥미를 끄는 가장 확실한 화제임을 알고 있는 헨리는 한참 동안 맨스필드에 대해 이야기를 늘어놓았다. 그런 다음 이른 아침의 산책이 얼마나 좋을까 하면서 넌지시 패니의 마음을 떠보는 것이었다.

"멋진 아침입니다. 이 계절의 날씨는 아침에 개었다가도 곧 흐려지는 일이 다반사거든요. 오늘같이 이렇게 좋은 날은 운동을 하러 나가기에 안성맞춤일 듯합니다."

이렇게 운을 떼 봐도 아무런 효과가 없었으므로 그는 곧 프라이스 부인과 딸들에게 당장 산책을 나가지 않겠느냐고 묻기 시작했다. 프라이스 부인은 일요일 외엔 좀처럼 외출하지 않는다는 것이었다. 그녀는 가족이 많아서 거의 산책할 틈이 없다고 했다.

"그럼 따님들에게 이 날씨를 즐기게끔 해주십시오. 제가 동행하는 걸 허락해주시겠습니까?"

프라이스 부인은 매우 황송해 하면서 곧 이 제의를 받아들였다.

"딸애들은 정말 너무 집에만 틀어박혀서 지냈어요. 포츠머스는 음산한 도시이고, 이 애들도 집안일로 바쁘다 보니 별로 바깥에 나갈 짬이 없습니다. 시내에 무슨 볼일이 있을 때만 제외하고 말이죠. 그런데 오늘 같은 날 크로포드 씨와 함께 시내의 볼일도 보고 돌아올 수 있다면 딸애들도 무척 기뻐할 거예요."

패니는 어색하고 난처했지만 헨리와 함께 집을 나섰다. 그런데 이상하게도 그와 나란히 걸어가는 것이 그다지 싫지 않았다. 수전도 두 사람과 함께 큰 길 쪽을 향해 걸어가고 있었다.

그렇게 10분가량 걸어갔을까? 그들 일행은 매우 난처한 상황에 직면하고 말았다. 큰 길로 나가자마자 곧 아버지를 만났는데 아버지의 몰골은 토요일이라고 해서 결코 만족할 만한 것이 아니었다. 하지만 패니는 아버지 앞에서 걸음을 멈추지 않을 수 없었다. 아무리 신사답지 않은 모습이라도 패니에게는 그를 헨리에게 소개해야 할 의무가 있었다. 헨리가 얼마나 놀랐을지 그 놀라움에 대해서는 의심할 여지도 없었다. 정말 너무나 황당한 나머지 틀림없이 맥이 풀렸을 것이다. 패니와의 결혼 생각 따위는 완전히 사라졌을 게 뻔한 일이었다. 그의 상사병이 낫기를 간절히 바랐었지만 이런 치료법이라면 차라리 병 쪽이 더 나을 것 같았다. 아무리 사랑하지 않더라도 영리하고 상냥한 남자에게 구애받는 편이 가장 가까운 육친의 천한 품위 때문에 그 남자가 손들고 꽁무니를 빼는 것보다 낫다고 생각지 않을 아가씨는 아마도 없을 것이다. 헨리는 장래 장인이 될지도 모르는 이 사람의 옷차림을 본뜰 생각은 없었을 것이다. 그러나 가까이 다가오는 아버지의 차림새를 곧 알아차린 패니는 크게 마음이 놓였다. 그녀의 아버지는 사람이 완전히 달라져 있었다. 이 빈객을 대하는 태도 역시 제 집에서 자기 가족에게 둘러싸였을 때와는 전혀 달랐다. 그때의 그의 태도는 세련되지는 않았으나 족히 품위가 있고 활기가 있으며 사나이다웠다. 그의 말씨도 자식을 끔찍이 아끼는 아버지, 분별 있는 사나이의 그것이었다. 그 높은 음성도 푸른 하늘 아래서는 과히 흠 잡힐 만한 것이 아니었으며, 욕설 따위는 한 마디도 안 했다. 이것이 교양 있는 헨리의 언동에 대한 그의 본능적인 대응이며 경의를 표하는 방식이었다. 그리고 결과야 어쨌든 패니는 정말 다행한 일이라고 생각하며 마음을 편안하게 가졌다.

두 남자가 인사를 교환한 뒤에 프라이스 씨는 헨리를 공창으로 안내하겠다고 제의했다. 헨리는 벌써 몇 번이나 공창을 구경했으나 호의는 호의로 여기고 싶었고 그러면 그만큼 패니와 같이 있는 시간이 길어진다 싶어 이 제의를 매우 고맙게 받아들였다.

"다만 아가씨들이 피곤한 것을 개의치 않는다면 저는 어디를 가든지 좋습니다."

그럴 염려는 전혀 없다는 것이 확인되었던지 아니면 추측이 되었던지 혹은 최소한 그렇게 하는 것이 마땅하다고 다들 생각했던 것인지 모두들 공창에 가게 되었다. 여기서 만약 큰 거리에서의 패니와 수전의 용무를 생각해내는 헨리의 배려가 없었다면 프라이스 씨는 당장 그곳으로 향했을 것이다.

"패니, 수전과 이곳에서 볼일이 있다고 했죠? 오실 때까지 기다릴 테니까 가서 일 보고 오세요."

그는 일부러 거기 일이 있어 가려고 했던 상점 앞에서 그녀들이 일을 볼 수 있게끔 신경을 썼다. 그리고 그 볼일은 그렇게 시간이 오래 걸리지 않았다. 패니는 남을 지루하게 하거나 기다리게 하는 일을 몹시 싫어하여 남자들이 상점 앞에서 최신의 해군 법규에 대해서나 목하 취항중인 3층함(상, 중, 하로 구분되는 3층의 갑판을 가진 당시 최대의 범선)의 보유 숫자에 대해 논의가 끝나기도 전에 일을 마치고 상점을 나왔다.

그들은 곧 공창으로 향하게 되었는데, 아버지의 걸음이 얼마나 빠르던지 딸들은 그 빠른 걸음을 맞추지 못했다. 헨리의 의견에 따르면 그 과정을 만약 프라이스 씨에게만 맡겨두었더라면 좀 색다른 것이 되었을 것이다. 프라이스 씨는 두 딸들이 뒤에 처지지 않고 잘 따라오는지 살펴볼 것도 없이 헨리만을 데리고 빠르게 걷고 있었던 것이다.

헨리는 아가씨들이 힘들어 한다는 것을 눈치 채고 가끔씩 보폭을 늦춰서 그들과의 간격을 조절했다. 하지만 그것도 결코 만족할 정도는 아니었다. 헨리는 절대로 아가씨들로부터 떨어져 걸으려 하지 않았다. 하지만 프라이스 씨는 헨리의 마음은 아랑곳없이 혼자서 앞장서 걸어갔다. 네거리나 번화한 곳에 이르렀을 때 프라이스 씨는 이렇게 소리치곤 했다.

"빨리 오너라! 얘들아…… 패니, 수잔! 조심해야 한다. 주위를 잘 살피면서 와!'

하지만 프라이스 씨는 딸들이 가까이 다가오기도 전에 다시 저만치 앞서 걸어가는 것이었다. 그러나 헨리는 아가씨들에게 특별히 신경을 쓰면서 보폭을 맞추려는 노력을 했다.

일단 공창에 도착하고 나서, 공창으로 들어간 후에 그는 패니와 이야기할 기회를 간신히 얻어냈다. 왜냐하면 프라이스 씨의 산책 친구 하나가 다가왔기 때문이다. 그는 형편이 어떻게 되어가나 하고 매일매일 살펴보러 오는 사나이였는데, 프라이스 씨는 헨리보다는 이 사람이 훨씬 상대하고 싶었던 사람이었으므로 그것은 무척 반기는 표정으로 증명될 수밖에 없었다.

두 사람은 무척 만족스러운 듯이 함께 걸어다니며 흥미를 지닌 문제에 대해 쉴 새 없이 이야기를 나누고 있었다. 그동안 젊은 사람들은 구내에 쌓아둔 재목 위에 걸터앉기도 하고 다같이 보러 간 배의 갑판에서 휴식을 취하기도 했다. 다행스럽게도 패니는 휴식을 필요로 하고 있었던 것이다. 헨리로서는 이 피곤이 크게 환영할 만한 것이어서 의외의 행운이었으나 여동생은 없었으면 싶었다.

수전은 나이 또래의 소녀들과 마찬가지로 눈치가 빨랐다. 버트램 영부인과는 정반대로 몸 전체가 눈과 귀였던 것이다. 그녀 앞에서는 요긴한 말을 끄집어낼 수조차 없었다. 다만 상냥한 얼굴로 수전에게는 얘기할 기회를 주면서 이따금 좀더 사정을 알고 눈치 채고 있는 패니에게 눈짓하거나 암시하는 즐거움만으로 만족해야만 했다.

노퍽 주가 그의 주된 화제였다. 그는 잠시 동안 그곳에 가 있었는데 그의 현재의 계획 때문에 그곳의 모든 것이 중요성을 갖기 시작했다. 이 같은 남성은 어떤 지방에서 혹은 어떤 사교계에서 오든 반드시 뭔가 흥미로운 것을 가져오는 법이다. 그의 여행도 친지도 모두 유용하였고 수전으로서는 정말 처음 알게 된 즐거움이었다.

패니에게는 그가 참석한 몇몇 파티의 뜻하지 않은 즐거움 이상의 어떤 것에 대해 말했다. 그녀의 환심을 사려고 일부러 노퍽까지 그럴 만한 계절도 아닌데 찾아갔던 특별한 이유도 말했다. 정말로 볼일이 있었던 것이다. 토지 대차 계약의 갱신에 관한 일이었다.

"어느 부지런한 대가족이 있는데, 제가 소유한 토지를 빌려서 쓰고 있었어요. 그런데 그것을 관리하는 대리인이 뭔가 음모를 꾸미고 있었던 겁니다. 그 대리인은 이 가족에 대해서 가장 나쁜 이야기만 줄곧 얘기하곤 했지요. 저에게 편견을 심어주려 하고 있다는 것을 깨닫고 저는 제가 직접 가서 옳고 그름을 철저히 규명해서 바로잡을 결심을 했지요. 그래서 노팩 지방으로 갔던 겁니다. 그곳에서의 일은 공정하게 잘 해결되었습니다. 의무를 다함으로써 그 소작인에게도 도움을 주게 된 것이 참 잘 한 일이라고 생각됩니다. 그 일로 인해 저도 얼마나 기쁜지 모르겠어요. 그리고 여태껏 한 번도 만나본 적이 없는 소작인도 몇 사람 만났으며 그리고 기쁜 소식이 하나 더 있어요. 그동안 제 영지에 있었는데도 그 존재조차 전혀 몰랐던 작은 별장도 보고 왔어요. 정말이지 무척이나 아담하면서 아름다운 별장이었어요."

이것은 패니를 상대로 한 이야기며 그 겨냥은 적중되었다. 그가 이런 건전한 생각을 한다는 것은 듣는 사람의 마음을 흐뭇하게 했다. 그는 옳은 일을 했던 것이다. 가난하고 학대받는 사람들 편에 서 있었던 것이다. 이처럼 유쾌한 일이 또 있겠는가?

패니는 헨리에게 다정한 눈길을 보내려는 참이었다. 그런데 갑자기 마술에라도 걸린 듯 그 생각은 사라지고 말았다. 그가 너무 노골적인 이야기를 했던 것이다.

"패니, 저를 좀 도와주십시오. 당신이 저의 협력자이자 친구이며, 저를 인도해 줄 지도자가 되어 주기를 진심으로 바라고 있습니다. 미잖아 에버링검을 위해 도움이 되고 자선을 베풀 갖가지 계획을 갖고 있습니다. 패니, 에버링검을 이전보다 더욱 소중한 곳으로 만들어줄 사람이 당신이기를 저는 간절히 바라고 있습니다."

패니는 그를 애써 외면하면서 그런 말은 하지 말았으면 좋을 텐데 하고 생각했다. 자기가 평소에 상상하던 이상으로 그에게 좋은 점이 있을지 모른다고 그녀 스스로도 시인하려던 참이었다. 그가 결국은 좋은 사람일 가능성도 있다고 생각하기 시작했지만 그는 지금까지도 또 앞으로도 그녀에게는 전혀 맞지 않는 사람임에는 변함이 없으며, 패니 자신의 처지를 생각해서도 안 되었다.

에버링검에 대한 이야기는 이걸로 충분하고 뭔가 다른 것을 이야기하는 편이 낫겠다고 생각한 그는 화제를 맨스필드로 돌렸다. 이 선택은 훌륭했다. 이거야말로 그녀의 주의와 시선을 즉각적으로 되돌릴 수 있는 화제였다.

그녀로서는 맨스필드에 대해 듣고 이야기하는 것은 정말 즐거운 일이었다. 그때는 그곳의 모든 사람들로부터 그처럼 오랫동안 격리되어 있어서 그의 얘기를 들으면서 패니는 진짜 그곳 사람들의 목소리를 듣는 듯한 착각을 했다. 그리고 그는 맨스필드에 관한 이야기를 하여 그 아름다움과 쾌적함을 찬양하는 애정 어린 패니의 감탄사를 끌어냈고, 그곳 식구들에 대한 뜨거운 찬사를 바침으로써 그녀로 하여금 이모부는 현명하고도 선량함 그 자체이며, 이모는 다정한 성품 중에서도 가장 다정한 성품의 소유자라고 찬양을 아끼지 않게끔 만들었던 것이다.

자기도 맨스필드에는 커다란 애정을 갖고 있다고 그는 말했다. 많은, 무척 많은 시간을 항상 거기서 또는 그 근처에서 보내고 싶다는 희망을 말했다. 특히 올해는 그곳에서 아주 행복한 여름과 가을을 보내게 되기를 바라고 있었다. 아니 반드시 그렇게 될 거라고 확신하고 있었다. 작년과는 큰 차이가 나는 여름과 가을이었던 것이다. 활기 있고 변화가 다양하며 화기애애한 점은 같아도 조건이 크게 다른 것은 말로 다할 수 없을 정도라는 것이다.

"맨스필드, 소서턴, 손턴 레이시, 이런 집들 사이에 멋진 교제가 이뤄지겠죠. 게다가 어쩌면 미클머스(성 미가엘 경축일. 9월29일을 가리킴: 역주) 무렵에는 네 번째 집도 한몫 끼게 될지 모르죠. 작은 사냥용 오두막집이 사랑스런 모든 것들 가까이에 말입니다. '손턴 레이시를 공동으로 사용하면 어떨까요?' 하고 에드먼드 씨가 언젠가 기분 좋게 물었던 적이 있어요. 하지만 어쩌면 그 계획에는 두 가지 장애가 있을 듯하군요. 아름답고 뛰어난 메리와 패니, 저항할 수 없는 두 사람의 장애가 말입니다."

패니는 여기서 입을 다물고 말았다. 그러나 그 순간이 지나자 후회하는 마음도 들었다. 억지로라도 그가 말하는 뜻의 절반만은 이해했음을 시인하고 그를 부추겨 여동생과 에드먼드에 대해 좀더 이야기하게끔 했어야 옳았던 것이다. 이 화제에 대해서는 좀더 이야기를 이끌어내야 했다. 마음 약해 이렇게 망설이고만 있으면 머지않아 용납할 수 없는 결과를 맞닥뜨리고 말 테니까. 내일이라도 두 사람의 결혼 소식이 들려온다면 그때는 어쩔 것인가?

이런 생각이 패니를 몹시 괴롭혔다. 그때 프라이스 씨와 그 친구가 패니를 향해 걸어오는 것이 눈에 들어왔다. 헨리는 패니와 흡족하다고 할 정도는 아니었지만 어느 정도 이야기를 나눈 후였기 때문에 가벼운 마음으로 돌아갈 준비를 했다.

걸어서 돌아오는 도중 헨리는 1분쯤 패니와 비밀얘기를 할 기회를 갖고 포츠머스에 온 자기의 용건은 단지 그녀를 만나는 것이었으며 그녀 때문에 오로지 그 일만을 위해 이틀쯤 방문케 된 것이며, 완전히 헤어져 있기가 더 이상 참을 수 없어서였다고 밝혔다.

패니는 난처했다. 정말 난처했다. 그 밖에도 두세 가지 말은 하지 말아줬으면 싶었다. 하지만 지난번에 만났을 때보다는 눈에 띄게 나아진 것 같았다. 맨스필드에 있을 때보다도 훨씬 점잖고 정중하며 남의 기분에 신경을 쓰고 있었다.

헨리가 이처럼 호감을—호감에 가까운—준 적은 한 번도 없었다.

아버지에 대한 그의 태도도 불쾌하지가 않았으며 수전에게 관심을 표하는 점은 특히 친절하고도 예의바른 것이었다. 그의 태도는 확실히 좋아졌던 것이다. 패니는 속히 내일이 지나갔으면 하고 바랐다. 그가 하루만의 예정으로 왔더라면 얼마나 좋았을까 하는 생각도 들었다. 그러나 염려할 만한 일은 없었다. 맨스필드에 대해서만 이야기를 나누면 된다. 그 즐거움은 정말 컸던 것이다.

헤어지기에 앞서 그녀는 헨리 덕분에 또 한 가지 결코 적지 않은 기쁨을 맛보았다. 아버지가 그를 식사에 초대했는데 패니가 전율을 느낀 그 순간 그는 선약이 있어 갈 수가 없노라고 말했다. 이미 오늘과 내일의 식사 약속이 모두 되어 있는데 크라운 호텔에서 아는 사람을 만났기 때문에 거절할 수가 없었다고 했다. 그러나 다시 한 번 내일 오전 중에 방문하겠다고 말하고 그들은 헤어졌다.

패니는 이토록 끔찍한 화를 면하자 무한한 행복감에 젖어들었다.

그가 패니네 집 식사에 참석하여 보잘것없는 모든 걸 보게 되는 광경이라니. 정말 눈 뜨고는 볼 수 없는 광경이 아니고 무엇이랴! 레베카가 만든 요리, 벳시의 조심성 없이 마구 집어먹는 식사 태도하며 테이블 위의 물건을 함부로 끌어당기는 짓들을 패니 자신도 참지 못했기 때문에 제대로 식사를 할 수 없던 적도 많았다.

패니가 이런 점을 참을 수 없었던 것은 기호가 까다로운 점도 있지만 천성적인 섬세한 때문이었다. 하지만 헨리는 사치와 향락을 누리며 자라왔기 때문에 더더욱 참지 못할 것이었다.

42

 프라이스 일가가 다음날 교회에 가려고 할 때 다시 헨리가 나타났다. 그러나 이 집에 들어오기 위해서가 아니라 교회에 함께 가기 위해서였다. 개리슨 교회에 함께 가면 어떻겠느냐고 초대를 받자 자기도 그런 생각을 했다고 해서 모두들 같이 그리로 걸어갔다.

 이런 때에는 이 일가도 돋보였다. 조화의 여신은 이 일가에게 상당한 미모를 부여해주었고 일요일이 되면 그들은 깨끗한 피부에 옷도 나들이옷으로 갈아입고 있었다. 일요일이면 패니도 이렇듯 늘 마음이 놓이는 것이었는데 이번 일요일은 더욱 각별했다.

 가련한 프라이스 부인도 늘 초라할 수밖에 없었으나 그날만은 버트램 영부인의 동생으로서 별로 손색이 없었다. 이런 일에 대해서 생각하면 마음속 밑바닥까지 슬퍼지는 일이 종종 있다. 어머니와 버트램 이모는 엄격하게 대조적이었다. 태어날 때에는 별다른 차이가 없었는데 환경에 의해 이렇게도 큰 차이가 생겼다.

 어머니는 버트램 영부인 못지않은 미인이었으며, 게다가 나이도 몇 살이나 아래인데도 이렇게 마르고 늙고 궁상맞고 채신머리없고 초라하게 보였다. 그러나 일요일에는 그녀도 제법 멋지고 그런대로 밝은 표정의 프라이스 부인이 되어, 씩씩한 아이들을 거느리고 나타나 일주일간의 고생으로부터 잠시 동안 해방을 맛보는 것이었다. 그리고 마음이 언짢아지는 것도 다만 사내아이들이 위험한 짓을 하는 것을 보거나 레베카가 모자에 꽃을 달고 지나가는 것을 볼 때뿐이었다.

교회 안에선 두 패로 갈라져야만 했는데 헨리는 여자들과 멀리 떨어지지 않으려고 신경을 쓰고 예배가 끝난 뒤에도 또 따라와서 성벽 위의 산책도 함께 했다.

프라이스 부인은 일 년을 통해 날씨가 좋으면 일요일마다 성벽 위로 일주일에 한 번씩 산책하기로 되어 있어, 아침 예배가 끝나면 곧장 가서 점심 식사 시간까지는 그곳에 머물렀다. 그곳은 그녀에게 있어서 일종의 사교장이었다. 그곳에서 아는 사람을 만나고, 약간의 뉴스를 듣고, 포츠머스 하녀들의 저질스런 행동을 힐난하며, 다음 엿새 동안 잘 지낼 수 있도록 활력을 얻는 것이었다.

지금 그들은 그곳을 향해 가고 있었다. 헨리는 프라이스 가의 두 아가씨인 패니와 수전이 자기의 책임 아래 있다고 생각하고 만족했다. 그곳에 도착했을 때, 패니도 믿을 수 없는 일이 일어나고 있었다. 그는 두 자매의 팔을 잡고 그들 사이에 끼어 걷고 있었으며 패니는 이를 방지할 마땅한 방법도 중지시킬 수단도 생각나지 않았다. 잠시 동안 기분이 언짢았지만 그녀도 맑은 하늘과 멋진 조망을 앞에 두고 즐거움을 느끼지 않을 수가 없었다.

날씨 또한 드물게 쾌청했다. 아직은 3월인데도 그 훈훈한 공기, 상쾌한 산들바람, 이따금 잠깐씩 구름에 가려지는 밝은 태양은 4월처럼 느껴졌다. 이러한 하늘 때문에 모든 것들이 아름답게 보였다. 마치 따라다니는 듯한 그림자가 스핏헤드에 정박 중인 배와 그 너머 와이트 섬에까지 미쳤으며 끊임없이 빛깔이 변하는 바다, 희롱하듯 춤추는 파도는 아주 경쾌한 소리를 내고 있었다. 파도는 끊임없이 성벽에 부딪쳤는데 이 모든 것들이 하나가 되어 형용할 수 없는 매력을 엮어내고 있었다. 패니는 그 아름다움을 가슴속 깊이 새기고 있었다.

패니는 헨리가 자신의 팔을 잡아준 것을 참으로 다행이라고 생각했다. 만약 그의 팔이 없었다면, 일주일 내내 운동 부족인 상태에서 이렇게 두 시간이나 산책하는 데에는 체력이 달렸기 때문이다. 언제나 규칙적인 운동을 할 수 없게 된 것이 패니에게 영향을 끼치기 시작한 것이다. 포츠머스에 온 이후 쇠약해진 몸으로 헨리의 도움과 맑은 날씨가 아니었다면 그녀는 곧 주저앉았을지도 몰랐다.

헨리도 패니와 마찬가지로 날씨와 경관의 아름다움을 느끼고 있었다. 그들은 자주 같은 기분, 같은 흥취를 마음에 품고 걸음을 멈추고는 몇 분씩 벽에 기대어 바라보며 감탄하는 것이었다. 그리고 그는 적잖이 자연의 매력에 눈떠 있어 감탄하는 마음의 표현도 대단히 능숙하다고 패니도 인정하지 않을 수 없었다.

그녀는 이따금 감상적인 사색에 잠기곤 했고 헨리는 이때를 틈타 눈치 채이지 않게 그녀의 얼굴을 바라보는 것이었다. 그러나 그렇게 보고 있는 동안에 황홀할 정도의 그 아름다움에는 변함이 없었지만 그녀의 얼굴은 그 본래의 모습만큼 혈색이 좋지 않다는 것을 알게 되있다. 입으로는 매우 건강하다고 말하며 남이 안 그렇다고 생각하는 걸 원치 않았으나 전체적으로 보아 지금 있는 집은 편할 리가 없으며 따라서 건강을 위해서도 좋지 않다고 그는 확신했다.

헨리는 패니가 맨스필드로 돌아갔으면 좋겠다고 생각하게 되었다. 그곳이라면 그녀 자신으로 보아서도 또한 그녀를 만나는 자신으로 보아서도 훨씬 행복해질 수 있을 것이다.

"패니, 여기 온 지 한 달쯤 됩니까?"

"아뇨, 아직 한 달은 안 되었어요. 맨스필드를 떠난 지 내일이면 4주일이 돼요."

"무척 정확하고 꼼꼼하게 계산하시는군요. 저 같으면 그냥 한 달이라고 말할 겁니다."

"여기에 도착한 것이 화요일 저녁이었으니까요."

"예정은 두 달이었나요?"

"네, 이모부께서 두 달이라고 하셨으니까 그보다 짧아지지는 않을 거예요."

"돌아가실 땐 어떻게 하십니까? 누가 데리러 옵니까?"

"글쎄요, 어떻게 되는지…… 그 문제에 대해선 이모부께서 아무런 말씀도 없으셨어요. 어쩌면 좀더 오래 여기에서 머물러야 할지도 모릅니다. 꼭 두 달 후에 저를 데리러 온다는 것도 쉬운 일은 아닐 거예요."

패니가 차분한 목소리로 말했다.

잠깐 생각에 잠겨 있던 헨리가 대답했다.

"저는 맨스필드를 알고 있어요. 그곳 사람들의 사고방식과 당신에 대한 잘못된 태도도 알아요. 아무래도 당신은 그곳 사람들 기억에서 완전히 잊혀져 있는 듯하군요. 그들에게 당신의 편안함 따위는 둘째 문제이고 당신이 마땅히 안락한 환경 속에서 지내야 한다는 것도 관심 밖이겠죠. 물론 집안 식구 중 누군가가 불편한 환경 속에서 살아야 한다면 사정이 금방 달라지겠지만요. 어쩌면 당신은 언제까지고 이곳에 그대로 머무르게 될지도 모르는 일입니다. 토머스 경이 만사를 계획해서 직접 오신다든가 혹은 당신 이모님이 하녀를 보내신다면 혹 모르지만. 그것도 다음 석 달 동안은 이렇게 하리라 생각하고서 토머스 경이 결정하신 것을 하나도 변경하지 않음을 전제한 얘기입니다.

그건 안 돼요. 두 달로 충분합니다. 제 생각엔 6주일이면 충분하다 생각해요."

헨리는 수전에게 말을 걸었다.

"저는 지금 언니의 건강 문제를 염려하고 있습니다. 포츠머스에 가만히 있는 것은 좋지 않다고 봐요. 언니는 늘 바깥바람을 쐬고 운동을 할 필요가 있으니까요. 저만큼 언니를 잘 알게 되면 제 말이 맞다고 찬성할 거예요. 언니는 신선한 공기와 시골의 자유로운 생활에서 오래 떠나 있는 일이 있어서는 안 됩니다. 그러니까 만약에(다시 패니 쪽으로 돌아서서) 건강 상태가 좋지 않게 되면 그리고 맨스필드로 돌아가는 데 뭔가 장애라도 생긴다면…… 두 달을 다 채우려고 할 필요 없이…… 그런 문제는 별로 중요하지 않아요. 절대 크게 생각해서는 안 됩니다. 만약 조금이라도 평소보다 몸이 안 좋다거나 기분이 좋지 않다고 느껴지면 제 여동생에게 곧바로 연락해주세요. 딱 한 마디만 하면 됩니다. 그러면 저와 동생이 즉시 달려와서 맨스필드로 모시고 가겠습니다. 이 일이 아주 쉽고도 즐거운 일이라는 것은 잘 아실 테죠. 그때의 우리 심정이 어떠하리라는 것도."

패니는 고맙다는 인사를 하면서도 이 이야기를 웃음으로 넘겨버리려고 했다.

"이건 진정에서 말씀드리는 것입니다. 제 진심이란 걸 아실 테죠. 그리고 당신도 병이 나려는데 미련하게 참고만 있거나 감추지는 않겠지요. 정말 그래서는 안 됩니다. 그렇게 하도록 내버려두지는 않을 겁니다. 당신이 메리에게 보내는 편지에 분명히 '건강해요'라고 씌어 있는 동안만 우리는 당신이 건강하다고 생각할 것입니다. 당신이 거짓말을 할 사람이 아니라는 것은 알고 있으니까요."

패니는 다시 한 번 감사하다는 말을 했는데 감동을 받은 데다 난처해지기까지 해서 말도 몇 마디 못 하고 또 무슨 말을 해야 할지도 잘 몰랐다. 산책이 거의 끝나갈 무렵의 일이었다. 그는 마지막까지 동행해 와서는 패니의 집 대문 앞에서야 비로소 작별했던 것이다. 그들은 이제부터 식사가 시작된다는 것을 알고 있었으므로 그는 다른 데서 기다리는 사람이 있는 척했다.

"많이 피곤한 것은 아니지요? 당신이 생기를 되찾는 모습을 보고 작별하고 싶군요. 런던에서 뭔가 도와드릴 일이 있을까요? 한 번 더 노퍽 주로 가볼까 하는 생각도 있습니다. 영지 관리인인 매디슨의 일이 아직도 만족스럽지가 않습니다. 그 사람은 지금까지도 기회만 있으면 저를 속여 자기 사촌을 어느 물레방앗간에 살게 하려는 심산이죠. 저는 거기에 다른 사람을 들여놓을 작정입니다. 분명한 결론을 내려야 하겠어요. 에버링검의 남쪽에서도 북쪽에서처럼 속지는 않는다, 제 재산의 주인은 바로 저라는 사실을 그 자에게 알려야 합니다. 저번에는 그 정도까지 이야기하지는 않았으니까……. 이런 사내가 영지에 끼치는 피해는 주인의 신용 면에서나 가난한 사람들의 복지 면에 헤아릴 수 없을 정도입니다. 지금 곧 노퍽 주로 돌아가 모든 일을 단단히 다짐해놓고 앞으로는 꼼짝도 못 하게 만들어놓아야지 하는 생각을 주로 많이 하고 있습니다. 매디슨은 영리한 사람이기 때문에 그만두라 하고 싶지는 않아요. 물론 그가 저를 신용할 경우에 한해서지요. 더군다나 이쪽이 한 번도 속인 적이 없는 사나이에게 보기 좋게 속아 넘어가다니……. 정말 어리석은 노릇입니다. 그러나 인정머리 없고 욕심 많은 그 사람 때문에 정직한 사람이 내쫓긴다면 그저 어리석다는 말로 끝날 일이 아닐 것 같습니다. 그렇지 않습니까? 역시 가는 것이 좋겠죠? 당신이라면 저에게 가라고 권하겠습니까?"

헨리는 다른 사람이 모두 집 안으로 들어간 다음 패니를 붙잡고서 다시 말했다.

"제가 어떻게 권하겠어요? 무엇이 옳은 일인지는 당신이 잘 알고 계시는데."

"그래요, 당신이 의견을 말해주면 언제나 무엇이 옳은 것인지 알게 됩니다. 당신의 판단이 저에게는 정의의 기준인걸요."

"어머, 별말씀을. 그런 말씀하지 마세요. 누구나 마음속에는 좋은 길잡이가 있어요. 그 말을 잘 들으면 다른 사람의 의견을 듣는 것보다 한층 낫죠. 안녕히 가세요. 내일 여행이 무사하시기를 빌게요."

"런던에 가서 도와드릴 일은 없습니까?"

"없습니다. 그렇게 말씀해주셔서 정말 감사해요."

"뭔가 전할 말은?"

"동생 되는 분께 안부를 전해주세요. 그리고 사촌…… 에드먼드 오빠를 만나시면 전해주세요. 가까운 시일 안에 소식이 있기를 바란다고 말예요."

"알았습니다. 만약 그가 게으름을 피우거나 글쓰기를 등한히 하면 제가 대신 변명의 편지를 쓰지요."

헨리는 더 이상은 말할 수 없었다. 그 이상 패니를 붙잡아둘 수 없었기 때문이다. 그는 그녀와 악수하고 그녀를 바라보고 떠나갔다.

얼마 후 그는 호화로운 식탁 앞에 앉았다. 호텔에 도착한 그가 다른 사람들과 그럭저럭 시간을 보내고 있는 동안에 일류 호텔이 마련할 수 있는 최상의 식사가 준비되고 있었던 것이다. 그들은 즐겁게 이 식사를 즐겼다.

한편 패니는 집으로 들어가 곧 훨씬 검소한 식탁 앞에 앉았다. 두 사람의 평소 식사는 전혀 성격이 다른 것이어서 운동 말고도 그녀가 아버지 집에서 얼마나 많은 곤란을 겪고 있는지를 알았다면 헨리도 패니의 안색이 오히려 그때보다 더 나쁘지 않은 사실에 놀랐을 것이다. 그녀는 레베카의 푸딩, 레베카의 잘게 썬 고기 요리는 도저히 입에 댈 수가 없었다. 식탁에 오를 때도 대충 씻은 접시에 채 씻지 않은 나이프와 포크가 따라오는 것이다.

그런 실정이었으므로 패니는 도저히 그 음식들을 먹을 수 없었고 저녁때가 되어 남동생들에게 비스킷을 사러 보낸 적이 한두 번이 아니었다. 맨스필드에서 품위 있게 자란 몸이 포츠머스에서 단련을 받기에는 이미 때가 많이 늦었던 것이다.

그리고 만약 토머스 경이 이 사태를 전부 안다면 조카딸은 아주 순조롭게 몸과 마음이 굶주려 헨리와의 좋은 교제와 넉넉한 재산을 좀 더 정당하게 평가하기 시작했다고 생각했을지 모르지만 아마 이 실험을 더 이상 계속하면 패니는 치료 도중에 어쩌면 죽어버릴지도 모른다고 걱정했을 것이다.

패니는 그날 하루종일 마음이 울적했다. 이제 헨리와는 다시 만나지 않아도 되었기 때문에 크게 마음이 놓였지만, 의기소침해지는 것은 어쩔 수 없었다. 살가운 친구와 헤어진 거나 다를 바 없었다. 그가 떠난 것은 한편으로는 기쁜 일이었지만 그때로서는 버림받은 듯한 기분이 들었다. 말하자면 그로 인해 맨스필드와의 이별이 확실해진 것이나 진배없었다. 그가 런던으로 돌아가면 메리와 에드먼드를 자주 만날 거라는 생각이 들자 질투에 가까운 감정까지 들었다. 그러나 그런 감정이 드는 자기 자신이 몹시 역겹게 느껴지는 것이었다.

패니의 우울은 주위에서 일어나는 일들로 줄어드는 일이 없었다. 아버지의 친구 한둘이 찾아오면 아버지가 그들과 함께 나가지 않는 한 언제나 오랫동안 눌러앉아 6시부터 9시 반까지 소란과 독한 술이 계속되었다. 그녀는 더욱 기분이 울적해졌다.

헨리가 이상하리만큼 좋아졌다. 좀 전에도 패니는 그 생각을 했었는데, 그녀의 생각의 흐름 속에서 가장 위안에 가까운 것은 이것뿐이었다. 전혀 종류가 다른 사람들 속에서 그와 만났으며 그 대조의 효과가 크다는 점은 생각하지도 못하고 그녀는 그가 이전보다 놀랄 만큼 점잖아지고 남한테 신경을 쓰게 되었다고 생각하게 되었다. 그리고 사소한 일에 그러하다면 큰 문제에 있어서도 반드시 그렇지 않겠는가?

패니는 자신의 건강과 안락을 그토록 염려하는 헨리의 말투와 태도에서 커다란 감동을 받았다. 그토록 자신에게 섬세하게 신경을 써주는 만큼 그녀가 몹시 괴롭게 여기면서 완강하게 거절해온 구혼을 이제는 받아들여도 좋지 않을까 하는 생각마저 드는 것이었다.

43

짐작건대 헨리는 다음날 아침에 런던으로 돌아간 모양으로 그의 모습은 프라이스 가에 다시는 나타나지 않았다. 그리고 이틀 후 그것이 사실로 확인되었는데 그의 여동생이 보낸 편지가 왔던 것이다. 패니는 이 편지를 또 다른 이유에서 매우 근심스러운 호기심을 가지고 개봉하여 읽었다.

사랑하는 패니,

제가 알려야 할 일은 당신을 찾아 포츠머스에 갔던 헨리 오빠가 런던으로 돌아왔다는 사실이에요. 지난주 토요일에 당신과 함께 공창까지 매우 즐거운 산책을 하고 또 다음날에는 성벽 위에서 더욱 잊을 수 없는 산책을 했다면서요. 부드러운 바람, 반짝반짝 빛나는 바다 그리고 너무나 아름다운 당신의 모습과 당신이 한 이야기들…… 그 모든 것들이 하나가 되어 말할 수 없이 흐뭇한 조화를 이루었다고 하더군요. 지금도 그 생각만 하면 황홀한 그 순간의 감동을 느낄 수 있다고 해요.

이상이 제가 아는 한에 있어서는 알려드려야 할 얘기의 주요 내용이 될 것 같군요. 오빠의 부탁으로 쓰고 있지만 이 밖에 무엇을 알려드려야 하나요. 얘기할 것이라면 방금 말한 포츠머스 방문 그리고 두 번의 산책과 오빠가 당신의 가족들, 특히 당신의 아름다운 동생인 수전 양은 15세(14세이지만 메리의 착각)의 아가씨로서 성벽 위에도 함께 갔었다고 하더군요. 어쩌면 첫사랑의 초보 교육을 받은 것이나 아닌지. 길게는 쓸 시간이 없군요. 비록 있다고 해도 장소가 마땅치 않네요. 왜냐하면 이 편지는 단순히 사무적인 것이어서 쓴 목적은 필요한 정보를 전하는 것뿐 그것도 늦어지면 어떤 결과가 될지 모를 일이에요.

그립고 사랑스런 패니,

만약 지금 여기에 당신이 있다면 당신을 상대로 얼마나 많은 얘기를 늘어놓을까요? 지칠 때까지 제 이야기를 들어주고, 더욱 지칠 때까지 제게 이야기해 줘야 할 거예요. 하지만 제 마음에 가득 차 있는 이 숱한 이야기의 그 백분의 일도 편지에 담을 수가 없답니다. 그러므로 저는 한마디도 쓰지 않을 작정이니까 좋으실 대로 상상하세요. 그냥 당신의 상상에 맡기도록 할게요. 따로 전할 소식은 없어요.

정치 이야기에 대해서는 물론 들으셨겠죠? 그리고 제가 요즘 매일 접촉하고 있는 여러 사람들의 이름이나 파티의 이야기로 귀를 더럽혀드리는 것도 칭찬받을 일이 아니겠죠?

아참, 당신의 사촌 오빠의 첫 파티 광경을 알려드렸어야 했는데 그만 게으름을 피웠군요. 그것도 이제는 꽤 오래된 얘기가 되고 말았어요. 단지 이것만은 얘기하고 싶군요. 파티는 빈틈없이, 집안사람 누가 봐도 틀림없이 만족했을 만한 스타일로 진행되었어요. 에드먼드 씨 자신의 복장과 매너도 정말 찬양받을 만한 것이었어요. 제 친구인 프레이저 부인은 그런 집이 탐이 난다며 야단도 아니었어요. 따라서 저는 비참한 생각은 들지 않았어요.

부활절이 지나면 스토너웨이 영부인 댁으로 갈 예정이에요. 그녀는 매우 원기가 왕성하고 행복한 것 같아요. 아마 스토너웨이 경도 가정에서는 매우 유쾌하고 상냥한 분일 거예요. 그리고 저도 그전처럼 그분을 아주 못났다고는 생각지 않아요. 최소한 그분보다 못생긴 사람을 숱하게 보았는걸요. 당신의 사촌 오빠 에드먼드 씨를 곁에 세우면 상대도 되지 않지만요.

얘기가 나온 김에 이 영웅에 대해선 무슨 말을 할까요? 그분의 이름을 입에 올리지도 않는다면 당신도 수상하게 여기실 테죠? 그러니까 우리는 두세 번 그분을 만났고 이곳 친구들도 그분의 신사다운 태도에 무척 감탄하고 있다는 걸 전해드리지요. 프레이저 부인—상당히 눈이 높은 사람이지만—도 체격이나 키나 용모가 이처럼 멋진 사람은 런던에 세 명밖에 없는 걸로 안다고 단언하지 뭐예요. 솔직히 말해서 그분이 저번에 여기서 식사하셨을 때 보니 상대가 될 만한 사람이 없더군요. 열여섯 명이나 모였는데도 말예요. 다행히 최근에 와서는 분명하게 눈에 띄는 의상의 차이는 없어졌지만 그러나……. 그러나……. 그러나…….

이만 총총

하마터면 잊을 뻔했습니다. 에드먼드 씨가 나빠요. 귀찮을 만큼 머릿속에 그 모습이 떠오르니까요. 한 가지 매우 중대한 일을 저와 헨리 오빠로부터 전해 들어야 합니다. 즉 우리가 당신을 노스햄턴주로 데리고 가는 일이에요.

귀엽고 사랑스런 패니,

포츠머스에 너무 오래 있어서 고운 얼굴을 망치는 일이 없도록 하세요. 그런 끔찍한 바닷바람은 미모와 건강을 엉망으로 만들어버린답니다. 가엾은 숙모님은 해변에서 10마일 이내로 들어서면 금방 그 영향을 느끼시더군요. 물론 숙부님께서는 전혀 멀으려고 하지 않았지만 저는 숙모님이 정말로 그랬다는 걸 알고 있어요.

저는 당신과 오빠의 명령대로 하겠어요. 어느 때라도 좋아요. 좋은 생각이 아닌가요? 약간 길을 돌아서 도중에 에버링겐으로 안내하죠. 그리고 런던을 지나서 하노버 광장의 세인트 조지 교회(상류계급의 결혼식이 거행되는 곳으로 유명: 역주)내부를 구경하는 것도 싫지는 않겠죠? 하지만 그때는 당신의 사촌 오빠 에드먼드 씨는 오지 않게 해줘요. 제가 엉뚱한 생각을 하면 곤란하니까요. 너무 편지가 길어졌군요.

한 마디만 더……. 헨리 오빠는 당신이 찬성하신 용건으로 다시한 번 노퍽 주로 가는 것을 고려중인 듯해요. 하지만 이 일은 내주 중간까지는 아무래도 어려울 것 같아요. 왜냐하면 그날 저녁에 우리는 파티를 열 예정이니까요. 그런 경우 헨리 오빠 같은 남자가 얼마나 가치가 있는지 이건 당신은 진작도 못 챌 거예요. 그러니 제 말을 듣고 오빠의 가치가 한없이 높다는 걸 멀어주세요.

오빠는 러시워스 부부도 만날 거예요. 사실 저는 곤란하다고 생각지는 않아요. 좀 호기심도 생기니까요. 헨리 오빠도 그러리라 멀어요. 전혀 내색하거나 말은 하지 않고 있지만…….

이런 편지는 열심히 읽고 나서도 다시 읽고 또 읽으면 자꾸 심사숙고하게 되어 만사가 전보다도 더 아리송해지는 경향이 있다. 다만 한 가지 확실한 것을 거기서 끄집어낸다면 아직 결정적인 일은 아무것도 일어나지 않았다는 사실이었다. 에드먼드는 아직 메리에게 사랑을 고백하지는 않은 것이다.

메리는 이제부터 어떻게 행동할 작정일까? 혹은 작정 같은 건 아예 없을지도 모른다. 아니 어떤 작정을 하고 있다 해도 무시해버릴지도 모른다.

그녀에게 있어서 에드먼드의 비중은 이전에 헤어졌을 때와 조금은 달라지지 않았을까? 만약 비중이 감소됐다면 그것은 더욱 감소될 것인가 아니면 다시 더 커질 것인가? 이런 일들을 끝없이 억측하고 그날부터 날마다 며칠을 두고 생각해보았지만 거기서는 아무런 결론도 끌어낼 수가 없었다.

패니의 머릿속을 가장 많이 지배하고 있는 생각은 메리가 런던의 습관에 다시 빠져들게 되어 에드먼드에 대한 열이 식었다는 것이다. 하지만 런던에서 새롭게 에드먼드를 만남으로써 마음이 다시 흔들리게 되고, 결국에는 애정에 못 이겨 그를 단념할 수 없게 되리라는 추측이었다. 그 여자 같으면 터무니없는 야망을 갖고 있을 것이다. 그래서 망설임 없이 에드먼드를 괴롭히거나 까다로운 조건을 내걸고 여러 가지로 요구하겠지만 마지막에는 에드먼드의 요구를 받아들여서 승낙한다.

패니는 이런 생각을 가장 많이 하게 되는 것이었다. 런던에 집을 갖는다는 것은 아무래도 이룰 수 없는 소망일 것이다. 그러나 메리가 어떤 것을 요구할지 알 수 없는 일이었다. 에드먼드의 장래는 점차 어두워지기 시작했다. 그를 화제로 삼고서도 외모에 대해서밖에 얘기할 수 없는 여성이라니. 얼마나 보잘것없는 애정이란 말인가. 프레이저 부인의 칭찬을 듣고 흐뭇한 감정을 품었다는 것이나, 반년간이나 그를 가까이 사귄 사람이 오로지 외모에 대해서밖에 말할 것이 없다는 것은 정말 어처구니가 없게 했다. 패니는 그녀가 부끄러워졌다.

편지 속에서 헨리와 패니 자신에 대해 말한 대목도 마찬가지로 마음을 가볍게 건드려주는 것이었다. 헨리의 노퍽행이 14일 전이 되든 이후가 되든지 그런 일은 분명히 그녀가 알 바 아니었다.

패니는 헨리라면 곧 노퍽으로 갈 거라고 생각했다. 패니는 메리가 왜 자기 오빠와 러시워스 부인이 얼굴을 마주칠 기회를 만들어주려는 것인지 도무지 이해가 되지 않았다. 그것은 최악의 행동이며 더없이 불친절하고 잘못된 생각이었던 것이다.

그러나 패니는 헨리가 그런 비열한 호기심에 동요되지는 않을 것이란 희망을 가졌다. 그는 그런 동기를 인정하지 않고 여동생도 오빠가 자기보다는 훨씬 양심적이라는 것을 마땅히 믿어야만 했다.

이 편지를 받은 후로는 전보다 더 런던에서 올, 또 한 통의 편지를 학수고대하게 되었다. 그래서 며칠 동안은 그 때문에 그리고 도착한 편지, 도착할지도 모를 편지 때문에 완전히 침착성을 잃어버려 수전을 상대로 한 평소의 독서와 대화는 자꾸만 중단되었다. 주의를 집중시킬 수가 없었던 것이다.

민약 헨리가 에드먼드에게 전할 밀을 잊지 않았다면 아마 아니, 반드시 만사를 제쳐두고 에드먼드가 편지를 보낼 것이라 생각하고 있었다. 평소에 친절한 그였으므로 이렇게 생각하는 것도 결코 무리라고 할 수 없었다. 그러나 나흘이 지날 때까지도 그의 편지는 오지 않았다. 그리고 패니는 안정을 찾지 못하고 안절부절못하는 상태가 되었다.

그러나 오래잖아 패니도 마음이 안정되어 침착성을 되찾았다. 이것도 저것도 아닌 상태에 몸을 맡기고서 그런 일로 애가 타 쓸모없는 인간이 되어서는 안 되었던 것이다.

그런 결심을 하자, 안정을 찾는데 어느 정도 도움이 되었고 그녀 자신도 다시 수전을 돌보는 일에 더욱 열성을 쏟게 되었다. 패니는 수전에게서 그전보다도 더 큰 흥미를 느끼게 되었다.

수전은 언니를 무척 따르고 있었다. 패니는 어릴 때부터 책을 아주 좋아했지만 수전에게는 그런 면이 전혀 없어 진득이 앉아 공부하거나 장래를 위해 지식을 추구하는 일 따위를 하는 성질이 아니었다. 그러나 무식해 보이고 싶지 않다는 욕심은 아주 강했고 아울러 뛰어나고 명석한 이해력을 가지고 있어서 그녀는 열심히 받아들였다.

수전은 은혜를 아는 학생이었다. 그녀에게 있어서 패니의 말은 신이 하는 말과 같은 것이었다. 패니의 설명이나 비평은 수필 각 편에 혹은 역사책의 각 장에 딸린 중요한 부록과 같았다. 옛 시대에 대한 패니의 이야기는 그녀의 마음속에 골드스미스(18세기 영국의 문인, 몇 권의 훌륭한 역사서를 집필했다: 역주)의 문장보다도 오래 머무는 것이었다. 그리고 언니로서는 영광이라고나 할까, 수전은 어떤 작가의 것보다 언니의 문체를 좋아했다.

패니와 수전이 나누는 대화는 늘 역사나 도덕 같은 고상한 것만은 아니었다. 다른 것들이 화제가 되는 일도 있었으며 그런 가벼운 화제 중에서 가장 자주 입에 올리고 또한 둘 사이에서 가장 오래 계속되었던 것은 뭐니 뭐니 해도 맨스필드 파크의 이야기, 맨스필드 파크의 사람들, 예절이나 오락, 생활 방식에 대한 것들이었다.

수전은 원래 예의 바르고 자상한 것을 좋아하는 성격이었기 때문에 열심히 귀를 기울였으며 패니도 무척 좋아하는 화제여서 그것에 열중하지 않을 수 없었다.

수전은 패니의 얘기를 들으며 맨스필드 파크를 너무나 동경한 나머지 꼭 가보고 싶어했다. 이모부 집에서 이루어지는 대화나 행동 하나하나에 감탄사를 연발하고 있었던 것이다.

패니는 수전에게 그다지 나쁘지는 않을 거라고 생각하고 맨스필드의 얘기를 화제로 삼았던 것인데, 수전의 열렬한 반응을 접하게 되면서 자기가 잘못 얘기한 게 아닌가 하는 생각이 들었다.

자신은 맨스필드에 대한 동경만 불러일으켰을 뿐 그것을 채워줄 수는 없었기 때문이었다.

가엾은 수전이 이 집에 어울리지 않는 것은 언니와 똑같았다. 패니는 곧 이 사실을 알게 되었고, 그래서 자기가 포츠머스에서 해방될 때가 와도 수전을 두고 가야 했기 때문에 모처럼의 행복이 크게 줄어들거라는 것을 깨닫게 되었다. 어느 모로 보나 좋은 소질을 가진 소녀를 이런 사람들한테 계속 맡겨둬야 하나 생각하니 그녀의 가슴은 더욱 저려오는 것이었다.

그녀가 동생을 부를 수 있는 집을 가질 수 있다면 얼마나 행복할까? 그리고 만일에 그녀가 헨리의 호의를 받아들일 수 있게 된다면, 그도 그런 수단을 강구하는 데에 반대하지 않으리라는 생각이 들어 그녀는 크게 자위를 하게 되었다.

그녀는 헨리가 정말 미음 씨는 착한 사람이라고 생각하고 있었기 때문에 그가 그런 계획에 응해줄 광경을 상상하고는 무척 즐거운 기분이 되었다.

44

2개월 중에서 7주가 거의 지나갈 무렵에 문제의 편지, 기다리고 기다리던 에드먼드의 편지가 패니에게 전달되었다. 봉투를 뜯고서 그 길이를 보았을 때 패니는 두 사람이 행복하게 보내는 이야기가 자세하게 기록되어 있을 것이라고 짐작했다. 이제는 그의 운명의 여주인공이 된 행운의 여성에 대한 사랑과 찬양의 말들을 이미 각오하고 있었던 것이다. 그러나 예상과 달리 편지의 내용은 다음과 같았다.

사랑하는 패니,

그동안 소식 전하지 못해 미안하다. 헨리 크로포드 씨로부터 네가 내 편지를 기다리고 있다는 말을 전해 듣기는 했으나 런던에서 편지 쓰는 일은 아무래도 무리여서 지금껏 소식 한 장 띄우지 못했단다. 하지만 소식이 없어도 그럴 만한 이유가 있을 것이라고 짐작하고 이해해주리라 믿었단다.

만약 기쁜 얘기를 몇 줄 써서 알릴 수 있었다면 게으름을 피우지는 않았을 텐데 그런 일은 끝내 일어나지 않았단다. 맨스필드로 돌아오기는 했지만 떠날 때보다 더욱 마음이 안정되지 않은 상태로 있다. 메리 양과 잘될 거라는 희망은 매우 적어졌단다. 이 점은 아마 이미 눈치 챘겠지?

메리 양은 너와 매우 친하니까 자연히 자기 마음을 이것저것 네게 이야기했을 것이며 그 이야기를 들었다면 내 마음도 대강은 짐작할 수 있을 거다. 그렇다고 해서 내가 직접 이야기하기 싫다는 것은 아니다. 우리 둘이 네게 속마음을 털어놓는다고 해서 서로 알려지지는 않겠지. 내가 따져 물어보지는 않을 테니까.

메리 양과 내가 한 사람을 가지고 똑같이 친구로 지내고 있다고 생각하니 어쩐지 마음이 놓인다. 그녀와 나는 불행히도 어떤 의견에서는 상당한 차이를 보였지만 너를 사랑하는 점에서는 의견이 일치하고 있는 듯하구나. 현재 어떤 형편이 되어 있는지, 당면한 나의 계획은 어떤 것인지 네게 말하려니 마음이 조금 차분해진다.

패니야, 나는 지난 토요일에 맨스필드로 돌아왔다. 런던에는 3주간 머물렀는데, 그곳에서 메리 양과는 제법 자주 만났단다. 프레이저 부부도 그 이상 기대할 수 없을 정도로 내게 아주 친절하게 대해 주었단다. 하지만 메리 양은 내게 아주 냉담했어. 맨스필드 파크에서와 같은 교제를 희망하고 상경한 것이 아무래도 무리였던 것 같구나.

그러나 문제는 그녀의 태도이지 만나는 횟수가 적었던 것은 아니었단다. 나를 대하는 태도만 그렇지 않았다면 나도 이렇게 불만스럽지는 않았을 테니까. 그러나 그녀는 나를 만났을 때 이미 변해 있었어. 처음부터 나를 대하는 태도가 바라던 바와는 너무 달랐거든. 당장 런던을 떠나고 싶은 마음이 들 정도였지.

이 일을 여기에다 자세하게 다 말할 필요는 없겠지. 그녀의 인품의 약점은 너도 잘 알고 있으니 어떤 의견, 어떤 말이 나를 괴롭혔

없지 충분히 상상이 될 거다. 그녀는 몹시 들떠 있어 부산하게 행동했으며, 또 주위사람들도 자기들의 무분별을 총동원하여 그녀의 지나치게 활발한 성격을 부추기고 있었단다.

나는 프레이저 부인에게 아무런 호감을 느낄 수 없구나. 그녀는 마음이 차갑고 허영심이 강한 여자로 오로지 실속만을 차려 결혼했고, 보아하니 결혼생활은 불행한 것 같은데, 자기가 실망한 원인은 그릇된 판단, 성격상 격차, 또는 나이가 서로 걸맞지 않은 데에 있다고 생각지 않고 결국은 자기가 많은 친지들, 특히 자기 여동생인 스토너웨이 영부인보다 부유하지 않은 데에 있다 생각한 나머지, 돈과 공명심에 관련된 일이라면 무조건 이를 지지하는 그런 사람이다.

그녀가 이 두 자매와 친분을 맺고 있다는 것은 그녀의 생애와 또 내 생애의 최대의 불행이라 할 수 있어. 이 두 사람이 오랜 세월 동안 그녀를 나쁜 길로 끌어들이고 있었어. 어떻게든 그들과 인연을 끊게 해주었으면 좋으련만! 때로는 전혀 가망이 없는 일도 아닌 듯하다. 왜냐하면 좋아하는 것은 주로 상대방이라 여겨지기 때문이지.

이 두 사람은 메리 양을 매우 좋아하고 있지만, 그녀가 이들을 너와 동등하게 사랑하고 있지 않다는 것은 확실하다. 그녀의 너에 대한 애착과 또한 그녀의 자매로서의 분별 있는 올바른 처신 모두를 생각하면 실제로 그녀는 전혀 다른 인간, 모든 고귀함을 갖춘 인간으로 생각되어 장난스런 태도에 너무 가혹한 해석을 내렸다고 후회하고 싶어진다.

그녀를 단념할 수는 없어, 패니. 그녀야말로 내가 아내로 생각할수 있는 이 세상에 오직 하나뿐인 여성이다. 그녀도 나에게 얼마쯤 관심을 가지고 있다고 믿고 있지 않다면 물론 나도 이런 말은 하지 않을 거다. 하지만 나는 그렇게 믿고 있단다. 그녀도 분명히 나를 싫어하는 건 아니라고 나는 확신하고 있다. 나는 누군가 개인에 대해 질투하고 있지는 않다. 다만 상류 사교계의 영향력 전체에 대해 질투를 느끼고 있다.

염려되는 건 돈 많은 사람들의 습관이야. 그녀가 자기의 분수도 모를 만큼 욕심을 부린다는 것은 아니지만 그녀가 원하는 바는 우리 두 사람의 수입에 비추어 좀 무리라고 할 수밖에 없어서 이 전에는 좀 위안이 된다. 그녀를 잃더라도 부자가 아니기 때문이라는 쪽이 내 직업 때문이었다는 것보다는 참기 쉬운 일이겠으니 말이다.

그럴 경우 분명해지는 것은 다만 그녀의 애정은 그만한 희생을 견딜 수가 없었다는 것뿐이며 처음부터 그런 희생을 요구하는 것이 무리였던 것이다. 거절당하게 되면 이 사실이 정당한 이유가 될 수 있겠지. 그녀의 편견은 전보다 더 심하지는 않다고 본다.

여기서는 생각나는 것을 그대로 쓰고 있기 때문에 패니, 어쩌면 앞뒤가 모순되는 일이 있을지 모르지만 내 마음의 솔직한 묘사인 데는 틀림이 없어. 일단 쓰기 시작하니 내가 느끼고 있는 것을 모두 네게 말할 수 있어 즐겁다. 그녀를 단념할 수는 없다. 우리 둘은 이미 지금과 같은 관계를 가져왔으며, 그 관계가 앞으로도 변치 않는다면 메리 양을 단념한다는 것은 나에게 있어서는 가장 친한 몇 사람과 교제를 단념하고 뭔가 달리 어려운 일이 생기면 위로받으러 갈 수 있는 집과 친구로부터 스스로를 몰아내는 거나 다름없는 일이다.

메리 양을 잃는다는 것에는 크로포드 씨와 패니를 잃게 된다는 뜻이 포함되었다고 생각해야 한다. 만약 분명하게 거절을 당하게 된다면 어떻게 견디어나갈지 내 마음을 사로잡고 있는 그녀의 매력을 어떻게 없애버려야 할지 그 방법도 알게 되겠지. 그리고 몇 년 동

않을……. 어리석은 말을 쓰게 되는군. 거절당하면 그것을 견뎌나가야만 한다.

그때까지는 그녀를 찾고 노력하기를 그만둘 수 없는 것이다. 이것이 진실이다. 문제는 오직 어떤 수단을 쓰느냐는 것뿐, 가장 효과적인 방법은 무엇일까, 하는 것이다. 때로는 부활절 후에 한 번 더 런던에 가볼까 하는 생각도 해보고 또 어떤 때에는 그녀가 맨스필드로 돌아올 때까지 아무 일도 하지 말고 그냥 둬보자는 생각이 들 때도 있다.

지금도 그녀는 즐거운 듯 6월이 되면 맨스필드에 오겠다고 말하고 있지만 6월이면 짧지 않은 앞날의 일이니, 나는 아마도 그녀에게 편지를 쓰게 되겠지. 편지로 내 마음을 설명하려고 결심하기 시작했다. 일찌감치 결말을 짓는 것이 구체적인 목적이다.

현재의 내 상태는 비참하리만큼 엉망이다. 아무리 생각해봐도 편지가 설명의 수단으로서는 단연 제일이라고 여겨진다. 말로 할 수 없는 것도 이것저것 쓸 수가 있을 것이며 그녀로서도 마음을 정해서 허락할 때까지 생각할 여유가 생기게 되겠지.

패니, 내가 두려워하는 것은 깊이 생각하지 않고 당장 충동적으로 보내는 허락이야. 난 그렇게 생각해. 내게 있어서 최대의 장해는 그녀가 프레이저 부인과 의논하고, 나는 멀리 있어 내 목적을 옹호할 수 없다는 점에 있는 것이란다. 편지로 하게 되면, 프레이저 부인과 상의한 결과에서 오는 피해는 막을 수 없을 것 같다. 완전한 결심이 서지 않을 때 조언자 따위가 있으면 운 사납게 나중에 가서 후회하게 될 경우도 생기니까 말이다. 이 문제는 좀 신중히 생각해봐야겠다.

이렇게 길게 내 얘기만 늘어놓은 편지를 보면 패니같이 우정이 깊은 친구도 몹시 지루해질 거야. 일전에 헨리 크로포드 씨를 프레이저 부인 저택에서 파티가 열렸을 때 만났지. 그에 대해 직접 보고 듣고 나서는 더욱 그에게 만족을 느낀다. 마음이 흔들리는 것 같은 그런자도 안 보여. 결심이 단단히 서 있고, 자기가 결정한 일에 어울리는 행동을 취하고 있단다.

이것은 아주 놀라운 일인데, 그와 마리아가 한방에 있는 걸 봤을 때 네가 이전에 하던 얘기를 기억해내지 않을 수 없었단다. 마리아는 분명히 냉정한 태도였어. 둘은 서로 말도 하지 않고서 그가 당황하여 물러가는 모양을 보았는데 마리아도 러시워스 부인이 됐으니 버트램 양 시절의 하찮은 모욕 따위는 마음에 새겨두지 않는 게 좋을 것 같았어.

마리아가 아내로서 잘 해나가고 있는지 너도 내 의견을 듣고 싶겠지? 불행한 것 같지는 않았어. 정답게 잘사는 모양이더라. 윔폴 가에서 두 번 식사를 했다. 그 후 자주 갔어야 했지만 오빠로서 제임스 러시워스와 자리를 같이한다는 것은 고통스런 일이었지.

줄리아는 런던 생활을 무척 즐기고 있는 것 같더구나. 나는 별로 즐겁지 않던데……. 그러나 이곳에 돌아오니 훨씬 재미가 없구나. 집안에 활기가 없어진 것 같아. 네가 돌아왔으면 하고 모두들 바라고 있단다. 나도 말로 표현할 수 없을 만큼 너를 그리워하고 있다. 어머니는 안부를 전해달라고 하시면서 곧 편지 있기를 바라고 계신단다. 늘 네 이야기만 하셔서 앞으로 몇 주간을 어머니가 너 없이도 살아가실 수 있을지, 생각하면 안쓰러워진다.

아버지는 너를 직접 데리러 가실 생각인데 그것은 아마 부활절 이후 런던에 볼일이 생겼을 때 그러실 거야. 포츠머스에서 편히 지내고 있겠지? 하지만 해마다 갈 수는 없지 않겠니. 나는 네가 빨리 집으로 돌아오기를 바라고 있단다. 손턴 레이시의 일로 네 의견을 듣고 싶으니 말이다.

많은 비용을 들이는 개축은 아내가 살게 된다고 확정될 때까지 머워둬야겠다.

그랜트 부부의 바스행은 완전히 결정되었다. 월요일에는 맨스필드를 출발할 예정이야. 참 잘된 일인 것 같아. 나 자신의 기분이 울적하니까 다른 사람의 기분을 맞춰줄 수도 없단다. 그러나 어머니는 맨스필드 뉴스를 이런 중대한 항목 하나까지 어머니 것이 아닌 내 붓끝으로 전하는 것을 섭섭해 하는 눈치시다.

안녕, 사랑하는 패니.

'이제 다시는…… 좋아, 절대로 또다시 편지 따위를 바라지는 않을 테야.' 패니는 읽고 나서 마음속으로 이렇게 결심했다. '실망과 슬픔 이외에 뭘 전해주려는 거지? 부활절 이후라니! 어떻게 참는담? 가엾게도 버트램 이모는 내 얘기만 하신다는데!'

패니는 그쪽으로 생각이 기울어 가까스로 참았지만 토머스 경이 이모에 대해서나 자기에 대해서나 참으로 불친절하다고 생각되어 짜증이 났다. 이 편지의 내용 중에 짜증을 해소시켜줄 만한 것이라곤 아무것도 없었다. 너무나 짜증스런 나머지 에드먼드에게 속이 상해서 하마터면 화까지 낼 뻔했던 것이다.

'이렇게 질질 끌면 좋지 않아. 왜 결정해버리지 않는 거지? 오빠는 눈이 멀어버린 거야. 무엇으로도 그 눈을 뜨게 할 수는 없어. 오빠의 판단은 크게 틀린 걸, 뭐. 그토록 오랫동안 진실을 눈앞에 두고도 알아차리지 못하니 말이야. 왜 그렇게 행동하는지 도무지 알 수가 없어. 그 여자와 결혼하면 돈에 궁해지게 될 테고 나중에는 비참해지는 거

지. 아아, 하느님, 제발 그 여자의 꾐에 빠져 오빠가 품위를 떨어뜨리는 일이 없게 하소서!'

패니는 편지를 다시 한 번 천천히 읽었다.

'메리 양이 나랑 친하다고? 모두 우스꽝스런 소리야. 그 여자가 사랑하는 것은 그 누구도 아닌, 자기 자신과 오빠인 크로포드 씨뿐이야. 친구들이 그녀를 오랜 세월 동안 나쁜 길로 끌어들였다고? 오히려 그녀가 자기 친구들을 나쁜 길로 끌어들인 게 아닐까? 아마도 모두가 서로 상대방을 타락시켰을 거야. 그런데 그쪽 사람들이 그 여자를 아주 좋아하는 반면에 그녀는 그렇지 않다면 그녀 쪽이 오히려 피해가 적겠군. 물론 그쪽 사람들의 아첨은 제쳐두더라도 그녀야말로 그가 아내로 생각할 수 있는 이 세상에서 오직 하나뿐인 여성임을 믿어 의심치 않아. 오빠의 전 생애를 지배하는 연애니까. 허락을 받든 거절을 당하든 오빠의 마음은 이제 영원토록 그녀에게 묶여 있어. 메리 양을 잃는다는 것에는 크로포드 씨와 패니를 잃게 된다는 뜻이 포함되어 있다고 생각해야 한다고? 오빠는 나라는 사람을 잘 모르고 있어. 두 집안이 결합될 리는 없지 않아? 오빠가 결합시키지 않는 한 말이야. 좋아, 메리 양에게 편지를 쓰라고, 편지를. 깨끗이 정리해줘. 이렇게 어정쩡한 상태는 오빠에게 아무런 도움이 안 된단 말이야. 당장 끝장을 내도록 해. 얘기를 결정짓고 빨리 결단을 내리란 말이야!'

그러나 이 같은 흥분은 너무 원망에 가까운 것이어서 더 이상 패니는 독백을 계속할 수 없었다. 그녀의 마음이 조금씩 진정되면서 슬픔이 밀려왔다. 그의 따뜻한 호의, 친절한 말, 전적으로 신뢰해준 걸 생각하니 가슴이 벅차오르는 것이었다. 요컨대 그는 누구에게나 분에 넘치는 사람이었다. 결국 이 편지는 그녀가 무척 받고 싶었던 것, 아무리 소중히 여긴다고 해도 이상하지 않은 것이었다. 그것으로 끝을

냈다.

별로 할말도 없는데 편지를 쓰는 버릇이 있는 사람은 누구나―이렇게 말하면 세상 여성의 대다수가 이에 포함되게 된다.―버트램 영부인을 동정할 것임에 틀림없다. 그녀는 운이 나빴다고나 할까, 그랜트 부부의 바스행이 확실하다는 멋진 뉴스가 전해졌을 때에 그것을 전혀 이용할 수 없었던 것이다.

그리고 또한 세상 여성들은 그녀가 무척 분했으리란 점을 인정하리라. 왜냐하면 그 모처럼의 뉴스가 그 고마움을 모르는 아들의 손에 들어가 자기라면 1페이지의 대부분에 걸쳐 소개할 것을 긴 편지의 맨 끝에다, 그 이상 어떻게 할 수 없을 정도로 간단히 다뤄진 사실을 그냥 보고만 있을 수밖에 없었을 테니까.

버트램 영부인은 편지 쓰는 일에는 다소 경험이 있고 소질도 어느 정도 있었다. 결혼 초기에 달리 할 일도 없고, 토머스 경이 의회에 나가 있는 형편이기도 해서 대상을 만들어 편지로 교제하는 습관을 들여 두었던 것이다. 그녀는 매우 담담하고 느슨하면서 좋은 문체를 체득해놓았으므로 극히 적은 재료를 갖고도 한 장 분량의 편지를 너끈히 쓸 수 있었지만 전혀 재료가 없이는 그녀도 어떻게 할 도리가 없었다.

비록 상대가 조카딸이라 할지라도 쓸 말이 있어야만 하며 더구나 곧 그랜트 박사의 통풍의 징후나 그랜트 부인이 오전 중에 해주는 방문을 받지 못하게 되면 이 사람들을 편지에 이용하는 마지막 찬스를 빼앗기게 되는 것인데, 그녀에게는 무척 괴로운 일이었다.

그러나 그 보상은 충분히 마련되어 있었다. 버트램 영부인에게도 절호의 기회가 찾아왔던 것이다. 에드먼드의 편지를 받은 지 며칠 후에 패니에게 편지가 한 통 날아들었는데 거기에는 이렇게 씌어 있었다.

사랑하는 패니,

매우 놀라운 일을 알리기 위해 펜을 들었다. 너도 몹시 걱정이 될 거라고 생각한다.

어차피 펜을 들 바에 이것은 그랜트 부부가 예정하고 있는 여행에 대해 여러 가지 상세한 일을 알리는 것보다 훨씬 나은 일이었다. 왜냐하면 이 통지는 한 번 쓰게 되면 앞으로 며칠을 두고 계속될 것 같은 성질의 것이었기 때문이다. 즉, 그녀의 장남이 중병이어서 바로 몇 시간 전에 그 소식이 속달로 도착했던 것이다.

톰은 일단의 청년들과 함께 런던에서 뉴마킷(영국 동부 지방에 위치한 도시. 경마로 유명한 곳: 역주)으로 갔는데 그곳에서 말을 타다가 떨어지고 말았던 것이다. 그는 낙마의 치료도 받지 않은 채 진탕 술을 마시며 놀다가 그만 열병에 걸리고 말았다.

일행이 모두 해산했을 때는 몸을 움직일 수도 없어 동료 중의 한 젊은이 집에 혼자 남아서 질병과 고독을 달래고 있었는데 겨우 한 하인이 그를 돌봐주게 되었다. 처음에는 금방 회복되어 친구들 뒤를 쫓을 작정이었으나 병세가 점점 심해지자 자신이 중태라는 사실을 깨닫고 의사의 지시에 따라 맨스필드로 편지를 보낸 것이었다.

버트램 영부인은 '이 걱정스런 소식을 듣고 짐작하겠지만' 하고 자신의 소견을 밝힌 다음 주요한 내용을 계속해서 써나갔다.

패니야,

이 소식을 접한 우리는 몹시 당황하고 있단다. 우선 우리 불쌍한 톰이 얼마나 아픈 것인지 알 수 없으니 걱정이고, 그 애를 돌보아주러 찾아가야 하지 않을까 싶어 걱정이구나. 네 이모부는 위독한 상태일지도 모른다며 염려하고 계시고, 에드먼드가 곧 형을 간호하러 가겠다고 친절하게 말하는구나. 달리 선택의 여지가 없는 일이지.

그러나 네 이모부가 이 괴로운 때에 나를 내버려두지 않게 된 것은 정말 다행이라고 생각한단다. 그렇게 되었다면 그야말로 괴로운 일이 아니었겠니. 가족이 줄어든 우리 집에서 에드먼드까지 가면 몹시 쓸쓸해지겠지. 그러나 그 애가 가보면 환자도 염려했던 만큼 중태는 아니라는 걸 알게 되고, 곧 맨스필드로 데려오게 될지도 모르겠지.

네 이모부는 그렇게 하자, 그것이 모든 면에서 가장 좋은 방법 같다고 말씀하신다. 그러니까 일이 순조롭게 되면 가엾은 환자도 머지않아 별 불편 없이 더는 나빠지지 않고 이곳으로 옮겨지게 되리라 믿고 있단다.

사랑하는 패니,

아마 너도 이런 근심스런 상황에서는 우리와 똑같은 심정이 될 터인데, 사정이 어떻게 되어 가는지 곧 다시 편지로 알려주마.

그때의 패니의 마음은 이모의 문투에 비해 훨씬 열렬하고 순수한 것이었다. 그녀는 진심으로 그들 모두를 동정했다. 톰이 중병이어서 에드먼드가 돌봐주러 떠나면 맨스필드에는 몇 명 안 되는 가족들이 쓸쓸히 남아 있게 될 것이다. 그 생각을 하니 다른 걱정거리는 모두 밀려날 수밖에 없었다.

극히 잠깐 동안 자기 본위로 생각했던 그녀는 에드먼드가 불려갈 때까지 메리에게 편지를 쓸까 어쩔까 싶었지만 순수한 애정과 사심 없는 염려 이외의 감정은 그녀 마음속에 오래 머물지 못했다.

버트램 영부인은 그녀를 잊지 않고 거듭 편지를 보내왔다. 에드먼드가 맨스필드로 자주 보고를 했고 그 보고는 또한 규칙적으로 패니에게 전달되었다. 그것은 이모 특유의 산만한 문체 '틀림없이' 라든가 '아마' 라든가, '어쩌면' 같은 단어들이 언제나 변함없이 앞에 나왔다 뒤에 나왔다 하며 마구 범벅이 된 문장이었다.

말하자면 일부러 놀라게 하려는 장난과도 같았다. 눈으로 보지 못하는 고통이란 버트램 영부인으로서는 거의 상상할 수도 없는 것이었다. 그녀가 무척 안이하게 마음이 안정되지 않는다, 염려스럽다, 가엾은 그 애는, 등등으로 늘어놓는 동안에 톰은 맨스필드로 실려 왔으며 그녀는 직접 자신의 눈으로 아들의 초췌해진 모습을 보았다.

그제야 전부터 패니에게 쓰던 편지는 전혀 다른 문체로, 진정과 두려움이 담긴 말로 끝이 맺어졌다. 그때에는 그녀가 했을지도 모를 말을 그대로 적고 있었다.

패니, 그 애는 방금 돌아와 부축을 받으며 2층으로 올라갔단다. 톰을 보자마자 내 가슴은 철렁 내려앉고 어쩔 바를 모르겠구나. 톰의 병세가 어간 위중해 보이지 않는구나.

가엾은 톰, 그 애를 생각하니 내 가슴은 찢어지는 것처럼 아프고 나는 지금 온통 겁에 질려 있단다. 네 이모부도 마찬가지시다. 만약 네가 곁에 있어 위로해준다면 얼마나 좋을까. 그러나 네 이모부는 내일이면 좋아질 거라고, 여독 탓도 있을 거라고 말씀하시는구나.

어머니의 가슴에 비로소 싹튼 진정한 염려가 쉽게 사라지지는 않았다. 톰은 가족과의 안락함을 나누고 싶어 에드먼드를 들볶듯해서 맨스필드로 서둘러 돌아왔는데, 아무래도 너무 서두른 것이 화를 부른 것 같았다. 열병이 도저서 일주일 동안 그전보다 더욱 위험한 상태가 되었기 때문이다. 모두들 정말 가슴이 죄는 듯한 심정이었다.

버트램 영부인은 날마다 찾아드는 공포감을 견디지 못하고 조카딸에게 편지로 써 보냈다. 조카딸은 조카딸대로 이제는 편지만을 의지하고 살아간다 싶을 만큼 오늘의 편지에 괴로워하고 내일의 편지를 고대하는 이 두 가지 일 사이에서 시간을 보내는 것이었다.

패니는 가장 큰오빠인 이 사촌에게서 특별한 애정을 느끼지는 않았으나 마음씨 착한 그녀는 이 사촌 오빠도 무엇과도 바꿀 수 없는 존재로 생각했다. 톰의 병이 위중하다는 말을 듣자 그러한 마음은 더 간절해져서 진정으로 건강을 기원하는 마음이 되었다. 그리고 순수한 마음씨를 지니고 있던 그녀는 여태까지의 그의 생애가 거의 아무 쓸 데도 없는, 제멋대로 처신해온 것임을 생각할 때, 애타는 마음은 더욱 간절해지는 것이었다.

이런 때 수전이 그녀의 유일한 벗이며 얘기를 들어주는 상대였음은 평소와 조금도 다르지 않았다. 수전은 패니의 이야기에 언제나 귀를 기울여주고 동정해주었다. 다른 사람들은 백 마일 이상이나 떨어져 있는 환자 따위, 그런 인연이 먼 우환에 흥미를 가질 턱이 없었다. 프라이스 부인도 딸이 편지를 들고 있는 것을 보았을 때 한두 마디 짧은 질문을 하거나 가끔 조용히 '버트램 언니도 큰 걱정이시겠어.'라는 정도였다.

두 자매는 오랫동안 떨어져 살았고 처지도 완전히 달라서 이제 혈연 관계가 없는 거나 마찬가지였다. 애착심도 원래의 성격처럼 담담한 것이었기에 이제는 명목뿐인 것으로 되고 말았다.

프라이스 부인의 버트램 영부인에 대한 동정의 정도는 버트램 영부인의 프라이스 부인에 대한 것과 엇비슷했다. 프라이스 가의 아이들 서너 명이—패니와 윌리엄만 빼놓고 어느 아이든, 전부라도—저승사자에게 잡혀가도 버트램 영부인은 거의 아무렇지 않게 생각했을 것이다. 혹은 어쩌면 노리스 부인의 입에서 '불쌍한 동생 프랜시스도 무척 다행스럽고 고맙게 여겨야지, 그동안 그 애들을 위해 그토록 애썼으니까 말이야. 이제는 그 무거운 짐에서 좀 벗어나도 좋지 않겠어?' 하는 위선적인 말을 듣게 되었을지도 모를 일인 것이다.

45

맨스필드로 돌아온 지 일주일 정도 되었을 때 톰이 위험한 고비를 넘겼다는 의사의 말을 듣고 버트램 영부인은 크게 마음을 놓았다. 병으로 신음하는 무력한 아들의 모습에 익숙해져서 가장 좋은 얘기만을 듣고는 그 밖의 일은 한 번도 생각하지 않을 뿐더러 당황하는 성품도 아니고 하나를 듣고 열을 깨닫는 머리도 없었기 때문에 버트램 영부인은 의사가 잠깐 속이기에는 더없이 좋은 상대였던 것이다.

열은 내렸다. 톰은 오랜 시간 고열에 시달려온 터라 가족들은 열이 내리는 것을 보고 곧 원기를 회복할 것이라고 믿었다. 버트램 영부인은 그렇게 생각할 수밖에 없었고 패니도 이모의 생각대로 안심하고 있었다.

그러던 중 패니는 에드먼드로부터 한 통의 짧은 편지를 받았다. 그것은 형의 병상에 대해 좀더 확실한 것을 알리고, 그와 그의 부친이 의사로부터 들어 알게 된 염려를 전하기 위해 쓴 것이었다.

문제는 소모성 열병의 심한 증세가 조금 남아서 열이 내린 뒤에도 이 증세가 없어지지 않는다는 것이었는데, 그들은 버트램 영부인이 근심에 사로잡히지 않게 하는 것이 상책이라 판단했던 것이다. 그래서 어머니에게는 형의 병세가 조금씩 호전되고 있다고 말했던 것이다. 그러나 패니에게 진상을 알리지 못할 이유는 없었다. 열은 톰의 폐까지 침범해 화농을 남겨 놓았다.

에드먼드의 몇 줄 안 되는 편지가 그녀의 눈에 환자와 병실의 광경을 버트램 영부인의 몇 장의 편지보다도 더 정확하고 뚜렷이 떠올려주었다. 직접 관찰한 환자의 상태를 어머니보다 낫게 묘사할 수 있는 사람은 집안에 없었으며, 아들을 위해 아무런 도움이 될 수 없는 점에 있어서도 그녀보다 더 괴로워하는 사람은 없었다. 그녀가 할 수 있는 일이란 가만히 병실에 들어와서 아들을 바라보는 것이었다.

다행스럽게도 톰은 말할 수 있고 남의 이야기를 듣거나 책을 읽을 수 있을 정도로 회복되었다. 몸이 조금 나아지자 그가 택한 상대는 에드먼드였다. 어머니는 불필요한 말을 너무 늘어놓는다 싶을 정도로 수다스러웠고, 아버지는 말을 끊거나 소리를 낮춰서 환자의 짜증과 쇠약한 상태에 맞추는 요령을 체득하지 못했다. 그런 실정이다 보니 톰에게 에드먼드는 없어서는 안 될 존재였던 것이다.

패니는 물론 그 말이 사실임을 잘 알고 있었다. 에드먼드가 형을 간호하고 돕고 격려하고 있다고 생각하니 그를 그때까지보다 더 높이 평가하지 않을 수 없었다. 병후의 쇠약한 상대를 돌봐줘야 할 뿐만 아니라 이제 알게 될 일이지만 상처 입은 신경, 울적한 기분을 위로하고 격려해야만 하기 때문이었다. 그리고 또 한 가지 그녀 혼자서 생각한 것이지만 마음을 바른 길로 이끌어줘야 하는 일도 있었다. 그것은 맨스필드 파크에서 에드먼드 외에는 아무도 할 수 없는 일이었다.

이 집안에는 폐 계통의 질환을 심하게 앓거나 한 사람이 없었기 때문에 사촌 오빠에 대해 그녀는 걱정보다는 희망을 갖는 쪽으로 기울었다. 다른 가족들도 마찬가지로 희망을 갖고 있었다. 다만 메리만이 톰의 중병을 오히려 다행으로 여겼다. 에드먼드가 보기 드문 행운아라는 생각이 머리에 떠오른 것이었다.

그런 자기 본위의 허영심이 강한 사람으로서는 에드먼드가 외아들이 된다는 것 자체가 커다란 행운으로 느껴질 수도 있을 것이었다. 그 행운은 병실에까지 이어져서, 병실에서 아픈 형을 간호하면서도 에드먼드는 메리를 잊지 않고 있었다. 그의 편지에는 다음과 같은 추신이 있었다.

내가 지난번의 편지에 말했던 것처럼 메리 양과는 서로 소식을 주고받으며 지내고 있단다. 그런데 형이 앓고 있는 병 때문인지 나더러 한 번 찾아오라고 하더구나.

물론 나도 그녀를 무척이나 만나보고 싶단다. 그곳에 있는 사람들의 영향력에 모든 것을 맡겨둔다는 것이 염려가 되기 때문이지. 톰 형의 병세가 좀더 좋아지면 한번 가볼 생각이란다.

맨스필드 파크의 상황은 거의 아무런 변화도 없이 이런 모습으로 부활절까지 계속 이어졌다. 가끔 에드먼드가 어머니의 편지에다 한 줄씩 추신을 써넣는 것으로 패니는 그곳의 사정을 알 수 있었다. 톰의 회복은 걱정스러울 만큼 더뎠다.

드디어 부활절이 되었다. 그해는 유난히 더딘 느낌이었다. 부활절까지는 포츠머스를 떠날 가망이 없단 말을 처음 들었을 때 패니도 무척 서글픈 심정으로 그렇게 생각했었다. 그 부활절이 찾아왔으나 패니가 맨스필드 파크로 돌아가는 얘기는 전혀 거론되지 않고 있었다. 그녀가 돌아가기에 앞서 선행되어야 할 런던행 이야기조차 나오지 않았던 것이다.

버트램 이모는 자주 그녀에게 돌아와 달라는 부탁을 했지만 결정권을 가진 이모부에게서는 아무런 예고나 전갈도 없었다. 이모부도 아들을 간호해줄 누군가가 필요하다는 사실을 알고 있을 것이다. 그럼에도 패니가 맨스필드로 돌아가야 할 날짜는 자꾸만 연기되고 있었다. 패니에게는 무척이나 괴롭고 지루한 일이었다.

4월 말이 눈앞에 다가와 있었다. 맨스필드를 떠나온 지도 곧 두 달이 아니라 석 달째가 가까워지고 있는 중이었다. 그동안 패니는 맨스필드의 모든 가족으로부터 떨어져 나와 나날을 고행 상태에서 보내고 있었는데, 그들을 사랑하는 그녀는 이런 사정을 모두 이해해주기를 바라지는 않았다. 단지 자신을 데리러 올 틈이 언제 생길지 초조하게 기다리고 있었다. 그러나 그것은 아직은 아무도 알 수 없는 일이었다.

패니가 그들이 있는 곳으로 돌아가고 싶은 열망이나 애타는 초조감, 동경하는 마음은 쿠퍼의《티로키니엄》(18세기 영국의 시인 쿠퍼가 학교생활을 신랄하게 풍자한 작품: 역주)에서 한두 줄을 늘 자신에게 일깨워줄 정도였다. '애타는 마음으로 내 집을 그리워한다.' 라는 구절을 늘 그녀는 읊조리면서 이것이야말로 동경심의 가장 진실한 묘사여서, 현재의 자기만큼 절실히 이 그리움을 느낀 사람은 없을 거라고 생각하는 것이었다.

패니가 처음 포츠머스에 올 때는, 이곳을 내 집이라 부르고 집에 돌아간다고 말하는 것이 좋았다. 그것은 그녀에게 아주 그리운 말이었던 것이다. 지금도 그 점에는 변함이 없었으나 그 말은 맨스필드에 적용시켜 사용해야만 했다. 그곳이 이제는 그녀의 집이었다. 포츠머스는 그냥 포츠머스였고 맨스필드 파크가 그리운 그녀의 집이었던 것이다.

이 안배는 훨씬 이전부터 남몰래 익혔으며 그녀에게 무엇보다 큰 위로가 되는 것은 버트램 이모도 같은 말을 하고 있다는 사실이었다.

'무엇보다도 유감스런 것은 이 어려운 때에 네가 집에 없다는 일이구나. 나는 얼마나 괴로운지 모른다. 패니야, 제발 앞으로는 두 번 다시 이렇게 오래 집을 비우는 일이 없기를 진심으로 바란단다.'

홀로 떨어져 있는 패니에게 이런 내용은 더할 나위 없을 정도로 커다란 기쁨을 안겨 주었다. 그러나 역시 그것은 은밀히 혼자 즐기는 기쁨이었다. 부모가 조심스러워서 맨스필드가 얼마나 그립고 좋은지를 겉으로 드러내지 않으려고 노력했다.

늘 '노스햄턴 주에 돌아가면, 이라든가 맨스필드로 돌아가면 이런저런 일을 하겠다.'는 식이었다. 오랫동안 그렇게 해왔으나 점점 더 해가는 그리움에 조심성이 없어져서 집으로 돌아가면 무엇을 하겠다고 말해버린 뒤에야 깨닫는 일이 가끔 있었다. 실수했구나 싶어 얼굴을 붉히며 불안한 표정으로 아버지와 어머니 쪽으로 눈길을 돌렸다.

그러나 불안해 할 필요도 없었다. 불쾌한 기색도 그 말을 들은 눈치도 아니었다. 부모에게는 맨스필드를 질투하는 마음은 전혀 없었던 것이다. 딸이 그곳으로 가고 싶어하든 또 실제로 가든 말든 그것은 전적으로 딸의 자유라는 태도였다.

패니에게 슬픈 일은 봄의 즐거움을 몽땅 잃어버린다는 사실이었다. 3월과 4월을 도시에서 보내는 것이 얼마나 큰 즐거움을 잃어버리는 일인지를, 초목에 싹이 트고 자라는 모습이 얼마나 자기를 즐겁게 해주었는지를 그녀는 그때까지는 전혀 몰랐던 것이다.

이 깊어 가는 계절을 바라보고 있으면 정녕 몸도 마음도 활기를 띠기 시작하는 것이었다. 날씨는 변덕을 부리지만 이 계절은 정말 아름다웠다. 이모네 뜰의 양지바른 곳에 가장 일찍 피는 꽃 한 송이에서부터 식림지의 싹트는 나뭇잎과 숲 속 새 잎의 신선함에 이르기까지 아름다움이 번지는 광경을 지켜보는 것이다.

이런 즐거움을 상실한다는 것은 결코 사소한 일이라 할 수 없었다. 그것을 잃는 이유란 것이 고작 기막히게 소란한 집에 살면서 옹색하고 탁한 공기와 악취를 자유와 상쾌함과 향기와 초목의 푸르름과 바꿨기 때문이라면 문제는 더욱 심각할 수밖에 없었다.

그러나 미련을 자극하는 그런 생각도 가장 친근한 사람들이 자기를 보고 싶어한다는 확신과 그 사람들을 도와줘야겠다는 진심에서 우러나는 마음에 비하면 약하다고 할 수밖에 없었다.

만약 집으로 돌아가게 되면 집안 모든 사람에게 도움이 될 수 있을 것이다. 꼭 그렇게 되리라 그녀는 확신했다. 모든 사람에게 정신적으로나 일로나 약간의 수고를 덜어줄 수가 있을 것이다. 가령 버트램 이모의 기분을 북돋아주고, 고독이란 재난에서 혹은 보다 더 큰 재난, 즉 자기의 훌륭함을 돋보이게 하기 위해 곧잘 위험을 과장하는, 침착하지 못한 노리스 이모의 수다로부터 버트램 이모를 지켜주는 것만으로도 그녀가 있다는 사실은 커다란 도움이 되리라.

버트램 이모에게 책을 읽어주고 다정한 이야기 상대자가 되어 줄 수도 있을 것이다. 현재의 고마움을 깨닫고 있음을 알림과 동시에 앞으로 일어날지도 모를 어떤 일에 대한 마음의 준비를 하게끔 힘쓰기도 할 것이다. 또한 계단을 오르내리는 번거로움을 많이 덜어주며 갖가지 심부름을 요긴하게 해줄 수 있다고 즐겨 상상해보는 것이었다.

패니가 놀란 일은 톰의 누이동생들이 이런 때 아무 일도 없다는 듯이 런던에 머물고 있다는 사실이었다. 위험한 고비는 넘겼다 해도 벌써 몇 주간이나 병실을 지키고 있었던 것이다. 그녀들이야말로 마음만 먹으면 언제라도 맨스필드로 돌아갈 수 있고, 그 결심도 그들에게는 어려운 문제가 아니었을 것이다. 그런데도 그들은 왜 돌아가지 않는지 그 까닭을 도무지 알 수가 없었다.

러시워스 부인은 부득이한 명분을 찾아야 한다 해도 줄리아는 언제라도 마음 내킬 때 런던을 떠날 수 있었다. 버트램 이모에게서 온 한 편지에 의하면 줄리아는 필요하다면 맨스필드로 돌아가겠다고 말한 듯했다. 그러나 그뿐이었다. 그대로 런던에 눌러 있고 싶은 것이 분명했다.

패니는 런던의 분위기가 성실한 사람을 이기적으로 만들고 있다고 생각했다. 그 증거가 메리이며, 또 사촌들이었다. 메리의 에드먼드에 대한 애정은 사뭇 진지했고, 자기에 대한 우정도 나무랄 데가 없는 것이었다. 그런데 그 두 가지가 모두 어디로 사라졌단 말인가?

꽤 오랫동안 패니는 그녀로부터 편지를 받지 못했으며 옛날에는 그토록 야단스럽게 표현한 우정도 대수롭지 않은 것이었다고 생각하게 되었다. 벌써 몇 주 동안 메리와 그 런던의 연고자들에 대해서는 맨스필드를 통해서 오는 소식밖엔 없었다. 그리하여 그녀는 헨리가 노퍽으로 다시 갔는지의 여부는 다음에 만날 때까지 알지 못할 것이며, 그의 누이동생에게서도 올 봄에는 소식이 없을 것이라고 단정지었다. 그런데 그 즈음에야 다음 편지가 도착하여 옛 감정을 되살아나게 했으며 새로운 감정을 몇 가지 싹트게 했다.

사랑하는 패니,

오랫동안 소식 전하지 못해 미안해요. 당장은 마음속으로 용서할 수 없을지라도 겉으로만이라도 당신이 용서해줄 것이라고 믿게 해주세요. 이것이 저의 조심스러운 부탁이며 희망이에요. 당신은 다정한 사람이니 꼭 제 부탁을 들어주실 거예요. 그리고 이 편지에 곧 답장을 주시겠다고 약속해주세요.

맨스필드 파크의 소식을 알고 싶어요. 당신은 틀림없이 소식을 알고 있을 테니 말예요. 여러분들의 가슴 아픈 심정을 이해 못 한다면 짐승이나 다름없겠죠. 그런데 듣자니 가엾게도 톰 버트램 씨는 완쾌될 가망이 별로 없다더군요. 처음엔 대수롭잖은 병이라고 생각했었죠. 그분은 조금만 몸이 불편해도 온통 법석을 떨어 떠받들어주어야 하는 분이라 생각했기 때문에 주로 간호하는 분들만을 염려했었죠.

그런데 어찌 된 일인가요. 이제는 확실한 일처럼 말들을 하니 말예요. 그분은 폐병에 걸려 증세가 매우 위험하고 최소한 가족의 몇분은 그것을 눈치 챘다는군요. 만약 그렇다면 당신도 그 몇 분, 즉 잘 알고 있는 그 몇 분 가운데 한 사람일 테죠.

그러므로 제가 들은 것이 어느 정도 정확한지 알려주었으면 합니다. 무슨 착오라면 그보다 기쁜 일이 어디 있겠습니까. 그러나 소문이 제법 퍼져서 여간 불안하지 않아요. 그렇게 훌륭한 청년이, 한창때에 요절하다니 정말 슬픈 일이에요. 불쌍하게도 토머스 경께서 크게 상심하시겠군요. 이 문제로 저는 마음의 평정을 잃고 말았어요.

패니, 당신이 생긋 웃으며 귀여운 표정을 짓는 것이 눈에 선하군요. 전 태어나서 지금까지 의사를 불러온 적이 한 번도 없어요. 그러니 건강에 대해서 깊게 생각할 일이 없었지요. 그런데 톰 버트램 씨는 정말 유감스런 일이군요. 아직 젊으신데……

만약 그분이 세상을 떠난다면 이 세상에서 가난한 청년이 한 사람 줄게 되겠지요. 그리고 조금도 두려워하지 않고 대담한 목소리로 저는 누구한테나 말할 수 있어요. 부와 지위는 두 분 중에 더 훌륭한 사람의 손에 넘어간다고 말예요.

작년 크리스마스의 일은 어리석고 경솔한 행위였어요. 하지만 며칠간의 재난은 조금씩 지워버릴 수 있어요. 왁스칠을 하고 금박을 입히면 잡다한 얼룩도 감춰지니 말입니다. 그분의 이름 뒤의 신사란 칭호가 없어질 뿐인걸요. 톰 버트램 씨 대신에 에드먼드 씨가 준남작의 지위를 계승하게 될 테니까요.

제 경우처럼 패니, 에드먼드 씨를 향한 참다운 애정을 가졌다면 더욱 심한 일을 당하더라도 냉정하게 대처해 나갈 수 있어요. 그러니 곧 답장 주세요. 저의 염려하는 마음을 짐작해서 초조하게 만들지 말아줘요. 진실을 말해주기 바랍니다. 맨스필드로부터 직접 들은 그대로를 말이에요.

그리고 당신하고 제가 쑥스러운 감정을 갖게 된다면 그건 참을 수 없는 일이에요. 정말이에요. 저는 우리 두 사람이 솔직하게 서로를 대할 수 있기를 바라고 있어요. 우리 감정은 오직 자연스럽고 자선가다우며 도덕적인 데도 있어요. 양심에 손을 얹고 생각해보세요. 다른 어떤 경보다도 에드먼드 씨가 버트램 가의 재산을 물려받게 되는 것이 세상을 위해서도 더 좋은 결과가 되지 않을까요?

만약 그랜트 부부가 집에 있다면 당신에게 폐를 끼치지는 않을 테지만 현재로서 진실을 물어볼 수 있는 사람은 당신뿐이에요. 에드먼드 씨의 누이동생들이 제 가까이에 있지 않기 때문이죠. 러시워스 부인은 물론 패니, 당신도 알고 있듯이 트위커넘의 에일머 댁에서 부활절을 보내고 있는데 아직 돌아오지 않았어요.

그리고 줄리아 양은 베드퍼드 광장 근처에 사는 친척집에 있는데 그 댁과 거리 이름을 다 잊어버렸어요. 그러나 지금 이 둘 중 한 사람에게 물을 수 있다고 해도 역시 당신에게 부탁하고 싶군요. 제 생각으로는 두 사람 다 자신들의 즐거움이 방해받는 것이 싫어서 톰 버트램 씨가 아프다는 사실을 외면하고 있는 것 같기 때문입니다.

아마 러시워스 부인의 부활절 휴가도 그렇게 오래 계속되진 않을 거예요. 물론 무척 한가히 지냈을 것입니다. 에일머 부부는 좋은 사람이며 남편이 집을 비우고 있으니까 즐거운 일뿐일 테죠. 러시워스 씨는 혼자 아득하게 바스까지 시어머니를 마중 나가라고 했다니 솜씨가 대단하지요. 하지만 시어머니와 한 지붕 밑에 살아서 호흡이 맞을까요?

헨리 오빠는 지금 제 곁에 없어서 그에 대한 전갈은 아무것도 없답니다. 에드먼드 씨도 훨씬 이전에 런던에 올 예정이 아니었을까요? 이 병소동이 없었더라면 말이에요.

그럼 안녕.
메리로부터.

세상에나! 편지를 접고 있는데 헨리 오빠가 막 들어왔네요. 하지만 아무런 소식도 가져다주지 않았으므로 이 편지는 그냥 띄우기로 합니다. 러시워스 부인은, 폐병이 전염성이 있는 병이어서 무척 염려하고 있다고 하네요. 오늘 아침 헨리 오빠가 그녀를 만나고 왔는데, 그녀는 오늘 윔폴 가로 돌아왔다고 하네요. 시어머니가 도착하셨기 때문이랍니다.

하지만 패니, 이상한 상상을 하며 걱정하지는 마세요. 오빠가 2~3일 리치먼드(런던 서부 지역에 있는 거리의 명칭. 트위커넘의 근처에 있음: 역주)에 가 있었다고 해서 말예요. 매년 봄에 열리는 연례 행사예요.

부디 안심하세요, 패니. 헨리 오빠는 당신밖에 생각지 않습니다.

지금 이 순간에도 당신을 만나고 싶어 안달이니까요. 어떻게 해서든 만나서 자기의 기쁨이 패니 양의 기쁨이 되게 했으면 하는 생각뿐이에요. 그 증거로 포츠머스에서 말한, 우리가 당신을 데리러 가는 일을 더욱 열을 내어 되풀이해서 말하고 있어요. 저도 진심으로 오빠와 같은 의견이에요.

사랑하는 패니, 곧 답장을 주면서 우리에게 오라고 말해주세요. 우리 모두를 위하는 일이니까요. 헨리 오빠와 저는 목사관에 가면 되니까 맨스필드 파크 여러분에게 폐는 끼치지 않을 거예요. 또 여러분들을 만난다는 것은 정말 기쁜 일이기도 하답니다. 게다가 사람이 좀 많아져서 떠들썩해지는 것도 여러분께 무척 도움이 될지 모르죠.

당신 자신도 맨스필드 파크에서 당신이 돌아오기를 무척 기다리고 있다고 생각하고 있겠지요? 양심에 비추어 봐도 그곳으로 돌아갈 방법이 있는데도 돌아가지 않는다는 것은 말도 안 돼요.

헨리 오빠의 마음을 그 절반만이라도 전할 수 있다면 오죽 좋을까요? 우리 모두가 당신을 향한 변함없는 사랑의 마음을 간직하고 있다고 믿어주세요.

이 편지를 읽고 나서 패니가 느낀 혐오감은 상상을 초월하는 것이었다. 패니는 메리 크로포드가 정말 싫었다. 사촌 오빠인 에드먼드를 만나게 한다는 것이 아무래도 싫다는 생각과 결부되면서, 이 상황에서 마지막 부분의 제의를 받아들여야 할지 거절해야 할지 제대로 공평하게 판단을 내릴 수가 없었다. 맨스필드 파크로 같이 돌아가자는 그녀의 제안은 패니 개인으로서는 무척 구미가 동하는 일이었다. 어쩌면 사흘 안으로 맨스필드에 가 있을 수 있다 생각하니 그것은 더할 수 없는 행복을 그림으로 그려 보여주는 듯했다.

그러나 그 과정에는 중대한 단점이 따랐다. 그 행운을 주선해주는 사람들의 마음이나 행동이 선뜻 응할 수 있는 여지를 주지 않는다는 점이었다. 우선 메리의 무분별한 허영심과 헨리의 냉정한 공명심은 결코 찬성할 수 없는 것들이어서 패니의 마음이 불편했다. 그가 아직까지도 러시워스 부인과 교제를, 그것도 해서는 안 될 사랑의 유희를 계속해서 흉내 내고 있다니. 정말 한심한 일이었다. 패니는 헨리가 일말의 희망이 남아 있는 사람이라고 생각하고 있었던 것이다. 그런데 그가 러시워스 부인을 다시 만난다고 생각하니 실망스럽고 불결하게 느껴졌다.

그러나 다행히 그녀는 자기 혼자서 두 가지 사실을 놓고 상반된 기분이나 올바른 생각에 대한 의문 사이에서 고민하며 결정을 내릴 필요는 없었다. 자기가 에드먼드와 메리를 떼어놓아야 하는지 어떤지를 결정할 필요도 없었던 것이다. 그녀에게는 마땅히 지켜야 할 규칙이 있어서 그것이 모든 일에 결말을 지어주었다. 이모부에 대한 외경심(畏敬心), 이모부를 무시하는 일이 되지 않을까 싶은 염려는 그녀로 하여금 어떻게 해야 할까를 곧 밝혀주었다.

이 제안은 무조건 거절해야 한다. 만약 이모부께서 원하신다면 불러주실 것이다. 예정보다 빨리 돌아가면 어떻겠느냐고 묻는 일조차 뻔뻔스런 행동이어서 변명의 여지가 없을 듯했다. 그녀는 메리에게 감사의 뜻을 표하고 분명히 거절했다.

나중에 이모부께서 저를 데리러 오실 거라고 하는군요. 톰 오빠의 숭병이 벌써 몇 주간이나 계속되고 있는데, 그동안 제가 필요하다고 여기셨다면 벌써 데리러 오셨을 거예요.

하지만 지금은 제가 편요하다고 생각하지 않으시는 듯하니, 만약 지금 제가 돌아간다면 환영은커녕 방해만 될 거예요.

적당한 시기가 오면 이모부께서 연락을 주실 거라고 믿습니다. 그 때까지 그냥 이곳에서 조용히 기다리고 있겠어요.

패니는 톰 버트램이 아마도 상당 기간 요양이 필요할 것이라는, 자신의 느낌을 그대로 써서 보냈다. 이 내용은 메리가 학수고대하며 기다리던 내용은 결코 아닐 것이다. 메리는 에드먼드가 목사라는 사실도 어떤 일정한 부라는 조건에서는 용납이 되는 것 같았다. 에드먼드는 메리가 목사에 대한 편견을 극복했다고 믿고 맘껏 기뻐하고 있을지도 모르지만, 결국 돈의 위력으로 극복될 수 있을 정도의 애정이 아니었을까? 메리는 오직 돈밖에는 사랑도, 아무것도 중요하게 생각지 않는다는 사실이 확인되었다.

46

패니는 자기의 회답에 대해 상대방이 크게 실망하리라는 것을 의심하지 않았기 때문에 메리의 기질을 대강은 알고 있었던 그녀로서는 또 한 번 들볶일 것을 예상하고 있었다. 톰 오빠의 근황에 대한 것이나 맨스필드 파크로 돌아가자는 제안을 거절한 것이나 그녀로서는 모두가 실망스러웠을 것이다. 하지만 그녀는 결코 포기할 사람이 아니었다. 패니는 메리가 다시 한 번 맨스필드로 돌아가자는 회유를 할 것이라고 예상하고 있었다.

그러나 일주일이 지나도록 두 번째 편지는 오지 않았다. 여전히 맨스필드 파크로 돌아가자고 제의하는 편지가 곧 올 거라는 짐작을 하고 있을 때에 정말로 그것이 날아들었다.

패니는 편지를 받아든 순간, 극히 간단한 내용의 짧은 편지라는 사실을 느낄 수 있었다. 하지만 다급한 편지일 것이라는 암시를 받았다. 그것은 의심의 여지가 없었다. 아마 그 내용은 그들이 오늘 포츠머스로 온다는 것을 예고하고 있을 것이며, 그럴 때 자신이 어떻게 처신해야 할 지 몰라 몹시 난감해지리라는 생각을 했다.

그러나 그런 어려운 문제에 봉착되더라도 또 잠시 후엔 그 문제가 안개처럼 사라질 수도 있었다. 패니는 편지를 뜯기 전에, 크로포드 남매가 이모부에게 허락을 받았을 가능성에 대해 애써 비중을 두어 생각해보았다. 그러나 예상은 빗나갔다. 그 사연은 다음과 같았다.

패니,

조금 전에 몹시 망측하고 짓궂은 소문이 들려왔습니다. 제가 이렇게 당신께 편지하는 것도 사랑하는 패니, 만약 그런 소문이 포츠머스에 퍼지더라도 눈곱만큼도 믿지 말아달라고 부탁하기 위해서예요. 분명히 어떤 착오가 있었을 것이며 하루나 이틀 정도가 지나면 전후 사정이 명백하게 가려질 거예요. 어쨌든 헨리 오빠가 일시적인 실수는 저질렀다고 하더라도 처음 묻을 만큼 큰 잘못은 없다고 봐요.

패니, 이 일에 대해 알게 되더라도 당신 외에 다른 사람은 생각지 마세요. 제발 아무 말도 하지 마세요. 아무것도 듣지 말고 아무 추측도 하지 말며 수군거리지도 말아주세요.

나중에 또 편지하겠어요. 신문 기삿거리가 되지도 않을 것이며 러시워스 씨가 어리석었다는 사실만이 증명되리라 믿어요. 만약 둘이 나갔다고 해도 맹세코 단언하건대 맨스필드 파크로 가기 위해서였을 거예요. 줄리아 양도 함께 말입니다.

그런데 왜 우리가 당신을 데리러 가지 못하게 하는 거죠? 나중에 후회하지 않았으면 좋겠지만…….

안녕.

패니는 편지를 다 읽은 후에도 그 자리에 멍청히 서 있었다. 도대체 무슨 일이 벌어진 것일까? 망측하고 심술궂은 소문이라니? 패니는 아무엇도 듣지 못했으므로 이 이상한 편지를 이해할 수가 없었다. 메리가 무슨 말을 하고 있는 것인지 도무지 영문을 알 수 없었던 것이다.

패니가 알 수 있는 것은 윔폴 가와 헨리가 관련된 일임에 틀림없다는 사실뿐이었다. 단지 추측할 수 있는 것은 그쪽에서 뭔가 몹시 불미스런 일이 최근에 발생하여 세상의 이목을 끌고 있을 것이라는 사실이었다. 또한 만약 그녀가 그 소식을 들으면 질투심을 일으킬지도 모른다고 여기는 듯한 메리의 우려였다.

메리가 패니를 염려할 필요는 없었다. 그녀가 마음 아프게 여기는 것은 당사자와 그리고 만약 소문이 거기까지 퍼졌다고 가정했을 때의 맨스필드 파크의 사람들뿐이었다. 그러나 그 정도까지 되지는 않았을 것이다. 만일 러시워스 부부가 메리가 말하는 바에 따라 추측할 수 있듯이 맨스필드에 갔다고 하면 뭔가 불쾌한 소문이 먼저 전해지거나 적어도 어떤 인상을 주거나 하는 일은 있을 수 없는 노릇이었다.

헨리에 관해서는 이로써 그도 자기 자신의 성품을 깨달아 자기는 이 세상에서 누군가 한 여성에게 변함없는 사랑을 간직할 수 없는 인간이란 사실을 납득하고 이 이상 귀찮게 그녀를 설득하는 일은 부끄러워서라도 그만두게 될 것이라는 희망을 품는 것이었다.

정말 야릇한 일이었고, 절묘한 타이밍이었다. 패니에게 그가 진정으로 자기를 사랑한다고 여기기 시작하고 또한 그의 애정은 보통을 넘어선다는 생각이 들기 시작하던 참이었던 것이다. 그리고 그의 누이동생은 아직도 그가 다른 사람은 염두에도 없다고 하지 않았던가.

그러나 그가 사촌 언니에게 뭔가 확실한 관심을 보인 사실이 있었음이 분명했다. 뭔가 몹시 무분별한 행위가 두 사람 사이에 있었음이 틀림없어 보였다. 메리의 편지를 다시 읽으면서, 패니는 더더욱 그 확신을 굳혔다.

그녀는 문제를 일으킨 헨리에 대해 화도 나고 몹시 답답한 심정이었지만, 다시 메리의 편지가 도착할 때까지는 그대로 있는 수밖에 없었다. 이 편지를 머릿속에서 몰아낼 수는 없었고 그렇다고 다른 사람에게 말해서 위안받을 수도 없는 일이었다. 메리도 굳이 그렇게까지 열을 내어 비밀을 지키라고 역설할 필요가 없었다. 사촌 언니에 관한 일이나 어떻게 해야 좋은지는 패니의 분별력에 맡겨야 옳았을 것이다.

다음날이 되어도 두 번째 편지가 오지 않자 패니는 실망했다. 오전 중은 그 일 외에 거의 아무것도 생각할 수 없었으나 오후가 되어 아버지가 언제나처럼 신문을 들고 돌아왔을 때 그런 방향에서 광명이 비출 줄은 상상도 못 했기 때문에 그 문제는 잠깐 뇌리에서 사라졌다.

그녀는 다른 생각에 잠겨 있었다. 이 방에의 첫날 저녁의 기억이 떠올랐다. 아버지와 신문에 관한 것이었다. 지금은 촛불이 필요없는 시간이다. 태양은 앞으로 한 시간 반 안에는 지지 않을 것이다.

정말 석 달 동안이나 있었구나 하고 그녀는 생각했다. 거실에 강하게 비쳐드는 태양 빛에 마음이 들뜨기는커녕 더한층 서러워지는 것이었다. 그녀에게는 도시와 시골의 햇빛이 전혀 다른 것으로 느껴졌기 때문이다. 여기서 그것의 힘은 단지 숨이 막히도록 강렬하게 내려쬐기만 하며 가만히 두면 감춰져 있을 얼굴이나 먼지를 사람 눈앞에 드러내는 데 도움이 될 뿐이었다. 도시의 햇빛에는 건강도 명랑함도 없었다. 그녀는 덥고 답답한 반사광을 받아 떠돌아다니는 먼지구름 속에 앉아 있었다.

패니는 약간 고개를 돌려서 주위를 찬찬히 둘러보았다. 눈을 움직이는 것도 아버지가 등을 기대고 있는 벽에서 동생들이 칼자국과 상처를 낸 식탁까지인데 그 위에는 한 번도 깨끗이 씻긴 적이 없는 쟁반, 행주질을 한 자국이 얼룩이 져서 남아 있는 찻잔과 접시, 우유는 먼지가 떠서 연푸른 빛깔이고, 레베카가 처음 만들었을 때보다도 점점 기름기가 더 많아진 버터 빵이 있었다.

아버지가 신문을 읽고, 어머니는 차가 들어오는 동안 늘 하던 대로 닳아빠진 양탄자를 불평하고 레베카가 손질해뒀으면 좋았을 거라면서 못마땅해 했다. 이때 비로소 패니는 아버지가 건네 온 말에 정신을 차렸다. 아버지는 헛기침을 하며 뭔가 특별한 기사를 자세히 읽은 후 말했다.

"이름이 뭐랬지, 런던에 있는 지체 높은 네 사촌 언니 말이야, 패니?"

순간, 기억을 돌이켜 그녀는 가까스로 대답했다.

"러시워스 부인예요, 아버지."

"윔폴 가에 살고 있지 않니?"

"네, 아버지."

"그럼 앞으로 큰 소동이 벌어지겠군. 이 신문을 읽어보렴."

아버지는 패니에게 신문을 내밀었다.

"패니, 너도 훌륭한 친척을 둔 셈이구나. 토머스 경이 이런 일을 어떻게 생각할지 모르지만 의회에서 일을 보고 있는데다가 최고의 신사니까 딸이 더욱 귀여워질지도 모르겠구나. 제기랄! 그러니 만약 내 딸이라면 내 발로 서 있을 수 있는 동안은 밧줄로 계속 갈겨줄 거야. 사내든 계집애든 좀 두들겨 패는 게 이런 일을 막는 가장 좋은 방법이야."

패니는 잠자코 신문을 읽어나갔다.

본지는 깊은 우려를 가지면서도 여기에 윔폴 가 러시워스 가문의 가정 비극을 공표하지 않을 수가 없다. 아름다운 R 부인은 극히 최근에 부군과 백

년가약을 맺고 화려한 상류 사교계의 중심인물로 각광을 받아왔는데 부군 R씨의 친구인 저명하고도 매력적인 C씨와 함께 손을 잡고 부군의 집을 떠났다고 한다. 그들의 행방은 편집국에서도 알지 못하는 바이다.

"잘못된 거예요, 아버지. 잘못된 게 분명해요. 그럴 리가요. 아마 딴 사람일 거예요."

패니가 엉겁결에 말했다. 그녀는 본능적으로 수치스런 일을 당장은 뒤로 미뤄두고 싶어 이렇게 말한 것이었다. 뒤통수를 강타당한 듯한 커다란 충격과 절망감이 밀물처럼 한꺼번에 밀려들어왔다. 하기야 그녀는 자기가 말한 것을 믿지도 않았고 또 믿을 수도 없었다. 읽어 내려가는 동안에 그것은 구체적인 사실로 다가왔다. 모든 것이 진실이라는 강한 확신이 밀려온 것이었다. 패니의 충격이야말로 말로 표현될 수 있는 성질의 것이 아니었다. 나중에 생각하니 말을 하고 숨을 쉴 수 있었다는 것이 신기할 정도였다.

프라이스 씨는 별로 그 기사에 관심이 없는 듯 별다른 대답도 하지 않았다.

"전혀 사실이 아닌지도 모르지. 그러나 훌륭한 귀부인들이 오늘날 이런 식으로 숱하게 지옥으로 떨어져 가니, 아무도 보장은 할 수 없어."

그는 지나가는 말로 한마디 툭 던졌다.

"설마 그게 사실이겠어요? 너무 끔찍한 일이잖아요!"

어머니는 안 됐다는 말투로 말했다. 그러나 금방 다른 데로 관심이 옮겨져 있었다.

"레베카에게 정확히 열 번은 양탄자 손질을 하라고 얘기했을 거야. 너도 듣지 않았니, 벳시? 그렇지? 10분도 안 걸릴 일인데 말이야."

패니는 형언할 수 없는 공포감을 느끼면서 이 죄악의 확신을 받아들여, 그 뒤에 이어질 불행을 어느 정도 인식하기 시작했다. 처음에는 망연한 상태였으나 순간순간 무서운 재앙임을 생생히 깨달을 수 있었다. 의심할 여지는 없었다. 기사가 오보라는 안이한 희망에 젖어 있을 수도 없었다.

메리의 편지는 몇 번이나 읽어 한 줄 한 줄을 외울 정도였는데, 그것은 무서우리만큼 이 일과 일치하고 있는 것이었다. 그녀가 기를 쓰고 헨리를 변호하고 있는 점, 신문기삿거리는 되지 않으리라는 헛된 희망 등 그녀가 느끼고 있는 뚜렷한 마음의 동요는 모두 무언가 크게 잘못된 사태와 일치했던 것이다. 만약 품격 있는 여성으로서 이 최대의 죄악을 사소한 일로 취급할 수가 있고 그것을 속이려 하며 처벌받지 않기를 바라는 자가 이 세상에 존재한다면 메리야말로 바로 그 사람일 것이다! 그녀가 너무나 당황해서 앞뒤 가릴 것 없이 편지를 쓴 것 자체가 모든 게 분명한 사실임을 뒷받침해 주고 있었다.

패니가 지금 다시 생각해 보니 메리의 편지 중에서 두 사람이 떠났다고 표현한 것을 자신이 잘못 해석하고 있었음을 알게 되었다. 그것은 러시워스 부부가 떠난 것이 아니라 러시워스 부인과 헨리가 함께 떠났던 것이다.

패니는 난생처음으로 충격을 받은 사람 같았다. 마음이 편할 리가 없었다. 초저녁은 오직 비참한 심정뿐이었고 밤에는 잠이 오지 않았다. 가슴을 짓찧는 듯한 기분이 공포의 전율로 변하고 머리가 화끈 달아오르는가 하면 온몸에서 한기가 느껴지기도 했다. 이 사건은 너무나 충격적이어서 때로는 그런 일은 있을 수가 없다고 진정으로 받아들일 수 없었다. 결코 받아들일 수도 없는 일이라고 생각했다. 여자는 불과 6개월 전에 결혼했고, 남자는 다른 상대에게 마음을 바치고 있었다. 아니, 결혼하겠다고까지 공언하지 않았던가. 게다가 그 다른 상대란 여자의 가장 가까운 친척이었다. 가족 전체, 양쪽의 가족이 정말 이중 삼중의 끈으로 묶여져 모두 친구이며 서로 친하게 지내는 사이가 아니었던가! 죄악이 뒤섞인다 해도 이것은 너무 무서운 일이었다. 악이 뒤엉킨다 해도 이것은 너무 심했다. 완전한 야만 상태에 있다면 몰라도 이것은 인간이 할 짓이 아니었던 것이다.

그러나 그녀의 판단은 그것이 사실이라고 말해주고 있었다. 남자는 애정을 정착시키지 못해 허영심에 좌우되고, 마리아 쪽은 분명히 미련이 남아 있었을 것이다. 이것은 양쪽이 다 자제심이 부족했기 때문에 생길 수 있는 일이었다. 메리의 편지가 그것이 사실임을 증명해주고 있는 것이었다.

'결과는 어떻게 될까? 누가 화를 당하지 않을까? 누구의 장래에 영향을 끼치지 않을까? 누구의 평화가 영영 파괴되지 않을까? 메리 자신이나 에드먼드에게까지도……'

그러나 거기까지 깊이 생각하는 것은 아마 위험한 일이었을 것이다. 패니는 이 일로 인하여 맨스필드 파크의 가족들이 겪게 될 불행에 대해서만은 생각지 않으려 했다. 의심할 여지없는 가족의 충격이나 고통에 대해서만은 되도록 생각지 않으려고 노력했다. 실제로 그러려고 노력했다. 만약 확실한 죄악, 너무 수치스러워서 세상에 얼굴을 들 수 없는 사태가 실제로 벌어진다면 모두가 비참한 지경에 떨어지고 말 것이다. 버트램 이모와 이모부의 고통……. 거기서 패니는 잠시 생각을 멈추었다. 줄리아, 톰, 에드먼드……. 거기서는 훨씬 더 오랫동안 생각을 멈추었다.

이 일에서 가장 무서운 타격을 입게 될 사람은 이모부와 에드먼드, 이 두 사람일 것이다. 자식에 대한 이모부의 사랑과 명예와 예절에 대한 고매한 성품 그리고 에드먼드의 고결한 품성, 의심할 줄 모르는 성품, 그리고 순수한 감정의 강함을 생각하니 그들이 이와 같은 치욕 아래서 생명과 이성을 지켜낼 수 있으리라고 믿어지지 않았다. 자신 혼자서 이 문제를 책임질 수만 있다면, 러시워스 부인과 혈연관계에 있는 모든 사람들에게 최대의 은혜를 베푸는 마음으로 즉각 죽을 수도 있을 것 같았다.

다음날도 그 다음날도 아무 일도 생기지 않았으나 패니의 공포는 조금도 줄어들지 않았다. 우편물은 두 번 배달되었으나 공적이거나 사적이거나 어떤 반론도 전달되지 않았다. 메리에게서 첫 번째 편지를 보충할 두 번째 편지는 오지 않았고, 맨스필드에서도 아무 연락이 없었다. 이모로부터 다시 편지가 왔어도 이미 도착했어야 하는 시기였다. 이것은 불길한 징조였다.

패니에게는 마음을 진정시켜줄 희망의 그림자조차 거의 보이지 않았다. 마침내 침울하여 안색은 창백해지고 몸을 덜덜 떨 상태에까지 이르렀다. 포츠머스에서 모두가 눈치 챌 정도였지만 이를 눈치 채지 못하는 사람은 어머니인 프라이스 부인뿐인 듯했다.

그리고 사흘 째 되는 날 가슴을 치는 듯한 노크 소리가 들리고 한 통의 편지가 다시 그녀의 손에 전해졌다. 그것은 런던의 소인이 찍힌 에드먼드의 편지였다.

사랑하는 패니,

현재 우리의 모습이 얼마나 비참한 몰골인지는 누구보다 네가 잘 알고 있을 거야. '너'도 같은 심정이겠지만, 하느님의 힘에 의지하면서 참아내기 바란다. 아버지와 이곳에 온 지 이틀째 되는데, 어떻게 손을 쓸 방도가 없다. 우리는 도저히 두 사람의 행방을 알 수가 없으니 말이다.

패니, 처후의 일격을 얻어맞은 얘기는 아직 듣지 못했을 테지? 줄리아가 가출했단다. 예이츠 씨와 함께 스코틀랜드로 갔다. 우리가 도착하기 몇 시간 전에 런던을 떠났어. 다른 때라면 이 일은 우리에게 큰 충격을 줬을 테지만 지금은 별일도 아닌 것 같은 생각이 든단다.

설상가상이라고 하지만 너무 분통이 터지는 일이 아닐 수가 없다. 그러나 아버지는 허적하지 않으셨어. 지금 편지를 쓰는 것도, 아버지의 명령으로, 너한테 집에 돌아오라고 말하기 위해서다. 아버지는 어머니를 위해 네가 돌아오기를 바라고 계신단다.

이 편지를 받은 다음날 아침에 내가 포츠머스로 가겠다. 부디 맨스필드로 떠날 준비를 해주기 바란다. 아버지는 수전과 같이 오라고 말해보라 하셨다. 2~3개월 동안 머물기로 하고 좋도록 결정을 해라.

때가 때인 만큼 아버지의 이런 신중을 너도 깨닫고 받아들이겠지? 아버지의 뜻을 올바르게 이해해주기 바란다. 내가 아버지의 마음을 네게 올바로 전달하지 못했을지라도 말이다.

나의 현재 상태가 어떤지는 너도 충분히 진작이 가겠지? 불행이 쉴 사이 없이 우리 가족에게 몰어 닥치는구나.

패니, 내일 우편 마차로 아침 일찍 너를 데리러 가겠다.

안녕.

패니는 원기 회복제를 그때만큼 필요로 한 적이 없었다. 초죽음이 될 정도로 지쳐 있었던 것이다. 그리고 이 편지 속에 담긴 것만큼 효능이 있는 것도 없었다. 내일! 내일! 포츠머스를 떠나게 된다니!

패니는 너무 기뻐서 껑충 뛰어오르고 싶었다. 이렇게 많은 사람들이 비참한 생각 속에 빠져 있는데, 그녀는 자기 혼자만이 지나치게 행복한 것은 아닌가 싶어졌다. 그들의 불행이 자신에게 이런 은혜를 가져다 준 것이었다. 몸의 감각이 무감각해지는 게 아닐까 염려될 정도였다.

곧 떠나게 되었던 것이다. 패니는 누구보다 친절한 영접, 또한 위로의 영접을 받고 있는 것이었다. 또한 수전을 데리고 갈 수도 있게 되었다. 이렇듯 행운이 겹쳐지니 그녀의 마음은 행복감으로 넘쳐서 잠시 동안 모든 고통에서 멀어지는 듯한 느낌이 들었다.

잠시 후에 패니는 자기가 가장 사랑하는 사람들과 진정한 괴로움을 나눌 수 없게 되지나 않을까 두려워졌다.

줄리아의 사랑의 도피 행각이 그녀에게 끼친 영향은 그리 대단치는 않았다. 그녀는 아연해지고 충격을 받기는 했으나 정신을 잃는다거나 그 사실이 마음속 깊은 곳에서 떠나지 않는다거나 하는 일은 없었다.

무엇보다도 일이었다. 육체를 움직여 꼭 해야 할 일에 전념하는 것이 슬픔을 덜어주는 데는 제일이었다. 패니는 즉시 떠날 준비에 착수했다. 용무가 비록 슬픈 것이라 해도 그녀의 경우 해야 할 일이 많았으므로 러시워스 부인의 끔찍한 이야기, 이젠 완전히 확실해진 이야기조차도 한층 안정된 마음으로 받아들일 수 있었다. 비참함에 잠길 틈도 없었던 것이다.

마침내 패니가 그토록 기다리던 날이 되었다. 맨스필드 파크로 돌아가야 하는 날이 내일로 성큼 다가온 것이었다. 24시간 이내에 포츠머스를 떠나야 하는 것이다. 수전에게 마음의 준비를 시키고 떠날 채비를 해야만 했다. 서둘러 처리해야 할 일이 겹치고 너무 많아서 하루로

써는 부족할 지경이었다.

패니는 아버지와 어머니에게도 내일 맨스필드 파크로 떠날 예정임을 알렸다. 물론 전할 이야기도 기쁜 내용이며 그 행복감이 다소 줄어드는 것은 그전에 나쁜 소식을 간단히 요약해서 설명해야 하는 일뿐이었다. 패니는 그런 말을 해야 하는 것이 무척 괴로운 일일 수밖에 없었다. 아버지와 어머니는 수전이 동행하는 데 기꺼이 동의해주었고 둘이 떠나는 것을 모두가 만족한 기분으로 봐주는 듯했다. 게다가 수전 자신은 그저 기뻐서 어쩔 줄을 몰라 했다. 이런 일 모두가 패니의 기분을 전환시키고 그녀의 생기를 돋우는 데에 도움이 되었다.

버트램 가의 불행도 이 집에서는 별로 대수롭지 않게 받아들여졌다. 프라이스 부인은 불쌍한 언니 얘기를 2~3분 동안 늘어놓았다. 그러나 '수전의 옷을 어디에 담지? 레베카는 상자란 상자는 모조리 가져가서 못쓰게 만들어 버린다니까……' 하며 수전의 짐을 챙기는 일에 더 신경이 쏠려 있었다.

수전으로 말하면, 지금 뜻하지 않게 큰 소원이 이루어져서 너무나 기뻤다. 하지만 그 기쁨을 함부로 드러낼 수는 없었다. 무거운 죄를 범한 사람들에게나 그 일로 인해 슬퍼하고 있는 사람에게나 개인적으로는 한 번도 본 적이 없으므로 패니처럼 그들의 고통을 가슴으로 느낄 수는 없는 일이었다. 시종 좋아라고 떠들지 않는 것만으로도 칭찬받을 일이었으며, 열네 살짜리 소녀에게는 여간 힘에 겨운 일이 아닐 수 없었을 것이다.

프라이스 부인의 결단이나 레베카의 호의에 실제로 맡겨진 일이라고는 하나도 없었기에 만사는 합리적으로 잘되어서 아가씨들의 떠날 준비가 완료됐다. 여행에 대비하여 잠을 푹 자둔다는 것은 좋은 일이지만 불가능한 노릇이었다. 이쪽을 향해 오고 있는 사촌 오빠가 아무래도 그녀들의 들뜬 마음속에 계속해서 나타났기 때문이었다. 한 사람의 마음은 행복에 넘치고 또 한 사람은 갖가지 형언할 수 없는 흥분으로 가슴이 꽉 차 있었다.

아침 8시에 에드먼드는 벌써 도착해 있었다. 아가씨들은 위층에서 그가 들어오는 소리를 들었다. 패니는 재빨리 아래층으로 내려갔다. 이제 곧 그를 다시 만난다 생각하니 그가 얼마나 괴로워하는지 알고 있는 만큼 소식을 들었을 때의 심정이 왈칵 되살아나는 것이었다. 그가 바로 옆에 있고 비참한 심정에 잠겨 있는 것이다.

패니는 당장 쓰러질 듯한 기분으로, 초조한 마음을 애써 억누르면서 거실로 들어갔다. 그는 거실에서 혼자 패니를 기다리고 있었고 패니를 보자마자 곧장 다가와 가슴으로 그녀를 끌어안았다. 그는 나지막한 목소리로 중얼거리듯 말했다.

"패니, 누이동생은 이제 너뿐이야. 위안이 되는 것은 오직 너 하나뿐이란다."

그녀는 아무 말도 할 수 없었다. 그도 몇 분 동안 다른 말은 하지 않았다.

그가 얼굴을 돌려 마음을 가다듬고 나서 입을 열었을 때 목소리는 아직 더듬거렸으나 자제하려는 태도가 역력했으며, 더 이상 난처한 그 이야기는 하지 않으려고 결심을 단단히 한 것처럼 보였다.

"아침 식사는 했니? 언제 떠날 수 있겠어? 수전도 가는 거지?"

에드먼드의 입에서는 패니가 질문에 대답할 틈도 주지 않고 연달아 질문이 튀어나왔다. 그가 바라는 것은 되도록 일찍 떠나는 일이었다. 맨스필드를 생각하면 한시가 급할 수밖에 없었다.

에드먼드는 자신이 바라는 것을 즉각 실행하지 않고는 직성이 풀리지 않았다. 반 시간 후에 마차를 현관 앞에 불러오기로 했다. 패니는 반 시간 내에 아침 식사를 했고 그녀들이 식사하는 동안 에드먼드는 곁에 앉아 있지도 않았다. 그는 성벽을 한 바퀴 돌고 와서 마차를 타고 마중 오겠다고 하고 천천히 밖으로 나갔다. 그는 또 가버렸다. 그는 무척 안색이 좋지 않았으며 격정에 시달리면서도 단호히 이를 억제하려는 태도였다. 부득이한 일이라 싶으면서도 패니로서는 이것이 두려움을 가중시켰다.

제 시간에 맞춰 마차가 도착했다. 그와 동시에 그는 패니와 수전을 데려가기 위해 다시 집 안으로 들어왔다. 에드먼드는 불과 몇 분 동안 가족과 한자리에 앉아, 딸들을 떠나보내는 사람치고 너무나 담담한 아버지와 어머니로서의 그들의 태도를 목격했다.

또한 에드먼드의 출현은 그녀들이 아침 식탁에 앉는 것을 방해하는 결과가 되었다. 아침 식사는 이례적으로 민첩하게 아주 빨리 준비된 것이었다. 아버지 집에서의 패니의 마지막 식사는 처음 포츠머스에 도착했을 때와 상통하는 것이 있었다. 그녀를 맞이할 때와 같은 정도의 융숭하게 잘 차려진 것이었다. 패니와 수전은 서둘러 아침식사를 끝마치고 맨스필드 파크를 향해 출발했다.

포츠머스의 경계를 막 벗어났을 때 그녀 마음에 얼마나 큰 기쁨과 감사의 마음이 솟아올랐는지, 또 수전의 얼굴이 얼마나 미소로 가득 찼는지는 쉽사리 상상할 수 있는 일이었다. 그러나 앞으로 몸을 내밀고 앉은 데다 모자에 얼굴이 가려 있었기 때문에 이 표정은 보이지 않았다. 이번 여행은 말없는 조용한 여행이 될 것 같았다.

에드먼드의 깊은 한숨이 이따금 패니의 귀에 와 닿았다. 만약 그녀와 단둘이었더라면 결심이야 어쨌든 그는 좀더 활발했을 것이다. 그러나 수전이 있어서 그는 완전히 자기 깍지 속에 들어가 버려 무난한 화제가 나와도 오래 계속되지는 않았다.

패니는 한없이 걱정스러운 마음으로 그를 바라보고 있다가 가끔 시선이 마주치면 그때마다 부드러운 미소를 받고 마음이 포근해짐을 느꼈다. 그러나 첫날 하루 동안의 여행은 그의 마음을 짓누르고 있는 일에 대해 한 마디도 묻지 않은 채 지나갔다.

이튿날 아침에는 약간의 이야기를 나누었다. 옥스퍼드를 출발하기 직전 수전이 창가에 붙어 앉아 한 대가족이 숙소에서 나가는 광경을 열심히 구경하는 동안, 나머지 두 사람은 난로 곁에 서 있었다. 에드먼드는 패니의 용모가 달라진 데 크게 놀랐는데 그녀의 부친 집에서의 하루하루의 노고를 모르기 때문에 이 변화를 부당하게도 아니, 완전히 최근에 일어난 일 때문이라 생각하고 패니의 손을 잡고는 나지막하지만 표현력이 있는 강한 어조로 말했다.

"패니, 얼굴이 많이 상했어. 무리도 아닐 거야. 너한테도 충격이 무척 컸겠지. 그래, 너도 많이 괴로울 거야. 너를 사랑하고서 또 이렇게 빨리 버리다니…… 그러나 패니, 너의 경우 이제 막 시작단계였잖니? 거기에 비한다면 나는 어떻겠니? 패니, 나를 좀 생각해 봐!"

여행의 첫날은 쉬지 않고 달렸지만 꼬박 하루가 걸렸고 옥스퍼드에 도착했을 때 그들은 무척 지쳐 있었다. 그러나 이틀째의 여행은 훨씬 빨리 끝났다. 아직 정오가 되기 전인데도 맨스필드가 가까워져 있었다.

패니와 수전은 어서 빨리 맨스필드 파크로 가고 싶어 조바심을 냈었다. 하지만 그리운 장소로 다가감에 따라 두 자매의 마음은 다소 침울해졌다. 패니는 이러한 불행한 상태에서 두 이모와 톰을 만나기가 두려워지기 시작했으며 수전도 이곳에서의 처신을 위해 급히 배운 예법에 대한 지식 전부가 이제 곧 필요해지기 시작하니 좀 걱정이 되었던 것이다.

수전은 지금까지의 습관을 모두 버려야 했다. 지난날의 천한 생활습관을 모두 버리고 앞으로는 맨스필드 파크에 어울리는 예의범절을 익히면서 고상한 취향에 새롭게 적응해 가야 하는 것이었다.

수전은 두근거리는 가슴을 진정시키기 위해 지그시 누르며 은 포크, 냅킨, 핑거 글라스(디저트 다음에 손가락을 씻기 위해 물을 담은 유리대접: 역주)등에 대해 이것저것 생각했다.

그들 일행은 드디어 맨스필드 파크에 도착했다. 패니는 여기저기서 2월 이후 달라진 풍경을 보게 되었고 파크에 들어가자 그녀의 지각은 더없이 예민해졌다. 석 달, 여기를 떠난 지 꼬박 석 달, 그리고 그 변화는 겨울과 봄에 걸쳐진 것이었다. 그녀의 눈길이 닿는 곳마다 신록이 선명하고 고운 잔디밭과 무성하게 우거진 수풀을 볼 수 있었다. 나무들은 아직 옷을 완전히 입지 않았으나 풍성한 자태를 보이고 있었다. 머지않아 더욱 아름다워질 것을 알고 있었던 것이다.

현재 많은 것이 눈에 보였지만, 더 많은 것들이 상상력을 위해 남겨져 있었다. 그러나 이 기쁨도 자기 혼자만의 것이었다. 에드먼드는 이 속에 끼어들 수 없었던 것이다. 패니는 그를 바라보았으나 에드먼드는 좌석에 기댄 채 전보다 더 깊은 우수에 잠기어 두 눈을 감고 있었다. 그 모습은 마치 상쾌한 경치에 도리어 마음이 우울해질까 봐 자기 집의 아름다운 광경을 보지 않으려고 외면하는 듯한 인상을 주었다.

그 모습을 바라보고 있는 패니는 다시 슬픔에 잠길 수밖에 없었다. 맨스필드 파크가 현재 어떤 상태에 놓여 있는지를 누구보다 잘 알고 있었기 때문이었다. 신식이고 통풍이 잘되며 위치도 좋은 이 집이 구슬픈 표정을 짓고 있는 듯이 보였다.

집 안에서 비애에 젖어 있던 사람들 중의 한 사람은 그때까지 그녀가 한 번도 느껴본 적이 없는 애타는 마음으로 패니를 기다리고 있었다. 패니가 엄숙한 표정의 하인들 앞을 채 지나가기도 전에 버트램 영부인이 응접실에서 달려나와 그녀를 맞이했다. 그 걸음걸이는 결코 힘없는 것이 아니었다. 그리고 그녀의 목을 끌어안고서 이렇게 말하는 것이었다.

"어서 오렴, 사랑하는 패니! 이제 나도 마음이 편안해지겠구나."

47

버트램 영부인과 노리스 부인, 그리고 패니, 세 사람은 각각 자기가 이 세상에서 가장 비참하다고 생각하면서 서로의 얼굴을 마주보고 있었다. 그 중에서도 노리스 부인은 마리아를 가장 사랑했던 만큼 가장 큰 상처를 입었다. 마리아는 그녀가 가장 많이 사랑했던 가장 귀여운 조카딸이었던 것이다. 이 혼인도 그녀 자신이 중매했던 것이고, 평소에도 무척 자랑스럽게 여기고 있었으며 또 누구에게나 그렇게 말해왔었다. 그 결과가 이렇게 됐으니 그녀는 거의 기절할 지경이었다.

노리스 부인은 사람이 변해버린 듯 조용해지고 멍청해져서 주위의 일에는 도무지 무관심이었다. 버트램 언니와 톰 그리고 자기까지 셋이서 뒤에 남아 집 전체를 관리해야 하므로 그녀의 특기라 할 만한 유력한 입장이었음에도 불구하고 그 역할을 헌신짝처럼 버렸다. 하인에게 지시나 명령은 고사하고 자기가 직접 처리해야 하는 일조차 할 수가 없었던 것이다. 막상 재난을 당하고 보니 그녀의 활동력은 완전히 시들어 버려 버트램 영부인도 톰도 그녀에게서는 눈곱만큼의 도움도, 도와주려는 노력조차 얻지 못했다.

그녀가 그들을 위해 일하지 않는 것은 그들이 서로를 위해 애쓰지 않는 것과 마찬가지였다. 그들은 똑같이 외톨이이며 무기력하고 의지할 데가 없었다. 그리고 그때 다른 사람들이 도착함으로써 그녀가 한층 더 비참하다는 사실을 분명하게 해줄 뿐이었다. 가족들에게 원군이 와도 그녀에게는 아무 이득도 없었던 것이다.

에드먼드는 형에게, 패니는 버트램 이모에게 거의 비슷한 환영을 받았다. 그러나 노리스 부인만은 그 어느 쪽으로부터도 위로를 얻지 못했고 패니를 보자 더욱 짜증이 날 뿐이었다. 분노로 눈이 캄캄해진 그녀는 패니를 사건의 장본인이라고 꾸짖고 싶었다. 만약 패니가 헨리를 받아들였다면 이런 불상사가 발생하는 일은 없었을 것이라고 생각했던 것이다.

수전도 불만의 씨앗이었다. 그녀는 두세 번 쌀쌀한 눈길을 보냈을 뿐 그 이상의 관심을 보일 힘도 없어서 수전을 두고 스파이, 방해물, 가난한 조카딸 등 밉살스러운 모든 것으로 생각하고 있었다.

다른 한 이모는 수전을 조용히 맞이했다. 버트램 영부인은 그녀를 위해 말을 걸거나 시간을 나눠주고 싶은 마음은 추호도 없었지만 패니의 동생이니까 이 애 역시도 맨스필드에 살 자격이 있다고 생각하여 곧 키스를 해주고 반가워했다.

수전은 무척 만족했다. 그녀는 맨스필드 파크로 오기 전부터 노리스 이모에게서는 못마땅한 표정 이상의 것을 기대할 수 없음을 잘 알고 있었기 때문이다. 그녀에게는 행복이 있었다. 그것은 행운 중에서도 최상의 것이었다. 갖가지 분명한 재앙으로부터 벗어날 수가 있었으니까. 이에 용기를 얻어 그녀는 다른 사람에게서 더욱 냉담한 대접을 받았더라도 태연하게 행동할 수 있었을 것이다.

그녀는 이제 혼자 있게 되는 때가 많아서 마음대로 집 안과 경내를 구경하며 분주하게 돌아다녔고 그렇게 하면서 나날을 매우 즐겁게 보냈다.

 에드먼드와 패니는 제각기 방에 틀어박혀 있거나 책임진 사람들을 돌보느라 분주했다. 하기야 그들은 요즘 상대방에게 위로받을 곳은 오직 거기밖에 없다는 듯이 의지의 대상이 되어 있었다. 에드먼드는 형을 돕는 노력으로 제 마음속의 감정을 묻어버리려 하고, 패니는 버트램 이모에게 헌신하고 이전에 맡았던 모든 일에 이전보다 더한 열성으로 되돌아와, 이토록 자기를 필요로 하는 사람들을 위해서는 아무리 봉사해도 오히려 부족한 것이라 생각했다.

 끔찍한 사건에 대해 패니를 상대로 이야기하는 일, 이야기하면서 신세를 한탄하는 일이 버트램 영부인이 패니로부터 얻는 위로의 전부였다. 패니로 하여금 자기 이야기에 귀를 기울이게 하고 시중을 들게 하고 그 답례로써 친절과 동정어린 말을 들려주는 일, 이것이 그녀를 위해 할 수 있는 전부였다. 이 밖의 위로는 문제가 되지 않았다. 위로의 여지 따위는 없는 사태였던 것이다.

 버트램 영부인은 사물을 깊이 생각하는 사람이 아니었으나 토머스 경의 영향을 받아 중요한 점에 있어서는 대체로 바른 생각을 갖고 있었다. 그러므로 그녀는 마리아와 헨리가 일으킨 사건의 끔찍함은 잘 알고 있었으며, 그 죄악과 파렴치함의 정도를 가볍게 여기려고 애쓴 적도 없을 뿐더러 패니에게 그런 조언을 요청한 적도 없었다. 마리아를 향한 그녀의 애정은 예민하지 않고 그 마음도 집요하지는 않았다.

 얼마 후 패니는 그녀의 생각을 다른 일로 돌려 평소의 일에 얼마쯤 흥미를 되살리는 것도 불가능한 일이 아님을 알았다. 그러나 일단 생각을 그 사건에 집중시키면 버트램 이모는 그것을 단지 한 가지 관점에서밖에 생각할 수가 없었고, 이제 딸을 잃어버리고 씻을 수 없는 불명예를 입고 말았다고 생각하는 것이었다.

패니는 버트램 이모로부터 지금까지 벌어진 자세한 내용을 전부 들었다. 이모의 이야기는 별로 두서가 있는 이야기는 아니었으나 이모부와의 사이에 교환된 몇 통의 편지와 자기가 이미 알고 있는 내용을 연결시켜본 결과, 그녀는 곧 사건에 얽힌 내막과 진상을 대충 파악할 수 있었고 궁금했던 것을 모두 알게 되었다.

러시워스 부인은 부활절 휴가를 보내기 위해 최근에 친해진 부부와 함께 트위커넘으로 떠났다. 그들은 쾌활하고 인상이 좋은 사람들이라서 어쩌면 품행도 분별심도 그것에 못지않았으리라. 하지만 그들의 집에는 헨리가 늘 출입하고 있었다. 그가 그 근처에 머물고 있었다는 것은 패니도 이미 알고 있는 사실이었다. 제임스 러시워스는 그때 바스에 가서 어머니와 며칠 지내고 런던에 돌아오기로 되어 있었기 때문에 마리아는 이 친구들과 함께 어울리면서 조심할 상대도 없었던 것이다.

줄리아는 2~3주일 전에 윔폴 가를 떠나 친척집을 방문하고 있었다. 토머스 경과 버트램 영부인이 이제 와서 생각하니 이는 뭔가 예이츠가 편리하게 하기 위해서 한 일이었던 게 분명하다고 추측했다.

러시워스 부부가 윔폴 가로 돌아온 직후에 토머스 경은 런던에 사는 옛 친구인 하딩 씨로부터 편지 한 통을 받았다. 이 친구는 그 방면에서 갖가지 염려스런 이야기를 듣고 있었기 때문에 토머스 경에게 직접 런던에 와, 딸을 타일러서 이 친밀한 교제를 중지시키는 것이 좋겠다고 언질을 주었다. 이미 그녀는 좋지 못한 평을 받고 있어서 제임스도 불안해하고 있는 것 같기 때문이라고 권해온 것이다.

토머스 경은 이 편지를 받자마자 맨스필드의 아무에게도 그 내용을 알리지 않고 행동에 옮기려고 준비하던 차에 같은 친구가 보낸 또 한 통의 속달 편지가 날아들었다. 그것은 젊은이들에 관해 사태가 거의 절망적 상황임을 전한 것이었다. 러시워스 부인은 남편의 집을 나갔던 것이다.

상황이 이렇게 되자 제임스는 크게 화를 내고 번민하여 그(하딩 씨)에게 조언을 요청해왔다. 하딩 씨는 최소한 거기에는 분명히 몹시 무분별한 행위가 있었던 게 아닌지 우려했다. 러시워스 부인(제임스 러시워스의 어머니)의 하녀는 아예 협박을 하고 있었다. 제임스는 전력을 다하여 그 일을 무마시키려고 러시워스 부인의 귀가를 애타게 기다렸으나, 윔폴 가에서는 제임스의 어머니가 심하게 반대를 했기 때문에 일은 난관에 부닥쳐 최악의 결과를 낳고 말았던 것이다.

토머스 경은 이 놀라운 소식을 가족 외의 사람들에게 더 이상 숨겨둘 수 없었다. 그가 곧 런던으로 출발하려 하자, 에드먼드도 같이 가겠다고 했다. 그리고 다른 사람들은 비참한 상태 속에 남겨졌다. 그 비참함은 런던에서 온 다음 편지를 받은 후의 상태보다는 좀 나은 것이었다. 이 무렵에는 모든 것이 절망적일 만큼 세상에 알려지고 말았다. 어머니 쪽 러시워스 부인의 하녀가 증거를 쥐고 있으며 마나님을 등에 업고서 입을 다물려 하지 않았다. 마리아는 이 하녀와 잠깐 동안 같이 살았을 뿐인데 그 사이에 사이가 나빠진 것이었다. 그리고 시어머니의 며느리에 대한 나쁜 감정이 생긴 것은 아마 그녀 자신이 맞대놓고 무례한 짓을 당한 데 있겠으나 한편으로 이에 못지않게 아들에 대한 애정 때문이기도 했다.

어쨌든 이 시어머니는 회유할 길이 없었다. 그러나 비록 그녀가 고집을 부리지 않고, 또 아들에 대해 별로 힘을 갖지 않았다 하더라도 사태는 역시 절망적이었을 것이다. 그 이유는 러시워스 부인은 두 번 다시 나타나지 않았으며 그녀가 어디엔가 헨리와 함께 숨어 있다고 결론을 내릴 근거는 충분했기 때문이다. 헨리도 그녀가 행방을 감췄던 그날에 여행을 떠난다면서 숙부 댁을 떠났다.

토머스 경은 세상에 대한 체면은 완전히 잃었지만 좀더 런던에 머물면서 딸을 찾아내 악덕의 늪에 더 이상 빠져들지 않도록 구출하려 했다.

패니로선 버트램 이모부의 현재의 심정이 어떨지 충분히 짐작할 수 있었고, 생각할수록 애통한 일이었다. 자식들 중에서 요즘 그에게 고통을 주지 않는 사람은 오직 에드먼드 한 사람밖에 없었다. 톰의 병은 누이동생의 행동에 충격을 받아서 더욱 악화되어 있었다. 따라서 회복의 기미는 전혀 보이지 않을 뿐더러 점점 더 심해지고 있는 상태였다. 버트램 이모조차 용태의 악화에 깜짝 놀라 허둥지둥 남편에게 자세히 알렸을 정도였다.

토머스 경의 런던 도착과 때를 맞추어 그를 맞이한 또 한 가지 충격은 줄리아가 예이츠와 함께 사랑의 도피 행각을 벌인 일이었다. 마리아의 행동으로 받은 충격 때문에, 줄리아의 사랑의 도피가 그땐 별로 큰 것이 아니었을지라도 틀림없이 토머스 경의 마음을 몹시 아프게 했을 것임은 짐작할 수 있었다. 모든 게 패니의 눈에 선하게 보였던 것이다.

토머스 경의 편지에는 그가 얼마나 이 일을 개탄하고 있는지 잘 나타나 있었다. 주위의 사정이야 어찌 되었든 예이츠는 반가운 결혼 상대자가 아니었을 것이다. 그것이 그렇게 떳떳하지 못한 방법으로 맺어지고 또 하필 이런 곤경에 처한 때에 그런 일을 저지르고 만 줄리아의 소견머리가 아주 못마땅하게 생각되었으며 그런 상대를 택한 어리석음이 더욱 확대되어서 자꾸만 머리에 떠오른 것이었다. 줄리아가 못난 짓을 최악의 방법으로, 더욱이 최악의 시기에 저질렀다는 것이 그의 평이었다. 그리고 줄리아는 마리아에 비해 우행과 악덕이 다른 면에서 아직 용서할 점이 있다 하더라도 그녀가 취한 행동은 언니의 경우와 마찬가지로 금후 최악의 결말에 이를 가능성이 있다고 보지 않을 수 없었다. 그녀가 몸을 던진 남자에 대한 토머스 경의 의견은 그러했다.

패니는 이모부에게서 깊은 동정을 느꼈다. 이제 이모부에게는 에드먼드밖에 위로가 없었다. 다른 자식들은 모두 그의 마음을 괴롭히고 있음에 틀림없었다. 패니에 대한 이모부의 노여움은 노리스 부인과는 다른 입장에서 볼 때 이제는 사라지고 없을 것이다. 마땅히 그녀가 옳았다고 생각하게 되었을 것이다. 헨리의 경박한 행동을 보면 패니가 그토록 싫다고 거절했던 이유가 충분히 변명되었던 것이다.

그러나 이것은 그녀 자신으로서는 매우 중요한 일이지만 토머스 경에게는 별로 위로가 되지 않았다. 이모부의 노여움은 그녀로서 매우 두려웠는데 자신의 입장이 정당화됐다 해서 또 항상 감사한 마음과 애정을 품고 있었다고 해서 그것이 이모부에게 무슨 도움이 되었을 것인가? 지금 이 순간에도 이모부가 의지할 수 있는 것은 에드먼드뿐이었다.

그러나 에드먼드가 지금 아버지에게 고통을 주지 않는다고 생각한 것은 그녀의 착오였다. 그 고통은 다른 사람이 만들어낸 것에 비하면 별로 심한 것은 아니었으나 토머스 경은 에드먼드의 행복이 여동생과 친구의 비행에 말려들어 뿌리째 흔들렸다고 생각했다. 또 그는 에드먼드가 흔들리지 않는 애정을 가지고 추구하여 무사히 성공할 뻔한 메리 크로포드와도 이 사건 때문에 헤어질 수밖에 없으며 더욱이 그 여성은 지탄받아 마땅한 오빠만 아니라면 어느 모로 보나 흠잡을 데 없는 상대였다고 생각하고 있었다.

토머스 경은 런던에 머물고 있을 때, 에드먼드가 다른 모든 일들과 함께 자기 자신의 일로도 얼마나 괴로워하면서 고통을 당하고 있는지 직접 목격했기 때문에 잘 알고 있었다. 그는 에드먼드의 심중을 헤아려서 메리와는 적어도 한 번은 만났을 것이며 에드먼드로서는 가슴이 더 아플 뿐 얻은 바가 없었으리라고 생각할 이유가 있었으므로 이 점에서도 그를 런던에서 떠나게 하고 싶어 패니를 이모에게로 데려갈 역할을 맡겼던 것이다.

이 일은 그녀들을 위해서뿐 아니라 에드먼드의 기분 전환과 이익을 꾀해서였다. 패니는 토머스 경의 심중을 몰랐으며 토머스 경은 메리의 인품을 몰랐던 것이다. 만약 그가 그녀와 아들 사이의 대화를 은밀히 들어서 알고 있었다면 그녀를 자기 며느리로 맞아들이는 일을 2만 파운드의 지참금이 4만 파운드가 된다 해도 거절했을 것이다.

에드먼드가 메리와 영영 결별해야 한다는 사실은 패니로선 의심할 여지가 없었으나 그도 같은 마음임을 알기까지는 그녀 혼자 그렇게 믿는 것만으로는 불충분했다. 그의 마음이 그렇다고 여기면서도 그 확약이 필요했다. 솔직한 이야기를 해줬으면 싶었다. 이전엔 가끔 이런 얘기는 견딜 수 없다고 생각한 적이 있었지만 이제는 큰 위로가 될 것 같았다. 그러나 그것이 불가능한 것을 그녀는 알았다. 좀처럼 그를 만날 수가 없었던 것이다. 단둘이 돼 본적이 한 번도 없었다.

아마 그녀와 단둘이 있게 되는 것을 피하는 모양이었다. 이것은 무슨 뜻일까? 이 일가의 불행 가운데에서 특히 그의 미래에 직접적으로 얽혀 있는 일이었기 때문에 판단력을 잃은 것이며, 그것이 너무 뼈아픈 일이었기에 조금이라도 남에게 털어놓을 수도 없었던 것이다. 패니는 현재의 그의 심정이 어떨 것인지 충분히 이해할 수 있었다.

그는 항복했지만 거기에 고뇌가 따랐다. 그것은 얘기를 걸어볼 여지가 없는 고뇌였다. 상당한 시간이 지나지 않고는 메리의 이름이 다시 그의 입에서 흘러나오지 않을 것이며 옛날 같은 허물없는 교제의 부활도 바랄 수 없을 것 같았다.

확실히 시간은 꽤 걸렸다. 그들이 맨스필드에 도착한 것은 목요일이며 그리고 일요일 저녁나절에야 에드먼드는 그녀에게 이 문제를 처음으로 꺼냈다. 만약 벗이 곁에 있다면 마음을 열어 일체를 털어놓지 않을 수 없는 더없이 좋은 기회였다. 밖에는 비가 내리고 있었다. 방에는 버트램 영부인밖에 아무도 없었고, 그 영부인도 가슴 뭉클한 설교를 들은 뒤 문자 그대로 울다가 잠들었던 것이다.

에드먼드는 자연스럽게 입을 열지 않을 수가 없었다. 그는 패니의 얼굴을 쳐다보면서 2~3분 정도 자신의 이야기를 들어줄 수 있는지 간단히 물었다. 에드먼드는 패니에게 폐를 끼치는 이런 이야기는 두 번 다시 하지 않겠다고 단언하고 나서, 그동안 완전히 금기로 여겼던 화제를 마침내 끄집어냈던 것이다.

그는 자기에게 있어서 최대의 관심사인 메리와의 사이에서 벌어졌던 일과 그에 따른 사정, 자신의 고통스런 심정에 대해 패니도 어느 정도는 알고 있으리라고 생각했다. 그래서 에드먼드는 공감과 동정으로 귀를 기울여 줄 것이 분명한 상대에게 편하게 이야기하기 시작했다.

패니가 얼마나 열심히 자신의 이야기를 듣고 어떤 호기심과 염려, 어떤 고통, 어떤 기쁨을 맛보았는지, 목소리의 동요 하나 빠뜨리지 않고 얼마나 주의 깊게 듣고 있었는지, 눈도 깜박이지 않으면서 오로지 그 자신에게만 애정의 눈길을 쏟고 있었는지에 대해서는 충분히 상상할 수 있을 것이다.

에드먼드가 런던에서 메리를 만난 것부터 이야기는 시작되었다. 그녀로부터 만나자는 제의를 받았던 것인데, 스토너웨이 영부인으로부터 방문해달라는 편지를 받았던 것이다. 이것은 친구로서의 마지막 만남이란 뜻이겠거니 생각했고, 그녀는 크게 부끄러워하며 참담한 심정이 되어 있으리라고 판단했다. 헨리의 동생으로서는 그래야만 당연하다고 그는 생각하며 찾아갔다.

그 당시에 에드먼드는 메리에 대한 미련을 상당히 갖고 있었기 때문에, 그 순간 패니는 이 만남이 마지막이 될 리 없다고 염려했을 정도였다. 그러나 그가 이야기를 해나가는 동안 이 걱정도 사라졌다.

마침내 메리를 만났다고 그는 말했다. 그녀는 매우 초조해하고 있었고 안절부절못하는 태도로 그를 맞이했다. 그러나 그가 채 한마디 말도 꺼내기 전에 그녀 쪽에서 그 문제를 에드먼드에게 충격을 주는 방식으로 꺼냈던 것이다.

'런던에 오셨다는 소식을 듣고 뵙고 싶었어요. 이 슬픈 사건에 대해 이야기를 나누어야 할 것 같아서요. 이런 일이 어디에 또 있을까 싶을 만큼 어리석은 짓을 했어요. 제 오빠와 당신의 동생이 말예요.'

"나는 어떻게 대답해야 좋을지 모르겠더구나. 그러나 내 표정이 그렇게 보였겠지. 메리 양은 내가 자신을 비난하는 것으로 생각했나 봐. 이따금 정말 감각이 날카롭다 싶을 정도로 예민하거든. 더욱 진지한 얼굴과 목소리로 말하면서 그 여자는 이렇게 덧붙이더군. '구태여 당신 여동생에게 화살을 던져서 헨리 오빠를 변호할 생각은 없어요.' 그러고는 말하기 시작했는데……. 그 후 무슨 얘기를 했는지 패니, 도저히…… 도저히 다시 되풀이해서 너에게 들려줄 수가 없어. 그녀의 말을 전부 외워둘 수는 없었으니까 말이야. 기억했다 해도 그걸 낱낱이 말하고 싶지는 않아. 말하고자 한 요점은 두 사람의 어리석음에 무척 화가 난다는 것이었어. 그녀가 비난한 것은 오빠가 어리석게도 전혀 진심으로 사랑하지도 않는 여성에게 끌려 자기가 숭배하는 사람을 잃는 결과를 초래할 행동을 했다는 것인데……. 가엾은 마리아가 남자 쪽에서는 훨씬 이전에 뜻이 없다는 것을 분명히 해뒀는데도 정말로 사랑받고 있다고 착각한 나머지 좋은 신분과 체면을 버리고 골치아픈 입장으로 뛰어들었다는 그 어리석음에 화난다는 거야. 내가 어떤 기분이 되었을 것인지 생각 좀 해볼래. 하필이면 그녀의 입으로…… 좀더 점잖은 말을 했으면 좋았을 텐데…… 바보라고밖에 하지 않는 거야……. 노골적으로 부끄러움도 없이 그런 말을 늘어놓는 거야! 말하기 거북하다거나 끔찍하다거나 여자답게 조심성이 있다고나……. 자신의 오빠가 저지른 파렴치한 행동에 대한 혐오감 같은 것은 전혀 없었어! 어떻게 이럴 수가 있는 거니? 패니, 천성이 그토록 따사롭고 풍요로운 여성이 어디 있단 말이냐? 그런데 어쩜 그렇게 변할 수가 있는 건지……. 망했다, 난 망했어!'

에드먼드는 메리가 좀더 차분하게 이성적인 판단으로 감정을 억누르면서 절제된 말을 해주었더라면 좋았을 걸 싶었다. 그녀의 입에서 흘러나오는 저속한 말들이 그에게 너무나 큰 충격이었던 것이다.

얼마 동안 생각에 잠겨 있던 그는 절망적인 조용한 어조로 계속했다.

"패니, 지금 모든 걸 다 얘기하고 이 일에 대해서는 앞으로 영원히 말하지 않기로 하자. 그녀는 이번 사태를 어리석다고밖에 보지 않더구나. 그리고 그 어리석음이 어리석어지는 것은 다만 탄로가 났다는데 있다는 거야. 평소의 조심성과 주의가 부족했다는 것이었어. 누이동생이 트위커넘에 있는 동안 그가 리치먼드에 가 있었다는 것이나, 하녀에게 꼬리를 잡혔다는 것……. 요컨대 문제는 탐지된 사실이지 비행 그 자체는 아니라고 생각해. 만약 탄로만 나지 않고 여전히 감추어져 있다면 별로 문제될 것도 없다는 생각인 거야. 두 사람이 감정을 다스리지 못해 계속해서 만나고 있었다는 것에 대해서는 심각하게 생각하지도 않는 거야. 두 사람의 그릇된 만남이 이런 잘못된 결과를 초래했다는 것에 대해서는 말이야, 잘못이라고 생각하지도 않는 눈치였어. 단지 마리아의 생각이 모자라서 집을 뛰쳐나오면서 사태가 극단에까지 치닫고, 그래서 크로포드 씨가 더 중요한 계획들을 모두 단념한 채 마리아와 사랑의 도피를 하지 않을 수 없게 되었다는 거야."

그는 말을 끊고 무거운 한숨을 내쉬었다.

"그래서? 오빠는 뭐라고 말했어?"

패니가 물었다. 뭔가 말해야만 한다고 생각한 것이다.

"아무 말도 뜻을 알 수 있는 말은 한 마디도 하지 않았어. 나는 마치 뒤통수를 한대 얻어맞은 것 같았어. 그녀는 계속 이야기를 하면서 네 말을 하더구나. 그래, 그리고 네 말을 하기 시작하며 크로포드 씨와 네가 헤어지게 된 것이 몹시 원통하다고 하더라. 하기야 그것은 당연한 얘기지만……. 패니 같은 여자를 잃다니. 이 점에서는 그녀의 말도 일리가 있었어. 하긴 그 사람은 옛날부터 너만은 올바로 평가하고 있었지. '오빠는 팽개쳐버린 거예요.' 하고 그녀는 말했어. '두 번 다시 만날 수 없는 그런 여성을 말예요. 그 사람이라면 오빠도 안정을 얻었을 텐데…… 오빠를 언제까지나 행복하게 해줬을 텐데…….' 그녀는 줄곧 이 말만을 반복해서 말했단다. 패니야, 이 얘기가 너를 불쾌하게 하지는 않지? 괴로운 얘기는 아니잖아? 그렇게 됐을지도 모를 일을 되돌아보는 것도 말이다. 하지만 이제는 어쩔 수 없게 됐지. 이 이야기를 더 듣고 싶지 않다고 생각하는 건 아니겠지? 만약 그렇다면 내게 눈짓을 하거나 말로 한마디 해다오. 당장 그만둘 테니."

하지만 눈짓도 말도 없었다. 패니는 조용히 귀를 기울이고만 있었다.

"이제 안심이구나. 네가 혹시 이런 이야기를 듣기 싫어하는 것은 아닐지 속으로 걱정하고 있었거든. 하지만 하느님의 깊으신 은혜라고나 할까, 흉계를 모르는 마음에는 괴로움이 없는 법이야. 그녀는 너를 크게 칭찬하면서 열렬한 애정을 가지고 얘기하더라. 하지만 여기에도 불순한 게 있었어. 그녀는 너를 원망하고 있었거든. 즉 그렇게 말하면서도 그녀는 이렇게 소리쳤으니까. '왜 그 아가씨는 오빠를 받아들이지 않았죠? 모두 그녀 탓이에요. 바보 같은 아가씨야! 그 아가씬 용서할 수 없어요. 만약 그 아가씨가 정식으로 오빠를 받아들였다면 지금쯤은 식을 올리려 하고 있을지 모르죠. 헨리 오빠도 너무 행복하고 너무 바빠서 다른 것엔 눈을 돌리지도 않았을 텐데. 굳이 다시 러시워스 부인과 가까워지려고도 하지 않았을 텐데. 만사는 보통의 가벼운 불장난……. 일 년에 한 번 소서턴과 에버링검에서 만나는 것으로 끝났을 텐데.' 이런 일이 있을 수 있다고 생각하니? 하지만 주문은 풀렸어. 나는 그 순간에 눈을 떴단다."

"잔인해! 정말 잔인해! 이런 어려움에 처한 때에 절제할 줄 모르고 그런 경박한 말을 하다니……. 더욱이 오빠에게! 그 어떤 것도 이보다 더 잔인할 수는 없을 거야."

패니가 고개를 내저으며 말했다.

"잔인하다는 거니? 패니, 아니야. 그 점에서는 나와 의견이 다르구나. 그녀는 잔인한 성격이 아니란다. 그녀가 내 기분을 상하게 하려 했다고는 생각지 않아. 문제는 심각해. 훨씬 심각한 것은 자신의 그런 생각이 잘못되었다는 것을 그녀가 전혀 모르고 있고, 앞으로도 깨닫지 못할 거라는 사실이야. 정말 심각한 것은 이 문제를 그런 식으로 다루는 것이 자연스럽다고 생각하는 그 마음의 비뚤어짐에 있는 거란다. 그녀는 단지 다른 사람이 말하는 것을 들어서 배운 대로, 다른 사

람은 모두 이렇게 말할 거라고 상상한 그대로 말했을 뿐이다. 그녀의
경우는 성격에 결점이 있는 게 아니다. 자기 스스로 누구에게 고통을
주려는 짓은 하지 않을 거야. 이건 내가 잘못 생각하는지는 몰라도 이
렇게밖에 생각할 수 없어. 나를 생각해서, 내 기분을 생각해서 그녀가
차마……. 그녀에게 부족한 것은 절조란다. 패니, 조심성이 없어지고
심성이 썩어서 못쓰게 돼버린 거야. 어쩌면 내게는 이렇게 되는 게 가
장 좋았는지 몰라. 후회할 일이 적어지니까. 하지만 그렇지는 않아.
그녀를 잃은 고통이 더 심해진다고 해도 기꺼이 참아내겠어. 그녀를
이런 식으로 생각해야 되는 것보다는 낫지. 그녀에게 그렇게 말해줬
어.”

"정말이야?'

"응, 헤어질 때 그렇게 말했어.”

"얼마 동안이나 함께 있었어?'

"우리는 25분가량 대화를 나누었어. 그런데 그녀는 계속해서 말하
는 거야. 앞으로 해야 할 일이란 크로포드 씨와 마리아, 두 사람을 결
혼시키는 일이라고. 이런 말을 패니, 그녀는 나보다도 침착한 목소리
로 말하지 않겠니.”

그는 이야기를 계속하면서 자신의 감정을 억누를 수가 없어서 도중
에 몇 번씩 말을 중단하지 않을 수 없었다.

" '러시워스 부인과 결혼하도록 헨리 오빠를 설득해야만 돼요.' 라
고 그녀는 말하더구나. '체면이란 것도 있고, 패니에게서 영원히 퇴
짜를 맞은 것은 확실하고 하니까, 전혀 불가능한 일은 아니라고 생각
해요. 패니는 깨끗이 단념해야지요. 아무리 오빠라지만 이렇게 된 이
상 그런 성격의 사람을 상대로 일이 잘될 거라고 기대할 수는 없어요.
그러니까 극복할 수 없는 난점이란 없을 거예요. 저도 이래봬도 제법

영향력이 있으니까. 오로지 그 방향으로 협력하겠어요. 일단 결혼해서 댁의 어른들의 정식 후원을 받게 되면, 모두 훌륭한 분들이니까 동생도 어느 정도는 사교계에서 지위를 회복할 수 있을 거예요. 어떤 그룹에선 물론 절대로 끼워주지 않을지 모르죠. 하지만 고급 연회나 대규모의 파티 같은 것을 열고 하면 언제든지 기꺼이 친구가 되어줄 사람들이 있기 마련이에요. 또한 확실히 이런 점에 대해서는 옛날보다 세상이 자유롭고 솔직해지기도 했죠. 제가 권하고 싶은 것은 당신의 아버님이 가만히 계셨으면 해요. 일이 되어가는 대로 보고만 계시라고 설득해주세요. 아버님의 참견으로 만약 동생이 헨리 오빠의 보호 아래서 떠나게 되면 오빠가 그 사람과 결혼할 가능성은 함께 있을 때보다 훨씬 줄어들어요. 오빠를 움직이려면 어떻게 하면 좋은지 저는 알고 있어요. 토머스 경께서 오빠의 명예심과 동정심을 신용해주신다면 만사는 잘 수습이 될 거예요. 하지만 만약 따님을 데리고 돌아가기라도 한다면 가장 중요한 계기를 잃는 결과가 되는 거지요.'"

이 이야기를 마친 후 에드먼드는 허탈한 표정이었고, 패니는 잠자코, 그러나 매우 부드러운 마음으로 그를 지켜보고 있었는데, 이런 것이 화제로 떠올랐다는 것 자체가 싫었던 것이다. 에드먼드가 다시 입을 열게 되기까지에는 꽤 오랜 시간이 걸렸다. 마침내 그가 결론을 내리듯이 말했다.

"패니, 내가 해야 할 얘기는 거의 끝난 셈이다. 메리 양이 한 말들의 요점은 대강 방금 이야기한 그대로야. 즉 두 사람을 결혼시켜야 한다는 것이지. 나는 그녀의 말을 듣고 너무 기가 막혀서 한동안 말이 나오지 않았단다. 한참 시간이 흐른 후 말을 할 수 있게 되자, 곧 나는 대답했지. '이 집 문을 들어설 때의 마음으로는 이보다 저를 더 괴롭힐 일이 있을 수 있다고는 믿지 않았는데 말하는 한 마디 한 마디가 거의 모두 제게 더 깊은 상처를 주는군요. 서로 알게 된 후부터 중요한 점에서 서로의 의견이 다소 다르다 싶을 때가 자주 있었지만, 그 차이가 지금의 이야기로 분명해진 만큼 그렇게 큰 것이었다고는 꿈에도 몰랐습니다. 당신 오빠와 제 동생 마리아가 저지른 이 무서운 죄악을…… 어느 편에 유혹한 죄가 있는지 그건 말하지 않겠습니다. 그들이 행한 죄악 자체를 이야기하는 방식이나 수용하는 태도가 어쩌면 이렇게 다를 수가 있을까요? 당신은 엉뚱한 비난을 할 뿐입니다. 그것은 분명히 잘못된 거예요. 그 불행의 결과도 오직 미풍양속을 아랑곳하지 않고 잘못되어도 철면피하게 밀고 나가기만 하면 된다고 하는 그 생각 말입니다. 특히 우리에게 죄악을 그대로 계속하기를 승낙하고 타협하고 묵인하라, 그러면 결혼의 가능성도 있다고 권하시는데 지금 당신 오빠를 생각하면 그런 결혼을 바라기커녕 방해하고 싶습니다. 이런 모든 것들을 종합해볼 때 이제 한심스러울 정도로 모든 것이 분명해졌군요. 저는 여태껏 한 번도 당신을 제대로 이해하지 못했습니다. 당신의 마음에 관한 한, 지금까지 몇 개월 동안 제가 애타게 그리워한 사람은 제 상상 속의 인물이었지 참다운 메리 양은 아니었어요. 아마 이렇게 되는 것이 제게는 가장 잘된 일이겠지요. 당신과 나누었던 우정과 희망이 모두 사라졌지만 후회하지는 않습니다. 그런 감정들은 아무래도 이제는 다 버려야만 할 테니까요. 하지만 이것만은 시인하지 않을 수 없으니 기꺼이 인정하겠습니다. 만약 당신을 이전에 제 눈에 비쳤던 모습으로 되돌릴 수 있다면, 이별의 고통이 아무리 크더라도 그 편이 훨씬 낫습니다. 애정과 존경을 느낄 권리를 잃지 않을 수 있으니까요.' 이런 말들을 했어. 얘기의 골자는 대충 이렇지만 지금 네게 되풀이해서 얘기하듯이 차분히 조리 있게 말한 것은 아니란다. 그 아가씨는 깜짝 놀라더군. 아니 놀란 정도가 아니었어.

표정이 달라지는 것을 알 수 있었지. 얼굴이 빨개지더라. 마음이 착잡했을 거야. 잠깐 동안이지만 그녀도 몹시 고통스러워하는 것 같았어. 절반은 진실에 굴복하고 싶고, 절반은 치욕감이 느껴져서……. 하지만 습관인 모양이지. 습관이 승리를 거둔 거야. 그녀는 곧 웃음을 터뜨리더라. 웃을 수 있을 만큼 웃고 싶었던 거지. 대답도 얼마쯤 웃기지 말라는 투였어. '어머, 정말 훌륭한 강의시군요. 지난번의 설교의 일부인가요? 이런 식으로 나가면 곧 맨스필드와 손턴 레이시의 주민 전체의 마음을 바꿔놓겠어요. 이다음에 당신의 이름을 듣게 될 때는 어느 감리교 대집회의 유명한 설교가나 외국의 선교사가 되어 있을지도 모르겠군요.' 그녀는 여유 있는 어조로 말하려고 했지만 속마음은 겉보기만큼 여유가 있는 것 같진 않았어. 나는 그 말에 진심으로 그녀의 행복을 빈다고, 또한 머지않아 좀더 바른 생각을 갖게 되기를, 우리들 누구나가 얻을 수 있는 가장 귀중한 지식을 갖게 되기를 바란다고……. 자기 자신과 자기 의무에 대한 지식을 불행한 일을 당해 비로소 깨닫는 일이 없도록 충심으로 바란다고만 말하고 곧 방에서 나왔어. 두세 걸음, 발을 옮기는데 뒤에서 방문이 열리는 소리가 들렸지. '버트램 씨!' 하고 그녀가 부르더라. 나는 뒤돌아보았지. '버트램 씨!' 하고 그녀는 미소를 띠며 불렀어. 하지만 그 미소는 그때까지의 대화와는 어울리지 않는 건방지고 장난기 섞인 것이었다. 나를 유혹해서 정복하려는 의도 같았어. 적어도 내게는 그렇게 보였어. 나는 저항했어. 순간적인 충동에 저항하면서 아무것도 듣지도 보지도 못한 것처럼 그대로 걸어나왔지. 그 후…… 가끔…… 한순간…… 되돌아가지 않은 것을 후회한 적도 있긴 해. 하지만 내가 옳았다는 것만은 알고 있어. 이렇게 우리의 교제는 끝났단다! 무슨 교제가 그랬을까? 나는 완전히 속은 거야. 크로포드 씨와 메리 양, 두 남매가 다 나를 속인 거였어. 지금까지 내 얘기를 참고 들어줘서 고마워, 패니. 이제 정말 속이 후련해졌다. 이 얘기는 이것으로 그치기로 하자."

패니는 그의 말을 전적으로 믿었기 때문에 5분간쯤은 정말 끝이 났는가 싶었다. 그런데 그 뒤로 다시 이야기는 반복 상태 혹은 그와 비슷한 상태가 되어버려 버트램 영부인의 잠을 깨울 때까지 그런 대화는 사실상 계속되었다. 그때까지 둘은 메리에 대한 이야기만 나눴는데 얼마나 그녀가 에드먼드를 매혹시켰는지, 얼마나 그녀가 천성적으로 멋진 여자였는지, 좀더 일찍부터 올바른 사람의 손에 양육되었다면 얼마나 훌륭한 사람이 되었을지 모른다는 이야기를 계속했다.

패니는 터놓고 솔직한 말을 할 수 있게 되었으므로 그녀의 진짜 인품을 좀더 잘 알게 해주어도 좋다고 판단했다. 그래서 패니는 메리 양이 에드먼드와 화해하고 결혼식을 올릴 결심을 하기까지는 형인 톰의 건강 상태와 얼마만큼 밀접한 연관이 있는지 충분히 상상할 수 있을 만큼 암시해 줬다.

이런 일은 에드먼드가 알아서 유쾌할 것은 없었다. 그도 인간인 만큼 이 말에 한동안 저항을 했다. 그녀가 애착을 느낀 것은 좀더 이해관계를 벗어난 것이었다고 생각하는 편이 훨씬 즐거웠겠으나 그의 허영심도 이성과 오랜 시간을 싸울 만큼 강하지는 못했다.

그는 톰의 병이 그녀에게 영향을 끼친 사실을 믿었다. 다만 마음속으로 이 위안이 되는 생각을 보류해두었던 것이다. 다시 말해서 습관이 서로 다르기에 갖가지 역작용이 생긴 것치고는 그녀는 확실히 생각 이상으로 그를 사모했으며 그로 인하여 바른 행위를 하려 했다는 것이다.

패니의 생각도 꼭 그대로였다. 그리고 둘은 이런 실망 때문에 영속적인 영향과 지울 수 없는 인상이 틀림없이 그의 마음에 남으리라는 점에서도 의견이 일치했다.

시간이 흐르면 물론 그의 괴로움도 줄어들 것이다. 그러나 아무래도 이런 종류의 일을 결코 완전히 극복할 수는 없으리라. 그리고 '누군가 다른 여성을 만나면' 이라는 말을 입에 담기만 해도 으레 화를 내는 것이었다. 그는 오로지 패니의 우애에만 의지하고 있었다.

48

  죄악과 불행을 열거하는 일은 다른 사람에게 맡기기로 하자. 그런 불쾌한 화제는 되도록 빨리 끝내고 별로 잘못이 없었던 사람들은 모두 가급적 속히 편안한 상태로 되돌아가게 하고 그 밖의 모든 일은 매듭을 짓고 싶다.

  우리의 패니가 바로 이 무렵 여러 가지 사정은 있었어도 행복했다고 알고 있기에 나는 만족하고 있다. 주위 사람들의 슬픔에 대한 동정심 혹은 스스로 동정이라고 생각하는 여러 가지 감정이 있었을 것이다. 그렇지만 마음속의 기쁨의 샘은 어떤 일이 있더라도 솟아오르는 법이다. 이제 그녀는 맨스필드로 돌아와서 많은 사람들에게 도움이 되고, 또한 그들로부터 많은 사랑을 받고 있었던 것이다.

  헨리에 대한 염려도 없어졌을 뿐 아니라 토머스 경이 돌아왔을 때 그의 침울한 기분이 허용하는 한도 내에서 그가 전적으로 패니를 인정하고 높이 평가하고 있다는 증거는 너무나 뚜렷했다. 이런 모든 일로 그녀가 당연히 행복할 수밖에 없었으나 그런 일이 전혀 없었어도 역시 그녀는 행복했을 것이다. 왜냐하면 에드먼드가 다시는 메리에게 속지 않았기 때문이다.

이 시기에 에드먼드 자신은 분명히 행복과 너무 멀리 있었다. 그는 깊은 실의에 빠져 실망과 후회로 고민하면서, 지난날을 떠올리며 슬픔에 잠겼고, 결코 실현될 수 없는 일을 바라고 있었다. 패니는 에드먼드의 마음을 알고 있었으므로 슬픈 심정이 되었지만, 그 슬픔의 밑바닥에는 만족감이 있었기에 안정에 도움이 되었으며, 마음속에서 소중한 다른 생각들과 함께 조화를 이루어서 이런 슬픔이라면 최고로 명랑한 기분하고도 기꺼이 바꾸려는 사람이 적잖을 것 같았다.

토머스 경, 불쌍한 토머스 경은 부모로서 자신의 행동의 잘못을 깨닫고 있었으므로 가장 오랫동안 괴로워했다. 그가 딸의 결혼을 허락한 것이 잘못이었다. 딸의 기분은 충분히 알고 있었기에 허락한 것이 자신의 바른 곳을 일시적 편법에 희생시켜버려 이기심과 처세적 동기에 흔들린 탓이라 느끼고 있었다. 이런 반성을 덜 하게 되기엔 좀 시간이 걸렸다.

그러나 시간은 그 어떤 일도 해내기 마련이어서 러시워스 부인 쪽에서는 그녀가 일으킨 불행에 대해 어떤 위로도 주지 않았지만 다른 자식에게서 받은 위안은 예상외로 컸다. 줄리아의 결혼은 처음에 생각했던 것보다는 절망적인 사건이 아니었다. 그녀는 겸손해져서 부모에게 무조건적으로 용서를 빌었다.

예이츠도 진정한 가족의 일원으로 받아들여지기를 원했으며 토머스 경을 존경하여 그가 하라는 대로 하려 했다. 그는 별로 무게는 없었으나 경박한 면은 줄어들었고, 그런대로 가정적이며 차분해질 가망이 있었다. 거기에다 어쨌든 염려한 것보다 그의 재산은 많고 빚은 적다는 사실을 알게 된 일과, 가장 섬길 만한 어른으로서 줄리아와 예이츠가 아주 사소한 부분까지 의논을 하고 받들어진다는 점에서 위로를 얻었다.

톰의 일도 위안이 되었다. 그는 차차 건강을 회복했으나 무분별과 자기 본위라는 옛날의 버릇은 다시 나타나지 않았다. 병 때문에 성품이 무척 좋아졌다. 고통을 맛본 덕분에 사물을 바라보는 시각이 많이 달라졌고, 좀더 깊게 생각하는 것을 배웠던 것이다. 이 두 가지 이점을 그는 전에는 알지도 못했던 것이다. 그리고 윔폴 가의 한심한 사건에 대해서 그는 변명의 여지없이 연극 연습 때의 위험한 친교가 원인이며 자신도 공범이라 느끼고 있어서 거기서 오는 자책감을 뼈에 사무치도록 되씹고 있었다.

나이가 아직 스물여섯인데다 분별력도 있고 친구도 부족하지 않았던 만큼 그 효과는 오래 계속되었다. 그는 본연의 자세로 돌아가서 그의 아버지를 도와드렸으며, 착실하고 조용한 사람이 되었다. 그래서 오직 자기만을 위해 사는 일은 없어졌다.

이것은 정말 큰 위안이었다. 그래서 토머스 경이 이 같은 행복의 근원을 의지할 수 있게 됨과 동시에 에드먼드도 아버지의 안락에 공헌하게 되어 그때까지 그가 아버지에게 끼치고 있던 단 한 가지의 고통인 원기 면에서도 차차 나아져갔다. 그는 한여름을 저녁마다 패니와 함께 산책하며 나무 그늘에 앉아 지낸 후, 마음껏 자기 뜻을 이야기함으로써 마음도 안정되고 어느 정도 명랑성도 되찾았다.

이런 사정이 있고 희망도 있었기에 토머스 경도 점점 마음이 가벼워지고 상실감도 줄어들어서 다소 자신을 용서하게 되었다. 그러나 딸의 교육을 그르쳤다는 데서 오는 변명의 여지가 없는 이 고민만은 결코 완전히 없어지지 않았다.

뒤늦게나마 그가 깨달은 것은 젊은이의 인격 형성에는 마리아와 줄리아가 가정에서 늘 경험했던 것과 같은 정반대의 두 가지 방법으로 다루는 것은 바람직한 일이 못 된다는 것이었다. 이모가 응석을 받아주며 뭐든지 옳다고 한 태도는 토머스 경의 엄격함과 늘 대조적이었던 것이다. 그는 노리스 부인의 잘못을 자기의 반대적인 잘못으로 중화시킬 수 있다고 생각한 것이 전혀 그릇된 판단이었음을 깨달았던 것이다.

그는 그제야 분명히 깨달았다. 그가 한 일은 재난을 부를 뿐이었다. 딸들을 자기 앞에서는 기분을 억제하게끔 훈련시켰기 때문에 그녀들의 진정한 성격을 모르게 되어 이제 마음껏 응석을 부리고 오라는 듯이 딸들을 쫓아내고 난 뒤의 상대는 맹목적인 애정과 과도한 칭찬만으로 그녀들의 애정을 붙잡아왔던 것이다.

큰 실책이 아닐 수 없었다. 그러나 잘못은 인정하지만 그는 차차 이것이 자기의 교육 계획 중에서 가장 중대한 잘못은 아니었다고 생각하게 되었다. 내부에 뭔가 결핍되어 있었음에 틀림없었다. 그렇지 않다면 시간이 흐름에 따라 그 나쁜 영향의 대부분은 사라져버렸을 것이다. 원칙, 아버지는 딸에게 기본적인 원칙에 대해 적극적으로 가르치지 않았다는 사실을 깨달았다. 그는 딸들에게, 어떤 일을 결정하고 행동으로 옮길 때는 항상 바른 인식이 필요하며 의무와 책임이 반드시 뒤따라야 한다는 가장 기본적인 원칙을 빠뜨렸던 것이다. 그것만 제대로 가르쳤어도 결코 이런 일은 발생하지 않았을 터였다.

딸들에게 이론상으로는 종교 교육도 시켰다. 그러나 결코 그것을 매일 실천에 옮기라고 요구하지는 않았다. 어릴 때부터 그는 줄리아와 마리아에게 품위를 갖출 것과 지적으로 뛰어난 사람이 될 것을 가르쳤다. 이 두 가지야말로 딸들의 어릴 때의 공인된 목표였다. 그러나 그런 것은 도덕적으로 올바른 것이 무엇인지 판단하는 것에는 아무런 영향도 주지 못했다. 선량한 딸로 만들고 싶었으나 지력과 예법에만 신경을 쓰고 성품 쪽은 등한히 했다. 인내나 겸손의 필요성에 대해서 딸들은 영향력 있는 사람의 말을 들은 적이 한 번도 없다 할 정도였다.

그는 이 점이 결핍되었음을 깨닫고 크게 한탄했다. 왜 자신이 그런 측면을 강조하지 않았는지 이제 와서 다시 생각해 보아도 도무지 납득할 수 없었다. 비참했다. 정말 비참한 심정에서 벗어날 수 없었다. 비용과 수고를 아끼지 않고 늘 걱정하며 돈을 많이 들여 최상의 교육을 시켰다고 자부하면서 딸들을 키워놓았더니, 그들은 정작 가장 중요한 의무를 알지 못했고, 부모인 자신도 딸들의 성품과 성격을 알지 못했던 것이다.

특히 마리아의 고집과 감정의 과격함을 그가 처음 안 것은 그 비극적인 일이 벌어지고 한심한 결과에 이르러서였다. 그녀는 아무리 타일러도 헨리와 헤어지지 않았다. 무슨 일이 있어도 그와 결혼하겠다고 우기면서 동거를 계속했으나 오래지 않아 그 기대도 헛된 망상임을 깨닫지 않을 수 없었다. 그렇게 깨달은 데서 온 실망과 비참함 때문에 마리아는 성격이 더욱 거칠어졌다. 헨리에 대한 사랑도 미움과 증오로 돌변했고, 얼마 동안 서로 인과응보와도 같은 상태가 되더니 마침내 별거하기로 합의를 보았다.

헨리와 동거 중에도 그녀는 패니와의 행복을 완전히 망쳐놓았다고 헨리에게 날마다 비난을 받아야 했다. 그래서 막상 두 사람이 헤어졌을 때는 헨리와 패니 사이를 갈라놓았다는 사실만이 위안이 되었던 것이다. 이런 입장의 사람보다 더 비참한 처지가 어디 있겠는가?

제임스는 생각보다 쉽게 이혼 판결을 받게 되어서 이 결혼은 끝장이 났는데, 애당초 맺어질 때의 사정으로 보아 이보다 나은 결말을 맺는다는 것은 운수에 달린 문제로써 기대할 바 못 되었다. 여자는 남편을 경멸하여 다른 남자를 사랑하고 있었다. 그도 그 사실을 잘 알고 있었다. 미련한 자의 치욕, 자기 위주의 정욕이 낳은 실망에도 별로 연민의 정도 일어나지 않았다. 그의 행위에는 벌이 따랐고 아내의 좀더 깊은 죄에는 좀더 깊은 벌이 따랐다.

제임스는 결혼을 파기당하는 굴욕을 맛봄으로써 불행해졌는데 머지않아 또 다른 아름다운 아가씨가 그 매력으로 그를 또 한 번 결혼생활로 끌어들일지도 모를 일이다. 그리고 남자도 다시 좀더 장래성 있는 실험에 나서서 비록 속아도 최소한 기분 좋고 운 좋게 속을 것이다. 그러나 여자 쪽은 훨씬 강렬한 감정을 품고 그늘에서 손가락질당하는 생활로 들어가야 한다. 그리고 희망이 생긴다거나 신용을 다시 얻게 된다던가 하는 일은 절대로 기대할 수 없을 것이다.

마리아를 어디에 살게 하느냐는 거취 문제가 몹시 슬프고 중요한 과제가 되었다. 노리스 부인은 조카딸의 잘못에 보조를 맞추어 더욱 애착을 갖게 된 모양이었으므로 그녀를 집으로 데려와 너그럽게 봐주었으면 하고 생각했다.

토머스 경은 용납하지 않았다. 그리하여 노리스 부인의 패니에 대한 분노는 더욱 커졌다. 그녀가 맨스필드 파크에 살고 있는 것이 그 이유라고 생각했던 것이다. 토머스 경이 까다롭게 구는 이유는 패니를 위해서라고 노리스 부인은 주장했으나 토머스 경은 그녀한테 엄숙하게 보충하여 말했다. 비록 문제의 젊은 딸이 없더라도 또 가족 중에 남녀 불문하고 젊은 사람이 없다 해도 그리고 마리아와의 접촉으로 인해 위험에 처하게 되고, 그녀의 인품 때문에 상처를 입을 염려가 없더라도 이웃 사람들에게 딸을 잘 봐달라고 기대하는 듯한 그런 무례한 행동은 절대로 하기 싫다는 것이었다. 딸에 대해서는, 물론 죄를 회개한 딸이 되어주길 바라지만 보호도 해주고 물질적 부족함이 없는 생활도 보장하며 서로의 입장이 허락하는 한 그녀가 올바르게 처신하게끔 꾸준히 격려하고 힘을 북돋아줄 생각이지만 그 이상의 일은 하고 싶지 않았다.

마리아는 스스로 자기 신용에 먹칠을 했으므로 돌이킬 수 없는 일을 다시 회복시키려고 헛된 노력을 하여 악덕을 용납하는 듯한 결과가 되거나 혹은 그 치욕을 줄이려고 남의 가정에 자기 자신이 경험한 비참한 생각을 들여놓는 데 협력하는 일은 조금도 하고 싶지 않았다.

결국 최후에는 노리스 부인이 맨스필드를 떠나 불운한 마리아를 위해 헌신할 결심을 하고 다른 주에 두 사람을 위한 주거를 마련하기로 하였다. 벽촌의 조용한 집이었다. 노리스 부인과 마리아는 그곳에서 갇혀 지내야 했다. 한 쪽은 따뜻한 마음이 없었고 다른 한 쪽은 이성적인 행동을 할 만한 판단력이 없었으니 별다른 교제를 할 수도 없었다. 당연히 상상할 수 있는 일이지만 서로의 전혀 다른 성격이 서로에게 형벌이 될 수밖에 없는 노릇이었던 것이다.

노리스 부인이 맨스필드에서 떠났으므로 토머스 경의 생활은 정신적으로 훨씬 편해졌다. 그녀에 대한 그의 평가는 안티과 섬에서 돌아온 이후로 계속해서 하락하고 있었다. 그가 볼 때 매일의 교제나 잡담에서나 그녀는 한 걸음 한 걸음 가치가 떨어져서 토머스 경은 그녀에게 시기가 몹시 나빴다던가, 아니면 자신이 그녀의 분별력을 과대평가한 나머지 이전에는 이상하리만큼 그녀의 태도를 참을 수 있었다던가 그 어느 쪽이었을 것이라고 믿었다.

그에게 있어서 노리스 부인은 언제고 재앙이란 느낌뿐이었는데 더욱 곤란한 것은 그 재앙이 그칠 날은 생명이 끝날 때뿐이라고 여겨진 것이다. 노리스 부인은 마치 토머스 경 자신의 일부분과 같은 것이어서 영원히 접촉을 계속해 나가야 한다고 생각되었다. 그러므로 그녀로부터 해방된다는 것은 무척 행복했으므로 만약 그녀의 뒤에 쓸쓸한 추억이 남지 않는다면 이런 선을 낳은 악을 하마터면 인정할 위험성이 있었을지도 모를 일이었다.

맨스필드에서 그녀를 아쉬워하는 사람은 없었다. 그녀는 자기가 가장 사랑한다는 사람들에게서마저 결코 사랑을 받지 못했다. 그리고 러시워스 부인의 사랑의 도피 소동 이후로 그녀의 기분은 매우 좋지 않아 어디를 가든 귀찮은 존재였다. 패니마저 노리스 이모를 위해서 눈물을 흘리지 않았다. 그녀가 맨스필드 파크를 떠나갈 때도 그랬다. 누구 한 사람 노리스 부인과의 작별을 슬퍼하는 이가 없었다.

줄리아가 마리아에 비해 상처가 가벼울 수 있었던 것은 어느 정도 성실했고 주위 사정이 좋았다는 차이에서 온 것이겠으나 그보다도 그녀가 이모의 총애를 받지 못했고 응석받이로 오냐오냐하는 대상이 아닌 데에 더 큰 이유가 있었다. 그녀는 미모나 여성 교양 학습에서도 언니보다 못하다는 취급을 받아왔다. 그녀는 늘 마리아보다 조금 못하다고 생각하는데 익숙해 있었다.

둘 가운데서 줄리아는 원래 성격이 차분했고, 생각이 빠르면서도 억제할 줄을 알았다. 거기에다가 가정교사도 그녀에게는 그렇게 해로울 만큼 잘난 척하는 의식을 심어주지는 않았던 것이다.

헨리에게 속았을 때도 그녀는 단념이 빨랐다. 퇴짜를 맞았다는 것을 안 최초의 고통이 지나간 뒤, 그녀는 재빨리 다시는 그를 생각지 않을 심정이 되어 있었다. 또한 런던에서 다시 교제가 되어 제임스의 집이 헨리의 목표가 되었을 때, 그녀는 거기서 물러나 이것을 좋은 기회로 삼아 다른 친지를 찾음으로써 또다시 그의 매력에 끌리지 않으려고 애쓴 것은 인정해야 할 일이었다.

그녀가 친척집에 간 동기는 이러했다. 예이츠의 편의는 그것과는 아무런 관계도 없었다. 그녀는 얼마 전부터 그의 구애를 묵인하고는 있었으나 그를 받아들인다는 것은 거의 생각도 않고 있었다. 그리고 언니가 그런 식으로 갑작스럽게 행동하지만 않았더라면, 또한 그 사건을 맞아 아버지와 집을 무서워하는 마음이 커져서 이 사건이 그녀 자신에게 미칠 확실한 결과를 염려하지만 않았더라면, 이 눈앞의 무서운 사태를 어떻게든 피하려고 서둘러 결심하지 않았더라면, 예이츠는 아마 뜻을 이루지 못했을 것이다. 그녀가 사랑의 도피를 할 때의 심정은 기껏 자기 몸을 걱정한데 불과했다. 아버지로부터 더 엄격한 속박이 더해지는 것이리라 상상했기 때문에 달리 취할 방도가 없다고 믿었던 것이다. 마리아의 죄가 줄리아의 우행을 유발한 것이었다.

헨리 크로포드는 어릴 적부터 독립된 자유와 가정 안에서의 나쁜 본보기 때문에 냉정한 허영심의 변덕에 너무 오래 젖어 있었다. 한 번은 그 허영심 덕분에 뜻하지 않은 곳에 분에 넘치는 길이 틔어서 행운으로 향하게 되기도 했다. 만약 그가 한 사랑스런 여성의 애정을 획득하는 일에 만족했더라면, 패니 프라이스의 망설임을 뛰어넘어 그 존경과 애정 속으로 헤쳐 들어가는 일에 크나큰 기쁨을 발견할 수가 있었더라면, 그에게도 성공과 행복이 결코 꿈이 아니었으리라. 그의 애정도 벌써 얼마만큼의 효과는 있었던 것이다. 그에게 그녀의 감화가 미친 덕분에 그도 그녀에 대해 조금은 영향력을 가질 수가 있었다.

만약 그가 그 이상의 것을 원하여 노력했다면 그것도 틀림없이 얻을 수 있었을 것이다. 특히 그 결혼이 실현되었더라면 그녀의 양심은 그녀의 최초의 기분을 능히 억누를 수 있었을 것이다. 두 사람은 무척 자주 얼굴을 대하게 되었을 것이며 그에게 당당히 노력할 마음만 있었다면 에드먼드가 메리와 결혼한 후 적당한 기간 안에 패니는 그의 사랑의 선물이 되었을 것이다. 그의 아내가 된 것을 진심으로 기뻐할 수도 있었을 것이다.

만일에 그가 예정대로 또한 해야만 한다고 생각한 대로의 행동을 취하여 포츠머스에서 돌아온 후 에버링검에 바로 갔었더라면 그는 자신의 행복한 운명을 틀림없는 것으로 만들었을지도 모른다. 그러나 그는 프레이저 부인의 파티 때문에 붙잡히게 되었으며 그곳에 머무는 동안 후대를 받았고 그 자리에서 러시워스 부인을 만나게 되었다.

호기심과 허영심 양쪽이 모두 발동했다. 눈앞의 쾌락이란 유혹은 바른 일을 위해 희생을 지불하는 습관이 없는 인간에게는 너무 강했다. 그는 노퍽 주로 가는 것을 연기할 결심을 하게 되어 용무는 편지로 처리해야지, 혹은 그런 용무는 중요하지 않다고 결정하고 눌러앉기에 이르렀다.

그는 러시워스 부인에게 냉담한 대접을 받았다. 이에 정나미가 떨어져 둘 사이에는 이후 영원히 소원해지는 게 당연한 일이었다. 그런데 그는 분한 생각이 들었다. 여태까지 그 표정 하나하나까지 마음대로 지배해온 여자에게 냉대를 받는다니 그는 참을 수가 없었다. 이렇게 오만스럽게 원한을 나타낸 이상, 그로서는 여자의 콧대를 꺾어주는 일에 착수하지 않을 수 없었다. 패니 때문에 화가 났던 것이다. 지고만 있을 수는 없었다. 러시워스 부인을 다시 한 번 마리아 버트램으로 되돌려서 그 자신을 대우하게끔 만들지 않으면 안 되었던 것이다.

이런 기분으로 그는 공격을 시작했다. 그리고 활발하고 끈기 있게 밀고 나가 곧 친숙한 교제가 다시 이루어졌다. 사내다움을 보여주자는 거라고나 할지, 연애놀이라고나 할지, 그는 그 이상의 뜻은 없었는데 그런 동안에 사려 분별은커녕 그는 여자 쪽 감정의 포로가 되어버렸다.

이것이 뜻밖에도 강렬했다. 마리아는 그를 사랑하고 있었다. 이제 와서 구애의 손을 거둬들일 수도 없었다. 분명히 그녀는 기뻐하고 있었으니까. 그는 자신의 허영심에 발목을 잡혔던 것이다. 애정에 있어 필연적이란 면은 전혀 없었다. 그녀의 사촌에 대해서는 눈곱만큼도 변심하지 않았다. 그래서 패니와 버트램 일가에게 그때의 형편을 모르게 하는 것이 그의 첫째 목표가 되었다.

비밀은 러시워스 부인의 신용을 위해서도 자신을 위한 것과 마찬가지로 바람직한 일이었다. 리치먼드에서 돌아왔을 때 그는 더 이상 러시워스 부인을 만나지 않았으면 했다. 그 후의 일은 전부 그녀의 무분별한 행동의 결과여서 결국 헨리가 그녀와 행방을 감춘 것도 그 밖에 달리 뾰족한 수가 없었기 때문이다. 그때도 패니에게 미련이 있었지만 간통 소동이 모두 끝났을 때는 더욱 패니가 아쉬워졌다. 그리고 불과 몇 달 동안에 대조적인 면을 보게 되자 그녀의 부드러운 성품, 맑은 마음, 훌륭한 절개를 더욱 높이 평가하게 되었다.

그들은 자신들이 저지른 행위에 대해 벌을 받아야만 했다. 벌, 망신이라는 공적인 형벌이, 알다시피 세상은 함께 협력한 그에게도 상응하게 따르는데 대한 방벽을, 미덕을 위해서는 마련하지 않는다. 이 세상에서 벌이 다소 공평치 못한 흠이 있으나 저 세상에서는 그 분배가 공평해진다는 건방진 기대를 가지지 않더라도 헨리는 분별이 있는 자요, 남자였기 때문에 적지않은 근심과 후회를 했으리라고 생각해도 틀리지 않을 것이다.

근심은 때로 커져서 자책감이 되고 후회는 비참한 생각으로 변한다. 상대방의 환대에 이런 식으로 보답하고, 행복한 가정의 평화를 이토록 산산조각으로 깨뜨려 놓았던 것이다. 게다가 최상의, 가장 귀중한 정이 담긴 교제를 헛되게 하고, 이상적이고도 정열적으로 사랑하던 한 여성을 잃었기 때문이다.

이런 일이 생겨 양가의 마음이 상처를 입고 소원해진 후에도 버트램 가와 그랜트 가가 그냥 계속 가까이에 산다는 것은 매우 괴로운 일이었을 것이다. 그래서 그랜트 부부의 여행은 일부러 몇 달 더 연장되었고 그 후 정말 운이 좋게도 완전히 그곳을 떠날 필요가 있으며 최소한 그것이 편리하다는 판단이 내려져서 결말이 났다. 그랜트 박사는 아는 사람의 소개로 이미 단념했던 웨스트민스터 사원의 성직 회원이 될 수가 있었다. 게다가 맨스필드를 떠날 기회와 런던에 살 구실과 성직록 교환에 상응할 만한 수입 증가가 수반되었으므로 나가는 사람과 들어오는 사람 모두에게 매우 형편이 좋았던 것이다.

그랜트 부인은 사랑하고 사랑받는 성품의 소유자였기에 친숙해진 장소와 사람을 떠난다는 것은 다소 아쉬웠겠지만, 그런 행복한 성품 덕분에 어디를 가든지 어떤 사람들 속에 섞이든지 으레 갖가지 즐거운 일들이 따랐으며 또한 메리 크로포드를 맞이할 집도 마련되었다.

메리는 지난 반년 동안에 자기 친구들과 맘껏 어울리면서 흡족하게 지냈다. 그녀를 둘러싸고 있던 것들은 허영심과 공명심, 연애, 실연 등이었다. 어느 정도 시간이 흘렀을 때 그녀는 그 모든 것들이 다 부질없는 행동이었음을 깨닫게 되었고, 결국 그녀는 언니를 찾아갔다. 언니의 따뜻한 참마음과 그 이성적이고도 조용한 생활 속으로 슬며시 녹아 들어간 것이다.

그녀들은 함께 살았고, 그랜트 박사가 주 3회 계속된 취임 축하 겸 만찬회 때문에 뇌졸중을 일으켜 사망한 후에도 여전히 같이 살았다. 그리고 다시는 차남과는 사랑하지 않겠다고 단단히 결심하고 있었다. 그 이유는 그녀의 미모와 2만 파운드에 끌려 찾아오는 활기찬 의원이나 무직의 법정 추정 상속인 중에는 그녀가 맨스필드에서 얻은 고상한 취향을 만족시켜줄 만한 사람, 인품과 태도 면에서 보아 그녀가 그곳에서 배워 귀하게 여기게 된 가정적 행복의 기대를 충족시켜

주며 혹은 에드먼드 버트램을 충분히 잊게 해줄 만한 사람은 좀처럼 발견할 수 없었기 때문이다.

에드먼드는 이 점에서는 그녀보다 훨씬 유리했다. 그는 자신의 텅 빈 듯한 공허한 마음을 달래줄 만한 사람이 나타나기를 기다리지 않아도 되었던 것이다. 메리에 대한 인연을 끊고서 패니에게 다시 그런 여자를 만나기란 불가능할 거라고 한 그 직후부터 이렇게 생각하고 있었던 것이다. 전혀 다른 유형의 여자와도 능히 혹은 훨씬 더 잘 해나갈 수 있지 않을까?

패니 그녀가 그 모든 미소와 행동 전체에서 지난날의 메리에게 느꼈던 정도로 자기에게 사랑스럽고 귀중한 사람이 되어 있는 것이 아닌가, 그리고 또 자기에 대한 누이동생으로서의 따뜻한 관심은 부부간의 사랑에 충분한 토대가 될 수 있음을 그녀에게 납득시키는 것은 가능하고도 바람직한 일이 아닐까? 하고.

에드먼드가 이런 생각을 하게 된, 이 사건의 날짜는 굳이 말하지 않기로 한다. 독자가 자유로이 원하는 날로 정하기를 바라는 바이다. 불치의 사랑병으로 인한 상처가 아물고, 변치 않는 애정이 장소를 옮기는 데에 어느 정도의 시간이 소요되는지 그것은 사람에 따라 같지 않음을 잘 알고 있기 때문이다. 다만 여러분에게 부탁하고 싶은 것은, 일주일도 빠른 감이 들지 않는, 그렇게 되는 것이 아주 자연스럽게 보이는 바로 그때, 에드먼드는 메리를 잊고 패니와의 결혼을 갈망하게 되었다는 사실을 부디 믿어달라는 것이다.

참으로 에드먼드처럼 오랜 세월에 걸쳐 그녀에게 늘 한결같은 호감을 가졌던 사람은 없을 것이다. 그것은 순진하고 의지할 곳 없는 아이가 가진, 무척 귀여운 권리를 바탕으로 삼아 훌륭하게 성인이 되어 가는 동안 모든 면에서 가꾸어져 완성된 호감이었다. 이런 호감을 가지고 있었기 때문에 이처럼 자연스런 변화가 또 어디 있을까?

그녀를 사랑하고 인도하여 보호하는 것은 그녀가 열 살 때부터 줄곧 해온 일이었다. 그녀의 마음은 그의 지도 아래 상당한 수준으로 형성되었고 그녀의 안락은 그의 친절에 의존하고 있었으며, 에드먼드는 여기에 매우 주의 깊고 특별한 관심을 보였다. 자기가 그녀에게는 맨스필드의 그 누구보다도 중요하다고 여겼으므로 더욱 사랑스러운 마음이 두터워져갔기 때문에, 여기에 덧붙여 말한다면, 드디어 그가 상냥하고 빛깔이 연한 눈동자 쪽을, 반짝반짝 빛내며 짙은 빛깔의 눈동자보다 더 좋아하게 된 것도 당연하다고 하는 사실뿐이다.

에드먼드는 늘 패니와 함께 있었고, 언제나 마음을 몽땅 털어놓고 이야기를 나누었다. 그리고 그의 심정도 마침 최근의 실연에서 생긴 공허한 상태였다. 그런 상태에서 이 상냥하고 연한 빛깔의 눈동자가 우위를 차지하기에는 별로 오랜 시간이 걸리지도 않았을 뿐더러, 안성맞춤이라는 표현 말고 더 적당한 단어가 있으랴.

에드먼드는 일단 이 행복의 길로 들어섰고, 또한 들어섰다고 깨달은 후엔 분별심이 그를 말리거나 진행을 늦추게 하거나 하는 일은 전혀 없었다. 그녀의 가치에 대한 의심도, 서로 다른 취미에서 오는 염려도, 성격의 차이에서 발생할 어떤 장애도 걱정할 필요가 없었다. 에드먼드는 누구보다도 패니의 순수한 마음과 온화한 성격, 의견이나 습관을 잘 알고 있었기 때문에 새로운 행복에의 희망을 얼마든지 이끌어내어도 좋았다. 앞서 메리와 한창 열애에 빠져 있을 때조차도 그는 패니의 우월성을 인정하고 있었다. 그렇다면 에드먼드는 그때 그 당시에도 패니에게 사랑의 감정을 느끼고 있었을까?

그녀는 물론 에드먼드에게 과분한 인물이었으나, 그 누구도 자기가 과분한 것을 손에 넣었다 해서 마다하는 사람은 없듯이 그도 이 행복을 추구함에는 한눈팔지 않고 열심이었으므로 그녀로부터의 바라던 바의 대답을 오래도록 못 듣는 일은 있을 수 없었다. 에드먼드는 패니에게 솔직하게 자신의 감정을 고백했던 것이다. 소심하고 걱정이 많고 자신감도 없었으나 그녀처럼 애정이 섬세한 사람이 이따금 성공의 가장 확실한 희망을 내놓지 않는다는 것 또한 있을 수 없는 일이었다.

그러나 반갑고 놀라운 진실을 모두 그에게 털어놓은 것은 훨씬 후의 일이었다. 자기가 그토록 오랫동안 패니 같은 사람의 마음속에서 사랑을 받아왔다는 사실을 알았을 때의 그의 행복감은 참으로 컸을 것이며, 그것을 그녀에게 혹은 자기 자신에게 나타낼 때에 아무리 강렬한 표현을 썼다 해도 이상할 건 없으리라. 그것은 하늘에 오르는 듯한 행복감이었음에 틀림없었다. 그러나 다른 곳에는 말로써는 다할 수 없는 행복이 있었다. 마음속으로 바라는 일조차 스스로 자신에게 거의 허용하지 않고 있던 그 애정의 확증을 얻었을 때의 젊은 아가씨의 심정을 이야기하는 따위의 엄청난 짓은 하지 않기로 하자.

그들 자신의 마음이 확인된 후의 배후에는 아무런 장애도 있을 수 없었다. 가난하다든가, 부모 문제라든가, 그 밖의 불리하게 될 것은 아무것도 없었다. 이 혼담은 바로 토머스 경이 이전부터 바라던 것이었다. 야심에서 우러난 금력에 의한 결혼에 대해 정나미가 떨어졌고 지조와 성품의 순수한 점을 더욱 귀하게 여겨, 남은 가정적 행복의 전부를 가장 강하고 안전하게 결합시키기를 간절히 바라는 마음에서, 그는 진정한 만족을 느끼며 두 젊은 벗이 서로 상대방 속에서 각각 자기에게 일어난 모든 실의에 대한 위안을 찾아낼 가능성은 확실히 있다고 생각했던 것이다.

에드먼드가 허락을 받으러 왔을 때, 기꺼이 동의하는 기쁨에 찬 대답, 패니가 며느리로 들어오게 된 이것은 엄청난 횡재라며 만족해하는 광경은 이 가련한 소녀를 데려오는 일이 화제가 되었던 무렵의 그의 이 문제에 대한 의견과는 완전히 대조를 이루는 것이었다. 시간은 인간들의 예상과 결정 사이에 늘 이런 대조를 만들어내어 당사자 자신을 교육시키면서 그 이웃을 즐겁게 해주는 것이다.

패니는 정말 그가 원하던 그대로의 아가씨였다. 그의 친절한 자선심이 그 자신의 최고의 위안을 키우고 있었다. 그가 너그럽고 후하게 대해준 데는 충분한 보답이 있었고, 그의 패니에 대한 일반적인 선의로 보아서도 이 보답은 당연했다. 에드먼드가 좀더 현명했더라면 그녀의 소녀 시절을 좀더 행복하게 해줄 수 있었을지 모른다.

그러나 그것은 단지 판단의 잘못에서 그가 얼핏 가혹하게 보여 그녀의 어린 사랑을 잃었을 뿐이었던 것이다. 그리고 지금 진정으로 서로를 알게 되자 서로의 애정은 더욱 강해졌다. 가급적이면 마음 편하게 해주려고 신경을 써서 그녀를 손턴 레이시에 거주하게 한 뒤로 그녀를 그곳으로 찾아가거나 거기서 데리고 나오는 일이 거의 매일의 일과가 되었다.

그녀는 오랫동안 버트램 영부인에게 이기적인 의미에서 중요한 인물이었기 때문에 버트램 이모는 패니를 절대로 내보내려고 하지 않았다. 아들과 조카딸의 행복을 위해서는 반드시 필요한 조처라 해도 그녀는 마음을 바꿀 생각이 없었다. 그러나 그녀도 결국은 패니를 놓아주는 일을 실천으로 옮겼다. 수전이 남아서 대역을 맡았기 때문이다.

수전이 조카딸로서 거주하게 되었다. 수전은 몹시 기뻤다. 그녀는 패니의 경우와 같은 부드러운 마음씨, 깊은 감사의 마음도 똑같아서 아주 적임이었던 것이다. 그러다 보니 수전 또한 패니와 같이 버트램 이모에게 있어 없어서는 안 될 존재가 되었다.

처음에는 패니의 위로가 되고자 했고, 다음에는 조수로, 그리고 마지막에는 그 대리로서 그녀는 맨스필드에 발판을 쌓아 어디로 보나 언니처럼 오래 살 듯이 보였다. 좀더 담대하고 성질도 명랑한 덕분에 만사가 쉽게 처리되었다. 상대방의 심리를 알아차리는 데 눈치가 빨라서 패니처럼 천성적으로 겁이 많아 그 후의 희망을 억누르는 일도 없었기에 그녀는 곧 사람들의 환영과 귀여움을 독차지했다.

패니가 이사해간 후로는 매우 자연스럽게 이모를 대했고 평소에 편안하게 해주던 언니의 힘을 인계받게 되어 점차로 두 사람 중에 더욱 사랑받는 존재가 되었다. 수전의 쓸모 있는 편리함과 패니의 미덕, 윌리엄의 평소의 선행과 점점 높아져 가는 평판, 그리고 다른 가족들까지도 모두 대체로 순조롭게 잘들 해나감으로써 모두 서로 도와서 그의 지지와 원조를 부끄럽지 않게 해주는 만큼, 토머스 경은 영원히 되풀이하여 자기가 그들 모두를 위해 해준 일을 기뻐하였고, 어릴 때의 고생과 훈육과 힘써 인내하기 위해 태어났다고 하는 의식의 고마움을 인정하게 되었다.

에드먼드와 패니는 진정한 사랑 안에서 행복한 결혼생활을 영위해 나가고 있었다. 진정한 장점, 참다운 사랑을 이토록 골고루 갖추고, 운도 좋았고, 우정에도 부족함이 없었기에 이 결혼한 사촌들의 행복은 이 세상의 행복으로서는 사람들의 눈에 가장 안정된 것으로 비쳤음에 틀림없을 것이다. 둘이 똑같이 가정적이며 시골의 즐거움에 애착을 가졌었기에 그들의 가정은 애정과 화합의 산실이었다.

그리고 행복한 정경(情景)을 마무리 짓는 것으로써 그랜트 박사의 사망으로 말미암아 맨스필드의 성직록을 얻게 되었다. 결혼 얼마 후 그들이 수입의 증가를 필요로 하며 부모 집에서의 거리를 불편하게 여기기 시작한 바로 그 무렵에 일어난 일이었다.

그때에 그들은 맨스필드로 이사해 왔다. 그리고 그곳의 목사관은 이

전의 2대에 걸친 주인의 수중에 있을 때는 패니도 거리낌과 두려움 때문에 어쩐지 접근하기 괴로운 심정이 될 수밖에 없었는데, 오래지 않아 그녀의 마음에는 사랑스럽고 더할 나위 없이 정겨운 곳으로 비치게 되었다. 맨스필드 파크의 시계와 비호 안에 있는 것은 모두가 옛날부터 그러했던 것처럼 아름다운 풍경을 변함없이 유지하고 있었던 것이다.

⟨the end⟩

제인 오스틴(Jane Austen)의 생애와 연보

1775년

12월 16일, 영국 햄프셔의 스티븐튼 마을에서 태어남.

1795년 (20세)

『이성과 감성』의 전신인 『엘리너와 메리앤』 집필.

1796년 (21세)

『오만과 편견』의 전신 『첫인상』을 쓰기 시작, 이듬해 완성.

1797년~1798년 (22~23세)

『노생거 사원』을 쓰기 시작함. 처음에는 『수잔』이라 불림.

1803년 (28세)

『노생거 사원』의 초고를 크로스비 출판사에서 10파운드에 사감. 이 무렵에 미완인 『윗슨가의 사람들』 집필.

1811년 (36세)

『맨스필드 파크』를 쓰기 시작(1813년 6월 완성). 『이성과 감성』이 에거튼 사에서 출판. 초판이 140파운드의 수입을 가져다 줌.

1812년 (37세)

『오만과 편견』을 에거튼 사에서 110파운드에 사감.

1813년 (38세)

『오만과 편견』 에거튼 사에서 출판. 『이성과 감성』, 『오만과 편견』이 동시에 재판되어 나옴.

1814년 (39세)

『엠마』의 집필에 착수(1815년 3월 25일 완성). 『맨스필드 파크』 출판.

1815년 (40세)

『설득』 집필 시작.(1816년 8월 완성). 『엠마』가 존머리 사에서 출판. 『이성과 감성』이 프랑스어로 출판됨.

1816년 (41세)

[사계평론](1815년 10월호)에 월터 스콧의 『엠마』 비평이 나옴. 『맨스필드 파크』의 재판이 나오다. 『맨스필드 파크』 및 『엠마』의 프랑스어판이 나옴.

1817년 (42세)

『샌디턴』집필. 이것은 1925년에 처음으로 출판되었으나 현재는 Jane Austen's Minor Works 속에 수록되어 있다. 7월 18일 사망. 유해는 원체스터 대성당에 안장됨. 『오만과 편견』 제3판이 나오다.

1818년 『노생거 사원』과 『설득』, 미완성 원고가 연이어 출판됨.

맨스필드 파크 ②

초판 1쇄 인쇄일 / 2007년 4월 30일
초판 1쇄 발행일 / 2007년 5월 05일

지은이 / 제인 오스틴
옮긴이 / 김지숙
발행처 / 현대문화센타
발행인 / 양장목
출판등록 / 1992년 11월 19일
등록번호 / 제3-448호
주소 / 서울특별시 은평구 대조동 191-1(122-842)
대표전화 / 384-0690~1 팩시밀리 / 384-0692
이메일 / hdpub@hanmail.net

ISBN 978-89-7428-309-4 (04840)
      978-89-7428-307-0(전2권)

값 10,000원